Terry Pratchett

Echt zauberhaft

Ein Scheibenwelt-Roman

Aus dem Englischen neu übersetzt
von Gerald Jung

GOLDMANN

Die Originalausgabe erschien unter dem Titel »Interesting Times«
bei Victor Gollancz Ltd., London.

Die vorliegende Ausgabe ist eine Neuübersetzung des erstmals 1997
im Wilhelm Goldmann Verlag auf Deutsch erschienenen Romans.

Dieses Buch ist auch als E-Book erhältlich.

MIX
Papier aus verantwortungsvollen Quellen
FSC® C014496

Verlagsgruppe Random House FSC® N001967
Das FSC®-zertifizierte Papier *Pamo House* für dieses Buch
liefert Arctic Paper Mochenwangen GmbH.

2. Auflage
Taschenbuchausgabe Oktober 2015
Wilhelm Goldmann Verlag, München,
in der Verlagsgruppe Random House GmbH

Umschlaggestaltung: buxdesign, München
Umschlagmotiv: © Sebastian Wunnicke
Redaktion: Uta Rupprecht
Th · Herstellung: Str.
Satz: Uhl+Massopust, Aalen
Druck und Bindung: GGP Media GmbH, Pößneck
Made in Germany
ISBN 978-3-442-48363-1
www.goldmann-verlag.de

Es gibt eine Verwünschung,
die folgendermaßen lautet:

Mögest du in
interessanten Zeiten
leben.

An diesem Ort spielen die Götter mit dem Leben der Menschen, auf einem Spielbrett, das zugleich die ganze Welt ist.

Und Schicksal gewinnt immer.

Schicksal gewinnt immer. Die meisten Götter würfeln, aber Schicksal spielt Schach, und erst wenn es zu spät ist, stellt man fest, dass er die ganze Zeit über mit zwei Königinnen gespielt hat.

Schicksal gewinnt. Jedenfalls behauptet er das. Hinterher heißt es dann immer: Egal, was passiert, es muss Schicksal gewesen sein.*

Die Götter können jede Gestalt annehmen, aber eines können sie an ihrem Aussehen nie verändern: ihre Augen, die ihr wahres Wesen erkennen lassen. Schicksals Augen sind eigentlich gar keine Augen, es sind bloß dunkle Löcher. In der Unendlichkeit dahinter glitzert es wie ferne Sterne, aber es könnte ebenso gut etwas anderes sein.

Er blinzelte kurz, lächelte seine Mitspieler so süffisant an, wie Gewinner lächeln, kurz bevor sie gewinnen, und sagte:

---

* Da sind die Leute natürlich immer ein bisschen verwirrt, so wie bei allen wundersamen Begebenheiten. Wenn jemand durch eine ungewöhnliche Verkettung von Umständen vor dem sicheren Tod bewahrt wird, behaupten sie, es sei ein Wunder. Kommt aber jemand durch eine unglückliche Folge von Ereignissen zu Tode – das ausgerechnet an dieser Stelle vergossene Öl, der dummerweise an jener Stelle kaputte Sicherheitszaun –, müsste es sich natürlich ebenfalls um ein Wunder handeln. Bloß weil es nichts Angenehmes ist, bedeutet es noch lange nicht, dass es nicht wundersam wäre.

»Ich beschuldige den Hohepriester in der grünen Robe mit der zweihändigen Streitaxt in der Bibliothek.«

Und damit hatte er gewonnen.

Er strahlte sie an.

»Tzschleschte Gewinner zschind nie beschonderzsch beliebt«, maulte der Krokodilgott Offler durch seine langen Zähne.

»Sieht so aus, als würde ich mich heute selbst begünstigen«, sagte Schicksal. »Hat noch jemand Lust auf irgendein Spielchen?«

Die Götter zuckten die Achseln.

»*Übergeschnappte Könige?*«, erkundigte sich Schicksal freundlich. »*Liebe unter einem schlechten Stern?*«

»Ich glaube, dafür haben wir die Spielregeln verlegt«, erwiderte der Blinde Io, das Oberhaupt der Götter.

»Oder lieber *Sturm und Schiffbruch?*«

»Du gewinnst ja doch immer«, sagte Io.

»*Flutkatastrophen und Dürren?*«, bot Schicksal an. »Das ist wirklich ganz einfach.«

Ein Schatten fiel über den Spieltisch. Die Götter blickten auf.

»Ach«, sagte Schicksal.

»Dann fangen wir mal an«, sagte die Lady.

Es herrschte immer Uneinigkeit darüber, ob der Neuankömmling am Tisch überhaupt eine Göttin war. Jedenfalls hatte es noch keiner ihrer Anbeter weit gebracht, und sie tauchte meistens dann auf, wenn man sie am wenigsten erwartete, zum Beispiel jetzt. Und diejenigen, die auf sie setzten, kamen nur selten mit dem Leben davon. Ein ihr zu Ehren errichteter Tempel wurde so gut wie sicher schon bald von einem Blitz getroffen. Auf einem Hochseil mit scharfen Äxten zu jonglieren war sicherer, als ihren

Namen auszusprechen. Aus diesem Grund nannte man sie am besten die Kellnerin im Wirtshaus zur allerletzten Chance.

Meist sprach man von ihr einfach nur als der »Lady«. Sie hatte grüne Augen, aber nicht so grün wie das Grün von Menschenaugen, sondern smaragdgrün, und zwar von einem Augenwinkel bis zum anderen. Angeblich war Grün ihre Lieblingsfarbe.

»Aha«, sagte Schicksal noch einmal. »Welches Spiel soll's denn sein?«

Sie setzte sich ihm gegenüber. Die Götter, die das Geschehen neugierig verfolgten, warfen sich vielsagende Blicke zu. Die Sache versprach interessant zu werden, denn die beiden waren uralte Gegenspieler.

»Wie wär's mit …« Sie machte eine kleine Pause. »Wie wär's mit *Aufstieg und Fall großer Reiche?*«

»Ach, dazsch schpiele isch überhaupt nizscht gern«, zischelte Offler in die sich plötzlich ausbreitende Stille hinein. »Da zschind am Ende immer alle mauschetot.«

»Genau«, sagte Schicksal, »ganz genau.« Er nickte der Lady zu und sagte mit einer Stimme, mit der Profispieler ›As ist Trumpf!‹ ankündigen: »*Der Untergang großer Herrscherhäuser? Das Los ganzer Nationen am seidenen Faden?*«

»Allemal«, erwiderte sie.

»Sehr schön.« Schicksal strich mit einer Hand über das Spielbrett, und die Scheibenwelt erschien.

»Wo sollen wir spielen?«, erkundigte er sich.

»Auf dem Gegengewicht-Kontinent«, antwortete die Lady. »Dort, wo sich schon seit Jahrhunderten fünf Adelsgeschlechter bekriegen.«

»Im Ernst? Welche Geschlechter sind das denn?«, wollte Io wissen. Er mischte sich so selten wie möglich in die Belange einzelner Menschen ein. Normalerweise kümmerte er sich um Blitz und Donner, weshalb der Daseinszweck der Menschheit aus seiner Sicht allein darin bestand, durchnässt und gelegentlich verkokelt zu werden.

»Die Hongs, die Sungs, die Tangs, die McSweeneys und die Fangs.«

»Die? Wusste gar nicht, dass die adlig sind«, sagte Io.

»Sie sind alle sehr reich und haben schon Millionen Menschen abschlachten oder zu Tode foltern lassen, entweder aus Stolz oder weil es ihnen gerade in den Kram gepasst hat«, sagte die Lady.

Die umstehenden Götter nickten feierlich. Ganz recht, so verhielt man sich nun mal als vornehmer Adliger. Genauso hätten sie sich auch verhalten.

»McZschweeneyzsch?«, erkundigte sich Offler.

»Eine ganz alteingesessene Familie«, klärte ihn Schicksal auf.

»Ach zscho.«

»Sie bekriegen einander, weil jedes Geschlecht die Herrschaft über das Reich erlangen will«, sagte Schicksal. »Passt doch gut. Wen nimmst du?«

Die Lady warf einen Blick auf die vor ihnen ausgebreitete Geschichte.

»Die Hongs sind die Allermächtigsten. Während wir uns hier unterhalten, haben sie schon wieder ein paar Städte eingenommen«, sagte sie. »Sieht ganz so aus, als wäre es ihnen bestimmt, den Sieg davonzutragen.«

»Dann suchst du dir gewiss eine schwächere Familie aus.«

Schicksal wedelte erneut mit der Hand. Spielfiguren erschienen und bewegten sich sogleich über das Brett, als führten sie ein Eigenleben, und so war es natürlich auch.

»Aber wir spielen ohne Würfel«, sagte er, »mit den Würfeln traue ich dir nicht über den Weg. Du wirfst sie immer dorthin, wo ich sie nicht sehen kann. Wir spielen mit Stahl und Taktik, mit Politik und Krieg.«

Die Lady nickte.

Schicksal sah seine Gegenspielerin an.

»Dein Zug?«, sagte er.

Sie lächelte. »Ich habe bereits gezogen.«

Er schaute nach unten. »Aber… ich sehe deine Figuren nicht auf dem Brett.«

»Sie sind auch noch nicht auf dem Brett«, erwiderte sie.

Sie öffnete die Hand.

Auf der Handfläche lag etwas Schwarzes und Gelbes. Sie hauchte es an, und es entfaltete seine Flügel.

Es war ein Schmetterling.

Schicksal gewinnt immer…

Jedenfalls dann, wenn man sich an die Regeln hält.

Dem Philosophen Ly Schwatzmaul zufolge entsteht das größte Chaos überall dort, wo jemand Ordnung herstellen will. Das Chaos gewinnt stets die Oberhand über die Ordnung, weil es besser organisiert ist.

Es handelt sich um den Schmetterling der Stürme.

Seht diese Flügel, die nur ein bisschen fransiger sind als die des gemeinen Perlmutterfalters. Aufgrund der fraktalen Natur des Universums bedeutet das in der Realität, dass diese fransigen Ränder unendlich sind – auf die gleiche Weise wie eine zerklüftete Küstenlinie, wenn sie bis in die allerletzte mikroskopische Genauigkeit ausgemessen würde, unendlich lang ist – oder wenn schon nicht unendlich, dann doch so nah dran, dass man von dort aus an einem klaren Tag die Unendlichkeit recht gut sehen kann.

Und weil ihre Ränder unendlich lang sind, müssen die Flügel logischerweise auch unendlich groß sein.

Sie sehen vielleicht so aus, als hätten sie gerade die richtige Größe für Schmetterlingsflügel, aber das liegt nur daran, weil der Mensch anstatt der Logik schon immer seinem gesunden Menschenverstand den Vorzug gegeben hat.

Der Quantenwetter-Schmetterling (*Papilio tempestae*) ist von unauffällig gelber Färbung, wesentlich interessanter ist jedoch das Mandelbrot-Muster auf seinen Flügeln. Sein herausragendes Merkmal ist allerdings seine Fähigkeit, das Wetter zu beeinflussen.

Ursprünglich war das vermutlich ein Überlebensvorteil, denn sogar der hungrigste Vogel fühlt sich in einem grässlichen, örtlich äußerst begrenzten Tornado* mehr als unwohl. Später wurde es womöglich zu einem sekundären Geschlechtsmerkmal, wie das Gefieder bei Vögeln oder die Kehlsäcke bei bestimmten Froscharten. Sieh mich an, sagt das Männchen und schlägt unter dem Blätterdach des Regenwaldes lässig mit den Flügeln, ich bin vielleicht bloß ein unauffälliger gelber Falter, aber in vierzehn Tagen ereignet sich irgendwo in tausend Meilen Entfernung ein *Verkehrschaos durch unerklärliche Sturmwinde.*

Es ist der Schmetterling der Stürme.

Und er schlägt mit den Flügeln …

Wir befinden uns auf der Scheibenwelt, die sich auf dem Rücken einer riesenhaften Schildkröte durch den Weltenraum bewegt.

---

* Meistens mit einem Durchmesser von knapp fünfzehn Zentimetern.

Das ist bei den meisten Welten ab einem bestimmten Erkenntnisstand ihrer Bewohner so – eine kosmologische Betrachtungsweise, auf die das menschliche Gehirn programmiert zu sein scheint.

In Regenwald und Savanne, in weiten Ebenen und stillen roten Sandwüsten, in Sümpfen und Schilfmooren, eigentlich überall, wo, wenn man näher kommt, etwas mit einem *Plopp* von einem im Wasser treibenden Holzstück hüpft, spielen sich an einem entscheidenden Punkt in der Entwicklung der Stammesmythologie Variationen folgender Szene ab:

»Haste das gesehn?«

»Wassn?«

»Da is was von dem Holz da ins Wasser geploppt.«

»Echt? Und weiter?«

»Ich glaub … ich glaub … also, ich *glaub,* die Welt wird von einem von denen aufm Rücken getragen.«

Es folgt ein Augenblick des Schweigens, damit diese astrophysikalische Hypothese in aller Ruhe sacken kann. Und dann:

»Die ganze Welt?«

»Klar doch, und wenn ich sage, eins von denen, dann meine ich eins von denen, was echt groß ist.«

»Tja, muss ja wohl.«

»Also … total riesengroß.«

»Irgendwie komisch, aber … ich weiß, was du meinst.«

»Leuchtet irgendwie ein, oder?«

»Leuchtet ein, ja. Bloß …«

»Wassn?«

»Ich hoff ja bloß, dass es nicht irgendwo reinploppt.«

Aber wir befinden uns auf der Scheibenwelt, die nicht nur die Schildkröte, sondern obendrein die vier riesigen Elefanten hat, auf denen sich die gewaltige Scheibe der Welt ganz langsam dreht.*

Auf der Scheibenwelt, ungefähr auf halber Strecke zwischen der Nabe und dem Rand, befindet sich das Runde Meer. Rings um das Runde Meer liegen die Länder, die, wenn man den Historikern glauben will, die zivilisierte Welt ausmachen, also eine Welt, die sich Historiker leisten kann: Ephebe, Tsort, Omnien, Klatsch und der unkontrolliert wuchernde Stadtstaat Ankh-Morpork.

Unsere Geschichte beginnt jedoch woanders, nämlich in einer blauen Lagune, wo ein Mann unter einem strahlend blauen Himmel auf einem Floß liegt. Er hat die Arme hinter dem Kopf verschränkt. Er ist glücklich – in seinem Falle ein so seltener Gefühlszustand, dass man ihn beinahe als noch nie dagewesen bezeichnen könnte. Er pfeift eine fröhliche Melodie vor sich hin und lässt die Füße ins kristallklare Wasser baumeln.

Es sind rosige Füße mit zehn Zehen daran, die wie kleine Wackelschweinchen aussehen.

Für einen Hai, der über das Riff gleitet, sehen sie aus wie Frühstück, Mittagessen und Abendbrot.

Es war, wie immer, eine Frage des Protokolls. Der Diskretion. Der bedachtsamen Etikette. Und, letztendlich, des Alkohols. Zumindest der Illusion von Alkohol.

Als absoluter Herrscher über Ankh-Morpork hätte Lord

* Die Leute fragen sich immer wieder, wie das funktioniert, schließlich kann ein irdischer Elefant eine sich drehende Last nicht besonders lange tragen, ohne sich infolge der Reibung empfindliche Verbrennungen zuzuziehen. Ebenso gut könnte man sich fragen, warum die Achse eines Planeten nicht quietscht, wohin die Liebe entschwindet oder welches Geräusch Gelb macht.

Vetinari, zumindest theoretisch, den Erzkanzler der Unsichtbaren Universität natürlich einfach zu sich zitieren und ihn, falls er der Aufforderung nicht nachgekommen wäre, ebenso einfach hinrichten lassen können.

Andererseits hatte Mustrum Ridcully als Oberhaupt der magischen Fakultät dem Patrizier ebenso höflich wie bestimmt klargemacht, dass *er* wiederum *ihn* durchaus in eine kleine Amphibie verwandeln und anschließend mit einem Pogostick im Zimmer herumhüpfen lassen könnte.

Mit Alkohol ließ sich diese diplomatische Kluft hervorragend überbrücken. Gelegentlich lud Lord Vetinari den Erzkanzler auf einen geselligen Tropfen in den Palast ein. Natürlich folgte der Erzkanzler seiner Einladung, denn alles andere wären *schlechte Manieren* gewesen. Jeder verstand den Standpunkt des anderen, jeder zeigte sich von seiner besten Seite, und auf diese Weise ließen sich ziviler Ungehorsam sowie Schleim auf dem Teppich verhindern.

Es war ein herrlicher Nachmittag. Lord Vetinari saß im Palastgarten und sah mit leicht verdrossener Miene den Schmetterlingen zu. Er fand es unverschämt, dass sie einfach so herumflatterten und sich auf völlig unproduktive Weise ihres Lebens erfreuten.

Er hob den Blick.

»Ah, der Erzkanzler«, sagte er. »Freut mich, Sie zu sehen. Setzen Sie sich doch. Ich hoffe, es geht Ihnen gut?«

»Durchaus«, erwiderte Mustrum Ridcully. »Und selbst? Gesund und munter?«

»Besser denn je. Na, das Wetter ist ja noch mal richtig schön geworden.«

»Besonders gestern war es außerordentlich schön.«

»Und morgen soll es, wie ich mir habe sagen lassen, vielleicht sogar noch schöner werden.«

»Das könnten wir wirklich alle gut gebrauchen.«

»Ja, allerdings.«

»Ja.«

»Aah…«

»Gewiss doch.«

Sie betrachteten die Schmetterlinge. Ein Diener brachte kühle Getränke in hohen Gläsern.

»Was machen die noch mal genau mit den Pflanzen?«, fragte Lord Vetinari.

»Wie bitte?«

Der Patrizier zuckte die Achseln. »Ach, egal. War nicht so wichtig. Aber da Sie schon mal hier sind, Erzkanzler, und unterwegs zu einem sicherlich unendlich viel wichtigeren Termin bei mir vorbeischauen – wirklich sehr nett von Ihnen –, also da frage ich mich, ob Sie mir vielleicht eins verraten könnten: Wer ist der Große Zauberer?«

Ridcully dachte darüber nach.

»Vielleicht der Dekan«, antwortete er. »Zumindest, was die Ausmaße angeht. Er ist groß und dick und dürfte an die hundertdreißig Kilo wiegen.«

»Das scheint mir irgendwie nicht die richtige Antwort zu sein«, sagte Lord Vetinari. »Aus dem Kontext würde ich vermuten, dass ›groß‹ hier eher ›besonders gut‹ bedeutet.«

»Dann kommt der Dekan nicht infrage«, sinnierte Ridcully.

Lord Vetinari bemühte sich, den Lehrkörper der Unsichtbaren Universität vor sein geistiges Auge zu holen. Das innere Bild glich einem kleinen Vorgebirge mit spitzen Hüten.

»Ja, ich glaube auch, dass der Kontext nicht für den Dekan spricht«, sagte er.

»Äh … welchen Kontext meinen Sie genau, Havelock?«, erkundigte sich Ridcully.

Der Patrizier nahm seinen Spazierstock.

»Kommen Sie mit«, sagte er. »Wahrscheinlich ist es besser, Sie sehen es sich selbst an. Es ist ziemlich knifflig.«

Ridcully folgte Vetinari und sah sich interessiert um. Die Gelegenheit, den Garten zu besichtigen, der im Abschnitt »Was man unbedingt vermeiden sollte« in jedem Gartenbuch zu finden war, bekam er nicht allzu oft.

Der Park war von dem bekannten oder zumindest berühmt-berüchtigten Landschaftsgärtner und Alles-Mögliche-Erfinder »Absolut Bekloppter« Johnson geplant beziehungsweise verbrochen worden. Johnsons Gedankenlosigkeit und Blindheit selbst den einfachsten Grundsätzen der Mathematik gegenüber ließen jeden Schritt zu einem Schritt ins Ungewisse werden.

Seine besondere Begabung … tja, soweit Ridcully es beurteilen konnte, war Johnsons Begabung das genaue Gegenteil vom Genie desjenigen, der mit seinen Erdarbeiten die so geheimen wie segensreichen Kraftfelder der Ley-Linien anzuzapfen wusste.

Niemand wusste genau, welche Kräfte die Entwürfe des Absolut Bekloppten Johnson anzapften, aber die läutende Sonnenuhr explodierte mit schöner Regelmäßigkeit, das verrückte Pflaster hatte Selbstmord begangen, und die gusseisernen Gartenmöbel waren bekanntermaßen schon drei Mal geschmolzen.

Der Patrizier ging voran durch ein Tor und dann weiter in eine Art Taubenschlag. Drinnen führte eine knarrende Wendeltreppe nach oben. Etliche von Ankh-Morporks unverwüstlichen Straßentauben murmelten und kicherten im Halbdunkel.

»Wo sind wir hier?«, wollte Ridcully wissen. Die Stufen ächzten unter ihm.

Der Patrizier zog einen Schlüssel aus der Tasche. »Soweit ich weiß hatte Mr Johnson das hier ursprünglich als Bienenstock geplant«, sagte er. »In Ermangelung von drei Meter großen Bienen haben wir ... einen anderen Verwendungszweck dafür gefunden.«

Er sperrte die Tür zu einem großen quadratischen Raum auf, der zu allen vier Seiten jeweils ein scheibenloses Fenster aufwies. Ein jedes war mit einem hölzernen Rahmen versehen, an dem eine Glocke an einer Metallfeder hing. Es war offensichtlich, dass alles, was groß genug war und durch eines der Fenster hereinkam, die Glocke zum Läuten brachte.

Auf einem Tisch mitten im Raum hockte der größte Vogel, den Ridcully je gesehen hatte. Das Tier drehte sich um und musterte den Erzkanzler mit einem gelben Knopfauge.

Der Patrizier griff in eine Rocktasche und zog ein kleines Glas Sardellen hervor. »Wir sind sozusagen kalt erwischt worden«, sagte er. »Es muss zehn Jahre her sein, seit die letzte Nachricht hier eingetroffen ist. Damals hatten wir immer ein paar frische Makrelen auf Eis.«

»Aber das ist doch ein ... Sinnloser Albatros?«, fragte Ridcully.

»Allerdings. Obendrein ein hervorragend dressierter. Er fliegt noch heute Abend wieder zurück. Sechstausend Meilen mit nur einem Glas Sardellen intus – und einer Flasche Fischpaste, die mein Sekretär Drumknott in der Küche gefunden hat. Erstaunlich.«

»Wie bitte?«, erkundigte sich Ridcully. »*Wohin* fliegt er zurück?«

Lord Vetinari drehte sich zu ihm um und sah ihn an.

»Auf jeden Fall *nicht* zum Gegengewicht-Kontinent«, antwortete er. »Hierbei handelt es sich *nicht* um einen jener Vögel, die das Achatene Reich für seine Kurierdienste einsetzt. Es ist allgemein bekannt, dass wir keinerlei Kontakt mit diesem rätselhaften Land unterhalten. Und dieser Vogel ist *nicht* der erste, der hier seit vielen Jahren angekommen ist, und er hatte *keine* seltsame und verwirrende Nachricht dabei. Habe ich mich klar und deutlich ausgedrückt?«

»Nein.«

»Gut.«

»Das ist also kein Albatros?«

Der Patrizier lächelte. »Wie ich sehe, haben Sie den Bogen schon raus.«

Obwohl Mustrum Ridcully ein großes und recht leistungsfähiges Gehirn sein Eigen nannte, war er mit derlei Doppelzüngigkeit nicht vertraut. Er betrachtete den langen, tückisch aussehenden Schnabel.

»Sieht für mich ganz nach einem Albatros aus«, sagte er. »Außerdem haben Sie das eben selbst gesagt. Als ich sagte: ›Aber das ist doch ein ...‹«

Der Patrizier winkte gereizt ab. »Lassen wir Ihre ornithologischen Kenntnisse mal beiseite«, sagte er. »Es geht darum, dass sich im Nachrichtenbeutel dieses Vogels folgender Zettel befand, der ...«

»Sie meinen, er befand sich *nicht* darin?«, fragte Ridcully, noch immer bemüht, Boden unter die Füße zu bekommen.

»Äh, ja. Natürlich meinte ich das. Und das hier ist auch *nicht* besagter Zettel. Sehen Sie ihn sich bitte mal an.«

Er reichte dem Erzkanzler ein kleines Blatt.

»Sieht aus wie lauter kleine Bilder«, sagte Ridcully.

»Das sind achatene Piktogramme«, erwiderte der Patrizier.

»Ihr meint, es sind *keine* achatenen Piktogramme?«

»Allerdings, genau«, seufzte der Patrizier. »Wie ich sehe, haben Sie das Grundprinzip der Diplomatie verstanden. Aber jetzt, Mustrum, bin ich sehr auf Ihre Meinung dazu gespannt.«

»Sieht aus wie Klecks, Klecks, Klecks, Klecks, Zaubberer«, sagte Ridcully.

»Und daraus schließen Sie ...?«

»Dass er sich der bildenden Kunst bedient hat, weil er nicht gut buchstabieren kann? Ich meine, wer hat das eigentlich geschrieben? Gemalt, meine ich.«

»Keine Ahnung. Früher haben die Großwesire ab und zu mal eine Nachricht gesandt, aber nach allem, was ich so höre, hat es dort in den vergangenen Jahren einigen Aufruhr gegeben. Die Nachricht trägt keine Unterschrift, sehen Sie? Dennoch darf ich sie nicht ignorieren.«

»Zaubberer, Zaubberer«, murmelte Ridcully gedankenverloren.

»Die Piktogramme heißen so viel wie: ›Schickt uns umgehend den Großen ...‹«, sagte Lord Vetinari.

»... Zaubberer ...«, sagte Ridcully vor sich hin und tippte auf den Zettel.

Der Patrizier warf dem Albatros eine Sardelle zu, die der Vogel gierig verschlang.

»Das Achatene Reich hat eine Million Mann unter Waffen«, sagte er. »Zum Glück begnügen sich seine Herrscher damit, so zu tun, als gäbe es außerhalb ihres Reiches nichts als öde Wüsteneien, die nur von Vampiren und Geistern bevölkert sind. Normalerweise interessieren sie sich nicht für unsere Angelegenheiten. Was vorteilhaft für uns ist, denn sie sind nicht nur reich, sondern auch gerissen und mächtig. Offen gesagt hatte ich gehofft, dass sie uns inzwischen ganz und gar vergessen haben. Und jetzt das. Ich hoffe nur, dass ich ihnen den jämmerlichen Wicht schicken und die ganze Sache wieder vergessen kann.«

»Zaubberer …«, sagte Ridcully.

»Hätten Sie vielleicht Lust, in Urlaub zu fahren, Mustrum?«, fragte der Patrizier mit einem Anflug von Hoffnung in der Stimme.

»Ich? Nein. Ich vertrage kein ausländisches Essen«, antwortete Ridcully rasch. Dann sagte er abermals leise vor sich hin: »Zaubberer …«

»Das Wort scheint Sie zu faszinieren«, sagte Lord Vetinari.

»Ich habe es schon mal so geschrieben gesehen«, sagte Ridcully. »Aber ich weiß nicht mehr, wo.«

»Es fällt Ihnen bestimmt wieder ein, da bin ich sicher. Und Sie sind ganz gewiss in der Lage, diesen Großen Zauberer, egal wie er geschrieben wird, bis zum Nachmittagstee ins Reich zu schicken.«

Ridcully starrte ihn mit offenem Mund an.

»Sechstausend Meilen? Mittels Magie? Wissen Sie, wie kompliziert das ist?«

»Bei diesem Thema erfreue ich mich höchst angenehmer Unwissenheit«, erwiderte Lord Vetinari.

»Abgesehen davon«, fuhr Ridcully fort, »sind die Leute da drüben … na ja, ziemlich ausländisch. Haben die nicht selbst genug Zauberer?«

»Davon verstehe ich nun wirklich nichts.«

»Und wir wissen nicht, warum sie ausgerechnet diesen Zauberer haben wollen?«

»Nein. Aber Sie haben unter Ihren Leuten doch sicherlich jemanden, den Sie erübrigen können. Von der Sorte gibt es meiner Meinung nach in der Universität mehr als genug.«

»Ich meine, vielleicht brauchen sie ihn für irgendwas grässlich Ausländisches«, überlegte Ridcully. Aus irgendeinem Grund watschelte das Gesicht des Dekans vor seinem geistigen Auge vorüber, und seine Miene hellte sich auf. »Womöglich geben die sich ja mit einem x-beliebigen großen Zauberer zufrieden, was meinen Sie?«, überlegte er.

»Das überlasse ich voll und ganz Ihnen. Allerdings möchte ich heute Abend eine Nachricht zurückschicken können, in der steht, dass der Große Zaubberer wie gewünscht unterwegs ist. Und dann können wir die ganze Angelegenheit vergessen.«

»Wobei es natürlich sehr schwer sein dürfte, den Kerl wieder zurückzuholen«, sagte Ridcully und dachte wieder an den Dekan. »Praktisch unmöglich«, fügte er unangemessen fröhlich hinzu. »Vermutlich würden wir es monatelang erfolglos versuchen. Vermutlich würden wir alles Mögliche unternehmen, aber am Ende kein Glück damit haben. Verflixt aber auch.«

»Wie ich sehe, sind Sie schon ganz wild darauf, sich der Herausforderung zu stellen«, sagte der Patrizier. »Lassen Sie sich nicht davon abhalten, sofort zur Universität zurückzueilen und die erforderlichen Maßnahmen einzuleiten.«

»Aber ›Zaubberer‹ …«, murmelte Ridcully. »Irgendwas klingelt da ganz entfernt. Ich glaube, ich habe es so schon mal gesehen, irgendwo.«

Der Hai dachte sich nicht viel dabei. Haie denken nie viel. Ihre Überlegungen lassen sich im Wesentlichen durch ein Gleichheitszeichen darstellen: Ich sehe es = Ich fresse es.

Aber als er so durch das Wasser der Lagune schoss, empfing sein winziges Gehirn winzige Impulse selachoider Existenzangst, die man nur als Zweifel bezeichnen konnte.

Er wusste, dass er der größte Hai weit und breit war. Alle Herausforderer waren geflohen oder hatten bei dem guten alten ›=‹ den Kürzeren gezogen. Trotzdem verriet ihm sein Körper, dass da etwas sehr schnell hinter ihm herkam.

Er drehte sich anmutig um, und das Erste, was er sah, waren Hunderte von Beinen und Tausende von Zehen, eine ganze Fleischfabrik mit lauter kleinen Wackelschweinchen.

In der Unsichtbaren Universität passierte so allerhand, und bedauerlicherweise gehörte auch das Unterrichten dazu. Der Lehrkörper hatte sich dieser Tatsache schon vor langer Zeit gestellt und sehr unterschiedliche Maßnahmen zu seiner Vermeidung perfektioniert. Was völlig in Ordnung ging, denn, um ehrlich zu sein, die Studenten verhielten sich nicht anders.

Das System funktionierte recht gut und war, wie so oft in solchen Fällen, inzwischen zu einer Tradition aufgestiegen. Die Vorlesungen fanden eindeutig statt, schließlich waren sie schwarz auf weiß in den Vorlesungsverzeichnissen vermerkt. Die Tatsache, dass niemand daran teilnahm, war eine irrelevante Kleinigkeit. Gelegentlich wurde behauptet, dass demzufolge die Vorlesungen eigentlich überhaupt nicht stattfanden, aber da niemand sie besuchte, konnte auch niemand überprüfen, ob das stimmte. Jedenfalls galt die Annahme (wie der Dozent für wirres Denken* argumentierte), dass die Vorlesungen im Prinzip stattfanden, und damit hatte alles seine Richtigkeit.

Deshalb funktionierte die Ausbildung an der Unsichtbaren Universität hauptsächlich nach der uralten Methode, bei der man einen Haufen junger Leute in die Nähe eines gro-

---

* So ähnlich wie Fuzzy Logic, nur nicht ganz so flauschig.

ßen Haufens Bücher brachte, in der Hoffnung, dass etwas vom einen zum anderen übersprang, während sich die jungen Leute ihrerseits aus genau demselben Grund in die Nähe von Kneipen und Tavernen begaben.

Es war helllichter Nachmittag. Der Professor für unbestimmte Studien hielt in Raum 3B eine Vorlesung, weshalb niemand, der auch nur über ein Quäntchen diplomatisches Gespür verfügte, eine Silbe darüber verlor, dass er vor dem Kamin im Ungemeinschaftsraum ein Nickerchen hielt.

Ridcully trat ihm gegen das Schienbein.

»Aua!«

»Tut mir leid, wenn ich störe, Prof«, sagte Ridcully der Form halber. »Die Götter seien mir gnädig, ich muss den Rat der Zauberer zusammenrufen. Wo sind die denn alle?«

Der Professor für unbestimmte Studien rieb sich den Unterschenkel. »Ich weiß, dass der Dozent für neue Runen eine Vorlesung in 3B hält*«, sagte er. »Aber ich weiß nicht, wo er ist. Also das eben hat richtig wehgetan!«

»Trommeln Sie alle zusammen. Treffpunkt in meinem Büro. In zehn Minuten«, sagte Ridcully. Er war ein großer Freund dieser Methode. Ein weniger direkter Erzkanzler hätte überall nach seinen Leuten gesucht. Ridcullys Ansatz war es, möglichst schnell irgendjemanden zu finden und ihm so viel Druck zu machen, bis alles genau so geschah, wie er es haben wollte.**

* Alle virtuellen Vorlesungen finden in Raum 3B statt, einem Raum, der auf keinem Grundriss der Universität zu finden und außerdem, so munkelte man, unendlich groß war.

** Eine Methode, die von fast allen Managern und nicht wenigen namhaften Göttern angewendet wird.

In der Natur gab es nichts mit so vielen Füßen. Es gab zwar Lebewesen mit so vielen Beinen – feuchte Krabbelviecher, die unter Steinen lebten –, aber das waren keine Beine mit Füßen dran, es waren einfach nur Beine, die ohne viel Schnickschnack aufhörten.

Wäre der Hai etwas schlauer gewesen, hätte er besser aufgepasst.

Aber schon meldete sich ›=‹ zu Wort und trieb ihn an.

Das war sein erster Fehler.

Unter diesen Umständen gilt: ein Fehler = sicherer Tod.

Als die Zauberer einer nach dem anderen von ihren anstrengenden Vorlesungen in Raum 3B herbeikamen und das Arbeitszimmer betraten, wartete Ridcully bereits ungeduldig. Hochrangige Zauberer brauchten immer viel Vorlesungszeit, um ihre Mahlzeiten ordentlich zu verdauen.

»Sind alle da?«, fragte Ridcully. »Schön. Setzen Sie sich. Und hören Sie gut zu. Also … Vetinari hat einen Albatros. Der ist nicht die ganze Strecke vom Gegengewicht-Kontinent bis hierher geflogen, und es gibt auch keine merkwürdige Nachricht, deren Anweisung wir allem Anschein nach befolgen müssen. Können Sie mir so weit folgen?«

Die Zauberer wechselten bedeutungsvolle Blicke.

»Ich glaube, die Einzelheiten sind noch ein bisschen unklar«, sagte der Dekan.

»Das kommt daher, weil ich die Diplomatensprache benutzt habe.«

»Könnten Sie vielleicht ein kleines bisschen indiskreter sein?«

»Wir müssen einen Zauberer zum Gegengewicht-Kontinent schicken«, sagte Ridcully, »und zwar noch vor dem

Nachmittagstee. Jemand von dort hat um einen Großen Zauberer gebeten, und wie es aussieht, müssen wir ihnen einen hinschicken. Allerdings haben sie das Wort Zaubberer mit…«

»Ugh?«

»Was gibt's, Bibliothekar?«

Der Bibliothekar der Unsichtbaren Universität, der mit dem Kopf auf dem Tisch eingedöst war, saß plötzlich kerzengerade. Dann schob er seinen Stuhl zurück und rannte o-beinig und mit aus Balancegründen wild wedelnden Armen aus dem Zimmer.

»Wahrscheinlich ist ihm gerade ein überfälliges Buch eingefallen«, sagte der Dekan. »Wo wir gerade beim Thema sind: Bin ich eigentlich der Einzige, der findet, dass es dem Ansehen dieser Universität nicht zuträglich ist, wenn unserem Lehrkörper ein Affe angehört?«

»Ja, sind Sie«, antwortete Ridcully kategorisch. »Wir haben den einzigen Bibliothekar, der einem mit seinem Bein den Arm rausreißen kann. Davor haben die Leute gehörigen Respekt. Erst neulich hat mich das Oberhaupt der Diebesgilde gefragt, ob wir ihren Bibliothekar nicht auch in einen Affen verwandeln könnten. Außerdem ist er der Einzige in eurem Lotterhaufen, der länger als eine Stunde am Tag wach ist. Wie auch immer…«

»Also ich finde es peinlich«, sagte der Dekan. »Außerdem ist er nicht mal ein richtiger Orang-Utan. Ich hab's in einem Buch nachgelesen. Dort steht drin, dass ein dominantes Männchen große Wangenwülste haben sollte. Hat er große Wangenwülste? Eher nicht. Und…«

»Halten Sie die Klappe, Dekan«, fiel ihm Ridcully ins Wort, »sonst wird nichts aus Ihrer Reise zum Gegengewicht-Kontinent.«

»Ich verstehe nicht, was meine absolut berechtigte Frage … Was?«

»Die wollen den Großen Zaubberer haben«, sagte Ridcully. »Da hab ich natürlich sofort an Sie gedacht.« Den einzigen Mann, den ich kenne, der gleichzeitig auf zwei Stühlen sitzen kann, fügte er stumm hinzu.

»Ins Achatene Reich?«, jaulte der Dekan. »Ich? Aber dort hassen sie Fremde!«

»Sie doch auch. Da kommt ihr bestimmt hervorragend miteinander aus.«

»Das Reich ist sechstausend Meilen entfernt!«, rief der Dekan auf der Suche nach neuen Argumenten. »Und es weiß doch jeder, dass man mittels Magie nicht so weit kommt.«

»Ähm, doch, das geht«, ertönte eine Stimme vom anderen Ende des Tisches.

Alle Augen richteten sich auf Ponder Stibbons, das jüngste und deprimierenderweise eifrigste Mitglied des universitären Lehrkörpers. Stibbons hielt einen komplizierten Mechanismus aus lauter verschiebbaren Holzstangen in der Hand und schielte die anderen Zauberer über dieses Gerät hinweg an.

»Es dürfte, ähm, gar nicht so schwer sein«, fügte er hinzu. »Früher galt es mal als unmöglich, aber ich bin mir ziemlich sicher, dass alles bloß eine Frage der Energieaufnahme unter Berücksichtigung der relativen Geschwindigkeit ist.«

Auf diese Aussage folgte das übliche verwirrte und misstrauische Schweigen, das seine Bemerkungen meistens hervorriefen.

»Relative Geschwindigkeit«, sagte Ridcully.

»Genau, Erzkanzler.« Ponder senkte den Blick auf seinen Rechenschieber-Prototyp und wartete. Er wusste, dass Ridcully wie immer an dieser Stelle einen Kommentar anfügen würde, um zu zeigen, dass er etwas begriffen hatte.

»Meine Mutter konnte schnell wie der Blitz sein, wenn ...«

»Ich meine, wie schnell sich Dinge im Verhältnis zu anderen bewegen«, warf Ponder rasch, aber nicht rasch genug, ein. »Das kriegen wir bestimmt ziemlich schnell raus. Mithilfe von, ähm, Hex.«

»Bitte nicht!«, sagte der Dozent für neue Runen und schob seinen Stuhl nach hinten. »Bitte nicht das. Damit pfuschen wir an Dingen herum, von denen wir nichts verstehen.«

»Na, wir sind doch schließlich Zauberer«, erwiderte Ridcully. »Wir sind dazu da, an Dingen herumzupfuschen, von denen wir nichts verstehen. Wenn wir immer erst warten würden, bis wir etwas verstehen, würden wir nie etwas zustande kriegen.«

»Schon klar«, sagte der Dozent für neue Runen, »ich habe ja auch nichts dagegen, einen Dämon zu beschwören und ihn zu befragen. Das ist doch ganz normal. Aber irgendwelche mechanischen Apparaturen zu bauen, die einem das Denken abnehmen, also das ... das ist wider die Natur. Abgesehen davon«, ergänzte er, »ist das Ding kaputtgegangen, als Sie letztes Mal ein großes Problem mit ihm lösen wollten, und hinterher war alles voller Ameisen.«

»Inzwischen ist es wieder in Ordnung«, erwiderte Ponder. »Wir ...«

»Ich muss zugeben, dass beim letzten Mal, als ich es gesehen habe, mittendrin ein Widderschädel steckte«, sagte Ridcully.

»Den mussten wir einbauen, um okkulte Transformationen durchführen zu können«, sagte Ponder, »aber ...«

»Und Zahnräder und Spiralfedern«, fuhr der Erzkanzler fort.

»Na ja, die Ameisen tun sich schwer mit der Differentialanalyse, deshalb ...«

»Und dieses komische Wabbeldings mit dem Kuckuck?«

»Die Unechtzeituhr«, sagte Ponder. »Ja, die halten wir für absolut unentbehrlich, um …«

»Egal, das ist ja auch alles nebensächlich, denn ich habe ganz bestimmt nicht die Absicht, irgendwohin zu reisen«, warf der Dekan ein. »Wenn es unbedingt sein muss, können wir einen Studenten schicken. Von denen haben wir jede Menge übrig.«

»Auch dank herzlichen, Pflaumenmus Portion zweite eine Bitte«, sagte der Quästor.

Alle am Tisch schwiegen.

»Hat das jetzt jemand verstanden?«, fragte Ridcully in die Runde.

Streng genommen war der Quästor eigentlich gar nicht verrückt. Er hatte die Stromschnellen des Wahnsinns schon vor einiger Zeit hinter sich gelassen und paddelte nun jenseits davon in irgendeinem friedlichen Teich herum. Er äußerte sich oft sogar ziemlich vernünftig, wenn auch nicht unbedingt an normalen menschlichen Maßstäben gemessen.

»Hm, er macht gerade gestern noch mal durch«, sagte der Oberste Hirte. »Diesmal allerdings rückwärts.«

»Wir können ja den Quästor schicken«, schlug der Dekan vor.

»Auf gar keinen Fall! Dort gibt es wahrscheinlich nicht mal Trockenfroschpillen …«

»Ugh!«

Der Bibliothekar kam o-beinig ins Arbeitszimmer zurückgerannt und wedelte aufgeregt mit irgendetwas.

Das Ding war rot, jedenfalls war es irgendwann mal rot gewesen. Es hätte durchaus mal ein spitzer Hut gewesen sein können, aber die Spitze war zerknautscht und die Krempe größtenteils weggebrannt. Vorne war etwas mit Pailletten aufgestickt, und obwohl etliche Pailletten ebenfalls verkokelt waren, konnte man aus den blassen Buchstaben auf dem versengten Stoff noch recht gut das Wort

ZAUBBERER

lesen.

»Hab ich doch gleich gewusst, dass ich es schon mal irgendwo gesehen habe«, sagte Ridcully. »Auf einem Regal in der Bibliothek, stimmt's?«

»Ugh.«

Der Erzkanzler sah sich das Relikt genauer an.

»Zaubberer«, wunderte er sich. »Welcher bedauernswerte, hoffnungslose Tropf muss auf seinen Hut ZAUBBERER schreiben?«

Ein paar Blasen stiegen an die Meeresoberfläche und brachten das Floß sanft zum Schaukeln. Kurz darauf trieben ein paar Fetzen Haihaut nach oben.

Rincewind seufzte und legte die Angelrute beiseite. Der Rest des Hais würde später an Land gezogen werden, das wusste er. Er konnte sich nur nicht vorstellen, warum. Die Viecher schmeckten nicht mal gut, eher wie alte, in Urin eingeweichte Lederstiefel.

Rincewind ergriff das provisorische Ruder und paddelte damit auf den Strand zu.

Die kleine Insel war gar nicht so übel. Unwetter schienen einen großen Bogen um sie zu machen, Schiffe ebenso. Dafür gab es Kokosnüsse, Brotfrüchte und so etwas wie wilde Feigen in Hülle und Fülle. Sogar seine Experimente mit Alkohol waren recht erfolgreich gewesen, obwohl er danach zwei Tage lang kaum aufrecht gehen konnte. Die Lagune versorgte ihn mit Garnelen und Krabben, mit Austern, Krebsen und Hummern, und im tiefgrünen Wasser jenseits des Riffs drängten sich große silberne Fische förmlich darum, an einem Stück gebogenen Drahts am Ende einer Schnur anzubeißen. Nach sechs Monaten auf der Insel gab es eigentlich nur eins, was Rincewind ernsthaft vermisste. Vorher hatte er noch nie so recht darüber nachgedacht, aber jetzt musste er ständig daran denken – besser gesagt, an sie.

Es war schon komisch. In Ankh-Morpork hatte er so gut wie nie an sie gedacht, weil sie einfach da waren, wenn er sie brauchte. Jetzt waren sie nicht mehr da – und er verzehrte sich nach ihnen.

Sein Floß bohrte sich in den weißen Sand, und ungefähr im selben Augenblick kam ein großes Kanu um das Riff herum und drang in die Lagune ein.

Inzwischen saß Ridcully an seinem Schreibtisch, umgeben von seinen Zauberern. Sie versuchten ihm etwas zu erklären, obwohl sie genau wussten, wie gefährlich es war, Ridcully etwas zu erklären, denn er pickte sich immer die Einzelheiten heraus, die ihm passten, und ließ die anderen über die Klinge springen.

»Aha«, sagte er, »also *kein* Käse.«

»Nein, Erzkanzler«, sagte der Professor für unbestimmte Studien. »Rincewind ist so was wie ein Zauberer.«

»War«, sagte der Dozent für neue Runen.

»Kein Käse also«, sagte Ridcully, der sich nur schwer von dieser Vorstellung trennen konnte.

»Nein.«

»Klingt aber wie der Name einer Käsesorte. Wenn man sagt: ›Ich hätte gern ein Pfund reifen Rincewind‹, das geht einem doch unheimlich glatt von der Zunge …«

»Verflixt noch mal, Rincewind ist aber kein Käse!«, rief der Dekan, dem kurzzeitig der Kragen platzte. »Rincewind ist weder ein Joghurt noch sonst irgendein Milchprodukt! Rincewind ist eine elende Nervensäge! Eine ausgesprochene Schande für die gesamte Zaubererzunft! Ein Spinner! Ein Versager! Aber ist ja auch egal, er ist seit … seit dieser unangenehmen Geschichte mit dem Kreativen Magus nicht mehr hier erschienen, und das ist Jahre her.«

»Im Ernst?«, fragte Ridcully mit einem Anflug hinterhältiger Höflichkeit. »Nach allem, was ich darüber weiß, haben sich damals viele Zauberer danebenbenommen.«

»Und ob«, erwiderte der Dozent für neue Runen und sah den Dekan finster an, worauf dieser sich ein wenig zurücknahm.

»Das war alles vor meiner Zeit als Dekan, Runen«, brummte er.

»Schon, aber Sie haben ganz oben mitgemischt.«

»Das mag sein, aber zufällig habe ich zu der Zeit gerade meine Tante besucht, falls es Sie interessiert.«

»Sie haben fast die gesamte Stadt in die Luft gejagt!«

»Meine Tante wohnt in Quirm.«

»Auch Quirm hatte damals die Finger mit im Spiel, soweit ich mich erinnere.«

»… in der *Nähe* von Quirm. Ein ganzes Stück entfernt. Eigentlich überhaupt nicht in der Nähe. Ein ordentliches Stück die Küste rauf …«

»Ha!«

»Na, Sie scheinen ja hervorragend über das damalige Geschehen informiert zu sein, Runen!«, sagte der Dekan.

»Ich … was? Also … ich … ich war damals schwer mit meiner Forschung beschäftigt und habe kaum etwas davon mitgekriegt.«

»Die halbe Universität ist in die Luft geflogen!« Der Dekan besann sich und fügte rasch hinzu: »So hat man es mir jedenfalls erzählt. Später. Als ich von meiner Tante zurückkam.«

»Schon, aber ich habe eine sehr dicke Tür …«

»Und ich *weiß* zufälligerweise, dass der Oberste Hirte hier war, weil nämlich …«

»… mit dieser dicken grünen Türbespannung hört man doch kaum etwas …«

»Nickerchen mein für Zeit wird es, glaube ich.«

»Jetzt halten alle mal die Klappe, und zwar sofort!«

Ridcully funkelte seine Mitdozenten mit dem klaren, unschuldigen Funkeln desjenigen an, der von Geburt an mit absolut null Fantasie gesegnet ist und während der jüngsten peinlichen Vorkommnisse an der Universität tatsächlich Hunderte von Meilen entfernt gewesen war.

»Na schön«, sagte er, als alle sich beruhigt hatten. »Dieser Rincewind. Ein ziemlicher Trottel, was? Sie antworten, Dekan. Alle anderen halten die Klappe.«

Der Dekan wirkte verunsichert.

»Na ja, also … ich meine, das ergibt doch alles keinen Sinn, Erzkanzler. Er konnte nicht mal richtig zaubern. Was wollen die denn ausgerechnet mit *dem* anfangen? Mal ganz abgesehen davon … überall, wo Rincewind auftauchte«, er senkte die Stimme, »folgte ihm der Ärger dicht auf den Fersen.«

Ridcully fiel auf, dass die Zauberer ein bisschen zusammenrückten.

»Hört sich doch prima an«, sagte er. »Dort ist der allerbeste Platz für Ärger – immer schön hinter einem. Man möchte ja nicht, dass er einem im Weg steht.«

»Sie verstehen das nicht, Erzkanzler«, sagte der Dekan. »Auf Hunderten kleiner Füße ist er ihm gefolgt.«

Das Lächeln des Erzkanzlers blieb, wo es war, während sein Gesicht drumherum versteinerte.

»Haben Sie von den Pillen des Quästors genascht, Dekan?«

»Ich versichere Ihnen, Mustrum …«

»Dann reden Sie keinen Unsinn.«

»Sehr wohl, Erzkanzler. Aber es ist Ihnen schon bewusst, dass es Jahre dauern könnte, bis wir ihn gefunden haben?«

»Äh«, sagte Ponder, »wenn es uns gelingt, seine thaumatische Signatur ausfindig zu machen, könnte Hex es, glaube ich, innerhalb eines Tages schaffen …«

Der Dekan sah ihn finster an.

»Das ist keine Magie!«, blaffte er. »Das ist einfach bloß … Maschinenbau!«

Rincewind watete durchs flache Wasser und schlug mit einem scharfkantigen Stein eine Kokosnuss auf, die er in einem passenderweise im Schatten gelegenen Gezeitentümpel gekühlt hatte. Dann setzte er sie an die Lippen.

Ein Schatten fiel über ihn.

»Äh … hallo?«, sagte der Schatten.

Wenn man lange genug an den Erzkanzler hinredete, drangen womöglich doch ein paar Einzelheiten zu ihm durch.

»Sie wollen mir also weismachen«, sagte Ridcully schließlich, »dass dieser Rincewind von so gut wie jeder Armee auf dieser Welt gejagt wurde und dass das Leben ihn wie eine Erbse auf einer Trommel herumspringen lässt und dass er wahrscheinlich der einzige Zauberer ist, der etwas über das Achatene Reich weiß, und auch das nur, weil er früher mal mit …«, er warf einen kurzen Blick auf seine Notizen, »›mit einem sonderbaren kleinen Mann mit Brille befreundet war‹, der von dort stammte und ihm dieses komische Dings mit den Beinen geschenkt hat, von dem Sie alle immer wieder reden? Und dass er außerdem die Landessprache spricht. Stimmt das so weit?«

»Ganz recht, Erzkanzler. Nennen Sie mich einen Idioten, wenn Sie wollen«, sagte der Dekan, »aber warum sollte irgendjemand diesen Kerl haben wollen?«

Ridcully musterte abermals seine Notizen. »Dann haben Sie sich also doch dazu entschlossen zu gehen?«, fragte er.

»Nein, natürlich nicht…«

»Mein lieber Dekan, offensichtlich haben Sie noch nicht erkannt«, sagte er und setzte ein äußerst fröhliches Grinsen auf, »dass wir hier so etwas wie einen gemeinsamen Nenner suchen. Der Bursche ist ein Überlebenskünstler. Er hat Talent. Finden Sie ihn. Und bringen Sie ihn her. Egal woher. Vermutlich steckt der arme Kerl gerade in einer ganz grässlichen Klemme.«

Die Kokosnuss blieb dort, wo sie war, nur Rincewinds Augen wanderten wie irre hin und her.

Drei Gestalten betraten sein Gesichtsfeld. Sie waren eindeutig weiblich. Sie waren sogar überdeutlich weiblich. Sie hatten nicht allzu viel an und sahen aus, als kämen sie frisch vom Friseur und wären nicht soeben dem großen Kriegskanu entstiegen, mit dem sie gerade die Lagune durchpaddelt hatten. Aber so ergeht es einem oft beim Anblick wunderschöner Amazonenkriegerinnen.

Ein schmales Rinnsal Kokosnussmilch tröpfelte aus Rincewinds Bart.

Die Anführerin strich sich die lange blonde Mähne aus dem Gesicht und schenkte ihm ein strahlendes Lächeln.

»Ich weiß, dass es sich einigermaßen unwahrscheinlich anhört«, sagte sie, »aber meine Schwestern und ich sind Abgesandte eines bislang unentdeckten Stammes, dessen Mannsvolk kürzlich von einer ungewöhnlichen und so schnell wirkenden wie tödlichen Seuche dahingerafft wurde. Seitdem suchen wir alle Inseln nach einem Mann ab, der uns dabei hilft, unseren Stamm vor dem Aussterben zu bewahren.«

»Wie viel wiegt er wohl, was meinen Sie?«

Rincewind hob die Augenbrauen. Die Frau senkte scheu den Blick.

»Du fragst dich vielleicht, warum wir alle blond und hellhäutig sind, wo doch alle anderen Inselbewohner hier dunkel sind«, sagte sie. »Also, das ist wohl einfach nur so eine genetische Besonderheit.«

»Vielleicht fünfundfünfzig, höchstens sechzig Kilogramm. Leg noch ein oder zwei Pfund von dem Kram auf den Haufen. Haben Sie... ähm... ES schon irgendwo aufgespürt?«

»Diese ganze Sache geht garantiert schief, Stibbons, ich weiß es genau.«

»Er ist nur sechshundert Meilen weg, und wir wissen, wo wir sind, und er ist auf der richtigen Hälfte der Scheibe. Jedenfalls haben wir alles mit Hex ausgerechnet, von daher kann eigentlich gar nichts schiefgehen.«

»Schon, aber hat schon jemand das... dieses... Sie wissen schon... mit den, äh, Füßen... gesehen?«

Rincewind wackelte mit den Augenbrauen. Seiner Kehle entrang sich ein seltsames Würgen.

»Ich kann's... nirgendwo sehen. Wäre es möglich, dass nicht alle meine Kristallkugel anhauchen?«

»Wenn du mit uns kommst, versprechen wir dir natürlich... irdische und sinnliche Genüsse, von denen du bisher nur geträumt hast... wenn überhaupt...«

»Also gut. Wir zählen bis drei …«

Die Kokosnuss fiel runter. Rincewind schluckte. In seinen Augen lag ein hungriger, verträumter Blick.

»Kann ich sie auch zerstampft haben?«, fragte er.

»JETZT!«

Zuerst spürte er einen Druck. Die Welt öffnete sich direkt vor Rincewind und saugte ihn auf.

Dann dehnte sie sich, wurde immer dünner, und es machte *Sploing.*

Eine vor lauter Geschwindigkeit schlierige Wolke huschte an ihm vorbei. Als er sich traute, die Augen wieder aufzumachen, erkannte er vor sich in weiter Ferne einen winzigen schwarzen Punkt.

Der Punkt wurde größer.

Dann löste er sich auf und wurde zu einem kompakten Schwarm höchst unterschiedlicher Gegenstände. Rincewind sah mehrere schwere Bratpfannen, einen großen Kerzenleuchter, etliche Backsteine, einen Sessel und ein riesiges Puddingförmchen in der Form eines Schlosses.

Sie erwischten ihn nacheinander, wobei das Puddingförmchen einen lustigen Ton von sich gab, als es an seinem Kopf abprallte. Dann wirbelte es hinter ihm davon.

Als Nächstes sah er vor sich ein Oktagramm. Ein mit Kreide gemaltes Oktagramm. Er knallte voll hinein.

Ridcully sah nach unten.

»Ein bisschen weniger als sechzig Kilo würde ich sagen«, murmelte er. »Aber egal … gut gemacht, meine Herren.«

Die zerzauste Vogelscheuche in der Mitte des Kreises erhob sich mit wackligen Beinen und klopfte ein oder zwei kleine Flammen auf ihrer Kleidung aus. Dann sah sie sich benommen um und sagte: »Hehehe?«

»Kann sein, dass er ein bisschen desorientiert ist«, fuhr der Erzkanzler fort. »Über sechshundert Meilen in zwei Sekunden, immerhin. Wir sollten ihn nicht erschrecken.«

»So wie Schlafwandler, meinen Sie?«, erkundigte sich der Oberste Hirte.

»Wieso Schlafwandler?«

»Wenn man Schlafwandler weckt, fallen ihnen die Beine ab. Hat meine Großmutter immer behauptet.«

»Sind wir überhaupt sicher, dass es Rincewind ist?«, fragte der Dekan.

»Selbstverständlich ist es Rincewind«, antwortete der Oberste Hirte. »Wir haben ihn doch stundenlang gesucht.«

»Es könnte ebenso gut irgendeine gefährliche okkulte Kreatur sein«, brummte der Dekan uneinsichtig.

»Mit so einem Hut?«

Es war ein spitzer Hut. In gewisser Hinsicht. Ein Spitzhut wie aus einer Art Cargo-Kult, angefertigt aus gespaltenem Bambus und Kokosnussblättern, in der Hoffnung, vorüberziehende Zaubrigkeit anzulocken. Auf dem Hut bildeten mit Gras befestigte Muscheln das Wort ZAUBBERER.

Der Hutträger sah durch die Zauberer hindurch und sprang, wie von einer plötzlichen Eingebung erfasst, mit einem Satz aus dem Oktagramm und marschierte auf die Tür des Saales zu.

Die Zauberer folgten ihm misstrauisch.

»Ich weiß nicht, ob ich ihr glauben soll. Wie oft hat sie so etwas denn selbst gesehen?«

»Keine Ahnung. Das hat sie nicht gesagt.«

»Der Quästor schlafwandelt fast jede Nacht.«

»Wirklich? Sehr verlockend ...«

Rincewind, falls die Kreatur tatsächlich so hieß, marschierte hinaus auf den Hiergibt'salles-Platz.

Der Platz war belebt, die Luft flimmerte über den Feuerstellen der Kastanien- und Kartoffelverkäufer, und überall waren die üblichen Rufe und Schreie von Alt-Ankh-Morpork zu hören.*

Die Gestalt machte sich an einen dürren Mann in einem riesigen Paletot heran, der einen breiten Bauchladen um den Hals hängen hatte. Der Bauchladen war mit einem kleinen Ölfeuer ausgestattet, auf dem etwas brutzelte.

Der Möglicherweise-Rincewind packte den Rand des Tabletts.

»Hast... du... Kartoffeln?«, knurrte er.

»Kartoffeln? Nö, Meister. Aber ich hab Würstchen im Brötchen.«

Der Möglicherweise-Rincewind erstarrte. Dann brach er in Tränen aus.

»Würstchen im *Brööööötchen*«, jaulte er. »Das gute alte Würstchen im Brööööötchen! Gib mir ein Würstchen im *Brööööötchen!*«

Er schnappte sich drei davon direkt vom Bauchladen und versuchte, sie alle drei auf einmal zu essen.

»Ach du grüne Neune!«, entfuhr es Ridcully.

Die Gestalt rannte ausgelassen hüpfend davon, wobei ihr unablässig Brötchenkrümel und schweinefleischähnliche Bröckchen aus dem ungekämmten Bart rieselten.

»Ich habe noch nie gesehen, dass jemand drei von Ruin-Schnappers Würstchen im Brötchen gegessen hat und hinterher so glücklich aussah«, sagte der Oberste Hirte.

* Zum Beispiel »Autsch!«, »Aaaaaah!«, »Gib mir mein Geld wieder, du Sauhund!« oder »Das sollen Kastanien sein? In meinen Augen sind das verbrannte Holzkohlekügelchen, wenn überhaupt!«

»Ich habe noch nie gesehen, wie jemand drei von Ruin-Schnappers Würstchen im Brötchen gegessen hat und hinterher noch aufrecht gehen konnte«, sagte der Dekan.

»Ich hab noch nie gesehen, wie jemand irgendwas von Schnapper gegessen und ohne zu zahlen davongekommen ist«, sagte der Dozent für neue Runen.

Glückselig tanzte die Gestalt über den ganzen Platz, Tränen strömten ihr übers Gesicht. Die kreiselnden Tanzbewegungen führten sie auch am Eingang einer Gasse vorbei, aus der plötzlich eine kleinere Gestalt auftauchte und ihr mit etwas Mühe kräftig auf den Hinterkopf schlug.

Der Würstchenesser ging in die Knie und sagte zur Welt im Allgemeinen: »Aua!«

»*Nein*nein*nein*nein*nein*nein*nein*nein!/«

Ein ziemlich alter Mann trat aus der Gasse und nahm dem jungen Mann den Totschläger aus den unsicheren Händen, während das Opfer stöhnend vor ihnen kniete.

»Ich finde, du solltest dich bei dem armen Herrn entschuldigen«, sagte der ältere Mann. »Was soll er denn von uns denken? Er hat es dir wirklich mehr als leicht gemacht, und was hat er jetzt davon? Ich meine, was hast du dir nur dabei gedacht?«

»Murmelmurmel, Herr Boggis«, sagte der Junge und musterte betreten seine Schuhspitzen.

»Wie bitte? Ich kann dich nicht verstehen?«

»Knaller mit gestrecktem Arm, Herr Boggis.«

»*Das* soll ein Knaller mit gestrecktem Arm gewesen sein? Das nennst du einen Knaller mit gestrecktem Arm? Ein Knaller mit gestrecktem Arm, im Ernst? Das hier – entschuldigen Sie, werter Herr, wir helfen Ihnen gleich wieder auf, tut mir echt leid, das Ganze – *das* hier ist ein Knaller mit gestrecktem Arm ...«

»Aua!«, schrie das Opfer, gefolgt von einem – was alle Beteiligten sehr überraschte – lauten »Hahahaha!«

»Du hast Folgendes gemacht – tut mir leid, dass wir Sie noch mal belästigen müssen, mein Guter, es dauert nicht mehr lange –, ich zeig's dir, du hast nämlich *das* hier gemacht ...«

»Aua! Hahahaha!«

»Also, habt ihr das gesehen, ihr Flitzpiepen, habt ihr's euch genau angesehen? Kommt schon, kommt näher ran ...«

Ein halbes Dutzend weiterer Jugendlicher kam aus der finsteren Gasse geschlurft und stellte sich in einem zerlumpten Halbkreis um Herrn Boggis, seinen glücklosen Schüler und das benommen hin und her wankende Opfer auf. Der Überfallene gab dumpfe Laute von sich, die sich wie »Umpf-Umpf« anhörten, dabei schien sich der Mann aus irgendeinem unerfindlichen Grund immer noch ungemein zu amüsieren.

»Also noch mal«, sagte Herr Boggis mit der gewichtigen Miene des erfahrenen Handwerkers, der seine Kunst an die undankbare Nachwelt weitergibt, »wenn man einen Kunden aus einer der üblichen finsteren Gassen heraus belästigt, geht man korrekterweise so vor ... Ach hallo, Herr Ridcully, hab gar nicht gesehen, dass Sie dort stehen.«

Der Erzkanzler nickte freundlich zurück.

»Lassen Sie sich nicht stören, Herr Boggis. Nachwuchsausbildung für die Diebesgilde?«

Boggis verdrehte die Augen.

»Ich weiß nicht, was die heutzutage in der Schule lernen«, sagte er, »wahrscheinlich den ganzen Tag nichts als Lesen und Schreiben. Als ich jung war, hat man uns in der Schule wenigstens noch was Vernünftiges beigebracht. Tja ... he, Sperling, hör sofort auf zu kichern, du bist jetzt dran ...

wenn wir vielleicht noch einmal probieren dürften, der Herr?«

»Aua!«

»*Nein*nein*nein*nein*nein*nein! Das kriegt ja meine alte Großmutter besser hin! Jetzt schau mal genau hin, du stellst dich ordentlich hinter ihn, legst ihm zur besseren Kontrolle eine Hand auf die Schulter, siehst du, so ... und jetzt du ... ja ... und dann ganz lässig aus dem Handgelenk ...«

»Aua!«

»Gut, ist jetzt jemandem aufgefallen, was er falsch gemacht hat?«

Nur die Zauberer sahen, wie der Geschlagene heimlich davonkroch, während Herr Boggis die hohe Kunst des Hinterkopfschlags an Wilkins demonstrierte.

Der Mann kam wacklig auf die Beine und wankte wie jemand, den man hypnotisiert hatte, weiter die Straße entlang.

»Er weint«, sagte der Dekan.

»Wundert mich nicht«, erwiderte der Erzkanzler. »Aber warum grinst er dabei die ganze Zeit?«

»Das wird ja immer ülkiger«, sagte der Oberste Hirte.

Der angeschlagene und womöglich vergiftete Überfallene wankte zur Universität zurück, und die Zauberer folgten ihm.

»Sie meinen bestimmt ›immer ulkiger‹, aber auch dann ergibt es nicht viel Sinn.«

Die Gestalt passierte das Eingangstor, eilte aber diesmal mit ruckartigen Sprüngen direkt in die Bibliothek.

Der Bibliothekar erwartete ihn bereits und hielt feixend, wie nur ein Orang-Utan feixen kann, den ramponierten Hut in der Hand.

»Erstaunlich«, sagte Ridcully. »Dann stimmt es also wirklich! Ein Zauberer lässt seinen Hut niemals im Stich!«

Die Gestalt schnappte sich den Hut, klopfte ein paar Spinnen heraus, warf das traurige Blätterarrangement beiseite und setzte sich den Hut auf.

Rincewind blinzelte die verdutzten Professoren und Dozenten an. Zum ersten Mal ging hinter seinen Augen ein Licht an, als hätten ihn bis jetzt lediglich seine Reflexe angetrieben.

»Ähm ... was hab ich gerade gegessen?«

»Drei von Herrn Schnappers überaus köstlichen Würstchen«, antwortete Ridcully. »Wobei ... wenn ich ›köstlich‹ sage, meine ich natürlich die typischen Schnapper-Würstchen, Sie wissen schon.«

»Verstehe. Und wer hat mich gerade geschlagen?«

»Lehrlinge der Diebesgilde bei der praktischen Ausbildung.«

Rincewind blinzelte wieder. »Ich bin in Ankh-Morpork, oder?«

»Stimmt.«

»Hab ich mir doch gleich gedacht.« Rincewind blinzelte noch mal ganz langsam. »Na, dann bin ich wohl wieder zu Hause«, sagte er, während er bereits vornüberkippte.

Lord Hong ließ einen Drachen steigen. Drachensteigenlassen beherrschte er perfekt.

Lord Hong beherrschte alles perfekt. Seine Aquarelle waren perfekt. Seine Gedichte waren perfekt. Wenn er Papier faltete, saß jeder Falz perfekt. Fantasievoll, originell und über jeden Zweifel erhaben – perfekt. Lord Hong hatte schon vor langer Zeit aufgehört, der Perfektion hinterherzujagen, er hatte sie längst eingefangen und in einem Kerker angekettet.

Lord Hong war sechsundzwanzig Jahre alt, schlank und gutaussehend. Er trug eine sehr kleine, sehr runde Nickelbrille. Wenn die Leute ihn beschreiben sollten, benutzten sie oft die Wörter »glatt« oder auch »gelackt«.* An die Spitze einer der einflussreichsten Familien des Reiches war er durch unermüdlichen Einsatz, unbeirrbare Konzentration auf seine geistigen Kräfte und sechs tadellos ausgeführte Morde gelangt. Der letzte war der an seinem Vater gewesen, der mit der glücklichen Gewissheit starb, dass sein Sohn eine uralte Familientradition fortführte. Die wichtigsten Adelsfamilien verehrten ihre Ahnen und fanden nichts dabei, deren Anzahl auch vor der Zeit zu vergrößern.

Jetzt stürzte sein Drachen, sein schwarzer Drachen mit den zwei großen Augen, steil aus dem Himmel herab. Unnötig zu erwähnen, dass er den Winkel perfekt berechnet hatte. Die mit Leim und zermahlenem Glas bestrichene Drachenschnur zerschnitt die Schnüre seiner Mitbewerber, woraufhin ihre Drachen trudelnd zu Boden fielen.

Die Zuschauer applaudierten höflich. Im Allgemeinen war es ratsam, Lord Hong zu applaudieren.

Er reichte die Schnur an einen Diener weiter, verneigte sich knapp vor den anderen Drachenfliegern und begab sich mit großen Schritten zu seinem Zelt.

Dort angekommen setzte er sich hin und musterte seinen Besucher. »Also?«, sagte er.

»Wir haben die Botschaft abgeschickt, hoher Herr«, erwiderte der Besucher. »Niemand hat uns gesehen.«

»Von wegen«, sagte Lord Hong. »Zwanzig Leute haben euch gesehen. Kannst du dir vorstellen, wie schwer es einem Wächter fällt, geradeaus zu blicken und nichts zu sehen,

* Und oft genug die Formulierung »einer von den Drecksäcken, denen man lieber aus dem Weg geht, aber von mir hast du das nicht gehört«.

wenn überall Leute herumschleichen und einander zuflüstern, gefälligst leise zu sein? Ehrlich gesagt scheinen deine Leute nicht so recht vom revolutionären Geist erfasst zu sein. Was ist denn mit deiner Hand?«

»Der Albatros hat mich gebissen.«

Lord Hong lächelte. Er musste daran denken, dass der Vogel den Besucher womöglich mit einer Sardelle verwechselt hatte. Und das nicht ohne Grund, denn er hatte so einen vage fischigen Ausdruck um die Augen.

»Ich verstehe nicht, hoher Herr«, sagte der Besucher, dessen Name Zwei Feuerkraut lautete.

»Gut.«

»Aber sie glauben an den Großen Zaubberer, und ihr wollt, dass er hierherkommt?«

»Allerdings. Ich habe so meine ... Leute in« – Lord Hong versuchte sich an den fremdländischen Silben – »Ankh-Morpork. Denjenigen, der sich lächerlicherweise Großer Zaubberer nennt, gibt es wirklich. Aber ich kann dir verraten, dass er dort für seine Unfähigkeit, Feigheit und Willensschwäche bekannt ist. Sie sind schon beinahe sprichwörtlich. Von daher bin ich der Auffassung, dass die Rote Armee ihren Anführer bekommen sollte. Damit dürfte ihre ... Moral gehoben werden.« Er lächelte wieder. »Das nennt man Politik«, sagte er.

»Aah.«

»Geh jetzt.«

Während sein Besucher sich entfernte, griff Lord Hong nach einem Buch. Aber es war eigentlich kein richtiges Buch, sondern eher eine Sammlung einzelner Blätter, die von einer Schnur zusammengehalten wurden. Der Text war mit der Hand geschrieben.

Er hatte ihn schon sehr oft gelesen, amüsierte sich aber jedes Mal wieder, in erster Linie deshalb, weil sich der Autor bei so vielen Dingen irrte.

Jetzt riss er jedes Mal, nachdem er eine Seite gelesen hatte, das Blatt heraus und faltete es, während er die nächste Seite las, sorgfältig zu einer Chrysantheme.

»Großer Zauberer, ha!«, sagte er laut vor sich hin. »Von wegen großer Zauberer!«

Rincewind wachte auf. Die saubere Bettwäsche und die Tatsache, dass niemand »Durchsucht seine Taschen!« sagte, verbuchte er als vielversprechenden Anfang.

Er hielt die Augen geschlossen, nur für den Fall, dass jemand in der Nähe war, der ihm das Leben schwermachen würde, sobald er bemerkte, dass Rincewind bei sich war.

Stimmen. Mehrere ältere Männer stritten sich.

»Ihr habt es immer noch nicht kapiert. Er wird die Sache überleben. Ihr erzählt mir doch die ganze Zeit, dass er alle möglichen Abenteuer durchgemacht hat und immer noch am Leben ist!«

»Wie meinen Sie das? Er hat überall Narben!«

»Genau das meine ich, mein guter Dekan. Und die meisten hat er auf dem Rücken. Er lässt alle Gefahren hinter sich. Jemand DA OBEN muss ihm wohlgesonnen sein.«

Rincewind erschauderte. Er hatte schon immer den Eindruck gehabt, dass jemand da oben etwas mit ihm anstellte, aber dass der ihm wohlgesonnen war, hätte er wohl zuallerletzt vermutet.

»Er ist nicht mal ein ordentlicher Zauberer! Er hatte in keiner Prüfung mehr als zwei Prozent richtig!«

»Ich glaube, er ist wach«, sagte jemand.

Rincewind gab sich geschlagen und schlug die Augen auf. Mehrere bärtige, viel zu rosige Gesichter sahen auf ihn herab.

»Wie fühlen Sie sich, alter Knabe?«, fragte einer der Männer und streckte eine Hand aus. »Ridcully, mein Name. Erzkanzler. Wie geht's denn so?«

»Es wird alles ganz schrecklich schiefgehen«, sagte Rincewind ohne weitere Umschweife.

»Was meinen Sie damit, mein Freund?«

»Ich weiß es einfach. Es wird alles schrecklich schiefgehen. Etwas Fürchterliches wird passieren. Ich habe dem Frieden von Anfang an nicht getraut.«

»Seht ihr?«, knurrte der Dekan. »Hunderte von kleinen Beinen. Ich hab's euch gleich gesagt. Aber es wollte ja keiner auf mich hören.«

Rincewind setzte sich auf. »Ihr braucht gar nicht erst nett zu mir zu sein«, sagte er. »Bietet mir keine Weintrauben an. Bis jetzt wollte mir noch nie jemand etwas Gutes tun.« Eine verworrene Erinnerung aus jüngster Zeit schoss ihm durch den Kopf: Bedauern darüber, dass die Kartoffeln, die zu diesem Zeitpunkt sein ganzes Denken beherrscht hatten, mitnichten im gleichen Maße die Gedanken und Absichten der jungen Dame bestimmt hatten. Niemand, der sich so kleidete, das wurde ihm allmählich klar, dachte auch nur im Entferntesten an irgendwelches Wurzelgemüse.

»Na schön«, seufzte er, »und was jetzt?«

»Wie geht es Ihnen?«

Rincewind schüttelte den Kopf. »Das bringt doch nichts«, sagte er. »Ich kann's nicht leiden, wenn jemand nett zu mir ist, denn das bedeutet, dass gleich etwas Schlimmes passiert. Wollen Sie nicht lieber auf mich einbrüllen?«

Ridcully hatte die Nase voll. »Raus aus dem Bett, du grässlicher kleiner Mann, und dann kommst du auf der Stelle mit, sonst wird es sehr, sehr unangenehm für dich!«

»Ah, schon besser. Da fühle ich mich gleich viel wohler.

Jetzt wird ein Schuh draus«, sagte Rincewind niedergeschlagen, schwang die Beine über den Bettrand und erhob sich vorsichtig.

Ridcully blieb auf halbem Weg zur Tür stehen. Dort hatten sich die anderen Zauberer aufgereiht.

»Runen?«

»Ja, Erzkanzler?«, meldete sich der Dozent für neue Runen mit vor Unschuld triefender Stimme.

»Was verstecken Sie da hinter Ihrem Rücken?«

»Wie bitte?«

»Sieht wie ein Werkzeug aus«, sagte Ridcully.

»Ach, das«, erwiderte der Dozent für neue Runen, als wäre ihm der vier Kilo schwere Fäustel, den er in der Hand hielt, gerade erst aufgefallen. »Ja so was, das sieht ja aus wie ein Hammer. Nicht zu fassen! Ein Hammer! Den muss ich wohl… irgendwo mitgenommen haben. Sie wissen schon. Damit nicht immer alles überall rumliegt.«

»Und wenn ich mich nicht sehr täusche«, fuhr Ridcully fort, »versucht der Dekan eine Streitaxt an seinem Körper zu verstecken.«

Hinter dem Professor für unbestimmte Studien ertönte ein leises melodisches Jaulen.

»Und das hörte sich doch glatt wie eine Säge an«, sagte Ridcully. »Ist jemand anwesend, der kein Werkzeug zu verstecken versucht? Aha. Würde sich bitte jemand die Mühe machen, mir zu erklären, was das alles soll?«

»Ha, Sie wissen eben nicht, wie es damals war«, murmelte der Dekan, ohne dem Erzkanzler in die Augen zu sehen. »Da hat sich keiner getraut, irgendjemandem auch nur für fünf Minuten den Rücken zu kehren. Man hörte das Trappeln dieser verdammten Füße und…«

Ridcully ignorierte ihn. Er legte Rincewind einen Arm

um die knochige Schulter und führte ihn zum Großen Saal.

»Also, mein guter Rincewind«, sagte er, »ich habe gehört, dass Sie mit der Magie nicht auf sonderlich gutem Fuß stehen.«

»Stimmt genau.«

»Auch keine Prüfungen bestanden und dergleichen?«

»Leider nein.«

»Trotzdem nennt Sie alle Welt Rincewind der Zauberer.«

Rincewind schaute auf seine Schuhspitzen? »Na ja, ich hab hier mal als Assistent des Bibliothekars oder so was gearbeitet …«

»… als Gehilfe eines Affen …«, warf der Dekan ein.

»… und da habe ich dies und das und alles Mögliche gemacht und überall ausgeholfen …«

»Nicht schlecht, hat das jemand gehört? Der Gehilfe eines Affen? Ziemlich schlau, würde ich sagen.«

»Aber Sie sind letztendlich nie dazu berechtigt gewesen, den Titel Zauberer zu führen?«, erkundigte sich Ridcully.

»Streng genommen … eigentlich nicht …«

»Verstehe. Das ist allerdings ein Problem.«

»Dafür habe ich diesen Hut, auf dem das Wort ›Zaubberer‹ draufsteht«, sagte Rincewind hoffnungsvoll.

»Das hilft uns leider nicht weiter. Hm. Wir haben also ein kleines Problem. Mal sehen … Wie lange können Sie die Luft anhalten?«

»Woher soll *ich* das wissen? Ein paar Minuten. Ist das wichtig?«

»Schon. Nämlich dann, wenn man mit dem Kopf nach unten an einem Pfeiler der Messingbrücke festgenagelt ist, bis die Flut zweimal da war, und anschließend geköpft wird. So lautet leider die gesetzlich vorgesehene Strafe für das unberechtigte Tragen der Berufsbezeichnung ›Zauberer‹. Ich habe extra nachgeschaut. Tut mir wirklich aufrichtig leid, aber so steht's nun mal geschrieben.«

»Bitte nicht!«

»Tut mir leid. Da führt kein Weg dran vorbei. Sonst stehen wir bald knietief in Leuten mit spitzen Hüten, die eigentlich überhaupt kein Recht dazu haben. Da kann ich nichts machen. So gern ich's täte. Mir sind die Hände gebunden. Die Statuten besagen nun mal, dass man nur dann Zauberer sein darf, wenn man die Universität auf dem üblichen Weg absolviert hat, oder wenn man der Zauberei im Allgemeinen einen großen Dienst erwiesen hat, und ich fürchte, dass ...«

»Könnt ihr mich nicht einfach wieder auf meine Insel schicken? Mir hat es dort sehr gut gefallen. Es war einfach nur langweilig!«

Ridcully schüttelte traurig den Kopf.

»Geht nicht, leider. Das Vergehen wurde über zu viele Jahre hinweg begangen. Und da Sie obendrein keinerlei Prüfungen abgelegt haben und auch«, an dieser Stelle wurde Ridcully ein bisschen lauter, *»der Zauberei im Allgemeinen keinen besonderen Dienst erwiesen haben*, muss ich wohl oder übel die Brüller* anweisen, irgendwo ein Seil zu besorgen und ...«

»Äh, ich glaube, ich habe schon ein paarmal die Welt gerettet«, unterbrach ihn Rincewind. »Zählt das nicht?«

»Kann das jemand von der Universität bezeugen?«

»Nein, ich glaube nicht.«

Ridcully schüttelte den Kopf. »Dann zählt es wohl eher nicht. Wirklich schade, denn *wenn Sie der Zauberei im Allgemeinen einen besonderen Dienst erwiesen hätten,* würde

* Pförtner und Wachpersonal der UU. Sie sind im gesamten Kollegium für ihre Sturheit und Uneinsichtigkeit gegenüber vernünftigen Erklärungen berüchtigt – und für ihre unerschütterliche Überzeugung, dass ohne sie der gesamte Universitätsbetrieb zusammenbräche.

ich Ihnen diesen Hut nur allzu gern überlassen, und natürlich auch etwas, auf dem Sie ihn spazieren tragen können.«

Rincewind sah sehr geknickt aus. Ridcully seufzte und versuchte es ein letztes Mal.

»Da es nun mal so aussieht«, sagte er, »als hätten Sie Ihre Prüfungen nicht abgelegt UND AUCH DER ZAUBEREI IM ALLGEMEINEN KEINEN BESONDEREN DIENST ERWIESEN, muss ich wohl oder übel …«

»Vielleicht könnte ich ja … versuchen, ihr einen großen Dienst zu erweisen«, sagte Rincewind mit dem Gesichtsausdruck eines Mannes, der weiß, dass das Licht am Ende des Tunnels ein heranrasender Zug ist.

»Meinen Sie? Hm? Also, das wäre vielleicht eine Überlegung wert«, sagte Ridcully.

»Was wären das denn für Dienste?«

»Ach, normalerweise begibt man sich, nur mal so als Beispiel, auf eine Reise, oder man findet die Antwort auf eine uralte, sehr wichtige Frage … *Was zum Teufel ist das für ein Ding mit den vielen Beinen?*«

Rincewind drehte sich nicht mal um. Der entsetzte Gesichtsausdruck, mit dem ihm Ridcully über die Schulter starrte, war ihm nur allzu vertraut.

»Also, diese Frage kann ich, glaube ich, ganz leicht beantworten«, sagte er.

Magie ist nicht wie Mathematik. So wie die Scheibenwelt selbst folgt sie eher dem gesunden Menschenverstand als der Logik. Sie lässt sich auch nicht mit Kochen oder Backen vergleichen. Ein Kuchen ist ein Kuchen. Wenn man die Zutaten richtig zusammenmischt und alles bei der richtigen Temperatur im Ofen bäckt, gelingt jeder Kuchen. Eine Kasserolle braucht keine Mondstrahlen. Noch kein Soufflé hat jemals danach verlangt, von einer Jungfrau gerührt zu werden.

Trotzdem haben sich diejenigen, die mit einem neugierigen Geist geschlagen sind, schon oft gefragt, ob es bei der Magie bestimmte Regeln gibt. Es gibt über fünfhundert bekannte Zauberformeln, mithilfe derer man sich der Liebe einer anderen Person versichern kann, angefangen vom Herumhantieren mit Farnsamen um Mitternacht bis hin zu unschönen Machenschaften mit dem Horn eines Nashorns zu einer nicht näher benannten Zeit, aber nach Möglichkeit nicht direkt nach der Einnahme einer Mahlzeit. Wäre es wohl möglich (so fragen sich diese neugierigen Geister), dass eine Analyse all dieser Zaubersprüche und magischen Handlungen einen kleinsten gemeinsamen Nenner erkennen ließe, einen wirkungsmächtigen Meta-Spruch, irgendeine einfache kleine Gleichung, mit der man das gewünschte Ziel viel einfacher erreichen und zugleich bei den Nashörnern für enorme Erleichterung sorgen könnte?

Um derlei Fragen zu beantworten, wurde Hex gebaut, obwohl Ponder Stibbons mit dem Ausdruck »gebaut« in diesem Zusammenhang nicht ganz glücklich war. Zwar hatte er Hex gemeinsam mit einer Handvoll eifriger Studenten zusammengesetzt, das schon, aber ... na ja ... manchmal kam es ihm so vor, als würden gewisse Teile – so merkwürdig es sich auch anhören mochte – *einfach von alleine auftauchen.*

So war er sich beispielsweise ziemlich sicher, dass niemand den Mondphasengenerator konstruiert hatte, trotzdem war er auf einmal da gewesen und gehörte fortan eindeutig zu dem Ding dazu. Sie hatten die Unechtzeituhr gebaut, obwohl keiner von ihnen eine besonders klare Vorstellung davon hatte, wie sie eigentlich funktionierte.

Seiner Vermutung nach hatten sie es hier mit einem besonderen Fall von formativer Kausalität zu tun, was an einem Ort wie der Unsichtbaren Universität, wo die Realität extrem überstrapaziert war und deshalb gelegentlich von seltsamen Übergriffen heimgesucht wurde, stets sehr riskant war. Falls seine Vermutung zutraf, dann hatten sie eigentlich nichts Neues entworfen. Sie hatten lediglich einer ohnehin bereits vorhandenen Idee die passenden Kleider umgehängt, der schattenhaften Ahnung von etwas, das nur darauf gewartet hatte, Gestalt anzunehmen.

Ponder hatte seinen Kollegen lang und breit erklärt, dass Hex nicht *denken* konnte. Es war offensichtlich, dass es nicht denken konnte. Hex bestand einerseits aus einem mechanischen Räderwerk, andererseits – und zwar zu keinem geringen Teil – aus einer recht großen Ameisenfarm (wobei seiner Meinung nach allein die Schnittstelle, an der die Ameisen mit einem kleinen Paternoster auf und ab fuhren, welcher wiederum ein entscheidendes Zahnrad in Bewegung versetzte, ein kleines Meisterstück war), und das komplizierte Hin- und Herflitzen der Ameisen durch ihr Labyrinth aus Glasröhren war nachgerade das Herzstück der gesamten Apparatur.

Andere, und nicht gerade wenige Bestandteile hatten sich hingegen einfach … angesammelt. Das Aquarium zum Beispiel oder die klingenden Windspiele, die inzwischen unverzichtbar zu sein schienen. Eine Maus hatte mitten hinein ihr Nest gebaut, das inzwischen zum festen Inventar gehörte, denn immer, wenn man es entfernte, funktionierte plötzlich überhaupt nichts mehr. Aber nichts in dem unübersichtlichen Gesamtkunstwerk konnte *denken*, höchstens in sehr beschränktem Maß an Käse oder Zucker. Trotzdem … wenn Hex tief in der Nacht schwer arbeitete und die Röhren von den vielen schuftenden Ameisen knisterten und knackten, wenn es hier oder da plötzlich ohne jeden erdenklichen Grund *Klonk!* machte, wenn das Aquarium an seinem Schwenkarm herabgelassen wurde, damit der Laborant während seiner langen Überstunden etwas zum Anschauen hatte ... ja, dann konnte man durchaus darüber ins Spekulieren geraten, was so ein Gehirn überhaupt ausmachte. Darüber, was Gedanken eigentlich ausmachte, ob Dinge, die nicht lebendig waren, vielleicht doch denken konnten, darüber, ob ein Gehirn nicht bloß eine etwas kompliziertere Version von Hex war (oder, so gegen vier Uhr morgens, wenn einzelne Bestandteile des Räderwerks die Richtung änderten und die Mäuse quiekten, eine *weniger* komplizierte Version von Hex). Ja, dann war man versucht sich zu fragen, ob das Ganze womöglich imstande war, etwas zu leisten, was den einzelnen Teilen offensichtlich nicht gegeben war.

Kurz gesagt, Ponder war ein wenig besorgt.

Er setzte sich vor die Tastatur. Sie war fast so groß wie der Rest von Hex, damit die vielen notwendigen Hebel und Armaturen auch genug Platz hatten. Die verschiedenen Tasten ließen kleine, mit Löchern versehene Tafeln kurzzeitig in Schlitze fallen und brachten auf diese Weise die Ameisen dazu, neue Wege zu beschreiten.

Er brauchte eine Weile, um das Problem überhaupt zu formulieren, aber schließlich stemmte er einen Fuß gegen das Gerät und zog fest am Eingabehebel.

Die Ameisen trippelten auf neuen Wegen. Das Räderwerk setzte sich in Bewegung. Ein kleiner Mechanismus, der wie ein Instrument zur Windmessung aussah und von dem Ponder jederzeit geschworen hätte, dass er gestern noch nicht da gewesen war, fing an, sich zu drehen.

Nach einigen Minuten fielen mehrere mit okkulten Symbolen versehene Holzklötze in den Ausgabeschacht.

»Danke«, sagte Ponder und kam sich sofort ungemein lächerlich vor, weil er das gesagt hatte.

Es lag eine Spannung über dem Gerät, wie eine stumme Anstrengung, und das Bestreben, ein fernes und unverständliches Ziel zu erreichen. Als Zauberer wusste Ponder, dass es sich dabei um etwas handelte, was ihm bislang nur bei Eicheln begegnet war – eine zarte, tonlose Stimme, die sagte: »Auch wenn ich nur ein einfaches kleines grünes Etwas bin, so träume ich doch von Wäldern.«

Erst neulich hatte Adrian Rübensaat die Frage »Warum?« eingetippt, einfach nur, um zu sehen, was passierte. Einige Studenten hatten vorausgesagt, dass Hex bei dem Versuch, diese Frage zu lösen, überschnappen würde. Ponder hatte erwartet, dass Hex mit einem energischen ????? antworten würde, was sonst mit deprimierender Häufigkeit vorkam.

Stattdessen kam als Ergebnis – nach ungewöhnlich hektischer Aktivität vonseiten der Ameisen – ein mühseliges »Darum« heraus.

Rübensaat, der von den anderen aus der Deckung eines umgekippten Schreibtisches neugierig beobachtet wurde, meldete sich freiwillig und tippte »Warum irgendwas?« ein.

Als die Antwort endlich da war, lautete sie: »Weil alles. ????? Dauerhafter Bereichsfehler +++++ System Neustart +++++.«

Niemand wusste, wer System Neustart war oder warum er diese Nachrichten schickte. Aber es wurden keine Scherzfragen mehr gestellt. Niemand wollte das Risiko eingehen, Antworten darauf zu bekommen.

Kurz danach erschien das Ding, das wie ein kaputter

Regenschirm mit Heringen drauf aussah, gleich nach dem Ding, das wie ein Wasserball aussah und alle vierzehn Minuten *Parp* machte.

Es war bekannt, dass Zauberbücher eine gewisse ... Persönlichkeit entwickelten, das kam von der ganzen magischen Kraft in ihren Seiten. Deshalb war es unklug, ohne einen Stock in die Bibliothek zu gehen. Und jetzt hatte Ponder dabei geholfen, einen Apparat zu bauen, mit dem man Magie genauer untersuchen konnte. Zauberern war von jeher bekannt, dass der Akt des Beobachtens die Dinge, die man beobachtete, veränderte, und dabei vergaßen sie gelegentlich, dass sich auch der Beobachter veränderte.

Inzwischen hegte Ponder den Verdacht, dass Hex sich selbst weiterentwickelte.

Außerdem hatte er gerade eben »Danke« gesagt. Zu einem Gerät, das aussah, als wäre es von einem Glasbläser mit Schluckauf hergestellt worden.

Er warf einen Blick auf den Zauberspruch, den Hex ausgeworfen hatte, schrieb ihn eilig auf und rannte hinaus.

Hex klickte in dem nun leeren Raum weiter vor sich hin. Das Ding, das immer *Parp* machte, machte *Parp.* Die Unechtzeituhr tickte seitwärts.

Dann rasselte es im Ausgabeschacht.

»Keine Ursache. ++?????++ Zu-wenig-Käse-Fehler. System Neustart.«

Fünf Minuten später.

»Ist ja doll«, sagte Ridcully. »Intelligentes Birnbaumholz, hm?« Er kniete sich hin und versuchte, einen Blick darunter zu werfen.

Die Truhe wich zurück. Angst, Schrecken, Entsetzen und

Panik war sie gewohnt. Dass ihr jemand mit Interesse begegnete, kam nicht oft vor.

Der Erzkanzler erhob sich und klopfte sich den Staub ab.

»Aha«, sagte er, als eine zwergenhafte Gestalt sich näherte. »Da kommt ja der Gärtner mit der Stehleiter. Der Dekan sitzt im Kronleuchter, Modo.«

»Mir geht's ausgezeichnet hier oben, alles bestens«, kam eine Stimme von irgendwo unter der Decke. »Wenn mir jemand vielleicht netterweise meinen Tee raufreichen würde?«

»Ich hätte nie gedacht, dass der Oberste Hirte in ein Sideboard passt«, sagte Ridcully. »Schon erstaunlich, wie klein sich ein Mensch zusammenfalten kann.«

»Ich habe bloß... das Besteck durchgezählt«, ertönte eine Stimme aus den Tiefen einer Schublade.

Die Truhe klappte ihren Deckel auf. Mehrere Zauberer machten einen Satz nach hinten.

Ridcully untersuchte die Haifischzähne, die hier und da im Holz steckten.

»Sie bringt Haie zur Strecke, sagen Sie?«, erkundigte er sich.

»Allerdings«, bestätigte Rincewind. »Manchmal zieht sie sie an Land und springt dort auf ihnen herum.«

Ridcully war beeindruckt. Intelligentes Birnbaumholz war in den Landstrichen zwischen den Spitzhornbergen und dem Runden Meer sehr selten geworden. Wahrscheinlich wuchsen dort überhaupt keine Bäume mehr. Die Handvoll Zauberer, die einen Zauberstab aus diesem Material geerbt hatte, konnte sich glücklich schätzen.

Gefühlsökonomie gehörte zu Ridcullys starken Seiten. Er war beeindruckt. Er war fasziniert. Er war sogar, als das Ding mitten zwischen den Zauberern gelandet war und die bemerkenswerte vertikale Beschleunigung des Dekans ausgelöst hatte, ein kleines bisschen erschrocken gewesen. Aber er hatte keine Angst gehabt, weil ihm dafür einfach die Fantasie fehlte.

»Donnerlüttchen«, sagte ein Zauberer.

Der Erzkanzler hob den Blick.

»Ja, Quästor?«

»Also, dieses Buch, das der Dekan mir geliehen hat, Mustrum. Es handelt von Affen.«

»Tatsächlich?«

»Wirklich ungemein faszinierend«, sagte der Quästor, der sich auf halber Strecke seiner mentalen Kreisbahn und deshalb annähernd auf dem richtigen Planeten befand, wenn auch durch eine circa fünf Meilen dicke Watteschicht davon isoliert. »Was er gesagt hat, stimmt. Hier steht, dass ein ausgewachsenes Orang-Utan-Männchen die großen, auffälligen Wangenwülste erst dann ausbildet, wenn es zum dominanten Alphatier geworden ist.«

»Und was ist daran so faszinierend?«

»Na ja, weil er sie eben nicht hat. Aber warum bloß? Die Bibliothek dominiert er doch ganz eindeutig, würde ich sagen.«

»Ja, schon«, erwiderte der Oberste Hirte, »aber er weiß auch, dass er ein Zauberer ist. Also dominiert er nicht die gesamte Universität.«

Während sich dieser Gedanke nach und nach setzte, grinste ein Zauberer nach dem anderen den Erzkanzler an.

»Warum glotzen plötzlich alle so auf meine Wangen?«, rief Ridcully. »Außerdem dominiere ich niemanden!«

»Ich wollte nur ...«

»Ihr könnt jetzt alle mal die Klappe halten, sonst passiert gleich was!«

»Sie sollten das Buch mal lesen«, sagte der Quästor, der

immer noch glücklich im Tal der getrockneten Frösche lebte. »Schon erstaunlich, was man da so alles erfahren kann.«

»Was denn? Zum Beispiel, wie man ... wie man allen Leuten seinen Hintern hinstreckt?«, ließ sich der Dekan aus der Höhe vernehmen.

»Nein, das sind Paviane, Dekan«, sagte der Oberste Hirte.

»Entschuldigung, aber ich glaube, es handelt sich dabei eher um Gibbons«, meinte der Professor für unbestimmte Studien.

»Ach was, Gibbons sind diejenigen, die immer so höhnisch kreischen und johlen. Wenn Sie Hintern sehen wollen, halten Sie sich an die Paviane.«

»Jedenfalls hat er ihn *mir* noch nicht gezeigt«, sagte der Erzkanzler.

»Haha, das macht er natürlich nicht, ist doch klar«, sagte die Stimme aus dem Kronleuchter. »Wo Sie doch das dominante Alphamännchen sind und das alles.«

»Sie kommen jetzt sofort da runter, Zwei Stühle!«

»Ich glaub, ich hab mich verheddert, Mustrum. Da steckt irgendwo eine Kerze quer.«

»Ha!«

Rincewind schüttelte den Kopf und spazierte davon. Seit er zuletzt hier gewesen war, hatte sich so einiges verändert, und genau genommen wusste er nicht mal, wie lange das schon her war ...

Es hatte ihn nie nach einem interessanten Leben verlangt. Was ihm viel besser gefiel – und wonach er bei jeder Gelegenheit suchte –, war Langeweile. Das Dumme war nur, dass einem die Langeweile meist früher als später mit lautem Knall um die Ohren flog. Immer dann, wenn er glaubte, sie gefunden zu haben, wurde er in etwas verwickelt, was andere Leute – gedankenlose, nichtsnutzige Leute – wohl als Abenteuer bezeichnen würden. Dann zwang man ihn dazu, viele fremde Länder zu besuchen und interessanten, exotischen Menschen zu begegnen, wenn auch nicht sehr lange, denn normalerweise rannte er davon. Er war Zeuge der Erschaffung des Universums gewesen, wenn auch nicht unbedingt von einem Logenplatz aus, und er hatte auch der Hölle und dem Jenseits einen Besuch abgestattet. Man hatte ihn gefangen genommen, eingekerkert und wieder befreit, er war verschollen gewesen und hatte Schiffbruch erlitten. Manchmal sogar alles an einem Tag.

Abenteuer! Die Leute redeten immer davon, als wäre das etwas Erstrebenswertes. Dabei war es letztendlich ein unangenehmes Durcheinander aus schlechtem Essen, zu wenig Schlaf und eigenartigen Menschen, die einem, warum auch immer, spitze Gegenstände in bestimmte Körperteile stecken wollten.

Inzwischen war Rincewind davon überzeugt, das grundlegende Problem bestehe darin, dass er an präventivem Karma litt. Immer dann, wenn es auch nur den Anschein hatte, dass ihm in der nächsten Zukunft etwas Angenehmes passieren könnte, passierte sofort etwas ganz Schlimmes. Und das passierte ihm immer wieder, auch dann, wenn sich eigentlich das Angenehme ereignen sollte, weshalb er nie in den Genuss davon kam. Er erlitt seine Magenverstimmung sozusagen immer schon *vor* dem Essen und fühlte sich dann so elend, dass es ihm nicht mehr gelang, etwas zu sich zu nehmen.

Irgendwo auf der Welt, überlegte er sich oft, musste es jemanden geben, der auf der anderen Seite der Wippe saß, eine Art spiegelbildlichen Rincewind, dessen Leben eine Abfolge großartiger und wunderschöner Ereignisse war. Er hoffte, ihm eines Tages zu begegnen, wenn möglich mit einer Waffe in der Hand.

Und jetzt quatschten alle davon, ihn zum Gegengewicht-Kontinent zu schicken. Soweit er wusste, war das Leben dort trist und eintönig. Rincewind sehnte sich nach Eintönigkeit.

Auf dieser Insel hatte es ihm richtig gut gefallen. Er war ein ganz großer Fan von *Coconut Surprise*. Man knackte die Dinger auf, und – hey – da war Kokosnuss drin! Für Überraschungen dieser Art konnte er sich begeistern.

Er drückte eine Tür auf.

Das Kabuff dahinter war einmal sein Zimmer gewesen. Jetzt herrschte dort ein heilloses Durcheinander. Es gab einen großen, ramponierten Kleiderschrank, und das war's auch schon, was die normale Einrichtung anging, es sei denn, man zählte noch einen dreibeinigen Korbstuhl ohne Sitzfläche dazu und eine Matratze, die so voller Leben steckte, dass sie ab und zu schwerfällig über den Boden wanderte, bis sie irgendwo anstieß. Ansonsten standen überall Sachen herum, die man hier einfach abgestellt hatte – alte Holzkisten, Bodendielen, Säcke …

Rincewind hatte vor Rührung einen Kloß im Hals. Sie hatten sein Zimmer einfach so gelassen, wie es war.

Er machte den Schrank auf und wühlte in der von Motten heimgesuchten Dunkelheit herum, bis seine tastende Hand …

… ein Ohr …

… erwischte, an dem ein Zwerg hing.

»Autsch!«

»Was«, sagte Rincewind, »hast du in meinem Kleiderschrank zu suchen?«

»Kleiderschrank? Äh … ähm … ist das hier nicht das

Magische Königreich Fabelhaft?«, fragte der Zwerg und bemühte sich, nicht allzu schuldbewusst auszusehen.

»Nein, und die Schuhe, die du in der Hand hast, sind auch nicht die Goldenen Juwelen der Feenkönigin«, sagte Rincewind und entriss sie dem Zwerg. »Und das hier ist nicht der Zauberstab, der unsichtbar macht, und das sind nicht die Wundersocken des Riesen Rumpelnase, dafür ist *das* hier mein Stiefel…«

»Aua!«

»Und jetzt zieh Leine!«

Der Zwerg rannte zur Tür, wo er, wenn auch nur kurz, stehenblieb, um zu rufen: »Ich habe einen Ausweis der Diebesgilde! Außerdem darf man Zwerge nicht schlagen! Das ist Speziesismus!«

»Auch recht«, erwiderte Rincewind und suchte ein paar Kleidungsstücke zusammen.

Er fand ein passables Gewand und streifte es über. Hier und da hatten die Motten ihre feinen Spitzenmuster eingearbeitet, und das ursprüngliche Rot war größtenteils zu orangefarbenen und braunen Tönen verblasst, aber zu seiner Erleichterung war es immer noch ein ordentlicher Zauberermantel. Mit nackten Knien konnte man auch als mächtiger Meister der Magie keinen großen Eindruck schinden.

Hinter ihm waren leise Schritte zu hören, die sogleich wieder verstummten.

»Auf!«

Die Truhe klappte gehorsam den Deckel auf. Theoretisch hätte sie randvoll mit Hai sein müssen, stattdessen war sie halbvoll mit Kokosnüssen. Rincewind legte alle Nüsse auf den Zimmerboden und packte die Kleidungsstücke in die Truhe.

»Zu!«

Der Deckel knallte zu.

»Jetzt geh runter in die Küche und hol ein paar Kartoffeln.«

Die Truhe vollführte eine komplizierte vielbeinige Kehrtwende und trottete davon. Rincewind ging hinter ihr aus der Tür und machte sich auf den Weg zum Büro des Erzkanzlers. Die Stimmen der streitenden Zauberer waren immer noch zu hören.

Das Büro war ihm aus seinen langen Jahren an der Unsichtbaren Universität nur allzu vertraut. Normalerweise war er dort gewesen, um unangenehme Fragen zu beantworten, wie zum Beispiel: »Wie kann man in Feuermachen für Anfänger eine so schlechte Note bekommen?« Während man ihm lange Strafpredigten hielt, hatte er viel Zeit damit verbracht, das Inventar zu begutachten.

Auch hier hatte sich einiges verändert. Keine Schmelztiegel und blubbernden Destillierkolben mehr, die üblichen Requisiten der Zauberkunst; Ridcullys Arbeitszimmer zierte ein ausgewachsener Billardtisch, auf dem sich so viele Unterlagen stapelten, dass kein Fleckchen Grün mehr zu sehen war. Ridcully vertrat die Ansicht, dass alles, für das Leute so viel Zeit hatten, dass sie es aufschrieben, letztendlich nicht so wichtig sein konnte.

Die ausgestopften Köpfe mehrerer überrascht dreinblickender Tiere sahen auf ihn herab. An einem Hirschgeweih hing ein Paar löchriger Stiefel, die Ridcully in seiner Jugend als Auszeichnung für seine Leistungen in der Rudermannschaft der Universität gewonnen hatte.*

* Außer bei extremer Überflutung ist es extrem schwierig, auf dem Ankh einigermaßen voranzukommen, weshalb die Rudermannschaften der Universität auf der Oberfläche des Flusses um die Wette laufen. Das ist im Allgemeinen ziemlich ungefährlich, solange man nicht zu lange an einer Stelle stehen bleibt; außerdem zerfrisst es einem natürlich die Schuhsohlen.

In einer Ecke ruhte ein großes Modell der Scheibenwelt auf vier Holzelefanten. Rincewind kannte es nur zu gut. Jeder Student kannte es …

Der Gegengewicht-Kontinent war ein Klecks, ein Klecks in der nicht besonders einladenden Gestalt eines Kommas. Seefahrer hatten berichtet, dass sich das Festland an einer Stelle in viele große Inseln auflöste, die sich rings um die Scheibe erstreckten, bis hin zur noch geheimnisvolleren Insel Bhangbhangduc und dem ganz und gar mythenumwobenen Kontinent, der auf den Landkarten lediglich mit »XXXX« vermerkt ist.

Nicht viele Seefahrer wagten sich in die Nähe des Gegengewicht-Kontinents. Es war bekannt, dass das Achatene Reich Schmuggel in sehr kleinen Mengen duldete; vermutlich besaß Ankh-Morpork etwas, das man im Reich haben wollte. Aber es gab keine offiziellen Abmachungen. Manch ein Schiff kam von dort vollbeladen mit Seide, seltenen Hölzern und, in letzter Zeit, ein paar wild dreinblickenden Flüchtlingen zurück, bei anderen war bei der Rückkehr der Kapitän kopfüber an den Mast genietet, wieder andere kamen überhaupt nicht zurück.

Rincewind war so ziemlich überall gewesen, aber der Gegengewicht-Kontinent war auch für ihn ein unbekanntes Land, oder auch *Terror incognita.* Wofür man dort einen Zauberer brauchte, war ihm schleierhaft.

Rincewind seufzte. Er wusste, was er jetzt eigentlich tun sollte.

Er sollte nicht einmal warten, bis die Truhe von ihrer Hamsterfahrt in die Küche zurückgekehrt war. Von dort kündeten lautes Geschrei und das Scheppern einer wiederholt und energisch zuschlagenden großen Messingpfanne, dass sie ihrer Aufgabe geflissentlich nachging.

Er sollte sich einfach so viel schnappen, wie er tragen konnte, und so schnell wie möglich das Weite suchen. Er ...

»Ah, Rincewind«, sagte der Erzkanzler, der für einen so massigen Mann erstaunlich leise auftrat. »Schon bereit zum Aufbruch, wie ich sehe.«

»Ja, stimmt«, erwiderte Rincewind. »Allerdings. Ganz und gar.«

Die Rote Armee traf sich zu einer geheimen Sitzung. Das Treffen begann mit dem Absingen revolutionärer Lieder, und da sich die Achatener dem Wesen nach mit dem Ungehorsam gegenüber Autoritäten sehr schwertaten, trugen die Lieder Titel wie »Stetiger Fortschritt und gemäßigter Ungehorsam bei gleichzeitiger Einhaltung gepflegter und guter Manieren«.

Dann war es Zeit für die neuesten Mitteilungen.

»Der Große Zauberer wird kommen. Wir haben die Nachricht unter großem persönlichen Risiko abgeschickt.«

»Woran erkennen wir, dass er da ist?«

»Er ist der Große Zauberer, also werden wir schon davon erfahren. Und dann ...«

»Sanfter Umsturz der Kräfte der Unterdrückung!«, riefen alle im Chor.

Zwei Feuerkraut ließ den Blick über den versammelten Kader wandern.

»Ganz genau«, sagte er. »Und dann, Genossen, holen wir zum Schlag gegen das Herz der Verdorbenheit aus! Wir erstürmen den Winterpalast!«

Der Kader schwieg. Dann sagte jemand: »Entschuldige, Zwei Feuerkraut, aber es ist Juni.«

»Dann erstürmen wir eben den Sommerpalast!«

Eine ähnliche Sitzung, nur ohne Gesang und mit eher älteren Teilnehmern, fand in der Unsichtbaren Universität statt, obwohl ein Mitglied des Universitätsrats sich geweigert hatte, vom Kronleuchter herabzusteigen. Was wiederum den Bibliothekar sichtbar verstimmte, denn normalerweise saß er dort oben.

»Na schön. Wenn Sie meinen Berechnungen nicht trauen – welche Alternativen schlagen Sie dann vor?«, fragte Ponder Stibbons erregt.

»Schiff?«, kam es vom Professor für unbestimmte Studien.

»Schiffe gehen unter«, sagte Rincewind.

»Aber damit wären Sie ruckzuck dort«, warf der Oberste Hirte ein. »Schließlich sind wir Zauberer. Wir könnten Ihnen sogar einen eigenen Windbeutel mitgeben.«

»Ach, dann fährt der Dekan also doch mit«, kommentierte Ridcully vergnügt.

»Das habe ich gehört!«, erklang es von oben.

»Über Land«, sagte der Dozent für neue Runen. »Über die Nabe? Da geht's fast ausschließlich über Eis.«

»Nein«, sagte Rincewind.

»Aber auf Eis geht man nicht unter.«

»Nein. Man stolpert, und dann geht man unter, und dann knallt einem das Eis auf den Kopf. Außerdem gibt's Killerwale. Und dicke fette Robben mit fo grohfen Tfähnen.«

»Das kommt jetzt nur mal so aus dem Handgelenk«, erklärte der Quästor fröhlich.

»Was denn?«, wollte der Dozent für neue Runen wissen.

»Die Hand mit ihren Fingern dran.«

Kurzes betretenes Schweigen.

»Ach du Schreck, ist es wirklich schon so spät?«, sagte der Erzkanzler, der seine Uhr hervorgezogen hatte. »Tatsächlich.

Das Fläschchen ist in Ihrer linken Tasche, alter Knabe. Nehmen Sie gleich drei.«

»Nein, Magie ist die einzige Möglichkeit«, sagte Ponder Stibbons. »Sie hat doch auch funktioniert, als wir ihn hergeholt haben, oder?«

»Na klar«, erwiderte Rincewind. »Ihr schickt mich einfach mit brennender Hose Tausende von Meilen durch die Welt, ohne zu wissen, wo ich am anderen Ende rauskomme? Echt toll, ehrlich, ganz prima.«

»Gut«, sagte Ridcully, dem jeder Sarkasmus fremd war. »Es ist ein großer Kontinent, den können wir gar nicht verfehlen, nicht mal mit Herrn Stibbons' präzisen Berechnungen.«

»Mal angenommen, ich lande zusammengequetscht irgendwo mitten in einem Berg?«, gab Rincewind zu bedenken.

»Unmöglich. In diesem Falle würde das Felsgestein hierherbefördert werden, sobald wir den Zauber aktivieren«, sagte Ponder, dem der Scherz bezüglich seiner Berechnungen ganz und gar nicht gefallen hatte.

»Trotzdem stecke ich dann immer noch mitten in dem Berg fest, bloß in einem menschenförmigen Loch«, sagte Rincewind. »Ganz toll. Von jetzt auf gleich zum Fossil.«

»Keine Bange«, beschwichtigte ihn Ridcully. »Es ist alles eine Frage von … Dingsbums, Sie wissen schon, dieses Geraffel mit den rechten Winkeln, wo dabei am Schluss ein Dreieck rauskommt …«

»Könnte es sein, dass Sie gerade von Geometrie sprechen?«, fragte Rincewind und spähte zur Tür.

»So was in der Art, genau. Außerdem haben Sie Ihre wundersame Truhe dabei. Also, das wird die reinste Urlaubsreise! Völlig problemlos. Wahrscheinlich wollen die bloß …

bloß … irgendwas fragen oder so. Und ich habe mir sagen lassen, dass Sie, mein Guter, ein Talent für Sprachen haben, also dürfte es auch in dieser Hinsicht keine Schwierigkeiten geben.* Wahrscheinlich sind Sie nach ein paar Stunden schon wieder weg. Höchstens. Warum sagen Sie ständig leise ›ha‹?«

»Mach ich das?«

»Und wenn Sie zurückkommen, sind Ihnen alle schrecklich dankbar.«

Rincewind sah sich im Kreise der Ratsmitglieder um und – in einem Falle – kurz nach oben.

»Wie komme ich eigentlich wieder zurück?«, fragte er.

»Genauso, wie Sie hingekommen sind. Wir finden Sie und holen Sie raus. Mit chirurgischer Präzision.«

Rincewind stöhnte auf. Er wusste ganz genau, was chirurgische Präzision in Ankh-Morpork bedeutete. Es bedeutete »ein paar Zentimeter mehr oder weniger, begleitet von großem Geschrei, und dann gießen sie den heißen Teer genau dorthin, wo dein Bein ist«.

Aber … wenn man die Gewissheit, dass irgendetwas ganz bestimmt grässlich schiefläuft, einfach ignorierte, sah der Plan eigentlich narrensicher aus. Problematisch war bloß noch, dass Zauberer äußerst einfallsreiche Narren waren.

---

* Zumindest das entsprach der Wahrheit. Rincewind konnte in neunzehn Sprachen um Gnade flehen und in weiteren vierundvierzig Sprachen um Hilfe schreien.¥

¥ Was überaus wichtig ist. Unerfahrene Reisende sind womöglich der Meinung, dass »Aaargh!« überall verstanden wird, aber auf Betrobisch heißt es so viel wie »sehr vergnüglich«, und in Wiewunderland bedeutet es, abhängig vom Kontext, »Ich würde gerne deinen Fuß essen«, »Deine Frau ist ein fettes Flusspferd« oder »Hallo, denkt der lilafarbene Herr Katze«. Besonders ein Stamm genießt den Ruf, außerordentlich grausam zu sein, und zwar nur deshalb, weil die Gefangenen, in den Ohren der Stammesangehörigen, ständig »Schnell! Noch mehr siedendes Öl!« schreien.

»Und dann bekomme ich meinen alten Arbeitsplatz wieder?«

»Klar.«

»Und ich darf mich offiziell Zauberer nennen?«

»Selbstverständlich. Mit jeder beliebigen Rechtschreibung.«

»Und ich muss nirgendwo mehr hin, solange ich lebe?«

»Einverstanden. Wenn Sie wollen, verbieten wir Ihnen sogar hochoffiziell, das Gelände zu verlassen ...«

»Und einen neuen Hut?«

»Was?«

»Ein neuer Hut. Der hier ist so gut wie hinüber.«

»Zwei neue Hüte.«

»Pailletten?«

»Aber ja. Und diese, Sie wissen schon, die kleinen Glasbommeldinger? Jede Menge davon, rings um die Krempe. So viele Sie wollen. Und wir schreiben Zaubbberer mit drei Bs.«

»Also gut«, seufzte Rincewind. »Ich mach's.«

Ponders Genie verkrampfte sich immer ein bisschen, wenn es darum ging, anderen Leuten etwas zu erklären. So wie jetzt, als die Zauberer zusammenkamen, um es magisch mal wieder richtig krachen zu lassen.

»Schon, aber Sie müssen verstehen, Erzkanzler, dass er auf die ganz andere Seite der Scheibe geschickt wird, deshalb ...«

Ridcully seufzte. »Sie dreht sich doch, oder nicht?«, sagte er. »Wir bewegen uns alle in dieselbe Richtung. Das leuchtet doch ein. Wenn sich die Leute woanders andersherum bewegen, bloß weil sie auf dem Gegengewichts-Kontinent sind, würden wir doch einmal im Jahr mit ihnen zusammenstoßen. Zwei Mal, meine ich.«

»Ja schon, sie drehen sich natürlich genauso wie wir, selbstverständlich, aber die Bewegungsrichtung ist dabei genau gegenläufig.« Ponder wechselte zur Logik: »Man muss dabei an Vektoren denken, man… man muss sich fragen: ›In welche Richtung würden sie sich bewegen, wenn die Scheibe nicht da wäre?‹«

Die Zauberer starrten ihn an.

»Nach unten«, sagte Ridcully.

»Nein, nein, *nein,* Erzkanzler«, rief Ponder. »Sie würden nicht nach unten fallen, weil es nichts gäbe, was sie runterziehen könnte, sie…«

»Man braucht nichts, was einen runterzieht. Man fällt einfach nach unten, wenn nichts da ist, was einen oben hält.«

»Sie würden sich immer weiter in dieselbe Richtung bewegen!«, schrie Ponder schon fast.

»Genau. Immer im Kreis herum«, sagte Ridcully. Er rieb sich die Hände. »Wenn Sie ein richtiger Zauberer sein wollen, dürfen Sie nicht den Bezug zur Wirklichkeit verlieren, junger Mann. Wie läuft's denn so, Runen?«

»Ich… ich kann etwas erkennen«, sagte der Dozent für neue Runen, der angestrengt in die Kristallkugel spähte. »Jede Menge Interferenzen…«

Die Zauberer scharten sich um ihn. Die Kugel war voll mit weißen Flecken, und in dem schlierigen Durcheinander waren undeutliche Gestalten auszumachen. Einige davon hätten durchaus Menschen sein können.

»Ein sehr friedlicher Ort, das Achatene Reich«, sagte Ridcully. »Sehr ruhig. Sehr kultiviert. Dort wird großer Wert auf Höflichkeit gelegt.«

»Allerdings«, sagte der Dozent für neue Runen. »Ich habe gehört, das liegt vor allem daran, dass allen, die nicht ruhig und friedlich sind, wichtige Körperteile abgeschnitten werden. Oder liege ich da falsch? Ich habe mir sagen lassen, dass die Bevölkerung von einer tyrannischen, repressiven Regierung unterjocht wird!«

»Was ist das denn für eine Regierungsform?«

»Eine Tautologie«, warf der Dekan von oben ein.

»Wie wichtig sind diese Teile denn?«, erkundigte sich Rincewind, aber niemand beachtete ihn.

»Ich habe gehört, es soll dort überall Gold geben«, sagte der Dekan. »Angeblich liegt es einfach so auf der Straße, wie Dreck. Rincewind könnte uns einen Sack voll mitbringen.«

»Ich würde lieber alle meinen wichtigen Körperteile wieder mitbringen«, erwiderte Rincewind.

Ja, ja, dachte er, schließlich bin ich derjenige, der dorthin reisen und die Kastanien aus dem Feuer holen soll, warum sollte mir auch irgendjemand zuhören?

»Geht das nicht auch ein bisschen deutlicher?«, fragte der Erzkanzler.

»Tut mir leid, Erzkanzler ...«

»Diese Teile ... sind das große oder kleine Teile?«, wollte Rincewind wissen, blieb aber ungehört.

»Wir müssen bloß ein offenes Gelände finden und etwas, was von der Größe und vom Gewicht her so ungefähr passt.«

»Ist nicht ganz einfach, so etwas ...«

»Sehr wichtige Teile? Reden wir hier von Armen und Beinen?«

»Angeblich ist es dort entsetzlich langweilig. Die schlimmste Verwünschung lautet ›Mögest du in interessanten Zeiten leben‹, hab ich mir sagen lassen.«

»Da ist was ... hm, ziemlich verschwommen. Sieht aus wie eine Schubkarre oder so. Ziemlich klein, glaube ich.«

»... oder eher von Zehen und Ohren und solchen Sachen?«

»Gut, fangen wir an«, sagte Ridcully.

»Ähm, ich glaube, es wäre hilfreich, wenn er ein bisschen schwerer wäre als das, was wir hierher holen«, sagte Ponder. »Dann kommt er nicht mit zu großer Geschwindigkeit dort an. Ich glaube …«

»Ja, ja, schon gut, vielen Dank auch, Herr Stibbons. Jetzt aber rein in den Kreis, und dann wollen wir den Zauberstab mal so richtig knistern lassen! So ist's brav, alter Knabe.«

»Fingernägel? Haare?«

Rincewind zupfte Ponder Stibbons, der ein bisschen sensibler als die anderen zu sein schien, am Gewand.

»Äh, was soll ich jetzt machen?«, fragte er ihn.

»Hm … einen Sprung von sechstausend Meilen, hoffe ich«, antwortete Ponder.

»Aber … hört mal … habt ihr nicht noch irgendwelche Hinweise oder Ratschläge?«

Ponder überlegte, wie er es ausdrücken sollte. Er dachte: Was Hex angeht, habe ich mein Bestes getan, aber die eigentliche Aktion wird von einem Haufen Zauberer durchgeführt, deren Verständnis von experimenteller Herangehensweise darin besteht, etwas wegzuwerfen und dann darüber zu diskutieren, wo es vielleicht landet. Wir haben vor, Ihre Position gegen etwas auszutauschen, das sechstausend Meilen entfernt ist und sich, ganz egal, was der Erzkanzler sagt, in einer ganz anderen Richtung durch den Raum bewegt. Präzision ist hier der Schlüssel. Mit so einem alten Reisezauber kommen wir hier nicht weiter. Er würde auf halber Strecke den Geist aufgeben, und Sie ebenfalls. Ich bin mir ziemlich sicher, dass wir Sie in einem Stück oder, schlimmstenfalls, in zwei Stücken dorthin bekommen, aber wir wissen so gut wie nichts über das Gewicht des Dings, das wir gegen Sie eintauschen. Wenn es ungefähr so viel wiegt wie Sie, könnte alles ganz gut klappen, vorausgesetzt, es macht

Ihnen nichts aus, bei der Landung auf der Stelle zu traben. Wenn es aber sehr viel schwerer ist als Sie, dann vermute ich, dass Sie da drüben mit einer Geschwindigkeit ankommen, die man normalerweise nur von Schlafwandlern in Dörfern an sehr steilen Abgründen kennt. Und zwar in einem sehr endgültigen Sinne.

»Ähm«, sagte er. »Sie sollten sich fürchten. Ganz doll.«

»Ach, *das*«, erwiderte Rincewind. »Damit habe ich kein Problem. Das kann ich sogar ganz hervorragend.«

»Wir versuchen, Sie genau in der Mitte des Kontinents abzusetzen, dort, wo vermutlich Hunghung liegt«, sagte Ponder.

»Die Hauptstadt?«

»Ja. Ähm.« Ponder fühlte sich schuldig. »Also, was auch passiert, ich bin sicher, dass Sie dort lebendig ankommen, und das sind immerhin bessere Aussichten, als wenn wir das Ganze allein denen da überlassen hätten. Und ich bin mir ziemlich sicher, dass Sie auch auf dem richtigen Kontinent herauskommen.«

»Ach, sehr schön.«

»Jetzt machen Sie aber mal hinne, Herr Stibbons. Wir sind alle schon ganz gespannt darauf, was wir ihrer Meinung nach jetzt tun sollen«, sagte Ridcully.

»Ähm, ja, genau. Wenn Sie, Herr Rincewind, sich jetzt in die Mitte des Oktagramms begeben würden … vielen Dank. Hm. Wie Sie vielleicht wissen, meine Herren, hat es beim Teleportieren über große Entfernungen immer schon Probleme mit der Heisenberg'schen Unschärferelation* gegeben, da das teleportierte Objekt, das kommt von tele, ›ich sehe‹

---

* Benannt nach dem Zauberer Sangrit Heisenberg, nicht nach dem viel berühmteren Heisenberg, der dafür bekannt ist, dass er das vielleicht beste Lagerbier der Welt erfunden hat.

und porte ›gehen‹, was zusammengenommen also ›Ich sehe, dass es weg ist‹ bedeutet, also, ähm, das teleportierte Objekt, ähm, ungeachtet dessen, wie groß es ist, auf ein thaumatisches Partikel reduziert wird, und auf diese Weise Subjekt einer möglicherweise fatalen Dichotomie werden könnte: Es kann entweder wissen, was es ist oder wohin es geht, aber nicht beides. Ähm, die dabei aufgebaute Spannung im morphischen Feld führt womöglich dazu, dass es zerfällt und als Objekt von beliebiger Gestalt zurückbleibt, die über, ähm, bis zu elf Dimensionen verschmiert ist. Aber ich bin sicher, dass Sie das alle wissen.«

Vom Professor für unbestimmte Studien, der plötzlich eine Vorlesung in Raum 3B halten musste, war ein Schnarchen zu vernehmen.

Rincewind grinste. Jedenfalls stand sein Mund so weit offen, dass man seine Zähne sehen konnte.

»Äh, Entschuldigung bitte«, sagte er. »Ich kann mich nicht erinnern, dass jemals erwähnt worden wäre, dass man irgendwohin geschmiert...«

»Natürlich«, fügte Ponder rasch hinzu, »spürt das Objekt nichts von... ähm... all dem...«

»Ach so.«

»... soweit wir wissen...«

»Was?«

»... obwohl es theoretisch möglich ist, dass der Geist so weit erhalten bleibt...«

»Hä?«

»... um die explosive Entleibung noch kurzzeitig mitzuerleben...«

»He!«

»Also, wir sind wohl alle mit der Funktion des Zauberspruchs als Momentendrehpunkt vertraut, ähm, und zwar dergestalt, dass wir eigentlich nicht *ein* Objekt von Ort und Stelle bewegen, sondern lediglich die Position zweier Objekte mit gleicher Masse austauschen. Heute möchte ich Ihnen demonstrieren, dass durch die Vermittlung genau derselben Kreiselbewegung und der maximalen Geschwindigkeit des Objekts …«

»Ich?«

»… gleich von Anfang an, dann ist es quasi sicher …«

»Quasi?«

»… bei Entfernungen von bis zu, ähm, sechstausend Meilen …«

»Bis zu?«

»… und einer Toleranz von circa zehn Prozent …«

»Toleranz?«

»Wenn Sie jetzt also – entschuldigen Sie, Dekan, ich wäre Ihnen wirklich sehr verbunden, wenn Sie das Wachsgetröpfel sein ließen, danke – wenn Sie also die auf dem Fußboden markierten Positionen einnehmen würden …«

Rincewind blickte sehnsüchtig zur Tür. Für den erfahrenen Feigling war es bis dorthin überhaupt keine Entfernung. Er könnte einfach hinausspazieren, und die anderen könnten … sie könnten …

Was konnten sie machen? Sie könnten ihm einfach seinen Hut wegnehmen und ihn daran hindern, die Universität jemals wieder zu betreten. Jetzt, wo er darüber nachdachte, wäre ihnen wahrscheinlich auch die Sache mit dem Annageln die Mühe wert, falls sie ihn ohne große Anstrengungen ausfindig machen konnten.

Genau das war das Problem. Er wäre zwar nicht tot, aber er wäre auch kein Zauberer mehr. Und, dachte er, während die Zauberer zu ihren Markierungen schlurften und die Griffe an ihre Zauberstäbe schraubten, wenn er sich nicht mehr als Zauberer betrachten könnte, dann wäre er nichts anderes als tot.

Die Beschwörung nahm ihren Anfang.

Rincewind, der Schuhmacher? Rincewind, der Bettler? Rincewind, der Dieb? So ziemlich alles, abgesehen von Rincewind, die Leiche, erforderte eine Ausbildung oder Fähigkeiten, die er nicht besaß.

Er konnte eigentlich nichts anderes. Die Zauberei war seine einzige Zuflucht. Genau genommen war er auch nicht besonders gut im Zaubern, aber zumindest war er *eindeutig* nicht besonders gut darin. Er war schon immer der Meinung gewesen, dass seine Berechtigung, ein Leben als Zauberer zu führen, dem entsprach, dass man ohne die Zahl 0 nicht ordentlich rechnen konnte. Denn eigentlich war die 0 ja überhaupt keine Zahl, nur wenn sie sich davonmachte, würden jede Menge großer Zahlen ganz schön blöd dastehen. Es war ein in gewisser Weise großzügiger Gedanke, der ihn immer getröstet hatte, wenn er frühmorgens um drei wachgelegen, sein Leben gewogen und für zu leicht befunden hatte, ein bisschen leichter noch als einen Hauch warmen Wasserstoffs. Wahrscheinlich hatte er die Welt tatsächlich einige Male gerettet, aber es war meistens rein zufällig geschehen, während er gerade etwas anderes machen wollte. Für so etwas bekam man so gut wie sicher keine Karma-Punkte. Wahrscheinlich zählte es nur, wenn man gleich zu Anfang laut darüber nachdachte: »Sapperlot, jetzt wird es aber allerhöchste Zeit, die Welt zu retten, das ist so sicher wie das Amen im Tempel!«, und nicht: »Ach du Scheiße, diesmal muss ich ganz bestimmt sterben!«

Die Beschwörung war immer noch in vollem Gange.

Sie schien nicht besonders gut zu laufen.

»Also ehrlich, Leute«, sagte Ridcully. »Ein bisschen Konzentration, wenn ich bitten darf!«

»Sind Sie sicher … dass es … nur was Kleines ist?«, fragte der Dekan, dem schon der Schweiß ausbrach.

»Sieht aus wie ein … Schubkarren …«, murmelte der Dozent für neue Runen.

Der Knauf am Ende von Ridcullys Zauberstab fing zu qualmen an.

»Seht mal alle her, welche Magie ich hier zum Einsatz bringe!«, sagte er. »Was ist los, Herr Stibbons?«

»Ähm, Größe ist natürlich nicht dasselbe wie Masse …«

Und dann, so wie es manchmal beträchtliche Anstrengung kostet, eine festgeklemmte Tür aufzudrücken, und dann überhaupt keiner Anstrengung mehr bedarf, der Länge nach in das dahinterliegende Zimmer zu fallen, griff der Zauber.

Hinterher hoffte Ponder, dass das, was er gesehen hatte, eine optische Täuschung war. Zweifellos zog sich normalerweise niemand auf eine Größe von vier Metern auseinander und schnurrte dann so schnell auf seine ursprüngliche Größe zusammen, dass ihm beide Stiefel direkt unterm Kinn saßen.

Ein kurzer Schrei war zu vernehmen, so ähnlich wie »Ooohhhschschhhhh …«, der jedoch jäh abriss, was vermutlich auch besser war.

Das Erste, was Rincewind auffiel, als er auf dem Gegengewicht-Kontinent auftauchte, war die Kälte.

Als Nächstes fielen ihm, in Fahrtrichtung und der Reihe nach, auf: ein überraschter Mann mit einem Schwert, noch ein Mann mit einem Schwert, ein dritter Mann, der sein Schwert fallen gelassen hatte und wegrennen wollte, zwei andere Männer, die weniger aufmerksam waren und ihn nicht mal bemerkt hatten, ein kleiner Baum, ungefähr fünfzig Meter verkrüppeltes Unterholz, eine Schneewehe, eine größere Schneewehe, ein paar Steine und dann noch eine ziemlich endgültige Schneewehe.

Ridcully sah Ponder Stibbons an.

»Also weg ist er schon mal«, sagte er. »Aber sollten wir nicht etwas für ihn bekommen?«

»Ich weiß nicht genau, ob der Wechsel ohne jede Verzögerung stattfindet«, erwiderte Ponder.

»Sie meinen … es dauert eine Weile, durch die okkulte Dimension zu zischen?«

»So was in der Art. Laut Hex könnte sich die Wartezeit auf mehrere …«

Da tauchte etwas mit einem *Plopp!* im Oktagramm auf, genau an der Stelle, wo Rincewind gestanden hatte, und rollte ein paar Zentimeter weiter. Es hatte mindestens vier kleine Räder, so wie man sie unter einem kleinen Karren findet. Diese Räder waren allerdings keine handwerklich angefertigten Räder, sondern eher dicke Scheiben, wie man sie an etwas Schwerem befestigen würde, wenn es ausnahmsweise mal bewegt werden musste.

Über den Rädern wurde die Sache erst richtig interessant.

Dort ruhte ein großer runder Zylinder, so ähnlich wie ein umgekipptes Fass. Jemand hatte sich bei seiner Konstruktion beträchtliche Mühe gegeben, und außer Mühe war noch jede Menge Messing darauf verwendet worden, damit er wie ein sehr großer, dicker Hund mit offenem Maul aussah. Ein nebensächliches Detail war ein Stück Schnur, das rauchte und zischte, weil es nämlich brannte.

Das ganze Ding machte nichts Gefährliches. Es stand nur einfach da, und die schwelende Schnur wurde immer kürzer.

Die Zauberer versammelten sich rings um die merkwürdige Erscheinung.

»Sieht ganz schön schwer aus«, sagte der Dozent für neue Runen.

»Die Statue eines Hundes mit einem großen Maul«, sagte der Professor für unbestimmte Studien. »Ziemlich langweilig.«

»Sieht sogar ein bisschen wie ein Schoßhund aus, finde ich«, sagte Ridcully.

»Da hat sich jemand viel Mühe gegeben«, sagte der Dekan. »Kann mir nicht vorstellen, warum man es anzünden sollte.«

Ridcully steckte den Kopf in das weite Rohr.

»Da steckt so eine große runde Kugel drin«, sagte er mit leicht hallender Stimme. »Wenn mir mal jemand einen Stock oder so was geben würde … mal sehen, ob ich sie mit ein bisschen Rumstochern da rauskriege.«

Ponder musterte die zischende Schnur.

»Äh, ich glaube, ähm, wir sollten alle vielleicht einen Schritt zurückmachen, Erzkanzler. Ähm. Wir sollten alle zurücktreten, genau, vielleicht noch ein Stück.«

»Ach ja, im Ernst? So viel zum Thema Forschung«, sagte Ridcully. »Mit Zahnrädern und Ameisen herumzudoktern macht Ihnen nichts aus, aber wenn es wirklich darum geht, einer Sache mal auf den Grund zu sehen, und …«

»Sich die Hände schmutzig zu machen«, ergänzte der Dozent für neue Runen.

»Ganz genau, sich die Hände schmutzig zu machen, da werden wir auf einmal sehr zurückhaltend.«

»Darum geht's nicht, Erzkanzler«, erwiderte Ponder. »Das Ding könnte gefährlich sein.«

»Ich glaube, ich hab sie gelockert«, sagte Ridcully und stocherte in den Tiefen des Rohres herum. »Los, Leute, das Ding mal ein bisschen nach vorne gekippt …«

Ponder wich noch ein paar Schritte zurück. »Ähm, ich denke nicht, dass wir …«

»Ach, Sie denken nicht? Nennt sich Zauberer und denkt nicht. Verflixt! Jetzt steckt mein Stab fest! Bloß weil ich Ihnen zugehört habe und nicht mehr ganz bei der Saehe war, Herr Stibbons.«

Ponder hörte ein Scharren hinter sich. Der Bibliothekar hatte mit dem animalischen Instinkt für Gefahr und dem menschlichen Instinkt für großen Ärger den Tisch umgekippt und spähte über die Platte; außerdem hatte er sich einen kleinen Kessel aufgesetzt und den Henkel wie einen Riemen unter das Kinn geklemmt.

»Erzkanzler, ich denke, Sie sollten wirklich …«

»Ach, jetzt denken Sie also doch? Hat Ihnen jemand gesagt, dass es Ihre Aufgabe ist zu denken? Autsch! Jetzt hab ich mir wegen Ihnen auch noch die Finger eingeklemmt!«

Ponder musste seinen ganzen Mut aufbringen, um zu sagen: »Ich denke … es könnte vielleicht so was wie ein Feuerwerk sein, Erzkanzler.«

Die Zauberer richteten ihre geballte Aufmerksamkeit auf die zischende Schnur.

»Wie jetzt? Bunte Lichter, Sternengeprassel und dergleichen?«, fragte Ridcully.

»Gut möglich.«

»Wenn das losgeht, ist bestimmt mordsmäßig was geboten. Allem Anschein nach sind sie da drüben im Achatenen Reich ganz versessen auf Feuerwerk.« Ridcully sprach mit der Stimme eines Mannes, dem allmählich dämmert, dass er womöglich etwas sehr Dummes getan hat.

»Soll ich die Schnur löschen, Erzkanzler?«, fragte Ponder.

»Ja, mein Junge, warum nicht? Gute Idee. Ein kluger Kopf, der Mann.«

Ponder trat vor und drückte den Funken zwischen Daumen und Zeigefinger aus.

»Ich hoffe nur, dass wir nichts kaputtgemacht haben«, sagte er.

Rincewind schlug die Augen auf.

Das war keine kühle Bettwäsche. Es war weiß, und es war kalt, aber es mangelte an grundsätzlicher Bettwäschehaftigkeit. Zum Ausgleich dafür besaß es jede Menge Schneehaftigkeit.

Und eine Schneise. Eine lange Schneise.

Mal sehen ... Er erinnerte sich daran, dass er Bewegung gespürt hatte. Und er erinnerte sich undeutlich an etwas Kleines, aber unglaublich schwer Aussehendes, das in der Gegenrichtung an ihm vorübergedonnert war. Und dann war er hier gewesen, und er hatte sich so schnell bewegt, dass seine Füße diese ...

... Schneise hinterlassen hatten. Genau, eine Schneise, dachte er auf die leichtfertige Art und Weise derjenigen, die eine leichte Gehirnerschütterung erlitten hatten. Ringsumher lagen lauter stöhnende Leute.

Aber sie sahen aus, als würden sie, sobald sie nicht mehr stöhnend auf dem Boden herumkrochen, ihre Schwerter ziehen und sofort auf die wichtigen Körperteile losgehen.

Rincewind erhob sich ein wenig wackelig. Er sah nichts, wohin er rennen konnte. Es gab nur die endlose, verschneite Ebene mit Bergen am fernen Horizont.

Die Soldaten schienen sich deutlich schneller zu erholen. Rincewind seufzte. Noch vor wenigen Stunden hatte er an einem warmen Strand gesessen, bei jungen Frauen, die ihm Kartoffeln* angeboten hatten, und jetzt befand er sich

* Was diesen Punkt anging, herrschte immer noch eine gewisse Verwirrung.

hier auf dieser kalten, windigen Ebene mit mehreren großen Männern, die ihm wohl schon bald Gewalt anbieten würden.

Erst jetzt fiel ihm auf, dass seine Schuhsohlen dampften.

Und dann sagte jemand: »He! Bist du … du bist doch nicht … bist du … bist du nicht … wiewarderNamenochgleich … Rincewind, oder?«

Rincewind drehte sich um.

Hinter ihm stand ein sehr alter Mann. Trotz des bitterkalten Windes trug er lediglich einen ledernen Lendenschurz und einen struppigen Bart, der so lang war, dass der Lendenschurz eigentlich überflüssig gewesen wäre, zumindest vom Standpunkt der Schicklichkeit her. Seine Beine waren blau vor Kälte, und die Nase war rot vom Wind, was ihm ein ziemlich patriotisches Aussehen verlieh, vorausgesetzt, man stammte aus dem entsprechenden Land. Über einem Auge trug er eine Augenklappe, aber noch auffälliger waren seine Zähne. Sie glitzerten.

»Steh nicht so da und glotz mich an wie der große Glotzer! Nimm mir diese verdammten Dinger ab!«

Er trug schwere Eisen an den Hand- und Fußgelenken, von denen eine Kette zu einer Gruppe mehr oder weniger ebenso gekleideter Männer führte, die sich dicht aneinanderdrängten und Rincewind angsterfüllt anstarrten.

»Haha! Die halten dich für ’n Dämon oder so was«, kicherte der Alte. »Aber ich kenn mich mit Zauberern aus! Das Sackgesicht dort drüben hat die Schlüssel. Geh rüber und verpass ihm einen ordentlichen Tritt.«

Rincewind machte ein paar zögerliche Schritte auf einen am Boden liegenden Wächter zu und zog an seinem Gürtel.

»Gut so«, sagte der alte Mann, »jetzt schmeiß sie mir rüber. Und dann geh schnell zur Seite.«

»Warum?«

»Weil du sonst mit Blut vollgespritzt wirst.«

»Aber du hast keine Waffe, und du bist nur allein, und die haben große Schwerter und sind zu fünft!«

»Weiß ich auch«, erwiderte der alte Mann und wickelte sich die Kette ungerührt um die Fäuste. »Es ist ein bisschen unfair, aber ich hab nicht den ganzen Tag Zeit.«

Er grinste.

Edelsteine funkelten im Morgenlicht. Jeder Zahn im Mund des Mannes war ein Diamant. Rincewind kannte nur einen Mann, der es wagen würde, Trollzähne zu tragen.

»Du hier? Cohen der Barbar?«

»Pssst! Im Kocknito! Und jetzt geh beiseite, hab ich gesagt.« Seine Zähne blitzten die Wächter an, die inzwischen wieder auf den Beinen standen. »Kommt schon, Jungs. Ihr seid immerhin zu fünft, und ich bin ein alter Mann. Brabbelbrabbel, au, mein Bein, eckzettera …«

Man musste den Wächtern zugutehalten, dass sie zögerten. Ihren Mienen nach zu urteilen lag es wahrscheinlich nicht daran, dass es etwas despektierlich war, wenn fünf bullige, schwer bewaffnete Kerle einen klapprigen alten Mann angriffen. Womöglich lag es eher daran, dass ein klappriger alter Mann, der im Angesicht des sicheren Todes nicht zu grinsen aufhörte, etwas sehr Verunsicherndes an sich hatte.

»Na, jetzt kommt schon«, sagte Cohen. Die Männer schoben sich vorsichtig näher, wobei jeder von ihnen darauf wartete, dass einer der anderen zum Angriff überging.

Cohen machte ein paar Schritte auf sie zu und fuchtelte müde mit den Armen. »Ach nö«, sagte er, »das beschämt mich jetzt aber, mal ehrlich. So greift man doch niemanden an, wie ein eingeschüchterter Haufen Feldhasen! Wenn man jemanden angreift, ist das wichtigste Element immer noch das der ... *Überraschung* ...«

Zehn Sekunden später kam er zu Rincewind zurück.

»Alles klar, Zaubermeister. Kannst die Augen wieder aufmachen.«

Ein Wächter hing kopfüber in einem Baum, von einem anderen ragten nur noch die beiden Füße aus einer Schneewehe, zwei weitere lehnten an einem Felsen, und einer war ... verteilt. Da und dort. Er hing sozusagen überall herum.

Cohen lutschte nachdenklich an seinem Handgelenk.

»Der Letzte ist doch tatsächlich bis auf ein paar Zentimeter rangekommen«, sagte er. »Ich werde wohl doch alt.«

»Warum bist du h-?« Rincewind unterbrach sich. Eine Neugier wurde von der nächsten eingeholt. »Wie alt bist du eigentlich genau?«

»Sind wir noch im Jahrhundert des Flughunds?«

»Ja.«

»Ach, keine Ahnung. Neunzig? Neunzig könnte stimmen. Oder fünfundneunzig?« Cohen fischte die Schlüssel aus dem Schnee und schlenderte zu der Gruppe Männer, die sich noch mehr aneinanderkauerten. Er schloss die erste Handfessel auf und überließ dem schockierten Gefangenen die Schlüssel.

»Haut schon ab, und zwar alle«, sagte er nicht unfreundlich. »Und lasst euch nicht noch einmal schnappen.«

Er spazierte zurück zu Rincewind.

»Was führt dich in diese öde Gegend?«

»Also ...«

»Interessant«, sagte Cohen, und damit war der Fall für ihn erledigt. »Ich kann nicht den ganzen Tag hier rumstehen und quatschen, ich hab noch zu tun. Kommst du jetzt mit oder nicht?«

»Was?«

»Wie du willst.« Cohen wickelte die Kette um seine Taille und knotete sie wie einen provisorischen Gürtel fest, dann klemmte er mehrere Schwerter dahinter.

»Was hast du eigentlich mit dem bellenden Hund gemacht?«, fragte er dann.

»Welcher Hund?«

»Ach, spielt keine Rolle.«

Rincewind trippelte der davoneilenden Gestalt nach. Nicht, dass er sich in der Gesellschaft von Cohen dem Barbaren sicher gefühlt hätte. Niemand fühlte sich in der Gesellschaft von Cohen dem Barbaren sicher. Bei ihm schien mit dem Alterungsprozess irgendetwas schiefgelaufen zu sein. Cohen war schon immer ein barbarischer Held gewesen, ganz einfach, weil er zu nichts anderem taugte als zu heldenhaftem Barbarentum. Und je älter er wurde, desto härter schien er zu werden, so wie Eichenholz.

Immerhin war er ein vertrautes Gesicht, das war tröstlich. Er befand sich nur nicht am richtigen Ort.

»Es hatte einfach keine Zukunft mehr, dort in den Spitzhornbergen«, sagte Cohen, während sie durch den Schnee stapften. »Zäune und Bauernhöfe, Zäune und Bauernhöfe, überall. Wenn du dort heutzutage einen Drachen erschlägst, beschweren sich hinterher die Leute. Weißt du was? Weißt du, was passiert ist?«

»Nein. Was ist denn passiert?«

»Da hat sich ein Mann vor mich hingestellt und behauptet, meine Zähne wären eine Provokation für Trolle. Jetzt kommst du!«

»Na ja, sie sind aus ...«

»Ich hab gesagt, dass sich bei mir noch keiner beschwert hat.«

»Äh, hast du ihnen denn eine Gele-«

»Ich hab gesagt, wenn ich in den Bergen oben einem Troll begegne, der eine Halskette aus Menschenschädeln trägt, dann wünsche ich ihm guten Tag und guten Weg. Liga gegen die Diffamierung von Siliziumleben, am Ärmel. Es ist doch überall dasselbe. Also dachte ich mir, ich probier mein Glück mal auf der anderen Seite der Eiskappe.«

»Ist es nicht gefährlich, über die Nabe zu wandern?«, fragte Rincewind.

»Früher war's schon gefährlich«, antwortete Cohen mit einem schauderhaften Grinsen.

»Du meinst, bevor du dort langgegangen bist?«

»Genau. Hast du immer noch diese Kiste mit den vielen Beinen?«

»Hin und wieder. Sie ist immer irgendwo in der Nähe.«

Cohen kicherte glucksend.

»Eines Tages krieg ich den verdammten Deckel von dem Ding noch runter, glaub mir. Ah. Pferde.«

Es waren fünf, die verschreckt in einer kleinen Senke beisammenstanden.

Rincewind schaute zu den befreiten Gefangenen zurück, die ziellos hin und her rannten.

»Wir nehmen doch nicht alle fünf Pferde, oder?«, fragte er.

»Natürlich. Vielleicht brauchen wir sie noch.«

»Aber... eins für mich, eins für dich... Wofür brauchen wir die anderen?«

»Mittagessen, Abendessen und Frühstück?«

»Das ist ein bisschen... unfair, oder nicht? Die Leute dort drüben sehen ein bisschen... verunsichert aus.«

Cohen grinste das Grinsen eines Mannes, der noch nie richtig in Gefangenschaft gewesen war, selbst wenn man ihm Fesseln angelegt hatte.

»Ich hab sie befreit«, sagte er. »Sie sind vorher noch nie frei gewesen. Ist ein ziemlicher Schock für sie, könnte ich mir vorstellen. Sie warten, dass jemand kommt und ihnen sagt, was sie machen sollen ...«

»Äh ...«

»Wenn du willst, sage ich ihnen, dass sie verhungern sollen.«

»Äh ...«

»Ach, von mir aus! He, ihr Säcke! Alle mal schön in einer Reihe aufgestellt, aber tuut swiet hopp-hopp!«

Der kleine Haufen kam zu Cohen gerannt und stellte sich erwartungsvoll hinter seinem Pferd auf.

»Ich sag dir, ich bereu's nicht. Hier ist das Land der Möglichkeiten«, sagte Cohen und trieb das Pferd zu einem leichten Trab an. Die verunsicherten freien Männer trabten hinterher. »Weißt du was? Hier sind Schwerter verboten. Nur Soldaten, die Adligen und die kaiserliche Garde dürfen Waffen tragen. Ich wollt's nicht glauben! Aber es stimmt, ich schwör's! Schwerter sind geächtet, deshalb haben nur Geächtete Schwerter. Und das«, sagte Cohen und grinste glitzernd in die Gegend, »passt mir ausgezeichnet.«

»Aber ... du warst in Ketten ...«, äußerte Rincewind vorsichtig.

»Schön, dass du mich daran erinnerst«, sagte Cohen. »Ja, die anderen Jungs finden wir bestimmt auch noch, und dann muss ich herausfinden, wer das getan hat, und ein ernstes Wörtchen mit ihm reden.«

Cohens Tonfall ließ keinen Zweifel daran, dass sein Gegenüber höchstwahrscheinlich so etwas wie »Ich bin hocherfreut! Deine Frau ist ein fettes Flusspferd!« erwidern würde.

»Jungs?«

»Auf eigene Faust barbarenmäßig durch die Welt zu ziehen hat keine Zukunft«, sagte Cohen. »Ich habe mir eine ... Ach, das wirst du dann schon sehen.«

Rincewind drehte sich zu der Gruppe um, die ihnen folgte, dann musterte er den Schnee und schließlich Cohen.

»Äh. Weißt du vielleicht, wo Hunghung ist?«

»Ja, das ist die größte Stadt. Wir sind schon unterwegs dahin. Sozusagen. Zurzeit wird sie belagert.«

»Belagert? Du meinst ... so mit vielen Heerscharen vor den Toren, und drinnen müssen alle Ratten essen ... so in dem Stil?«

»Genau, aber wir sind hier auf dem Gegengewicht-Kontinent, deshalb verläuft die Belagerung sehr gesittet. Egal, ich nenne es trotzdem Belagerung ... Der alte Kaiser stirbt, also wollen die mächtigen Familien nachrücken. So ist es hier üblich. Es gibt fünf verschiedene Obermacker, die sich alle gegenseitig belauern, deshalb will keiner zuerst aus der Deckung kommen. Wenn man dieses Land verstehen will, muss man um die Ecke denken.«

»Cohen?«

»Ja, mein Junge?«

»Was zum Henker geht hier eigentlich vor?«

Lord Hong sah der Teezeremonie zu. Sie dauerte drei Stunden, aber eine richtig gute Tasse Tee vertrug nun mal keine Eile.

Er spielte dabei Schach, und zwar gegen sich selbst. Nur so konnte er sich mit einem Gegner messen, der ihm gewachsen war. Momentan war allerdings eine Pattsituation eingetreten, weil beide Seiten eine Verteidigungsstrategie verfolgten, die zugegebenermaßen nichts weniger als brillant war.

Manchmal wünschte sich Lord Hong einen Gegenspieler, der so klug war wie er. Oder, da Lord Hong wirklich sehr klug war, wünschte er sich manchmal einen Gegenspieler, der *beinahe* so klug war wie er, einen Kontrahenten, der ab und zu Anflüge strategischen Genies an den Tag legte, trotzdem aber hin und wieder eine fatale Schwachstelle offenbarte. Aber die Leute waren ja so dumm. Sie dachten selten mehr als ein Dutzend Züge voraus.

Attentate waren das tägliche Brot am Hofe von Hunghung. Und oft genug waren das tägliche Brot beziehungsweise Speis und Trank auch das Mittel zum Zweck. Es war ein Spiel, bei dem alle mitspielten, nicht mehr und nicht weniger als einer von vielen möglichen Schachzügen. Natürlich zählte die Ermordung des Kaisers nicht zu den feinen Umgangsformen. Korrekter war es, den Kaiser in eine Position zu bringen, in der man ihn kontrollieren konnte. Aber Züge auf diesem Niveau waren sehr gefährlich. So gerne die Kriegsherren sich auch untereinander kabbelten, so sehr konnte man sich darauf verlassen, dass sie sich blitzschnell gegen denjenigen zusammenschlossen, der den Kopf aus der Herde hob. Und Lord Hong hatte sich aus ihr erhoben wie Brotteig, der aus der Form quoll, indem er den anderen weisgemacht hatte, sie wären zwar die naheliegenden Kandidaten für den Kaiserthron, er selbst sei jedoch besser als jeder andere.

Er amüsierte sich darüber, dass sie glaubten, er habe es auf die Kaiserperle abgesehen …

Er hob den Kopf vom Spielbrett und fing den Blick der jungen Frau auf, die am Teetisch beschäftigt war. Sie errötete und schaute weg.

Die Tür glitt auf. Einer seiner Männer kam auf Knien hereingerutscht.

»Ja?«, sagte Lord Hong.

»Äh … hoher Herr …«

Lord Hong seufzte. Wenn es schon so losging, handelte es sich selten um eine gute Nachricht.

»Was gibt's?«, fragte er.

»Derjenige, den sie den Großen Zauberer nennen, ist angekommen, hoher Herr. Droben in den Bergen. Auf einem Drachen aus Wind. So wird berichtet«, fügte der Bote rasch hinzu, da er Lord Hongs Meinung zum Thema Aberglaube kannte.

»Gut. Aber? Ich nehme an, es gibt ein Aber.«

»Äh ... einer der Bellenden Hunde ist verloren gegangen. Einer von den ganz neuen ... die auf Euren Befehl getestet werden sollten. Wir wissen nicht genau ... das heißt ... wir glauben, Hauptmann Drei Hohe Bäume ist in einen Hinterhalt geraten, vielleicht ... unsere Informationen sind ein bisschen unklar ... der, äh, der Informant berichtet, der Große Zauberer habe den Bellenden Hund weggezaubert ...« Der Bote duckte sich noch tiefer.

Lord Hong seufzte nur noch. Im Kaiserreich war die Magie in Ungnade gefallen, ausgenommen zu den allerbanalsten Zwecken. Sie galt als unkultiviert. Sie legte Macht in die Hände von Menschen, die nicht einmal ein richtiges Gedicht schreiben konnten, selbst dann nicht, wenn ihr Leben davon abhing. Was gelegentlich schon vorgekommen war.

Er glaubte lieber an den Zufall als an Magie.

»Das ist sehr ärgerlich«, sagte Lord Hong.

Er erhob sich und nahm sein Schwert aus dem Ständer. Es hatte eine lange, gebogene Klinge und war vom besten Schwertschmied im ganzen Reich geschmiedet worden – Lord Hong selbst. Als er erfahren hatte, dass man zwanzig Jahre benötigte, um diese hohe Kunst zu erlernen, hatte er sich ein bisschen angestrengt und drei Wochen dafür gebraucht. Die Leute konzentrierten sich einfach nicht genug, das war ihr Problem ...

Der Bote duckte sich bis zum Boden.

»Ist der betreffende Offizier hingerichtet worden?«, fragte Lord Hong.

Der Bote versuchte, in den Fußboden hineinzukriechen, und beschloss, der Wahrheit den Vortritt vor der Ehre zu lassen.

»Ja!«, winselte er.

Lord Hong schlug zu. Ein leises Zischen war zu vernehmen, wie fallende Seide, dann ein Poltern, als plumpste eine Kokosnuss zu Boden, und das leise Klirren von Geschirr.

Der Bote machte die Augen auf. Er konzentrierte sich auf seinen Nacken und befürchtete, dass ihn die geringste Bewegung ein ganzes Stück kürzer machen könnte. Über Lord Hongs Schwerter kursierten grausame Geschichten.

»Jetzt steh schon auf«, sagte Lord Hong, wischte die Klinge sorgsam ab und stellte das Schwert wieder zurück. Dann streckte er die Hand aus und zog ein schwarzes Fläschchen aus dem Gewand des Teemädchens.

Sobald es entkorkt war, rannen ein paar Tropfen heraus, die zischend auf den Boden fielen.

»Aber, aber«, sagte Lord Hong. »Ich wundere mich immer wieder, warum die Leute sich solche Mühe geben.« Er blickte auf. »Lord Tang oder Lord McSweeney haben den Hund wahrscheinlich gestohlen, um mich zu ärgern. Ist der Zauberer entkommen?«

»Allem Anschein nach ja, hoher Herr.«

»Gut. Sorge dafür, dass ihm so gut wie kein Leid zugefügt wird. Und schicke mir ein anderes Teemädchen. Eins mit Kopf.«

Eins musste man Cohen lassen. Wenn es keinen Grund gab, einen umzubringen, also wenn man beispielsweise keine besonderen Wertsachen dabeihatte oder nicht zwischen ihm und seiner Beute stand, war er ein angenehmer Gesellschafter. Rincewind war ihm schon einige Male begegnet, meistens auf der Flucht vor irgendetwas.

Cohen war kein großer Fragensteller. Seiner Meinung nach tauchten die Leute auf, und dann verschwanden sie wieder. Begegnete man ihm nach fünf Jahren wieder, sagte er nur: »Ach, du bist's.« Nie kam ein »Wie ist es dir so ergangen?« hinterher. Man war noch am Leben, man stand noch aufrecht, alles Weitere interessierte Cohen verdammt wenig.

Auf der anderen Seite der Berge war es deutlich wärmer. Zu Rincewinds Erleichterung mussten sie keines der Ersatzpferde essen, weil ein leopardenähnliches Tier sich von einem Ast fallen ließ und versuchte, Cohen die Eingeweide aus dem Leib zu reißen.

Es schmeckte ein bisschen streng.

Dabei hatte Rincewind durchaus schon Pferdefleisch gegessen. Im Laufe der Jahre hatte er sich dazu überwunden, alles zu essen, was nicht buchstäblich wieder von seiner Gabel krabbelte. Aber er war auch so schon genug durch den Wind, ohne dass er etwas essen musste, was vielleicht auf den Namen Brauner gehört hatte.

»Wie bist du in Gefangenschaft geraten?«, erkundigte er sich, als sie weiterritten.

»Ich war beschäftigt.«

»Cohen der Barbar? Zu beschäftigt, um zu kämpfen?«

»Ich wollte die junge Dame nicht unnötig in Aufregung versetzen. Ich konnte nicht anders. Bin runter in ein Dorf, um mich nach Neuigkeiten umzuhören, eins führte zum anderen, und auf einmal tauchten überall Soldaten auf wie ein Haufen billige Rüstungen, und ich kann mit auf dem Rücken gefesselten Händen nicht so gut kämpfen. Der Anführer war ein richtig fieser Geselle, dem sein Gesicht werde ich so schnell nicht vergessen. Ein halbes Dutzend von uns wurde zusammengetrieben, dann mussten wir dieses Ding, den Bellenden Hund, bis hierher durchs Gelände ziehen. Da haben sie uns an diesen Baum gekettet, einer hat die kleine Schnur angezündet, und dann sind sie alle ganz schnell hinter eine Schneewehe gerannt. Zum Glück bist du gekommen und hast das Ding verschwinden lassen.«

»Ich habe es nicht verschwinden lassen. Jedenfalls nicht direkt.«

Cohen beugte sich zu Rincewind hinüber. »Ich glaub, ich weiß, was es war«, sagte er und reckte sich selbstzufrieden im Sattel.

»Was denn?«

»Ich glaub, es war so eine Art Feuerwerk. Hier sind alle ganz verrückt nach Feuerwerk.«

»Du meinst solche Dinger, bei denen man das blaue Zündpapier anzündet und es sich dann in die Nase steckt?«*

»Sie benutzen es, um böse Geister zu vertreiben. Hier gibt es nämlich jede Menge böse Geister. Wegen dem ganzen Morden und Gemetzel ständig und überall.«

»Morden und Gemetzel?«

Rincewind hatte das Achatene Reich immer für einen friedlichen Ort gehalten. Es war zivilisiert. Hier wurde alles Mögliche erfunden. Er erinnerte sich daran, dass er einiges davon sogar eigenhändig in Ankh-Morpork eingeführt

* VORSICHT, KINDER! So etwas machen nur sehr dumme Zauberer mit ganz schlimmen Nasennebenhöhlenproblemen. Vernünftige Leute begeben sich in einen abgesperrten Bereich, von wo aus sie aus angemessener Entfernung einem Mann in schwerer Schutzkleidung dabei zuschauen, wie er (mithilfe einer sehr langen Stange) etwas anzündet, das »fssst« macht. Erst dann dürfen alle »Hurra!« schreien.

hatte. Einfache, unschuldige Dinge wie dämonengetriebene Uhren, eigenartige Schachteln, die Bilder malten, oder zusätzliche Glasaugen, die man vor den eigenen tragen und besser sehen konnte, selbst wenn man sich damit zum Gespött machte.

Sollte es hier nicht ausgesprochen *langweilig* sein?

»Morden und Gemetzel, ganz recht«, erwiderte Cohen. »Beispielsweise, wenn die Bevölkerung mit den Steuern ein bisschen im Verzug ist. Man sucht sich eine Stadt mit aufmüpfigen Einwohnern aus, bringt sie alle um, zündet die Stadt an, reißt die Mauern ein und pflügt die Asche unter. Auf diese Weise ist man den Ärger los, alle anderen Städte sind plötzlich brav und folgsam, und die fehlenden Steuern werden im Handumdrehen abgeliefert, was einer Regierung immer sehr entgegenkommt, hab ich mir sagen lassen. Falls es irgendwo wieder Ärger geben sollte, muss man bloß sagen: ›Erinnert ihr euch noch an Nangnang?‹ oder sonst irgendein Name, und wenn sie antworten: ›Wo ist denn Nangnang?‹, sagt man bloß: ›Genau das habe ich gemeint.‹«

»Ach du grüne Neune! Wenn so etwas bei uns zu Hause geschehen würde ...«

»Ach, hier läuft es schon ewig so. Hier glaubt man, dass ein Land nur so und nicht anders zu regieren ist. Alle tun, was man ihnen sagt. Hier werden die Leute wie Sklaven behandelt.« Cohen runzelte nachdenklich die Stirn. »Nicht, dass ich was gegen Sklaven hätte, davon ganz abgesehen. Hab früher selbst ein paar besessen. Ich bin sogar ein oder zwei Mal selbst Sklave gewesen. Aber wo es Sklaven gibt, was kann man dort wohl noch finden?«

Rincewind dachte kurz nach. »Peitschen?«, sagte er schließlich.

»Genau. Damit ist alles ziemlich gut beschrieben. Peitschen. Sklaven und Peitschen, das hat etwas Rechtschaffenes, finde ich. Aber hier gibt es keine Peitschen. Hier haben sie was Schlimmeres als Peitschen.«

»Was denn?«, entfuhr es Rincewind, der jetzt ein bisschen panisch aussah.

»Das findest du schon noch selbst heraus.«

Als Rincewind sich umsah, stellte er fest, dass sein Blick auf das halbe Dutzend Gefangene fiel, die ihnen gefolgt waren und jetzt aus einem gewissen Abstand ehrfürchtig herüberschauten. Er hatte ihnen ein Stück Leopard abgegeben, das sie zunächst angestarrt hatten, als wäre es Gift, und dann verschlungen hatten, als wäre es richtiges Essen.

»Sie folgen uns immer noch«, sagte er.

»Na ja ... du hast ihnen Fleisch gegeben«, kicherte Cohen in sich hinein und rollte sich dabei eine Verdauungszigarette. »Das hättest du nicht tun sollen. Hättest ihnen die Schnurrhaare und die Krallen überlassen sollen. Du hättest nicht schlecht gestaunt, was sie daraus zubereiten können. Weißt du, für welches Gericht sie unten an der Küste bekannt sind?«

»Nein.«

»Schweinsohrensuppe. Was verrät einem das über einen Ort, na?«

Rincewind zuckte die Achseln. »Dass die Leute sehr sparsam sind?«

»Dass sich ein anderer Bursche den Rest des Schweins unter den Nagel gerissen hat.«

Er drehte sich im Sattel um. Die Horde der Ex-Gefangenen wich zurück.

»Hört mal«, rief er, »ich hab's euch doch gesagt. Ihr seid frei! Verstanden?«

Einer der Mutigeren erwiderte: »Ja, Herr.«

»Ich bin nicht euer Herr. Ihr seid frei. Ihr könnt hingehen, wohin ihr wollt, nur nicht hinter mir her, sonst bringe ich euch alle um. Und jetzt – haut endlich ab!«

»Wohin, Herr?«

»Egal wohin! Irgendwo anders hin!«

Die Männer warfen einander ängstliche Blicke zu, dann drehte sich die ganze Gruppe wie ein Mann um und trottete auf dem Pfad davon.

»Wahrscheinlich gehen sie direkt in ihr Dorf zurück«, sagte Cohen und verdrehte die Augen. »Schlimmer als Peitschen, ich sag's dir.«

Sie ritten weiter, und Cohens dürre Hand deutete mit einer vagen Geste über die gesamte Landschaft.

»Ein ziemlich verrücktes Land«, sagte er. »Wusstest du, dass das gesamte Reich von einer Mauer umgeben ist?«

»Damit … damit die barbarischen Horden nicht hereinkommen?«

»Tolle Verteidigungsanlage!«, erwiderte Cohen sarkastisch. »Als würden die Barbaren vor der Mauer stehen bleiben und sich wundern: ›Ach, blöd, da steht eine sieben Meter hohe Mauer, hm, da reiten wir wohl am besten wieder die tausend Meilen über die Steppe zurück und überlegen nicht mal kurz, was der Fichtenwald dort drüben in puncto Leitern zu bieten hat.‹ Quatsch! Die Mauer steht da, um die Leute *drinnen* zu halten. Und dann die vielen Vorschriften! Hier gibt's für alles Regeln und Vorschriften. Ohne ein Stück Papier darfst du hier nicht mal aufs Klo.«

»Ehrlich gesagt nehme ich mir auch immer ein …«

»Ein Stück Papier, auf dem steht, dass du aufs Klo darfst, meine ich. Ohne so einen offiziellen Schrieb kommst du nicht aus deinem Dorf raus, darfst nicht heiraten, darfst nicht mal schei- Ah, jetzt sind wir da.«

»Allerdings«, sagte Rincewind.

Cohen funkelte ihn an. »Woher hast du das gewusst?«, erkundigte er sich.

Rincewind versuchte nachzudenken. Es war ein langer Tag gewesen. Tatsächlich war er sogar, aufgrund der thaumatischen Entsprechung zum Jetlag, mehrere Stunden länger als die meisten anderen Tage gewesen, die er erlebt hatte, und es war zwei Mal Mittag gewesen, ohne dass es etwas zu essen gab, was sich zu essen gelohnt hätte.

»Äh ... ich dachte, du hättest eine allgemeine philosophische Aussage getroffen«, sagte er vorsichtig. »So wie: ›Jetzt sind wir schon mal da, da müssen wir halt das Beste draus machen.‹«

»Ich meinte damit, dass wir mein Versteck erreicht haben«, sagte Cohen. Rincewind sah sich um. Ringsum nichts als Gestrüpp, ein paar Steine und eine steile Felswand.

»Ich sehe nichts«, sagte er.

»Genau. Deshalb weiß ich auch, dass es meins ist.«

Die Kunst des Krieges war das Fundament der Diplomatie im Achatenen Reich.

Niemand zweifelte daran, dass Krieg notwendig war. Er war ein Grundpfeiler der gesamten Staatsführung. Er lieferte dem Reich seine Oberhäupter. Die strengen Auswahlprüfungen verschafften ihm seine Bürokraten und Beamten, und womöglich war Kriegsführung in den Augen der Führungsriege lediglich eine Spielart dieser strengen Prüfungen. Mit dem Unterschied, dass man im Falle einer Niederlage im nächsten Jahr nicht noch einmal antreten durfte.

Trotzdem musste es auch dabei feste Regeln geben. Andernfalls wäre alles bloß ein barbarisches Hauen und Stechen.

Deshalb hatte man schon vor Jahrhunderten die Kunst des Krieges schriftlich ausformuliert. Sie bestand aus einem Regelbuch. Einige Regeln waren sehr eindeutig: Innerhalb der Verbotenen Stadt durfte nicht gekämpft werden, die Person des Kaisers war unantastbar. Andere waren eher allgemeine Richtlinien für eine gute und zivilisierte Kriegsführung. Es gab Regeln für die Truppenaufstellung, die Taktik, die Aufrechterhaltung der Disziplin, die richtige Organisation von Versorgungslinien. Die Kunst legte die optimale Strategie unter Berücksichtigung sämtlicher Eventualitäten fest. Dadurch wurde die Kriegsführung im Kaiserreich wesentlich vernünftiger, sie bestand im Allgemeinen aus kurzen Perioden der Aktivität, gefolgt von langen Perioden, in denen man versuchte, irgendetwas im Stichwortverzeichnis zu finden.

Niemand erinnerte sich noch an den Autor. Einige behaupteten, es sei Eins Tsu Sung gewesen, andere sagten, es sei Drei Sun Sung gewesen. Womöglich hatte sogar irgendein vergessenes Genie den allerersten Grundsatz niedergeschrieben oder eher niedergepinselt: Kenne deinen Feind und kenne dich selbst.

Lord Hong hatte den Eindruck, dass er sehr genau wusste, wer er selbst war, und es bereitete ihm nur selten Probleme, seine Feinde zu kennen. Außerdem achtete er darauf, seine Feinde am Leben und bei bester Gesundheit zu lassen.

Zum Beispiel die Lords Sung, Fang, Tang und McSweeney. Er mochte sie, insbesondere ihre Angemessenheit. Sie verfügten über angemessenen militärischen Verstand, was bedeutete, dass sie die Fünf Regeln und Neun Grundsätze der Kriegskunst auswendig gelernt hatten. Sie verfassten angemessene Gedichte und waren gerissen genug, Umstürze aus ihren eigenen Reihen zu vereiteln. Gelegentlich sandten sie ihm Attentäter ins Haus, die angemessen kompetent waren, um Lord Hong interessiert und wach zu halten und für ein wenig willkommene Unterhaltung zu sorgen.

Er bewunderte sogar ihre angemessene Heimtücke. Niemandem konnte entgangen sein, dass Lord Hong der nächste Kaiser sein würde, aber sobald es so weit war, würden sie seine Thronfolge zweifellos anfechten. Zumindest offiziell. Dabei hatte bereits jeder Kriegsherr Lord Hong insgeheim seine persönliche Unterstützung zugesichert, weil jeder von ihnen angemessen klug war und wusste, was passieren würde, falls er es nicht tat. Trotzdem würde es noch eine Schlacht geben, selbstverständlich, allein schon deshalb, weil es der Brauch so wollte. Aber in seinem Herzen bewahrte Lord Hong einen Platz für jeden Anführer, der seine eigenen Männer verkaufte.

Kenne deinen Feind. Lord Hong hatte beschlossen, sich einen würdigen Feind zu suchen. Deshalb hatte er dafür gesorgt, dass man ihm Bücher und Neuigkeiten aus Ankh-Morpork brachte. Dafür hatte er so seine Mittel und Wege. Er hatte seine Spione. Momentan wusste Ankh-Morpork nicht einmal, dass es der Feind war, und solche Feinde waren die allerbesten.

Das, was er in Erfahrung gebracht hatte, hatte ihn zuerst erstaunt, dann fasziniert und schließlich regelrecht mit Bewunderung erfüllt …

Dort hätte ich zur Welt kommen sollen, dachte er, während er die anderen Mitglieder des Erhabenen Rates musterte. Was würde ich für eine Partie Schach mit jemandem wie Lord Vetinari geben. Der Mann schaute zweifellos drei Stunden auf das Brett, ehe er den ersten Zug machte …

Lord Hong wandte sich an den Protokoll-Eunuchen des Erhabenen Rates.

»Können wir weitermachen?«, fragte er.

Der Mann leckte nervös über seinen Pinsel. »Es ist gleich so weit, hoher Herr«, sagte er.

Lord Hong seufzte.

Diese elende Kalligraphie! Das musste auch dringend geändert werden! Eine Schriftsprache mit siebentausend Buchstaben, und es dauerte den ganzen Tag, um ein Gedicht von dreizehn Silben über ein weißes Pony aufzuschreiben, das durch wilde Hyazinthen trabt. Das alles war sehr schön und gut, das musste er zugeben, und keiner konnte besser dichten als Lord Hong. Aber in Ankh-Morpork gab es ein Alphabet aus sechsundzwanzig ausdruckslosen, hässlichen, groben Buchstaben, wie sie nur für Bauern und Handwerker passten… und doch wurden dort Gedichte und Theaterstücke geschrieben, die brennend heiße Spuren in der Seele hinterließen. Außerdem konnte man damit das verdammte Protokoll einer Fünfminutensitzung in weniger als einem Tag abfassen.

»Wie weit bist du?«, erkundigte er sich.

Der Eunuch hüstelte höflich.

»›Wie sanft die Blüte des Aprik-‹«, hob er an.

»Ja, ja, ja«, sagte Lord Hong. »Wenn wir bei dieser Gelegenheit auf die poetischen Schnörkel verzichten könnten, danke.«

»Äh, ›Das Protokoll der letzten Sitzung wurde ordnungsgemäß unterzeichnet.‹«

»Mehr nicht?«

»Äh, also, ich muss noch die Blütenblätter fertigmalen, die auf dem…«

»Ich möchte diese Sitzung bis heute Abend beenden. Hinweg.«

Der Eunuch ließ seinen Blick furchtsam um den Tisch herumwandern, packte dann seine Schriftrollen und Pinsel und trippelte hinaus.

»Gut«, sagte Lord Hong. Er nickte den anderen Kriegsherren zu. Für Lord Tang hielt er ein besonders freundliches Nicken bereit. Lord Hong hatte die Vorstellung, dass es sich bei Lord Tang womöglich doch um einen Ehrenmann handeln könnte, mit einigem Interesse verfolgt und war zu dem Schluss gekommen, dass dem wirklich so war. Es war eine eher verängstigte und nur schwer auszumachende Ehre, aber sie war eindeutig vorhanden, weshalb man sich mit ihr befassen musste.

»Ich halte es für ratsam, hohe Herren, dass wir uns privat weiterunterhalten«, sagte er. »Hinsichtlich der Angelegenheit mit den Rebellen. Mich haben verstörende Nachrichten zu ihren Aktivitäten erreicht.«

Lord McSweeney nickte. »Ich habe dafür gesorgt, dass in Sum Dim dreißig Rebellen hingerichtet wurden«, sagte er. »Als abschreckendes Beispiel.«

Als abschreckendes Beispiel für die Hirnlosigkeit Lord McSweeneys, dachte Lord Hong. Da niemand über bessere Informationen verfügte als er, wusste er genau, dass es in Sum Dim noch nie eine Kaderabteilung der Roten Armee gegeben hatte. Jetzt gab es dort ganz bestimmt eine. Es war wirklich viel zu einfach.

Auch die anderen Kriegsherren hielten kurze, aber stolze Reden über ihre Anstrengungen, kaum nennenswerte Unruhen in eine ausgewachsene Revolution zu verwandeln, auch wenn sie es natürlich völlig anders sahen.

Hinter ihren Prahlereien waren sie nervös wie Schäferhunde nach einem kurzen Blick in eine Welt, in der die Schafe nicht mehr vor ihnen davonliefen.

Lord Hong kam die Nervosität gerade recht. Eines Tages würde er sie für seine Zwecke nutzen. Er lächelte und konnte gar nicht mehr aufhören zu lächeln.

Schließlich sagte er: »Trotz Eurer vorbildlichen Bemühungen bleibt die Situation mehr als ernst. Ich habe erfahren, dass ein sehr erfahrener Zauberer aus Ankh-Morpork hier eingetroffen ist, um die Rebellen in Hunghung zu unterstützen. Ich weiß auch, dass es eine Verschwörung zur Zerschlagung der wunderbaren Organisation der himmlischen Welt und zur Ermordung des Kaisers gibt, möge er noch zehntausend Jahre leben. Ich gehe natürlich davon aus, dass die fremden Teufel hinter alldem stecken.«

»Davon weiß ich überhaupt nichts!«, blaffte Lord Tang.

»Mein lieber Lord Tang, ich wollte damit nicht andeuten, dass Ihr davon hättet wissen müssen«, erwiderte Lord Hong.

»Ich meinte ...«, fing Lord Tang noch einmal an.

»Niemand hat auch nur den geringsten Zweifel an Eurer Ergebenheit dem Kaiser gegenüber«, fuhr Lord Hong fort, glatt wie ein Messer, das durch warme Butter schnitt. »Es ist wohl wahr, dass jemand in den höchsten Kreisen diesen Leuten hilft, aber auf Euch weist nicht einmal der Hauch eines Verdachts.«

»Das will ich doch hoffen!«

»Allerdings.«

Die Lords Fang und McSweeney rückten ein Stück von Lord Tang ab.

»Wie konnten wir so etwas geschehen lassen?«, äußerte sich Lord Fang empört. »Natürlich kommt es hin und wieder vor, dass irgendwelche Leute, närrische, geistesgestörte Leute, auf die andere Seite der Mauer gelangen. Aber jemanden von draußen wieder hereinzulassen ...«

»Leider war der Großwesir zu jener Zeit ein Mann mit wechselhaften Launen«, sagte Lord Hong. »Er dachte, es könnte interessant sein zu sehen, welche interessanten Neuigkeiten von dort zurückgebracht wurden.«

»Interessante Neuigkeiten?«, sagte Lord Fang. »Diese Stadt Ank… Moor… Pork ist ein grässlicher Ort! Pure Anarchie! Dort scheint es keinen Adel zu geben, und die Gesellschaft gleicht einem Termitennest! Für uns, hohe Herren, wäre es besser, dieser Schandfleck würde vom Angesicht der Erde getilgt!«

»Eure feinsinnigen Bemerkungen sind weithin berühmt, Lord Fang«, erwiderte Lord Hong, der sich insgeheim köstlich amüsierte. »Aber wie dem auch sei«, fuhr er fort, »ich werde jedenfalls dafür sorgen, dass in den kaiserlichen Gemächern zusätzliche Wachen aufgestellt werden. Ganz egal, woher diese Störungen rühren, wir müssen dafür sorgen, dass sie ein Ende finden.«

Er sah, dass ihn alle genau beobachteten. Sie glauben, dass ich das Reich regieren will, dachte er. Deshalb überlegen sie alle, wie sie daraus einen Vorteil ziehen können – bis auf Lord Tang, den Sympathisanten der Rebellen, als der er sich zweifellos herausstellen wird…

Er entließ sie und zog sich in seine Gemächer zurück.

Es war eine Tatsache, dass die Geister und Teufel jenseits der Mauer keine Vorstellung von Kultur und ganz gewiss keine Ahnung von Büchern hatten. Auf den Besitz eines solch offensichtlich unmöglichen Gegenstands stand nur eine Strafe: der Tod. Und Beschlagnahmung.

Lord Hong hatte sich eine beachtliche Bibliothek aufgebaut. Er besaß sogar mehrere Landkarten.

Und noch mehr als Landkarten. In dem Raum mit dem mannshohen Spiegel gab es eine Kiste, die er stets verschlossen hielt…

Nicht jetzt. Später vielleicht…

Ankh-Morpork! Schon der Name hatte einen wunderbar satten Klang.

Er bräuchte nur ein Jahr, mehr nicht. Die furchtbare Geißel der Rebellion würde ihm erlauben, eine Macht auszuüben, von der selbst der verrückteste Kaiser nie zu träumen gewagt hatte. Und dann würde es allen unabdingbar erscheinen, eine Flotte zu bauen, um sich zu rächen und Angst und Schrecken über die ausländischen Teufel zu bringen. Vielen Dank, Lord Fang. Eure feinsinnigen Bemerkungen wurden durchaus zur Kenntnis genommen.

Als spielte es überhaupt eine Rolle, wer Kaiser war! Das Reich war eher ein Bonus, den man später so ganz nebenbei einheimsen konnte. Hauptsache, er bekam Ankh-Morpork mit seinen geschäftigen Zwergen und ihrer Begeisterung für Maschinen aller Art. Dagegen diese Bellenden Hunde! Meistens sprengten sie sich selbst in die Luft, und sie waren ungenau. Vom Prinzip her waren sie tadellos, aber ihre Wirkung war grauenhaft. Vor allem, wenn sie explodierten.

Für Lord Hong war es wie eine Offenbarung gewesen, das Problem auf die Art und Weise von Ankh-Morpork anzugehen. Dabei hatte er festgestellt, dass es womöglich besser war, irgendeinen Bauern, der zumindest eine grobe Ahnung von Metall und explosiven Erden hatte, zum Vielversprechenden Hundemacher zu ernennen, als einen Sekretär, der in seinen Abschlussprüfungen Bestnoten für das schönste Gedicht über Eisen erzielt hatte. In Ankh-Morpork *taten* die Leute wirklich etwas.

Wenn er doch nur als Eigentümer den Breiten Weg hinabflanieren und dort die Pasteten des berühmten Herrn Schnapper probieren könnte! Wenn er doch nur eine einzige Partie Schach gegen Lord Vetinari spielen könnte! Dazu würde er dem Mann natürlich einen Arm lassen müssen.

Er zitterte vor Aufregung. Nicht später … jetzt. Seine Finger tasteten nach dem geheimen Schlüssel, der an einer Kette um seinen Hals hing.

Es war kaum mehr als ein Trampelpfad. Sogar ein Kaninchen wäre daran vorbeigelaufen. Und bevor man den Spalt direkt vor sich sah, wäre man jede Wette eingegangen, dass man lediglich eine schroffe, unzugängliche Felswand vor sich hatte.

Hatte man ihn erst einmal gefunden, war die Sache kaum der Rede wert. Der Spalt führte in eine längliche Schlucht mit einigen natürlichen Höhlen in den Seitenwänden, einem Fleckchen Gras in der Mitte und einer Quelle.

Und, wie sich herausstellte, zu Cohens Bande. Er nannte sie allerdings seine Horde. Die Männer saßen in der Sonne und beschwerten sich darüber, dass es nicht mehr so warm war wie früher.

»Da bin ich wieder, Jungs«, sagte Cohen.

»Warst du weg? Mach Sachen.«

»Hä? Wassislos?«

»Er hat gesagt, ER IST WIEDER DA.«

»Wieder was?«

Cohen strahlte Rincewind an. »Ich hab sie alle mitgebracht«, sagte er. »Wie gesagt, heutzutage bringt es nichts mehr, alles allein machen zu wollen.«

»Äh«, sagte Rincewind, nachdem er sich die kleine Gruppe angeschaut hatte, »ist einer von denen jünger als achtzig?«

»Steh auf, Junger Willie«, sagte Cohen.

Ein dehydrierter Mann, der nur unwesentlich weniger faltig war als die anderen, erhob sich. Besonders auffällig waren seine Füße. Er trug Stiefel mit extrem dicken Sohlen.

»Die hab ich, damit meine Füße bis zum Boden reichen«, sagte er.

»Reichen sie denn in normalen Stiefeln ... äh ... nicht bis zum Boden?«

»Nö. Is'n orthopädisches Problem. Es gibt ja viele Leute, bei denen ist ein Bein kürzer als das andere. Bei mir ist es komischerweise so, dass ...«

»Schon gut«, unterbrach ihn Rincewind. »Manchmal hab ich so erstaunliche Gedankenblitze ... Bei dir sind *beide* Beine kürzer als das andere, stimmt's?«

»Jetzt bin ich aber platt. Aber wie ich sehe, bist du ja auch'n Zauberer«, sagte der Junge Willie. »Du musst so was ja wissen.«

Rincewind schenkte dem nächsten Mitglied der Horde ein breites, irres Lächeln. Es war so gut wie sicher ein menschliches Wesen, denn verschrumpelte Äffchen fuhren normalerweise nicht in einem Rollstuhl durch die Gegend und trugen auch keinen Helm mit Hörnern dran. Das Wesen feixte Rincewind wild grimassierend an.

»Das ist ...«

»Hä? Wassis?«

»Der Irre Hämisch«, sagte Cohen.

»Hä? Wersndas?«

»Der Rollstuhl verbreitet bestimmt Angst und Schrecken«, sagte Rincewind. »Vor allem die Klingen.«

»War 'ne Heidenarbeit, das Ding über die Mauer zu bugsieren«, räumte Cohen ein. »Aber du würdest dich wundern, wie der abgeht.«

»Hä?«

»Und der hier ist Kriecher der Grobe.«

»Verzieh dich, Zauberer.«

Rincewind strahlte Ausstellungsstück B an. »Diese Gehhilfen … Faszinierend! Und dass da LIBE und HASS draufgeschrieben steht, echt eindrucksvoll.«

Cohen lächelte väterlich.

»Kriecher war früher als einer der härtesten Knochen auf der ganzen Scheibenwelt bekannt«, sagte er.

»Im Ernst? Er hier?«

»Schon erstaunlich, was Kräuterzäpfchen so alles bewirken.«

»Die kannst du dir sonst wo reinschieben«, sagte Kriecher.

Rincewind kniff die Augen zusammen. »Äh. Darf ich dir kurz mal was im Vertrauen sagen, Cohen?«

Er zog den alten Barbaren ein Stück beiseite.

»Ich will hier ja keinen Ärger machen«, sagte er, »aber ist dir schon mal der Gedanke gekommen, dass diese Männer hier, sagen wir, schon ein bisschen über ihr Haltbarkeitsdatum hinaus sind? Ein bisschen zu – nicht dass ich allzu sehr darauf herumreiten will –, zu alt?«

»Hä? Wassis?«

»Er hat gesagt, ES IST KALT.«

»Hä?«

»Wie meinst du das? Hier sind fast fünfhundert Jahre konzentrierte barbarische Heldenerfahrung versammelt«, erwiderte Cohen.

»Fünfhundert Jahre Erfahrung ist für eine Kampfeinheit nicht schlecht«, sagte Rincewind. »Sogar eher gut. Aber die Jahre sollten auf mehr als eine Person verteilt sein. Was sollen deine Männer deiner Meinung nach denn machen? Über den Feinden zusammenbrechen?«

»Denen fehlt nichts«, sagte Cohen und zeigte auf einen gebrechlichen Alten, der gebannt einen großen Teakholzklotz anstarrte. »Sieh dir den alten Caleb da drüben an, Caleb der

Brecher. Siehst du ihn? Der hat über vierhundert Mann mit bloßen Händen umgebracht. Jetzt ist er fünfundachtzig, und es geht ihm blendend, vom Staub mal abgesehen.«

»Was treibt er da eigentlich?«

»Ach, hierzulande wird gern mit bloßen Händen gekämpft. Kämpfe ohne Waffen, die werden ganz großgeschrieben, weil die meisten Leute sowieso keine Waffen tragen dürfen. Caleb glaubt, dass er da an einer ganz großen Sache dran ist. Siehst du diesen dicken Holzklotz? Es ist wirklich erstaunlich. Er stößt einen markerschütternden Schrei aus und ...«

»Cohen. Das sind alles sehr, sehr alte Männer.«

»Sie sind erste Sahne!«

Rincewind seufzte.

»Cohen, sie sind alter Käse. Warum hast du sie den weiten Weg bis hierher gebracht?«

»Sie sollen mir helfen, was zu klauen«, antwortete Cohen.

»Was denn? Einen Edelstein oder so was?«

»Eher so was«, brummte Cohen düster. »Es befindet sich in Hunghung.«

»Im Ernst? Alle Wetter!«, sagte Rincewind. »Dieses Hunghung hat bestimmt ziemlich viele Einwohner, oder?«

»Ungefähr eine halbe Million.«

»Und es gibt zweifellos jede Menge Wächter?«

»Ungefähr vierzigtausend, habe ich gehört. Ungefähr eine dreiviertel Million, wenn man die Soldaten mitzählt.«

»Aha«, sagte Rincewind. »Und du willst mit diesen paar alten Männern ...«

»Der Grauen Horde!«, wies ihn Cohen stolz zurecht.

»Wie bitte?«

»So nennt man sie. Wenn man im Hordengeschäft unterwegs ist, braucht man schließlich einen Namen. Wir sind die Graue Horde.«

Rincewind drehte sich um. Einige Hordenmitglieder waren eingeschlafen.

»Die Graue Horde«, wiederholte er. »Aha. Passt zur Haarfarbe. Von denen, die überhaupt noch Haarwuchs haben. Und mit … mit dieser … Grauen Horde willst du die Stadt überfallen, alle Wächter umbringen und den Schatz stehlen?«

Cohen nickte. »Ja, so ungefähr. Natürlich müssen wir nicht *alle* Wächter umbringen …«

»Nicht?«

»Das würde viel zu lange dauern.«

»Und man will sich schließlich noch ein bisschen Arbeit für den nächsten Tag aufheben.«

»Ich meine, die haben ja auch noch anderes zu tun, mit der Revolution und dem ganzen Kram.«

»Eine Revolution auch noch? Jetzt hör aber auf.«

»Es heißt, momentan herrscht eine Zeit böser Vorzeichen«, sagte Cohen. »Sie …«

»Ich bin erstaunt, dass sie überhaupt noch Zeit finden, sich um ihre Campingausrüstung zu kümmern«, sagte Rincewind.

»Es wäre besser, du bleibst bei uns«, sagte Dschingis Cohen. »Bei uns kann dir nichts passieren.«

»Also da wäre ich mir nicht so sicher«, erwiderte Rincewind mit einem grässlichen Grinsen. »Ich wäre mir bei der ganzen Sache überhaupt nicht so sicher.«

Wenn ich allein bin, dachte er, passieren mir wenigstens nur stinknormale schreckliche Sachen.

Cohen zuckte die Achseln und ließ den Blick über die Lichtung wandern, bis er an einer schmächtigen Gestalt hängen blieb, die ein Stück von den anderen entfernt saß und in einem Buch las.

»Sieh dir den an«, sagte er wohlwollend wie jemand, der auf

einen Hund zeigt, der ein hübsches Kunststückchen vollführt. »Ständig steckt er mit der Nase in irgendeinem Buch.« Mit lauterer Stimme rief er: »He, Pauker! Komm doch mal rüber und sag diesem Zauberer, wie er nach Hunghung kommt.«

Er drehte sich wieder zu Rincewind um. »Pauker sagt dir alles, was du wissen willst, weil er nämlich alles weiß. Ich lass dich hier bei ihm, ich muss jetzt nämlich los und mit dem Alten Vincent reden.« Er winkte ab. »Eigentlich ist mit dem Burschen alles noch in bester Ordnung«, sagte er trotzig. »Nur sein Gedächtnis hat nachgelassen. Auf dem Weg hierher hatten wir ein paar Probleme, aber ich sage ihm immer wieder: V*ergewaltigt* werden die Frauen, *angezündet* werden die Häuser.«

»Vergewaltigt?«, entfuhr es Rincewind. »Das ist nicht sehr …«

»Er ist siebenundachtzig«, sagte Cohen. »Willst du die Träume eines alten Mannes kaputtmachen?«

Pauker stellte sich als hochgewachsener, spindeldürrer Mann mit freundlichem, geistesabwesendem Gesichtsausdruck heraus, der mit seinem struppigen weißen Haarkranz, von oben gesehen, wie ein Gänseblümchen aussah. Jedenfalls nicht wie ein blutrünstiger Bandit, obwohl er ein Kettenhemd trug, das ihm ein bisschen zu groß war. Die mächtige Schwertscheide quer über seinem Rücken enthielt keine Klinge, sondern mehrere Schriftrollen und Pinsel, und sein Kettenhemd hatte eine Brusttasche, in der drei verschiedenfarbige Stifte in einem Lederetui steckten.

»Ronald Zervelat«, stellte er sich vor und schüttelte Rincewind die Hand. »Die Herren hier meinen, dass ich immer alles wissen müsste. Na, mal sehen … Du willst nach Hunghung?«

Rincewind hatte darüber nachgedacht.

»Ich möchte wissen, wie man nach Hunghung kommt«, antwortete er zögerlich.

»Gut. Also, in dieser Jahreszeit hältst du am besten immer auf die untergehende Sonne zu, bis du aus den Bergen raus und auf der Schwemmlandebene bist. Dort findest du Reste von Drumlins und auch etliche ganz hervorragende Findlinge. Das sind ungefähr zehn Meilen von hier.«

Rincewind starrte ihn an. Normalerweise hörten sich die Richtungsanweisungen eines Banditen eher so an: »Dicht an der brennenden Stadt vorbei und gleich hinter den Bewohnern, die dort alle an den Ohren aufgehängt wurden, scharf nach rechts.«

»Diese Drumlins, die hören sich gefährlich an«, sagte er.

»Das sind bloß postglaziale Hügel«, beruhigte ihn Herr Zervelat.

»Und was ist mit den Findlingen? Klingt irgendwie nach hinterhältigen kleinen ...«

»Das sind bloß Steinbrocken, die von einem Gletscher weit weg von zu Hause abgelegt wurden«, sagte Herr Zervelat. »Wegen denen muss man sich keine Sorgen machen. Die Landschaft ist keineswegs feindlich.«

Rincewind glaubte ihm nicht. Ihm hatte der bloße Erdboden schon mehrmals übel mitgespielt.

»Jedenfalls ist es in Hunghung momentan ein bisschen gefährlich«, sagte Herr Zervelat.

»Ach?«, raunte Rincewind matt.

»Was dort stattfindet, ist keine Belagerung im üblichen Sinne. Alle warten darauf, dass der Kaiser stirbt. Es ist das, was man hier« – er konnte sich ein Lächeln nicht verkneifen – »interessante Zeiten nennt.«

»Ich hasse interessante Zeiten.«

Die anderen Hordenmitglieder waren davongeschlendert,

wieder eingeschlafen oder jammerten sich gegenseitig von ihren Füßen vor. Irgendwo in der Ferne war Cohens Stimme zu hören: »Siehst du, *das* hier ist ein Streichholz, und *das* hier ist …«

»Für einen Barbaren hörst du dich ziemlich gebildet an«, sagte Rincewind zu Ronald Zervelat.

»Ach ja, ich habe schließlich nicht als Barbar angefangen. Früher war ich mal Schullehrer. Deshalb nennen mich alle Pauker.«

»Was hast du unterrichtet?«

»Erdkunde. Außerdem habe ich mich intensiv mit aurientalen* Studien befasst. Aber dann habe ich beschlossen, den Beruf an den Nagel zu hängen und mir meinen Lebensunterhalt mit dem Schwert zu verdienen.«

»Nachdem du ein Leben lang Lehrer gewesen bist?«

»Ja, es war schon eine gewisse Umstellung.«

»Aber … die Entbehrungen, die schrecklichen Gefahren, das Risiko, jeden Tag dem Tod ins Auge zu sehen …«

Herr Zervelat strahlte ihn an. »Ach, bist du auch mal Lehrer gewesen?«

Als er jemanden laut rufen hörte, drehte Rincewind sich um und sah zwei Hordenmitglieder streiten. Sie standen so dicht voreinander, dass ihre Nasen sich buchstäblich berührten.

Herr Zervelat seufzte.

»Ich habe versucht, ihnen Schach beizubringen«, sagte er. »Das ist wichtig, wenn man die aurientale Geistesverfassung begreifen will. Aber ich fürchte, sie können mit dem Konzept, dass man sich beim Ziehen abwechselt, einfach

---

* So nennt man in Ankh-Morpork den Gegengewicht-Kontinent mitsamt den dazugehörigen Inseln. Das Wort bedeutet »der Ort, wo das Gold herkommt«.

nichts anfangen. Für sie besteht die beste Eröffnung darin, mit dem König und sämtlichen Bauern schnurstracks über das Brett zu ziehen und die gegnerischen Türme anzuzünden.«

Rincewind beugte sich näher zu ihm.

»Sag mal… *Dschingis* Cohen?«, sagte er. »Ist der Kerl übergeschnappt? Wie kommt er auf die Idee… Gut, ein halbes Dutzend altersschwacher Priester umbringen und ein paar glitzernde Klunker klauen, meinetwegen. Aber ganz allein vierzigtausend Wächter angreifen, das ist glatter Selbstmord!«

»Er ist doch nicht allein«, erwiderte Herr Zervelat.

Rincewind blinzelte verunsichert. Cohen hatte etwas sehr Entschiedenes an sich, und sein Optimismus war ansteckend wie eine Erkältung.

»Ach so, ja. Entschuldigung, hatte ich ganz vergessen. Sieben gegen vierzigtausend? Tja, das dürfte euch keine Probleme bereiten. Ich mach mich dann auf den Weg. Und zwar schleunigst, würde ich sagen.«

»Wir haben einen Plan. Es ist ein… ganz bestimmter…« Herr Zervelat zögerte. Seine Augen verschwammen leicht. »So ein… Clou, weißt du? Wir schleichen uns an, und dann stechen wir zu. Jedenfalls wird es ein Riesending, so ein richtiger Clou eben.«

Rincewind sah ihn wieder ausdruckslos an und sagte: »Ich glaube, ich habe vorhin ein überzähliges Pferd gesehen.«

»Ich gebe dir noch rasch das hier mit«, sagte Herr Zervelat. »Dann verstehst du das alles vielleicht. Hier drin steht, worum es letztendlich geht…«

Er reichte Rincewind ein paar Seiten Papier, die an einer Ecke von einer verknoteten Schnur zusammengehalten wurden.

Rincewind schob das Pamphlet eilig in die Tasche, wobei er gerade noch den Titel auf dem Deckblatt lesen konnte.

Er lautete:

WAS ICH IM URLAUB
GEMACHT HABE

Rincewind wusste ziemlich genau, welche Optionen ihm offenstanden. Zum einen gab es die belagerte Stadt Hunghung, wo es allem Anschein nach vor Revolution und anderen Gefahren nur so brodelte, und es gab alles andere.

Deshalb war es so wichtig zu wissen, wo sich Hunghung befand, damit er nicht einfach zufällig hineinstolperte.

Er hörte sich Herrn Zervelats Wegbeschreibungen sehr genau an und ritt sodann in die andere Richtung.

Vielleicht fand er irgendwo ein Schiff. Die Zauberer würden sich natürlich wundern, wenn er wieder zurückkam, aber er konnte jederzeit behaupten, dass niemand zu Hause war.

Die Hügel gingen in Buschland über, das wiederum in eine offensichtlich endlose feuchte Ebene überging. In dunstiger Ferne wand sich ein Fluss dermaßen, dass man nicht genau sagen konnte, ob er vorwärts oder rückwärts floss.

Die Felder und Äcker sahen aus wie ein Schachbrett. Theoretisch hatte Rincewind nichts gegen Landschaft, vorausgesetzt, sie kam ihm nicht entgegen und befand sich vorzugsweise auf der anderen Seite einer Stadtmauer. Aber das hier konnte man nur schwerlich als Landschaft bezeichnen. Es sah eher wie ein riesiger Bauernhof ohne Hecken und Zäune aus. Hier und da ragten gewaltige Steinbrocken, die gefährlich nach Findlingen aussahen, aus den Feldern heraus.

Manchmal sah er in der Ferne schwer arbeitende Menschen. Soweit er es beurteilen konnte, bestand ihr Tun hauptsächlich darin, Schlamm von hier nach dort zu schaufeln.

Gelegentlich erblickte er jemanden, der knöcheltief in einem überfluteten Acker stand und einen langen Strick in der Hand hielt, an dessen anderem Ende ein Wasserbüffel graste und gelegentlich seine Gedärme entleerte. Der Mann hielt den Strick. Es schien seine einzige Aufgabe, sein ganzer Lebensinhalt zu sein.

Es waren auch andere Leute unterwegs, wenn auch nur wenige. Normalerweise schoben sie Schubkarren mit Wasserbüffeldung oder vielleicht auch Schlamm vor sich her. Sie beachteten Rincewind überhaupt nicht. Genau genommen achteten sie sehr darauf, Rincewind nicht zu beachten, und gingen sehr eilig vorüber, wobei sie aufmerksam auf die Felder starrten, wo ihnen Spannendes zum Thema Schlammumverteilung beziehungsweise Wasserbüffelstuhlgang geboten wurde.

Rincewind hätte als Erster zugegeben, dass er beim Denken nicht der Schnellste war.* Aber er war schon lange genug auf der Welt, um die Zeichen zu deuten. Diese Leute beachteten ihn nicht, weil sie Menschen zu Pferde einfach nicht sahen.

Wahrscheinlich stammten sie von Leuten ab, die gelernt hatten, dass man Berittene besser nicht zu lange anschaute, weil man sonst ruckzuck einen stechenden Schmerz spürte, wie er sich gern einstellte, wenn einem jemand einen Stock um die Ohren schlug. Leute auf Pferden nicht anzusehen wurde erblich, denn wer Leute hoch zu Pferde irgendwie oder angeblich komisch anschaute, lebte nicht lange genug, um sich fortzupflanzen.

---

* Genau genommen hätte er es ungefähr als Dreiundsiebzigster zugegeben.

Rincewind entschloss sich zu einem Experiment. Die nächste Schubkarre, die vorbeikam, beförderte keinen Schlamm, sondern Menschen, ungefähr ein halbes Dutzend. Sie saßen zu beiden Seiten des großen, mittig eingebauten Rades. Der sekundäre Antrieb bestand aus einem kleinen Segel, das aufgezogen worden war, um den Wind einzufangen, der primäre hingegen aus der in bäuerlichen Gebieten vorherrschenden Antriebskraft, nämlich einem schiebenden Urgroßvater, oder zumindest jemandem, der wie ein Urgroßvater aussah.

»Hier gibt es Menschen«, hatte Cohen gesagt, »die können eine Schubkarre dreißig Meilen weit schieben, ohne mehr zu sich zu nehmen als einen Napf Hirsebrei mit Schlamm drin. Was lernen wir daraus? Ich lerne daraus, dass sich jemand das ganze Fleisch unter den Nagel reißt.«

Rincewind wollte der gesellschaftlichen Dynamik auf den Zahn fühlen und dabei gleich seine Sprachkenntnisse ausprobieren. Seit er zuletzt Achatisch gesprochen hatte, waren Jahre vergangen, aber in diesem Punkt musste er Ridcully recht geben: Er hatte wirklich ein Talent für Sprachen. Achatisch war eine Sprache mit wenigen Grundsilben. Die jeweilige Bedeutung ergab sich aus der Betonung, der Tonhöhe und dem Kontext. Ansonsten war das Wort für »Heerführer« dasselbe wie für »langschwänziges Murmeltier«, »männliches Sexualorgan« und »alter Hühnerstall«.

»He, ihr da!«, rief er. »Äh … Bambus biegen? Ein Ausdruck des Missvergnügens? Äh … ich meine … Halt!«

Die Karre kam schlingernd zum Stehen. Niemand sah ihn an. Alle schauten an ihm vorbei, um ihn herum oder auf seine Füße.

Schließlich murmelte der Schubkarrenlenker so wie ein

Mann, der wusste, dass er auf jeden Fall dran war, egal, was er tat: »Was befiehlt Euer Ehren?«

Was er als Nächstes sagte, tat Rincewind sehr leid, später jedenfalls.

Er sagte: »Gebt mir euer ganzes Essen und … ungehorsame Hunde, und zwar dalli.«

Sie sahen ihn ausdruckslos an.

»Verflixt. Ich meine … bearbeitete Käfer? … unterschiedliche Wasserfälle? … Nein, ach ja … euer *Geld.*«

Die Passagiere bewegten sich hin und her und suchten in ihren Kleidern herum. Dann schlich der Schubkarrenlenker mit gesenktem Kopf auf Rincewind zu und hielt ihm seine Kopfbedeckung entgegen. Der Hut enthielt ein bisschen Reis, etwas Trockenfisch, ein höchst gefährlich aussehendes Ei – und ungefähr ein Pfund Gold in großen runden Münzen.

Rincewind starrte das Gold an.

Gold war auf dem Gegengewicht-Kontinent so verbreitet wie Kupfer. Das gehörte zu den wenigen Dingen, die so gut wie jeder von diesem Land wusste. Es hatte keinen Sinn, dass Cohen irgendwelche Raubzüge im großen Stil veranstaltete. Letztendlich war die Menge dessen, was man davontragen konnte, begrenzt. Ebenso gut konnte er das nächstbeste Bauerndorf ausrauben und bis zum Ende seiner Tage wie ein König leben. Dafür wiederum würde er ohnehin nicht mehr allzu viel brauchen …

Das »Später« holte Rincewind ganz plötzlich ein, und er schämte sich. Diese Leute besaßen so gut wie nichts, von haufenweise Gold einmal abgesehen.

»Äh. Danke. Vielen Dank. Ja. Ich wollte bloß mal … Ja. Ihr könnt das alles wiederhaben. Ich behalte nur … äh … die ältliche Großmutter … den Seitensprung … Herrschaft noch mal! … den *Fisch.*«

Rincewind hatte sich schon immer ganz am Fuß der gesellschaftlichen Pyramide befunden, ganz egal, wie hoch diese war. Die Spitze konnte höher oder tiefer liegen, der Boden war jedoch immer an derselben Stelle. Aber wenigstens hatte die Pyramide bisher in Ankh-Morpork gestanden.

In Ankh-Morpork verneigte sich niemand vor niemandem. Und wenn jemand so etwas versuchte wie Rincewind gerade eben, fand er sich im Handumdrehen in der Gosse wieder, wo er nach seinen Zähnen suchte und sich wimmernd über Schmerzen im Unterleib beklagte, während sein Pferd schon zweimal umlackiert und an einen Mann weiterverkauft worden war, der Stein und Bein darauf schwor, dass es ihm schon seit mehreren Jahren gehörte.

Seltsamerweise verspürte Rincewind mit einem Mal einen seltsamen Stolz darauf.

Dann quoll aus den morastigen Tiefen seiner Seele etwas herauf, was sich zu seiner großen Verwunderung als ein Anflug von Großzügigkeit entpuppte.

Er rutschte vom Pferd und hielt dem Mann die Zügel hin. Ein Pferd war recht nützlich, aber er war es gewohnt, auch ohne auszukommen. Abgesehen davon konnte man über kurze Distanz schneller als ein Pferd rennen, und diese Tatsache lag Rincewind sehr am Herzen.

»Bitte«, sagte er, »nehmt das Pferd. Für den Fisch.«

Der Schubkarrenlenker schrie laut auf, packte die Griffe seiner Fuhre und rannte wie von Sinnen davon. Mehrere Leute wurden herausgeschleudert, warfen Rincewind einen Beinaheblick zu, kreischten ebenfalls wie von Sinnen und rannten hinter der Schubkarre her.

Schlimmer als Peitschen, hatte Cohen gesagt. Sie hatten hier etwas, was schlimmer war als Peitschen. Sie brauchten gar keine Peitschen mehr. Wenn es Menschen so zurichtete, hoffte Rincewind nur, dass er nie erfahren musste, was es letztendlich war.

Er ritt weiter durch ein endloses Panorama aus Feldern und Äckern. Nicht einmal am Straßenrand standen Büsche, von Tavernen ganz zu schweigen. Weit weg, jenseits der Felder, sah er etwas, das kleine Städte oder Dörfer sein mochten, aber nirgendwo führte ein Weg dorthin, wahrscheinlich, weil Wege viel zu viel von dem wertvollen Schlamm wegnahmen.

Schließlich ließ er sich auf einem Felsbrocken nieder, den allem Anschein nach nicht einmal die vereinten Anstrengungen der Bauern hatten beiseiteräumen können, und griff in die Tasche, um sein schändliches Mittagsmahl, den Trockenfisch, herauszuziehen.

Seine Hand streifte das Papierbündel, das ihm Herr Zervelat mitgegeben hatte. Es hatte mittlerweile ein paar Krümel abbekommen.

Da steht drin, worum es eigentlich geht, hatte der barbarische Lehrer gesagt. Mehr hatte er nicht verlauten lassen.

WAS ICH IM URLAUB GEMACHT HABE stand auf dem Deckblatt. Der Rest war in ziemlich mieser Handschrift verfasst, oder besser gesagt, in schlechten Bildern, denn die Achatener schrieben mit Pinseln, wobei sie aus passenden Komponenten kleine Wortbildchen zusammenfügten. Ein Bild sagte nicht nur mehr als tausend Worte, es *bestand* aus mehr als tausend Worten.

Rincewind konnte die Sprache nicht besonders gut lesen. Selbst die Bibliothek der Unsichtbaren Universität verfügte über nur sehr wenige Bücher aus dem Achatenen Reich. Und dieses hier sah so aus, als hätte sein Verfasser versucht, sich aus etwas ihm völlig Unvertrautem einen Sinn zusammenzureimen.

Rincewind blätterte ein paar Seiten weiter. Es handelte sich um die Geschichte einer Großen Stadt, in der es viele prächtige Dinge gab – »Bier so stark wie ein Ochse«, stand da, und »Pasteten mit vielen Teilen vom Schwein«. Jeder in dieser Stadt schien klug, freundlich, stark oder gleich alles zusammen zu sein, insbesondere eine Gestalt namens Großer Zauberer, die immer wieder erwähnt wurde.

Außerdem gab es rätselhafte Bemerkungen, wie zum Beispiel: »Ich sah einen Mann, der auf die Zehen eines Stadtwächters trat, der zu ihm sagte: ›Deine Frau ist ein fettes Flusspferd!‹, woraufhin der Mann erwiderte: ›Tu es dorthin, wo die Sonne kein Tageslicht hinstreut, enorme Person‹, woraufhin der Wächter [diese Stelle war in roter Tinte und mit zittriger Handschrift verfasst, als sei der Schreiber sehr erregt gewesen] *keineswegs den Kopf des Mannes hinwegnahm, wie es der alten Tradition entspricht.*« Auf die Aussage folgte ein Piktogramm eines Hundes, der sein Wasser abschlug, was aus irgendeinem obskuren Grund im Achatischen dem Ausrufezeichen entsprach. Es gab gleich fünf davon.

Rincewind blätterte weiter. Überall stieß er auf denselben langweiligen Kram, Sätze, die das Alleroffensichtlichste beschrieben, aber oft von mehreren inkontinenten Hunden abgeschlossen wurden. Zum Beispiel: »Der Gastwirt sagte, dass die Stadt Steuern verlange, die er aber nicht zahlen will, und auf die Frage, ob er denn keine Angst habe, ließ er sich zu der Antwort herab: ›Die können mich alle am [Kompliziertes Piktogramm], bis auf einen, und der kann sich selbst am [kompliziertes Piktogramm]‹ [pinkelnder Hund, pinkelnder Hund]. Dann fuhr er fort: ›Der [Piktogramm, das für *Oberster Herrscher* steht] ist ein [wieder ein Piktogramm, das, wie Rincewind nach einigem Nachdenken und nachdem er es aus verschiedenen Blickwinkeln betrachtet hatte, beschloss, das »Hinterteil eines Pferdes« darstellte], und ihr könnt ihm gerne ausrichten, dass ich das gesagt habe‹, woraufhin ihm ein Wächter in der Taverne *nicht auf der Stelle den Bauch aufschlitzte* [pinkelnder Hund, pinkelnder Hund], sondern sagte: ›Das kannst du ihm auch von mir ausrichten [pinkelnder Hund, pinkelnder Hund, pinkelnder Hund].‹«

Was war daran so ungewöhnlich? In Ankh-Morpork redete man dauernd so, beziehungsweise drückte seine Empfindungen auf diese Art und Weise aus. Von dem Hund mal abgesehen.

Man musste sich das mal vorstellen: Ein Land, das eine ganze Stadt auslöschte, nur um den anderen Städten eine Lektion zu erteilen, war schon ein ziemlich durchgedrehtes Land. Vielleicht war die Broschüre auch nur eine Sammlung von Witzen, und Rincewind verstand den Witz nicht? Vielleicht erntete man als Spaßmacher hierzulande viel Gelächter mit Sätzen wie: »Also, da bin ich doch neulich zum Theater gegangen und habe einen Mann getroffen, *der mir nicht die Beine abgehackt hat*, pinkelnder Hund, pinkelnder Hund ...«

Er hatte das Rasseln von Harnischen und Zaumzeug auf der Straße wohl vernommen, ihm aber keine besondere Aufmerksamkeit geschenkt. Nicht einmal, als sich jemand deutlich vernehmbar näherte, hatte er den Kopf gehoben. Als er auf den Gedanken kam aufzublicken, war es zu spät, weil jemand ihm den Stiefel auf den Nacken stellte.

»Ach, pinkelnder Hund«, sagte er, bevor ihm schwarz vor Augen wurde.

Mit einem schmatzenden *Plopp* war die Truhe plötzlich da und plumpste in eine Schneewehe.

In ihrem Deckel steckte ein Fleischerbeil.

Eine Zeitlang rührte sie sich nicht von der Stelle, dann vollführten ihre Beine einen komplizierten kleinen Tanz, und sie drehte sich um 360 Grad.

Die Truhe dachte nicht. Sie hatte nichts, womit sie hätte denken können. Welche Prozesse in ihr auch stattfinden mochten, sie hatten wahrscheinlich mehr damit zu tun, wie ein Baum auf Sonne, Regen und plötzlich aufziehende Stürme reagierte, nur eben viel schneller.

Schon bald darauf hatte sie sich ausreichend orientiert und stapfte durch den schmelzenden Schnee davon.

Die Truhe fühlte auch nichts. Sie besaß nichts, womit sie hätte fühlen können. Aber sie reagierte, so wie ein Baum auf den Wechsel der Jahreszeiten reagiert.

Ihre Schritte beschleunigten sich.

Sie war nicht weit von zu Hause entfernt.

Rincewind musste zugeben, dass der brüllende Mann recht hatte. Nicht damit, dass er Rincewinds Vater als krankhafte Leber einer besonderen Bergpanda-Art und seine Mutter als einen Eimer Schildkrötenschleim bezeichnete; Rincewind hatte seine Eltern nie persönlich kennengelernt, war jedoch der Ansicht, dass sie zumindest annähernd menschenähnlich gewesen sein mussten, wenn vielleicht auch nur kurzzeitig. Aber was die Tatsache anging, dass Rincewind allem Anschein nach auf einem gestohlenen Pferd saß, lag er ziemlich richtig, außerdem drückte sein Stiefel immer noch auf Rincewinds Nacken. Mit dem Stiefel im Nacken eines anderen hatte man das Gesetz so gut wie sicher auf seiner Seite.

Rincewind spürte, wie seine Taschen durchsucht wurden.

Eine zweite Person – Rincewind war nicht in der Lage, mehr zu sehen als ein paar Zentimeter Schwemmboden, aber der Kontext deutete auf eine eher unsympathische Person hin – stimmte in das herrische Brüllen ein.

Dann wurde Rincewind hochgerissen.

Die Wächter unterschieden sich nicht sonderlich von anderen Wächtern, denen Rincewind schon sonst wo begegnet war. Sie besaßen gerade so viel Grips, um andere Leute zu verprügeln und sie zur Skorpiongrube zu schleifen. Sie waren wahre Meister darin, Leute aus einem Abstand von wenigen Zentimetern Abstand anzuschnauzen.

Surreal an der ganzen Angelegenheit war jedoch, dass die Wächter keine Gesichter hatten, zumindest keine, die sie als die ihren bezeichnen konnten. Ihre reich verzierten, schwarz emaillierten Helme und die darauf gemalten großen, schnurrbärtigen Fratzen ließen nur den Mund frei, damit dessen Besitzer beispielsweise Rincewinds Großvater als Behältnis voll mit minderwertigem Goldfischkot bezeichnen konnte.

Jemand wedelte ihm mit *Was ich im Urlaub gemacht habe* vor der Nase herum.

»Tüte mit verfaultem Fisch!«

»Ich weiß nicht, was das heißt«, erwiderte Rincewind. »Das hat mir nur jemand gegeben und ...«

»Füße aus extrem vergammelter Milch!«

»Könnten Sie vielleicht weniger laut schreien? Ich glaube, mir ist eben ein Trommelfell geplatzt.«

Der Wächter ließ von ihm ab. Vielleicht war ihm auch nur die Luft ausgegangen. Das verschaffte Rincewind die Gelegenheit, sich kurz umzusehen.

Auf der Straße standen zwei Karren. Einer sah aus wie ein Käfig auf Rädern, aus dem ihn verängstigte Gesichter anstarrten. Der andere war eine verzierte, von acht Bauern getragene Sänfte. Prächtige Vorhänge verhüllten die Seiten, aber er sah, dass sie an einer Stelle ein Stück aufgezogen waren. Wer immer darin sitzen mochte, schien ihn zu beobachten.

Auch die Wächter hatten es bemerkt. Es schien ihnen nicht zu behagen.

»Wenn ich mal erklären dü-«

»Schweig, Maul eines ...« Der Wächter zögerte.

»Schildkröte, Goldfisch und etwas, womit Sie wahrscheinlich Käse meinten, haben Sie schon benutzt«, sagte Rincewind.

»Maul eines Hühnerkleins!«

Eine lange zarte Hand kam hinter den Vorhängen hervor und winkte, nur einmal.

Rincewind wurde vorwärtsgestoßen. An den Fingern der Hand befanden sich die längsten Fingernägel, die er je an einem Geschöpf gesehen hatte, das nicht schnurrte.

»Kotau!«

»Wie bitte?«, fragte Rincewind.

»Kotau!«

Schwerter wurden gezückt.

»Ich weiß nicht, was Sie wollen!«, heulte Rincewind.

»Kotau, bitte«, flüsterte eine Stimme an seinem Ohr. Es war keine ausgesprochen freundliche Stimme, aber verglichen mit den anderen Stimmen klang sie deutlich herzlicher. Sie schien einem ziemlich jungen Mann zu gehören. Und sie sprach sehr gut Morporkisch.

»Wie denn?«

»Das weißt du nicht? Du musst dich hinknien und die Stirn auf den Boden drücken. Es sei denn, du willst nie wieder einen Hut aufsetzen können.«

Rincewind zögerte. Er war ein freigeborener Morporkianer, und auf der Liste der Dinge, die für einen freien Bürger nicht infrage kamen, stand die erzwungene Verneigung vor einem *Fremden* – ohne dem Wort an sich allzu viel Gewicht beizumessen.

Andererseits stand »sich den Kopf abschlagen zu lassen« auf der Liste der Dinge, die für freie Bürger nicht infrage kamen, gleich an erster Stelle.

»Schon besser. Sehr schön. Woher wusstest du, dass du dabei zittern musst?«

»Ach, da bin ich von ganz allein draufgekommen.«

Ein gekrümmter Finger winkte ihn heran.

Ein Wächter schlug Rincewind mit dem schlammverkrusteten *Was ich im Urlaub gemacht habe* ins Gesicht. Rincewind schnappte es sich schuldbewusst, und der Wächter eilte auf den Zeigefinger seines Herrn zu.

»Stimme?«, fragte Rincewind.

»Ja?«

»Was passiert, wenn ich Immunität beantrage, weil ich Ausländer bin?«

»Dafür gibt es eine besondere Behandlung, irgendetwas mit einer Weste aus Maschendraht und einer Käsereibe.«

»Ach.«

»Und in Hunghung gibt es Folterer, die einen jahrelang am Leben erhalten können.«

»Vermutlich meinen Sie damit nicht gesunde Dauerläufe am Morgen und eine ballaststoffreiche Diät?«

»Nein. Also halt die Klappe, dann wirst du mit einem bisschen Glück als Sklave in meinen Palast geschickt.«

»Glück ist mein zweiter Vorname«, entgegnete Rincewind undeutlich. »Leider lautet mein eigentlicher Vorname Kein.«

»Nicht vergessen zu katzbuckeln und um Gnade zu winseln.«

»Ich werde mich bemühen.«

Wieder erschien die weiße Hand und streckte ein Stück Papier heraus. Der Wächter nahm es entgegen, wandte sich an Rincewind und räusperte sich.

»Lausche der Weisheit und Gerechtigkeit des Bezirkskommissars Ki, Ausgeburt des fauligen Sumpfes! Ich meine nicht ihn, sondern dich!«

Er räusperte sich wieder und glotzte mit zusammengekniffenen Augen auf das Blatt, wie jemand, der das Lesen gelernt hatte, indem er sich einen Buchstaben nach dem anderen sorgfältig aufsagte.

»›Das weiße Pferdchen läuft durch die … die …‹«

Der Wächter drehte sich um und führte eine geflüsterte Unterhaltung mit den Vorhängen, dann wandte er sich wieder um.

> »›… Chrysanthemem … menmem … blüten,
> Der kalte Wind rührt die
> Aprikosenbäume. Sende ihn zum
> Palast, wo er schuften soll,
> Bis ihm alle Gliedmaßen
> abfallen.‹«

Ein paar andere Wächter applaudierten.

»Sieh auf und klatsche«, sagte die Stimme.

»Dann fallen mir vielleicht die Gliedmaßen ab.«

»Die Käsereibe ist ziemlich groß!«

»Zugabe! Bravo! Vortrefflich! Die Stelle mit den Chrysanthemen – einfach wunderschön!«

»Gut. Hör zu. Du kommst aus Bes Pelargic. Du hast den richtigen Akzent, weiß der Himmel, wie du dazu kommst. Das ist eine Hafenstadt, die Leute dort sind ein bisschen komisch. Du bist von Banditen ausgeraubt worden und auf einem ihrer Pferde entkommen. Deshalb kannst du dich nicht ausweisen. Hier braucht man für alles irgendwelche Papiere, auch um nachzuweisen, dass man überhaupt jemand ist. Und tu so, als würdest du mich nicht kennen.«

»Ich kenne Sie ja auch nicht.«

»Gut. Lang leben die möglichen Veränderungen hin zu einem gerechteren Staat – ohne Vernachlässigung des gebührenden Respekts gegenüber den Traditionen unserer Ahnen und natürlich, ohne der erhabenen Person des Kaisers Schaden zuzufügen!«

»Gut. Ja. Wie bitte?«

Ein Wächter trat Rincewind in die Nierengegend. In der überall verstandenen Stiefelsprache bedeutete das: Aufstehen, aber sofort!

Er schaffte es auf ein Knie, dann sah er die Truhe.

Es war nicht seine Truhe, und es gab gleich drei davon.

Die Truhe trabte einen Hügel hinauf und blieb oben so abrupt stehen, dass sie viele kleine Vertiefungen im Boden hinterließ.

Abgesehen davon, dass sie nichts hatte, womit sie hätte denken oder fühlen können, fehlte ihr auch jegliches Instrumentarium zum Sehen. Es war völlig rätselhaft, wie sie überhaupt etwas wahrnehmen konnte.

Sie nahm die anderen Truhen wahr.

Die drei standen geduldig in einer Reihe hinter der Sänfte. Sie waren groß, und sie waren schwarz.

Die Beine der Truhe verschwanden in ihrem Körper.

Es verging eine gewisse Zeit, dann öffnete sie sehr vorsichtig ihren Deckel. Nur einen winzigen Spalt.

Von den drei Dingen, die den meisten Menschen zu Pferden einfällt, ist das dritte, dass ein Pferd über eine kurze Distanz nicht so schnell rennen kann wie ein Mensch. Wie Rincewind zu seinem Vorteil festgestellt hatte, muss ein Pferd einfach mehr Beine sortieren.

Zusätzliche Vorteile ergeben sich dadurch, wenn a) diejenigen im Sattel nicht damit rechnen, dass du plötzlich wegrennst, und b) du dich zufällig und praktischerweise in einer sportlichen Startposition befindest.

Rincewind erhob sich wie ein Bumerang-Curry aus einem empfindlichen Magen.

Es gab ein großes Geschrei, aber das Beruhigende, das Wichtigste daran war, dass das alles hinter ihm stattfand. Schon bald würde es versuchen, ihn einzuholen, aber dieses Problem betraf momentan noch die Zukunft. Rincewind hätte sich außerdem überlegen können, wohin er laufen wollte, aber ein erfahrener Feigling gab nicht viel auf das »Wohin«, wo doch das »Weg von« viel faszinierender war.

Ein weniger geübter Läufer hätte einen Blick nach hinten riskiert, aber Rincewind wusste instinktiv alles über Luftwiderstand und das Bestreben lästiger Steine, sich unter einen unaufmerksamen Fuß zu begeben. Außerdem – warum umdrehen? Nichts, was es dort zu sehen gab, konnte ihn dazu veranlassen, noch schneller zu rennen.

Vor ihm lag ein großes, unförmiges Dorf, dessen Häuser offensichtlich aus Dreck und Dung erbaut waren. Auf den Feldern davor blickten etwa ein Dutzend Bauern von ihrer mühseligen Arbeit auf und starrten den beschleunigenden Zauberer an.

Womöglich war es bloße Einbildung, aber Rincewind hätte schwören können, dass er, als er an ihnen vorbeisauste, den Ruf vernahm: »Notwendiges und dauerhaftes Durchhalten der Roten Armee! Den Kräften der Unterdrückung ein beklagenswertes Dahinscheiden ohne unnötiges Leid!«

Während die Soldaten auf die Bauern losgingen, raste Rincewind zwischen den Hütten hindurch.

Cohen hatte recht gehabt. Hier schien tatsächlich eine Revolution im Gange zu sein. Aber das Kaiserreich herrschte schon seit Tausenden von Jahren unangefochten und mit unerbittlicher Strenge über die Menschen, weshalb Höflichkeit und Respekt vor traditionellen Verhaltensweisen in die Untertanen eingebrannt waren. Jedenfalls hörte es sich ganz so an, als müssten die Revolutionäre die Kunst der unhöflichen Parolen erst noch meistern.

Rincewind rannte lieber, als sich zu verstecken. Verstecken war schön und gut, aber wenn man entdeckt wurde, saß man in der Falle. Andererseits bot das Dorf den einzigen Schutz im Umkreis vieler Meilen, und etliche Soldaten waren beritten. Ein Mensch mochte wohl über eine kurze Distanz schneller rennen als ein Pferd, aber in dieser endlosen Weite ebener, ungeschützter Felder ringsum hatte ein Pferd einen davonrennenden Menschen im Nu eingeholt.

Also bog er um die Ecke des nächstbesten Hauses und drückte die erste Tür auf, die sich ihm in den Weg stellte.

An der Tür klebte ein Zettel mit den Worten: Prüfung. Ruhe bitte!

Vierzig erwartungsvolle und leicht besorgte Gesichter wandten sich ihm zu. Auf den Hockern vor den Schreibpulten saßen keine Kinder, sondern ausgewachsene Erwachsene.

Am anderen Ende des Zimmers stand ein Katheder, auf dem sich mit Schnur und Wachs versiegelte Dokumente stapelten.

Rincewind kam diese Atmosphäre sehr vertraut vor. Er kannte solche Situationen nur zu gut, obwohl er sie weit, sehr weit von hier erlebt hatte. Der Raum war vom Duft nach kaltem Schweiß erfüllt, ein Geruch, der sich immer dann einstellte, wenn einem bewusst wurde, dass es für die Vorbereitung, die man immer wieder auf die lange Bank geschoben hatte, jetzt höchstwahrscheinlich zu spät war. Rincewind war zeit seines Lebens vielen Schrecknissen begegnet, aber keines davon nahm im Lexikon des Grauens denselben Platz ein wie jene Sekunden, nachdem jemand gesagt hat: »Bitte die Blätter umdrehen – *jetzt.*«

Die Prüflinge sahen ihn immer noch an.

Von draußen war lautes Brüllen zu hören.

Er ging rasch zum Katheder, riss die Schnur ab und verteilte die Blätter, so schnell er konnte. Dann verschanzte er sich hinter dem Katheder, nahm den Hut ab und stand tief gebeugt da, als sich die Tür langsam öffnete.

»Raus hier!«, schrie er. »Hier findet eine Prüfung statt!«

Die von seinem Platz aus nicht zu sehende Person hinter der Tür murmelte einer anderen etwas zu, dann schloss sich die Tür wieder.

Die Prüflinge sahen ihn immer noch an.

»Äh. Sehr schön. Bitte die Blätter umdrehen – *jetzt.*«

Es folgte ein Rascheln, dann lange Momente dieses grauenhaften Schweigens, schließlich setzten energische Pinselaktivitäten ein.

Auswahlprüfungen. Auch das wusste man vom Achatenen Reich. Diese Prüfungen waren die einzige Möglichkeit, einen öffentlichen Posten und die damit verbundene Sicherheit zu erlangen. Man hatte behauptet, dass es sich um ein sehr gutes System handeln müsse, da es verdienten Menschen neue Chancen eröffnete.

Rincewind sah sich ein übriggebliebenes Aufgabenblatt genauer an.

Die Überschrift lautete: »Prüfung für den Posten des Stellvertretenden Fäkaliensammlers im Bezirk W'ung.«

Er las sich Frage eins durch. Sie verlangte von den Prüflingen die Anfertigung eines sechzehnzeiligen Gedichts zum Thema Abendnebel über dem Schilfgras.

Frage zwei schien etwas mit dem Gebrauch der Metaphern in einem Buch zu tun zu haben, von dem Rincewind noch nie etwas gehört hatte.

Dann folgte eine Frage zur Musik…

Rincewind drehte das Blatt mehrmals um. Wörter wie »Dung«, »Eimer« oder »Schubkarre« schienen nirgendwo vorzukommen. Aber vermutlich bildete man auf diese Weise einen besseren Menschenschlag heran als im ankh-morporkischen System, bei dem nur eine einzige Frage gestellt wurde: »Ne Schaufel hast du ja wohl, oder?«

Da sich das Geschrei draußen beruhigt hatte, streckte Rincewind den Kopf zur Tür hinaus und riskierte einen vorsichtigen Blick. Weiter vorne an der Straße herrschte noch ein wenig Aufruhr, aber er schien nicht mehr Rincewind-orientiert zu sein.

Dann rannte er los.

Die Prüflinge machten mit ihrer Prüfung weiter. Einer der einfallsreichsten rollte sein Hosenbein herauf und schrieb ein Gedicht über den Nebel ab, das er mit einiger Anstrengung schon im Voraus gedichtet hatte. Mit der Zeit kam man dahinter, was für Fragen einem die Prüfer stellten.

Rincewind trabte weiter und hielt sich nach Möglichkeit in Straßengräben, sofern sie nicht knietief mit schmatzendem Schlamm gefüllt waren. Es war wirklich keine Landschaft zum Verstecken. Die Achatener betrieben ihre Landwirtschaft auf jedem Fleckchen Erde, von dem das Saatgut nicht wegrollen konnte. Abgesehen von dem einen oder anderen Felsen, der aus dem Flachland herausragte, gab es keinen Sichtschutz.

Sobald er das Dorf hinter sich gelassen hatte, schenkte ihm niemand mehr groß Beachtung. Der eine oder andere Wasserbüffelhalter drehte sich um und sah ihm ohne besondere Neugier nach, bis er außer Sichtweite war. Rincewind war einfach nur ein geringfügig interessanterer Anblick als ein Büffel, der gerade seinen Darm entleerte.

Er behielt die Straße stets im Auge und erreichte gegen Abend eine Kreuzung.

Dort stand ein Gasthaus.

Seit dem Leoparden hatte Rincewind nichts mehr gegessen. Das Gasthaus bedeutete etwas zu essen, aber etwas zu essen bedeutete Geld. Hunger hatte er zur Genüge, Geld nicht.

Er tadelte sich wegen dieser so negativen Überlegungen. Das war nun wirklich nicht die richtige Einstellung. Nein, er sollte einfach reingehen und sich ein großes, nahrhaftes Gericht bestellen. Hinterher war er dann nicht mehr hungrig und mittellos, sondern satt und mittellos, eine deutliche Verbesserung seiner derzeitigen Lage. Natürlich dürfte die Welt ein paar Einwände dagegen erheben, aber Rincewind hatte die Erfahrung gemacht, dass es kaum ein Problem gab, das sich nicht mit einem lauten Schrei und zehn Metern Vorsprung lösen ließ. Außerdem hätte er in diesem Falle gerade ein stärkendes Mahl zu sich genommen.

Abgesehen davon schmeckte ihm die hunghungesische Küche. Ein paar Flüchtlinge von hier hatten in Ankh-Morpork Restaurants eröffnet, und Rincewind hielt sich, was

Speisen aus dem Achatenen Reich anging, beinahe schon für einen Experten.*

Der große Schankraum war voller Rauch und, soweit es sich durch die Schwaden und Wirbel hindurch erkennen ließ, ziemlich gut besucht. Ein paar alte Männer saßen vor einem komplizierten Haufen Spielsteine aus Elfenbein und spielten *Shibo Yangcong-san.* Rincewind wusste nicht genau, was sie da rauchten, aber ihrem Gesichtsausdruck nach zu schließen, waren sie sehr glücklich darüber, dass sie sich genau dafür entschieden hatten.

Rincewind ging zur Feuerstelle, wo ein magerer Mann in einem Kessel rührte.

Der Zauberer lächelte ihn fröhlich an: »Guten Morgen! Dürfte ich etwas von Ihrer berühmten Delikatesse ›Mahlzeit für zwei Personen mit extra Krabbenchips‹ haben?«

»Nie gehört.«

»Hm. Dann... würde ich gerne einen Blick in ein schmerzendes Ohr... ein Froschquaken... in die Speisekarte werfen.«

»Was ist eine Speisekarte, mein Freund?«

Rincewind nickte. Er wusste, was es bedeutete, wenn ein Fremder einen mit »Freund« anredete. Niemand, der einen »Freund« nannte, war einem besonders freundlich gesonnen.

»Was gibt's denn zu essen, wollte ich sagen.«

»Nudeln, gekochten Kohl und Schweineborsten.«

»Sonst nichts?«

»Schweineborsten wachsen nicht auf Bäumen, San.«

»Ich habe den ganzen Tag Wasserbüffel gesehen«, erwiderte Rincewind. »Esst ihr nie auch mal Rindfleisch?«

Die Schöpfkelle klatschte in den Kessel. Irgendwo hinter

* Zum Beispiel Gericht mit glänzendem braunen Zeug, Gericht mit glänzendem knusprigen orangenen Zeug oder Gericht mit weichen weißen Klümpchen.

Rincewind fiel ein *Shibo*-Stein auf den Boden. Sein Hinterkopf fing unter den vielen Blicken zu kribbeln an.

»Klingt das nach Rebell? Bei uns gibt's keine Rebellen«, sagte der Wirt voller Stolz.

Wahrscheinlich ist an denen zu viel Fleisch dran, dachte Rincewind. Außerdem hatte er den Eindruck, als hätte der Mann seine Worte nicht direkt an ihn, sondern an die Welt im Allgemeinen gerichtet.

»Freut mich zu hören«, sagte er, »denn ...«

»Ganz recht«, sagte der Wirt noch ein bisschen lauter. »Rebellen sind hier nicht willkommen.«

»Das passt mir gut, weil ...«

»Wenn ich wüsste, dass hier irgendwelche Rebellen sind, würde ich sie sofort der Obrigkeit melden«, blökte der Wirt.

»Ich bin kein Rebell, ich habe nur Hunger«, sagte Rincewind. »Ich, äh, nehme gerne eine Schale davon, bitte.«

Eine Schale wurde gefüllt. Auf der öligen Oberfläche schimmerten Regenbogenmuster.

»Das macht einen halben *Rhinu*«, sagte der Wirt.

»Sie wollen, dass ich bezahle, bevor ich gegessen habe?«, fragte Rincewind.

»Könnte sein, dass du hinterher nicht mehr zahlen willst, mein Freund.«

Ein Rhinu bestand aus mehr Gold, als Rincewind je besessen hatte. Er klopfte sich mit übertriebener Geste auf sämtliche Taschen.

»Tja, sieht ganz so aus ...«, fing er an. Dann war ein leises *Plumps* direkt neben ihm zu hören. *Was ich im Urlaub gemacht habe* war auf den Boden gefallen.

»Ja, danke, das reicht völlig«, sagte der Wirt in den Raum hinein und drückte Rincewind die Schale in die Hand. Mit derselben Bewegung hob er das Heft auf und stopfte es dem Zauberer wieder in die Tasche.

»Setz dich dort in die Ecke!«, zischte er. »Dort sagt man dir, was du zu tun hast!«

»Aber ich weiß auch so, was ich zu tun habe. Den Löffel in die Schale tauchen, dann zum Mund führen …«

»Setz dich hin!«

Rincewind fand die dunkelste Ecke und setzte sich dort hin. Die Leute beobachteten ihn immer noch.

Um ihren Blicken auszuweichen, zog er *Was ich im Urlaub gemacht habe* wieder hervor und schlug das Heft irgendwo auf, um herauszufinden, weshalb es eine derart magische Wirkung auf den Wirt ausgeübt hatte.

»… verkaufte mir ein Brötchen, das etwas namens [kompliziertes Piktogramm] enthielt und *komplett aus Schweineinnereien* bestand [pinkelnder Hund]«, las er. »Derlei konnte für wenige Münzen jederzeit erworben werden, und die Stadtbewohner waren davon so gesättigt, dass kaum jemand diese [kompliziertes Piktogramm] an dem Stand von [kompliziertes Piktogramm mit etwas, was nach einer Rasierklinge aussah]-San kaufte.«

Mit Schweineteilen gefüllte Würste, dachte Rincewind. Könnten durchaus köstlich sein, wenn du bis zu diesem Zeitpunkt unter einer herzhaften Mahlzeit eine Schale Spülwasser mit gerinnenden Oberflächenklumpen verstanden hast.

Ha! Dieser Herr Was-ich-im-Urlaub-gemacht-habe sollte beim nächsten Mal in Ankh-Morpork vorbeischauen und dort ein Würstchen vom alten … Schnapper probieren, die … komplett aus … ganz echten … Schweinebestandteilen … bestanden …

Der Löffel platschte in die Schale.

Rincewind blätterte hastig weiter.

»... friedvollen Straßen, auf denen ich ging, waren fast ohne Gewalttaten und Straßenräuberei ...«

»Von wegen, du vieräugiger kleiner Trottel!«, rief Rincewind. »Weil nämlich alles immer nur mir zugestoßen ist!«

»... eine Stadt, in der alle Menschen frei sind ...«

»Frei? Frei? Ja, es steht ihnen frei zu verhungern oder von der Diebesgilde ausgeraubt zu werden ...«, sagte Rincewind zu dem Buch.

Er blätterte auf eine andere Seite.

»... mein Gefährte war der Große Zauberer [kompliziertes Piktogramm, aber jetzt, da Rincewind genauer hinsah, fiel ihm erschrocken auf, dass es ein paar Zeilen enthielt, die wie Achatisch für »Wind« aussahen], der bekannteste und mächtigste Zauberer im ganzen Land ...«

»Das habe ich nie behauptet! Ich ...« Rincewind verstummte. Aus den Tiefen seiner Erinnerung stiegen mehrere heimtückische Sätze auf, zum Beispiel: *Ach, der Erzkanzler hört auf alles, was ich sage* und *Ohne mich würde dort überhaupt nichts mehr funktionieren.* Aber so was sagt man eben nach ein paar Bierchen, niemand konnte so naiv sein, das alles für bare Münze zu nehmen, es aufzuschreiben und ...

Vor Rincewinds innerem Auge setzte sich ein Bild zusammen. Es zeigte einen fröhlich lächelnden Mann mit großer Brille und einer vertrauensvollen, unschuldigen Einstellung zum Leben, was überall, wohin er seine Schritte lenkte, Angst, Schrecken und Zerstörung zur Folge hatte. Zweiblum konnte sich die Welt einfach nicht als miesen Aufenthaltsort vorstellen, und das lag in erster Linie daran, dass sie sich ihm gegenüber nicht mies verhielt. Das sparte sie sich immer für Rincewind auf.

Vor seiner Begegnung mit Zweiblum hatte Rincewind ein recht ereignisarmes Leben geführt. Seitdem jedoch hagelte es geradezu Ereignisse in großen Massen.

Aber war der kleine Mann nicht wieder nach Hause zurückgekehrt? Nach Bes Pelargic, dem einzigen nennenswerten Seehafen des Reiches.

Wer konnte bloß so leichtgläubig sein und einen solchen Bericht schreiben?

Das brachte nur eine einzige, ganz bestimmte Person fertig.

Rincewind hatte mit Politik nicht viel am Hut, aber das eine oder andere kapierte er doch, und zwar nicht, weil es etwas mit Politik, sondern weil es sehr viel mit der Natur des Menschen zu tun hatte. Hässliche Bilder schoben sich wie scheußliche Bühnenkulissen vor sein geistiges Auge.

Das Achatene Reich war von einer großen Mauer umgeben. Wenn man im Reich selbst wohnte, lernte man, Suppe aus Schweinequieken zu kochen und die eigene Spucke zu trinken, weil es eben so war; man wurde ständig von Soldaten herumgeschubst, weil die Welt nun mal so war.

Wenn nun aber jemand daherkam und ein heiteres kleines Buch über ...

... was ich im Urlaub gemacht habe ...

... schrieb und von einem Ort berichtete, wo das Leben ganz anders ablief ...

... dann stellte sich, egal wie erstarrt die Gesellschaft auch sein mochte, womöglich doch der eine oder andere gefährliche Fragen, zum Beispiel: »Wo ist eigentlich das ganze Schweinefleisch?«

Rincewind starrte mit einem mulmigen Gefühl an die Wand. Bauern des Reiches, erhebt euch! Ihr habt nichts zu verlieren als eure Köpfe, Hände und Füße, und dann gibt es noch das, was man mit einer Weste aus Maschendraht und einer Käsereibe anstellen kann …

Er drehte das Buch um. Nirgendwo war der Name des Verfassers vermerkt. Nur eine kleine Nachricht: *Gesteigertes Glück! Fertigt Abschriften an! Dauerhaftigkeit und Glück für das Unterfangen!*

Auch in Ankh-Morpork hatte es im Laufe der Jahre die eine oder andere Rebellion gegeben, aber dort kam niemand auf die Idee, so etwas zu organisieren. Man schnappte sich einfach eine Waffe und ging raus auf die Straße. Niemand zerbrach sich den Kopf über einen offiziellen Schlachtruf, man verließ sich stattdessen auf das altbewährte »Dort läuft er! Packt ihn! Habt ihr ihn? Und jetzt voll in die Astgabel!«

Der Witz war: Ganz egal, was solche Vorkommnisse auch auslöste, es war normalerweise nicht der Grund dafür. So wurde beispielsweise der Verrückte Lord Schnappüber nicht deshalb an seinem Wabbel* aufgehängt, weil er den armen alten Löffler Boggis dazu gezwungen hatte, seine eigene Nase aufzuessen, sondern weil sich über viele Jahre ein riesiger Haufen an einfallsreichen Gemeinheiten angesammelt hatte, bis das Fass endgültig …

Am anderen Ende des Raums ertönte ein grässlicher Schrei. Rincewind war schon fast auf und davon, als er die kleine Bühne und die Schauspieler bemerkte.

Dort saßen drei Musikanten auf dem Boden. Alle Gäste des Lokals drehten sich zu ihnen um.

---

* So steht es in den Geschichtsbüchern. Rincewind hatte jedoch, wie jeder eifrige junge Student, das Wort »Wabbel« hoffnungsfroh im Wörterbuch nachgeschlagen und herausgefunden, dass es sich dabei um »ein kleines Brötchen mit großen Rosinen darin« handelte. Demnach hatte entweder die Sprache eine Wandlung vollzogen, oder es war wirklich ganz besonders grauenhaft, einen Mann neben einem Teekuchen aufzuhängen.

Das Stück war in gewisser Hinsicht recht unterhaltsam. Rincewind konnte der Handlung zwar nicht ganz folgen, aber sie ging ungefähr so: Ein Mann trifft ein Mädchen, verliert das Mädchen an einen anderen Mann, der Mann schneidet das Paar in der Mitte durch, der Mann fällt in sein eigenes Schwert, alle kommen nach vorne und verbeugen sich zu einem Lied, bei dem es sich um die hiesige Entsprechung von »Wochenend und Sonnenschein« handeln mochte. Die Feinheiten ließen sich nur schwer ausmachen, da die Schauspieler sehr oft »Hurraaaa!« riefen und viel Zeit damit verbrachten, zum Publikum zu sprechen, obendrein sahen ihre Masken für Rincewind alle gleich aus. Die Musikanten befanden sich derweil in einer ganz eigenen Welt, beziehungsweise – dem Klangbild nach zu urteilen – in drei verschiedenen Welten.

»Glückskeks?«

»Hä?«

Als Rincewind aus den Tiefen mimischer Darstellungskunst aufgetaucht war, sah er den Wirt neben sich stehen.

Der hielt ihm einen Teller mit einem eigenartigen, muschelähnlichen Gebäck unter die Nase.

»Glückskeks?«

Rincewind streckte die Hand aus. Gerade als sich seine Finger um einen Keks schließen wollten, rückte der Teller ein oder zwei Zoll zur Seite, sodass sich ein anderer Keks unter seiner Hand befand.

Auch gut. Er griff zu.

Während die Schauspieler weiterkrakeelten, spann Rincewind seinen Gedanken weiter: In Ankh-Morpork konnte man sich wenigstens richtige Waffen beschaffen.

Die armen Teufel. Für eine Rebellion brauchte man mehr als ein paar pfiffige Sprüche und einen Haufen Begeisterung.

Man brauchte gut ausgebildete Kämpfer und vor allem einen guten Anführer. Er wünschte ihnen, dass sie einen finden würden – sobald er weit weg von hier war.

Er rollte sein Glück auf und las den Zettel nicht sonderlich interessiert durch. Dabei achtete er überhaupt nicht auf den Wirt, der sich hinter ihn stellte.

Statt des üblichen »Du hast gerade ein minderwertiges Mahl zu dir genommen« enthielt der Zettel ein ziemlich kompliziertes Piktogramm.

Rincewinds Finger folgten den Pinselstrichen.

»›Viele… viele… Entschuldigungen…‹ Was sollte das denn…«

Der Musiker, der die Becken bediente, schlug sie laut scheppernd zusammen.

Ein hölzerner Totschläger knallte auf Rincewinds Kopf.

Die alten Männer, die *Shibo* spielten, nickten zufrieden vor sich hin und wandten sich wieder ihrem Spiel zu.

Es war ein herrlicher Morgen. Überall im Versteck hallten die Geräusche der sich stöhnend erhebenden Grauen Horde wider. Die Männer justierten die unterschiedlichen selbst gefertigten medizinischen Stützvorrichtungen, beschwerten sich lautstark darüber, dass sie ihre Brillen nicht fanden, und kauten versehentlich auf dem Gebiss des Nachbarn herum.

Cohen hatte die Füße in ein warmes Bad getaucht und genoss die Sonne.

»Pauker?«

Der ehemalige Erdkundelehrer war in eine Landkarte vertieft, die er gerade anfertigte.

»Ja, Dschingis?«

»Was brabbelt der Irre Hämisch denn da?«

»Er sagt, das Brot ist altbacken, und er kann seine Zähne nicht finden.«

»Sag ihm, wenn für uns alles gut läuft, kriegt er schon bald ein ganzes Dutzend junger Frauen, die ihm das Brot vorkauen können«, sagte Cohen.

»Das ist nicht besonders hygienisch, Dschingis«, erwiderte Herr Zervelat, ohne aufzusehen. »Hast du schon vergessen, was ich euch zum Thema Hygiene erzählt habe?«

Cohen gab ihm keine Antwort, sondern dachte sich: sechs alte Männer. Pauker darf man eigentlich nicht mitzählen, er ist ein Denker, kein Krieger …

Selbstzweifel hatten in Cohens Schädel eigentlich keinen Platz. Wenn man in einer Hand eine zappelnde Tempeljungfer und einen Sack geplünderter Tempelschätze hielt und mit der anderen ein halbes Dutzend wütender Priester abzuwehren versuchte, blieb einem nicht viel Zeit zum Überlegen. Die natürliche Auslese sorgte dafür, dass professionelle Helden, die sich im entscheidenden Augenblick Fragen nach dem eigentlichen Sinn des Lebens stellten, ziemlich schnell sowohl Sinne als auch Leben verlieren.

Aber: sechs alte Männer … und im Kaiserreich standen fast eine Million Männer unter Waffen.

Wenn man sich die Chancen im kalten Licht der Morgendämmerung betrachtete oder sogar in diesem ziemlich angenehm warmen Licht der Morgendämmerung, brachte einen das recht schnell darauf, einmal kurz über die Mathematik des Todes nachzudenken. Falls der Plan nicht aufging …

Cohen biss sich nachdenklich auf die Lippe. Falls der Plan nicht aufging, brauchten sie bestimmt mehrere Wochen, um alle Feinde umzubringen. Vielleicht hätte er doch Thog den Schlächter mitnehmen sollen, obwohl der das Kämpfen alle zehn Minuten unterbrechen musste, um aufs Klo zu gehen.

Wie auch immer. Er hatte seine Entscheidung gefällt, nun konnte er ebenso gut das Beste daraus machen.

Als Cohen noch ein junger Bursche war, hatte ihn sein Vater einmal auf einen Berggipfel mitgenommen, ihm das A und O des Heldentums erklärt und ihm erzählt, dass es keine größere Freude gebe, als in der Schlacht zu sterben.

Cohen hatte den Schwachpunkt dieses Credos sofort erkannt, und die Erfahrung eines langen Lebens hatte ihn nur darin bestärkt, dass es eine wesentlich größere Freude war, den Feind in der Schlacht zu töten und am Ende auf einem großen Haufen Gold zu sitzen, der höher als das eigene Pferd war. Diese Überzeugung hatte ihm stets gute Dienste geleistet.

Er erhob sich und streckte sich im Sonnenschein.

»Was für ein herrlicher Morgen, Jungs«, sagte er. »Ich fühle mich, als könnte ich Bäume ausreißen.«

Ringsum murmelte man verhaltene Zustimmung.

»Gut«, sagte Cohen. »Dann wollen wir mal!«

Die Große Mauer reicht einmal um das ganze Achatene Reich herum. Und zwar vollständig.

An den meisten Stellen ist sie ungefähr zwanzig Fuß hoch und ragt auf der Innenseite senkrecht auf. Sie erstreckt sich entlang der Strände, durch einsame Wüsten und sogar am Rand steiler Klippen, wo die Wahrscheinlichkeit eines Angriffs von außen sehr gering sein dürfte. Auf den zum Reich gehörigen Inseln wie Bhangbhangduc und Klingeling gibt es entsprechende Mauern. Im metaphorischen Sinne handelt es sich bei allen um ein und dieselbe Mauer, was manchem, dem militärisches Denken nicht so vertraut und die Funktion der Mauer nicht ganz ersichtlich ist, ziemlich merkwürdig vorkommen mag.

Sie ist mehr als bloß eine Mauer, sie ist eine Aussage. Auf der einen Seite befindet sich das Reich, ein Wort, das im Achatischen mit dem Wort für »Universum« identisch ist. Auf der anderen Seite ist – nichts. Schließlich ist das Universum alles, was es gibt.

Es mochte wohl manchmal den Anschein haben, als gäbe es dort draußen so etwas wie Meere, Inseln, andere Kontinente und so weiter. Sie mochten sogar fest und robust erscheinen, es wäre vielleicht sogar möglich, sie zu erobern und auf ihnen herumzulaufen… aber letztendlich waren sie nicht real. Das achatische Wort für »Fremder« ist dasselbe wie für »Geist« und nur einen Pinselstrich von dem Wort für »Opfer« entfernt.

Die Mauern sind steil, um die langweiligen Leute, die nach wie vor davon überzeugt sind, auf der anderen Seite gäbe es irgendetwas Interessantes, zu entmutigen. Erstaunlicherweise gibt es Leute, die den Wink mit dem Zaunpfahl selbst nach Tausenden von Jahren nicht verstehen wollen. Diejenigen, die in der Nähe der Küste wohnen, bauen Flöße und segeln hinaus aufs einsame Meer, machen sich auf in Länder, die reine Hirngespinste sind. Die auf dem Festland versuchen es mit Flugdrachen und von Feuerwerk angetriebenen Stühlen. Natürlich sterben viele schon beim Versuch. Die meisten anderen werden bald darauf gefangen genommen und sind gezwungen, fortan in interessanten Zeiten zu leben.

Trotzdem schaffen es einige bis in den großen Schmelztiegel namens Ankh-Morpork. Sie kommen ohne Geld – die Seeleute verlangen von ihnen, was der Markt hergibt, also alles –, aber sie haben ein irres Funkeln in den Augen, und sie eröffnen Geschäfte und Restaurants und arbeiten vierundzwanzig Stunden am Tag. Man nennt es den ankh-morporkischen Traum (davon, haufenweise Geld an einem Ort zu verdienen, an dem der eigene Tod nicht unbedingt von der gerade herrschenden Rechtsordnung abhängt). Und diejenigen, die nicht schlafen, träumen diesen Traum umso intensiver.

Manchmal hatte Rincewind den Eindruck, sein Leben wäre eine einzige Abfolge von kurzen Wachphasen. Dabei geschah das Erwachen nicht immer unsanft, sondern manchmal einfach nur unfreundlich. Ganz selten – ein oder zwei Mal vielleicht – war es sogar recht nett gewesen, insbesondere auf jener Insel. Die Sonne war so eintönig aufgegangen wie immer, die Wellen hatten ziemlich öde an den Strand geplätschert, und mehrmals war es ihm gelungen, ohne seinen schon gewohnheitsmäßigen kleinen Aufschrei aus der Bewusstlosigkeit zu erwachen.

Diesmal geschah es nicht nur unsanft, sondern ausgesprochen unverschämt. Er wurde hin und her gestoßen, und jemand hatte ihm die Hände aneinandergefesselt. Es war dunkel, was an dem Sack über seinem Kopf liegen mochte.

Rincewind stellte ein paar Berechnungen an und kam zu einem Ergebnis.

»Das hier ist der siebzehntschlimmste Tag meines Lebens, bis jetzt«, dachte er.

In Kneipen bewusstlos geschlagen zu werden war ziemlich normal. Passierte einem das in Ankh-Morpork, wachte man mit hoher Wahrscheinlichkeit auf dem Ankh und ohne sein Geld wieder auf. Es sei denn, ein Schiff lief gerade zu einer langen und unattraktiven Reise aus, dann konnte man auch in irgendeinem Speigatt aufwachen, in Ketten gelegt und mit der Aussicht, während der nächsten zwei Jahre die Meereswellen zu durchpflügen.* Im Allgemeinen war der Schläger daran interessiert, einen am Leben zu erhalten. Damit nahm es die Diebesgilde sehr genau. Wie hieß es bei ihnen so schön: »Schlägst du zu fest zu, kannst du dein Opfer nur einmal ausrauben; schlägst du nur fest genug zu, kannst du es jede Woche ausrauben.«

Da Rincewind sich jetzt auf einem Karren oder etwas Ähnlichem befand, hatte jemand die Absicht, ihn am Leben zu lassen.

Es wäre ihm lieber gewesen, wenn ihm das nicht eingefallen wäre.

Jemand zog ihm den Sack vom Kopf, und eine furchterregende Fratze starrte ihn an.

»›Ich würde gerne Ihren Fuß essen!‹«, sagte Rincewind.

»Keine Angst. Ich bin ein Freund.«

Die Maske wurde abgenommen. Dahinter kam eine junge Frau zum Vorschein – mit rundem Gesicht, Stupsnase und so ganz anders als sämtliche Bewohner des Landes, denen Rincewind bisher begegnet war. Was, wie er kurz darauf erkannte, daran lag, dass sie ihn direkt ansah. Ihre Kleidung, wenn auch nicht ihr Gesicht, hatte er zuletzt auf der Bühne gesehen.

»Nicht schreien«, sagte sie.

»Warum? Was hast du vor?«

»Wir hätten dich gebührend empfangen sollen, aber dazu war keine Zeit.« Sie nahm zwischen den Stoffbündeln auf dem schwankenden Karren Platz und betrachtete ihn kritisch.

»Vier Große Sandale sagt, du bist auf einem Drachen ge-

* Eine trostlose Perspektive, besonders dann, wenn Pflug und Pferde ständig untergehen.

kommen und hast ein ganzes Soldatenregiment niedergemacht«, sagte sie.

»Im Ernst?«

»Dann hast du einen ehrwürdigen alten Mann mit einem Zauber in einen großen Krieger verwandelt.«

»Ach was.«

»Und du hast Vier Große Sandale richtiges Fleisch gegeben, obwohl er nur der *Pung*-Klasse angehört.«

»Im Ernst?«

»Und du hast deinen Hut.«

»Ja klar habe ich meinen Hut.«

»Trotzdem«, sagte das Mädchen, »siehst du nicht wie ein Großer Zauberer aus.«

»Na ja, es ist nämlich so, dass ...«

Das Mädchen wirkte so zart wie eine Blume. Aber soeben hatte sie aus irgendeiner Falte ihres Kostüms ein kleines, aber höchst zweckdienliches Messer hervorgezogen.

Rincewind hatte für solche Situationen einen siebten Sinn entwickelt. Wahrscheinlich war es momentan nicht ratsam, den Großen Zauberer abzustreiten.

»Es ist so, dass ...«, wiederholte er, »dass ... woher weiß ich, dass ich dir vertrauen kann?«

Das Mädchen sah ihn entrüstet an. »Verfügst du denn nicht über erstaunliche Zauberkräfte?«

»Ach so, doch, ja. Gewiss! Aber ...«

»Sag was in der Zauberersprache!«

»Äh. *Stercus, stercus, stercus, moriturus sum*«, erwiderte Rincewind, ohne den Blick vom Messer zu nehmen.

»›O Exkrement, gleich muss ich sterben?‹«

»Es ist ... äh ... ein besonderes Mantra, das ich immer aufsage, um die magischen Ströme zu beschwören.«

Das Mädchen sank ein bisschen in sich zusammen.

»Ja, diese Zauberei macht einen ganz schön schlapp«, sagte Rincewind. »Auf Drachen herumfliegen, alte Männer in wilde Krieger zu verzaubern … Davon schafft man nur ein gewisses Quantum, dann muss man sich ausruhen. Jetzt bin ich gerade sehr schwach, weil ich erst vor Kurzem gewaltige Mengen an Magie eingesetzt habe, verstehst du?«

Der Zweifel war noch nicht restlos aus ihrem Blick gewichen.

»Alle Bauern glauben an die unmittelbar bevorstehende Ankunft des Großen Zauberers«, sagte sie. »Aber, um es mit den Worten des großen Philosophen Ly Schwatzmaul zu sagen: ›Wenn viele ein mächtiges Schlachtross erwarten, entdecken sie Hufe an einer Ameise.‹«

Wieder sah sie ihn prüfend an.

»Unterwegs hierher«, sagte sie, »hast du vor Bezirkskommissar Ki gekatzbuckelt. Du hättest ihn mit schrecklichem Feuer vernichten können.«

»Ich warte auf den rechten Augenblick, sehe mich im Land um und halte mich vorerst noch bedeckt«, plapperte Rincewind. »Äh. Es bringt ja nichts, wenn ich mich sofort zu erkennen gebe, oder?«

»Du hast dich verkleidet?«

»Genau.«

»Eine sehr gute Verkleidung.«

»Vielen Dank, denn …«

»Nur ein großer Zauberer kann es wagen, wie ein derartig erbärmliches Mitglied der menschlichen Gesellschaft daherzukommen.«

»Danke. Äh … woher hast du gewusst, dass ich unterwegs bin?«

»Sie hätten dich dort auf der Stelle umgebracht, wenn ich ihnen nicht gesagt hätte, was sie tun sollen.«

»*Du* warst der Wächter?«

»Wir mussten dich rasch einholen. Es war reines Glück, dass Vier Große Sandale dich gesehen hat.«

»Wir?«

Sie ging nicht auf seine Frage ein. »Die hier sind bloß Provinzsoldaten. In Hunghung wäre ich nicht damit durchgekommen. Aber ich kann viele Rollen spielen.« Sie legte das Messer beiseite, aber Rincewind hatte das Gefühl, dass er sie noch nicht restlos überzeugt hatte. Wenigstens wollte sie ihn nicht mehr umbringen.

Er griff nach einem Strohhalm.

»Ich habe eine magische Truhe auf Beinen«, sagte er mit einigem Stolz. »Sie folgt mir überallhin. Gerade scheint sie sich irgendwo verlegt zu haben, aber sie ist ein ganz erstaunliches Ding.«

Das Mädchen sah ihn ausdruckslos an. Dann packte sie ihn mit ihrer zarten Hand und riss ihn hoch.

»Sprichst du etwa davon?«, fragte sie.

Sie zog die Vorhänge im hinteren Teil des Karrens beiseite. Dort standen zwei wackelnde Kisten nebeneinander im Staub. Sie sahen ramponierter und billiger aus als Truhe, gehörten aber ganz offensichtlich derselben Spezies an, falls man diesen Ausdruck auf Reisegepäck anwenden konnte.

»Äh. Ja.«

Sie ließ ihn los. Rincewind knallte mit dem Kopf auf den Boden.

»Hör zu«, sagte sie, »hier geschehen viele schlimme Dinge. Ich glaube nicht an große Zauberer, aber andere Leute schon, und manchmal brauchen die Leute etwas, woran sie glauben können. Und wenn diese anderen Leute sterben, weil wir einen Zauberer haben, der nicht ganz so groß ist wie gedacht, dann wird aus diesem Zauberer sehr schnell ein sehr unglücklicher Zauberer. Vielleicht bist du der Große Zauberer. Wenn nicht, gebe ich dir den Rat, eifrig zu lernen, um ganz schnell richtig großartig zu werden. Habe ich mich deutlich genug ausgedrückt?«

»Äh … ja.«

Rincewind hatte dem Tod schon bei zahlreichen Gelegenheiten ins Auge gesehen. Oft waren dabei Rüstungen und Schwerter im Spiel gewesen. Hier hatte er es lediglich mit einem hübschen Mädchen und einem Messer zu tun, aber irgendwie kam ihm diese Situation wie eine der schlimmsten vor. Das Mädchen lehnte sich zurück.

»Wir sind Wanderschauspieler«, sagte sie. »Das passt ziemlich gut. Nō-Schauspieler dürfen sich im Land frei bewegen.«

»Dann seid ihr gar keine richtigen Schauspieler?«, fragte Rincewind.

»Du hast mich nicht verstanden. Wir sind Nō-Schauspieler.«

»Naja, ihr wart auch wirklich gar nicht so übel.«

»Großer Zauberer, ›Nō‹ ist eine nichtrealistische, symbolische Form des Theaters, die sich archaischer Sprache, stilisierter Gesten und der Begleitung von Flöten und Trommeln bedient. Deine vorgebliche Dummheit ist meisterlich. So überzeugend, dass ich beinahe glauben könnte, dass du *kein* Schauspieler bist.«

»Wie heißt du noch mal gleich?«, fragte Rincewind.

»Hübscher Schmetterling.«

»Äh. Ja?«

Sie musterte ihn kurz, dann verschwand sie zur Vorderseite des Karrens.

Das Gefährt rumpelte dahin. Rincewinds Kopf steckte nun wieder in einem Sack, der nach Zwiebeln roch, und er fluchte systematisch vor sich hin. Er verfluchte Frauen mit Messern und die Geschichte im Allgemeinen, außerdem das gesamte Kollegium der Unsichtbaren Universität, seine nicht anwesende Truhe und alle Bewohner des Achatenen Reiches. Ganz oben auf der Liste stand momentan jedoch derjenige, der diesen Karren konstruiert hatte. So wie es sich anfühlte, handelte es sich bei dem Kerl, der glaubte, grobes, splittriges Holz sei das richtige Material für einen Karrenboden, um denselben Irren, der »dreieckig« für die angemessene Form von Wagenrädern hielt.

Truhe lauerte in einem Graben und wurde ohne großes Interesse von einem Mann betrachtet, der einen Wasserbüffel an einem Strick festhielt.

Sie fühlte sich beschämt, ratlos und verloren. Verloren deshalb, weil alles ringsumher so ... vertraut war. Das Licht, die Gerüche, der Boden unter den Füßen ... Aber sie hatte nicht mehr das Gefühl, jemandem zu gehören.

Sie war aus Holz gefertigt. Holz ist in dieser Hinsicht sehr sensibel.

Einer ihrer vielen Füße fuhr einen Umriss im Morast nach, ein erbärmliches, zielloses Verhalten, das jedem vertraut war, der schon einmal vor der Klasse stehen musste und ausgeschimpft wurde.

Schließlich traf sie eine Entscheidung, falls Holz überhaupt Entscheidungen treffen konnte.

Sie war verschenkt worden. Sie hatte viele Jahre damit verbracht, durch fremde Länder zu stapfen, exotischen Wesen zu begegnen und auf ihnen herumzuspringen. Jetzt war sie wieder in dem Land, in dem sie einst Baum gewesen war. Deshalb war sie frei.

Es war nicht gerade der allerlogischste Gedankengang,

aber letztendlich gar nicht mal so schlecht, wenn man nichts anderes zum Nachdenken hatte als Astlöcher.

Und es gab etwas, was Truhe sehr gerne tun wollte.

»Bist du endlich so weit, Pauker?«

»Entschuldige, Dschingis. Ich muss nur noch rasch…«

Cohen seufzte. Die Horde nutzte die Pause, indem sie sich im Schatten eines Baumes niederließ und sich gegenseitig Lügengeschichten über ihre Heldentaten auftischte, während Herr Zervelat auf einem Felsbrocken stand, durch irgendein selbstgebasteltes Gerät linste und auf seinen Landkarten herumkritzelte.

Inzwischen wurde die Welt von Zetteln regiert. Auf jeden Fall dieser Teil der Welt. Und Pauker… ja, Pauker regierte über die Zettel. Obwohl er trotz seiner rigorosen Ansicht, dass alle Schulrektoren an ein Scheunentor genagelt gehörten, nicht aus dem herkömmlichen Barbarenholz geschnitzt war, konnte er mit seinen Zetteln wirklich sehr Erstaunliches leisten.

Außerdem sprach er Achatisch. Jedenfalls besser als Cohen, der die Sprache unterwegs mehr schlecht als recht aufgegabelt hatte. Angeblich hatte Pauker sie aus einem alten Buch gelernt. Er behauptete, es sei erstaunlich, was für interessante Sachen in alten Büchern standen.

Cohen quälte sich zu ihm hinauf.

»Was treibst du hier eigentlich, Pauker?«, erkundigte er sich.

Herr Zervelat spähte nach Hunghung hinüber. Die Stadt war am staubigen Horizont gerade noch so zu erkennen.

»Siehst du den Hügel hinter der Stadt?«, fragte er. »Diese große, abgerundete Kuppe?«

»Sieht aus wie der Grabhügel meines Vaters«, erwiderte Cohen.

»Nein, das muss eine natürliche Formation sein. Er ist viel zu groß. Obendrauf steht eine Pagode oder so was. Sehr interessant. Vielleicht sehe ich mir das später noch mal genauer an.«

Cohen spähte zu dem großen runden Hügel hinüber. Es war ein großer runder Hügel. Er bedrohte ihn nicht, und er sah auch nicht wertvoll aus. Ende Legende, so weit es ihn anging. Es gab Dringlicheres zu tun.

»Die Leute scheinen die äußere Stadt zu betreten und zu verlassen«, fuhr Herr Zervelat fort. »Die Belagerung ist mehr Drohung als tatsächliches Problem. Natürlich dürfte es wesentlich schwieriger sein, in die Verbotene Stadt selbst vorzudringen.«

»Wie wär's, wenn wir einfach alle umbringen?«, fragte Cohen.

»Gute Idee, aber unpraktisch«, erwiderte Herr Zervelat. »Ruft zudem höchstwahrscheinlich Reaktionen hervor. Nein, meine derzeitige Methodik basiert auf der Tatsache, dass Hunghung ein beachtliches Stück vom Fluss entfernt liegt und trotzdem fast eine Million Einwohner hat.«

»Basiert, genau«, sagte Cohen.

»Und die Geographie dieser Gegend eignet sich überhaupt nicht für artesische Brunnen.«

»Hab ich mir auch schon gedacht ...«

»Trotzdem ist nirgendwo ein Aquädukt zu sehen, wie dir wahrscheinlich aufgefallen ist.«

»Kein Aquädukt, genau«, sagte Cohen. »Duckt sich vermutlich ins Unterholz. Manche Tiere machen das.«

»Was mich wiederum an dem Spruch zweifeln lässt, dass nicht einmal eine Maus in die Verbotene Stadt eindringen kann«, sagte Herr Zervelat mit nur einem Hauch von Selbstgefälligkeit. »Einer Maus dürfte es jederzeit möglich sein, in die Verbotene Stadt einzudringen – falls sie die Luft anhalten kann.«

»Oder auf einem dieser geduckten Tiere reitet«, sagte Cohen.

»Ganz genau.«

Der Karren blieb stehen. Der Sack wurde weggezogen. Anstelle der Käsereibe, die Rincewind insgeheim erwartet hatte, sah er mehrere junge, besorgte Gesichter vor sich. Eines davon gehörte einer Frau, und Rincewind war sehr erleichtert, als er feststellte, dass es nicht Hübscher Schmetterling war. Diese hier sah jünger aus und ließ Rincewind sofort ein bisschen an Kartoffeln denken.*

»Wie geht es dir?«, fragte sie in holprigem, aber verständlichem Morporkisch. »Es tut uns sehr leid. Jetzt alles besser? Wir sprechen zu dir in Sprache von himmlischer Stadt von Ang-Mohr-Pork. Sprache von Freiheit und Fortschritt. Sprache von ein Mann, eine Stimme!«

»Ja«, erwiderte Rincewind. Ankh-Morporks Patrizier tauchte vor seinem inneren Auge auf. Ein Mann, eine Stimme. Keine Frage. »Ich bin ihm schon begegnet. Und er weiß, dass er mit seiner Stimme alles bestimmen kann, zweifellos. Aber ...«

»Zusätzliches Glück den Anstrengungen des Volkes!«, rief der Junge. »Kluger Fortschritt in Maßen!« Er sah aus, als wäre er aus Backsteinen zusammengefügt.

»Entschuldigung«, sagte Rincewind, »aber warum habt ihr ... eine Papierlaterne für zeremonielle Zwecke ... einen Ballen Baumwolle ... mich gerettet? Und wenn ich, äh, ret-

* Ganz allein auf einer einsamen Insel können einem die Gelüste schon ein wenig durcheinandergeraten.

ten sage, meine ich damit, warum habt ihr mir eins über den Schädel gezogen, mich gefesselt und hierhergebracht, wo immer das auch sein mag? Denn das Schlimmste, was mir in dem Gasthaus hätte passieren können, wäre eine Ohrfeige dafür gewesen, dass ich das Essen nicht bezahlen konnte …«

»Das Schlimmste, was auch garantiert passiert wäre, wäre ein qualvoller Tod über mehrere Jahre hinweg«, meldete sich Schmetterlings Stimme. Sie kam um den Wagen herum und lächelte Rincewind grimmig an. Die Hände hatte sie sittsam im Kimono verborgen, vermutlich, um die Messer zu verstecken.

»Ach, hallo«, sagte er.

»Großer Zauberer.« Schmetterling verneigte sich vor ihm. »Ich dich kenne bereits, aber diese beiden sind Lotosblüte und Drei Pflugochsen, andere Mitglieder unseres Kaders. Wir mussten dich auf diese Weise hierherbringen. Spione sind überall.«

»Rechtzeitiges Dahinscheiden allen Feinden!«, sagte der Junge und strahlte.

»Äh, ja, ganz recht«, erwiderte Rincewind. »Allen Feinden.«

Der Karren stand in einem Innenhof, und der allgemeine Geräuschpegel auf der anderen Seite der sehr hohen Mauern deutete auf eine große Stadt hin. Eine hässliche Gewissheit nahm Gestalt an.

»Ihr habt mich doch nicht nach Hunghung gebracht?«, fragte Rincewind.

Lotosblüte machte große Augen.

»Dann es stimmt also«, sagte sie in Rincewinds Muttersprache. »Du wirklich bist der Große Zauberer!«

»Ach, du würdest dich wundern, was ich alles vorhersehen kann«, erwiderte Rincewind mutlos.

»Ihr zwei kümmert euch um die Pferde«, befahl Schmetterling und ließ Rincewind dabei nicht aus den Augen. Erst als die beiden anderen, nicht ohne sich mehrfach umzublicken, davongeeilt waren, kam Schmetterling zu ihm.

»Sie glauben daran«, sagte sie. »Ich persönlich habe meine Zweifel, aber Ly Schwatzmaul sagt, wenn man keine Pferde hat, kann ein Esel die Arbeit eines Ochsen tun. Einer seiner weniger überzeugenden Aphorismen, wie ich schon immer fand.«

»Vielen Dank. Was ist ein Kader?«

»Hast du schon mal von der Roten Armee gehört?«

»Nein. Na ja, ich habe mal jemanden irgendwas rufen hören…«

»Die Legende besagt, dass ein Unbekannter, den man nur als den Großen Zauberer kannte, die erste Rote Armee zu einem unmöglichen Sieg führte. Das war natürlich schon vor vielen Tausend Jahren. Aber das Volk glaubt, dass er – also *du* – eines Tages zurückkehren wird. Von daher … solltest du also irgendwo eine Rote Armee in der Hinterhand haben.«

»Na ja, nach Abertausend Jahren kann man schon mal ein bisschen eingerostet sein…«

Ihr Gesicht befand sich plötzlich sehr nah vor seinem.

»Ich persönlich halte das alles für ein großes Missverständnis«, zischte sie. »Aber wo du schon mal hier bist, musst du auch der Große Zauberer sein. Und wenn ich dich Schritt für Schritt vorantreiben muss!«

Die beiden anderen kehrten zurück. Schmetterling verwandelte sich augenblicklich vom fauchenden Tiger zum scheuen Rehlein.

»Jetzt komm mit, ich will dich der Roten Armee vorstellen«, sagte sie.

»Die dürfte doch inzwischen schon ein bisschen streng

riechen«, setzte Rincewind an, unterbrach sich aber, als er ihren Gesichtsausdruck sah.

»Die ursprüngliche Rote Armee war eindeutig eine Legende«, sagte sie in jetzt flüssigem und fehlerfreiem Ankh-Morporkisch. »Aber Legenden sind mitunter recht nützlich. Und du solltest die Legende kennen … Großer Zauberer. Als Eins Sonnenspiegel gegen alle Armeen der Welt kämpfte, kam ihm der Große Zauberer zu Hilfe, und die Erde selbst tat sich auf und kämpfte für das neue Reich. Auch Blitze waren dabei. Die Armee war aus der Erde selbst geschaffen, aber in gewisser Weise wurde sie von Blitzen gelenkt. Blitze können zwar töten, aber ich vermute, dass es ihnen an Disziplin fehlt. Und Erde kann nicht kämpfen. Zweifellos war unsere Armee aus Erde und Himmel nicht mehr und nicht weniger als ein Aufstand der Bauern selbst. Jetzt haben wir jedenfalls eine neue Armee und einen Namen, der die Fantasie beflügelt. Und einen Großen Zauberer. Ich glaube nicht an Legenden. Aber ich glaube daran, dass andere Leute daran glauben.«

Das jüngere Mädchen, das versucht hatte, diesen Gedanken zu folgen, trat nach vorn und packte seinen Arm.

»Du komm mit, sehen Rote Armee jetzt«, sagte sie.

»Allzeit voran mit der Bewegung der Massen!«, sagte der Junge und packte Rincewind am anderen Arm.

»Redet er immer so?«, fragte Rincewind, als sie ihn sanft zur Tür schoben.

»Drei Pflugochsen will nicht lernen«, antwortete das Mädchen.

»Enormer Erfolg erwartet unsere Anführer!«

»›Zwei Groschen der Eimer, aber gut festgestampft!‹«, sagte Rincewind aufmunternd.

»Größtmöglicher Besitz der Produktionsmittel!«

»›Möge deine Oma immer genug Seife haben!‹«

Drei Pflugochsen strahlte übers ganze Gesicht.

Schmetterling öffnete die Tür, und Rincewind stand mit den beiden anderen draußen.

»Sehr nützliche Parolen«, sagte er und bewegte sich ein kleines bisschen zur Seite. »Aber ich würde deine Aufmerksamkeit gerne auf den berühmten Spruch des Großen Zauberers Rincewind lenken.«

»Aber ja, ich bin ganz Ohr«, erwiderte Lotosblüte höflich.

»Rincewind sagt ... Und Tschüüüüüüü-«

Seine Sandalen schlitterten über das Pflaster, aber er hatte schon ein beträchtliches Tempo erreicht, als er gegen die Tür stieß. Da sie aus Bambus gefertigt war, zerbrach sie sofort.

Auf der anderen Seite befand sich ein Straßenmarkt. Daran sollte sich Rincewind später erinnern, wenn er an Hunghung dachte; sobald irgendwo nur ein bisschen Platz war, und wenn es nur der Platz war, der durch einen vorüberfahrenden Karren oder einen weitergetriebenen Maulesel entstand, wurde er sofort von Menschen beansprucht, die sich lauthals über den Preis für eine Ente stritten, die mit dem Kopf nach unten gehalten wurde und vor sich hin quakte.

Rincewind trat mit einem Fuß in einen Weidenkäfig, der mehrere Hühner enthielt, aber er lief eilig weiter, wobei er Leute und Waren vor sich auseinandertrieb. Auf einem Straßenmarkt in Ankh-Morpork hätte so etwas zumindest eine Bemerkung hervorgerufen, aber da alle ringsumher einander ohnehin bereits lauthals anschrien, stellte Rincewind, wie er so mit einem gackernden Fuß an den Buden vorbei halb rannte, halb humpelte, lediglich eine flüchtige und nicht weiter registrierte Störung dar.

Hinter ihm schloss sich die Menschenmenge sofort. Die Rufe möglicher Verfolger gingen in dem allgemeinen Tohuwabohu einfach unter.

Er blieb erst stehen, als er ganz unverhofft eine Nische fand, zwischen einer Bude, in der Singvögel verkauft wurden, und einer anderen, die etwas feilbot, was in großen Schalen blubberte. Sein Fuß krähte.

Er schlug ihn solange aufs Pflaster, bis der Käfig auseinanderbrach; der Junghahn war von der berauschenden Luft der Freiheit wie von Sinnen und pickte ihn ins Knie, ehe er davonflatterte.

Von Verfolgern war nichts zu hören. Andererseits hätte ein ganzes Bataillon Trolle in Blechstiefeln Mühe gehabt, sich auf einem durchschnittlichen Straßenmarkt in Hunghung Gehör zu verschaffen.

Er wartete, bis er wieder zu Atem kam.

Jetzt konnte er wieder über sich selbst bestimmen. So viel zum Thema Rote Armee. Zugegeben, er war in der Hauptstadt, wo er nie hingewollt hatte, und es war nur eine Frage der Zeit, bis ihm wieder etwas Unangenehmes zustieß, aber wenigstens stieß es ihm nicht gerade jetzt zu. Wenn er sich erst ein wenig orientiert und fünf Minuten Vorsprung hatte, würden sie nur noch seine Staubwolke sehen. Oder Schlammwolke. Von beidem gab es hier reichlich.

Das also war … Hunghung …

Straßen oder das, was Rincewind bislang darunter verstanden hatte, schien es hier nicht zu geben. Gassen gingen in andere Gassen über, alles war eng und wurde durch die Buden, die überall in langen Reihen standen, noch enger. Auf dem Marktplatz gab es jede Menge Tiere. Die meisten Marktstände boten Hühner in Käfigen, Enten in Säcken und seltsame, sich windende Lebewesen in Schalen feil. An einem Stand warf eine Schildkröte, die unter dem Schild *3 R pro Stück, gut für Ying* auf mehreren anderen zappelnden Schildkröten hockte, Rincewind einen langen Blick zu, der in etwa besagte: »Und du glaubst, *du* hast Probleme?«

Es war schwer zu sagen, wo die Stände aufhörten und die Gebäude anfingen. Das, was da an langen Schnüren zum Trocknen aufgehängt war, konnte ebenso gut Handelsware wie die Wäsche irgendwelcher Anwohner sein oder auch das Abendessen der nächsten Woche.

Die Hunghungesen hielten sich viel im Freien auf. Allem Anschein nach verbrachten sie den größten Teil ihres Lebens auf der Straße, wo sie, ganz egal, wo sie gingen und standen, aus vollem Halse plärrten.

Wer vorankommen wollte, musste rücksichtslos die Ellbogen einsetzen und die Leute weiterschieben, bis sie ihm aus dem Weg gingen. Wer stehen blieb und »Äh, entschuldigen Sie bitte« sagte, war zur Unbeweglichkeit verdammt.

Als jedoch ein Gong ertönte und es mehrmals laut knallte, teilte sich die Menge. Eine Gruppe von Menschen in weißen Gewändern tanzte vorüber, warf mit Feuerwerk um sich und drosch auf Gongs, Bratpfannen und merkwürdige Metallteile ein. Der Radau erwies sich als noch lauter als der Straßenlärm, aber nur, weil sich alle Beteiligten die allergrößte Mühe gaben.

Rincewind hatte immer dann, wenn jemand lang genug zu schreien aufhörte, um ihn zu bemerken, den einen oder anderen verdutzten Blick geerntet. Vielleicht war es an der Zeit, sich wie ein Einheimischer aufzuführen?

Er wandte sich an den Nächstbesten und schrie ihn an: »Großartig, was?«

Seine Nachbarin, eine kleine alte Dame mit Strohhut, starrte ihn entrüstet an.

»Das ist Herrn Whus Beerdigung!«, blaffte sie und stapfte davon.

In der Nähe standen einige Soldaten. In Ankh-Morpork hätten sie sich eine Zigarette geteilt und so getan, als würden sie nichts sehen, was ein Einschreiten erforderte. Diese hier machten einen aufmerksameren Eindruck.

Rincewind verzog sich in eine andere Gasse. Als ahnungsloser Ortsfremder konnte man hier sehr schnell ganz große Probleme bekommen.

Diese Gasse war ruhiger und öffnete sich am anderen Ende auf etwas, das breiter und außerdem leer aussah. Davon ausgehend, dass viele Leute immer auch viel Ärger bedeuteten, ging Rincewind in diese Richtung.

Hier war endlich Platz. Es war sogar ein erstaunlich großer Platz, ein gepflastertes Karree, groß genug, um mehrere Armeen antreten zu lassen. Ringsum wuchsen Kirschbäume. Wenn man an die brodelnden Menschenmengen überall sonst dachte, war es hier erstaunlich leer …

»He, du!«

… bis auf die Soldaten.

Völlig unerwartet traten sie hinter jedem Baum und jeder Statue hervor.

Rincewind wollte wieder umkehren, aber dieser Plan erwies sich als zum Scheitern verurteilt, da auch hinter ihm ein Wächter stand.

Eine furchterregende gepanzerte Maske stellte ihn zur Rede.

»Bauer! Weißt du nicht, dass das hier der Kaiserliche Platz ist?«

»Meinen Sie etwa kaiserlich mit einem großen K?«, fragte Rincewind.

»Du hast keine Fragen zu stellen!«

»Aha. Dann interpretiere ich das als Ja. Also ein wichtiger Platz. Entschuldigung. Ich geh dann einfach wieder…«

»Du bleibst hier!«

Merkwürdigerweise machte keiner der Soldaten Anstalten, Rincewind zu ergreifen. Erst dann wurde ihm klar, dass es wohl daran lag, dass sie so etwas normalerweise nie tun mussten. Weil hier alle das taten, was man ihnen befahl.

In diesem Reich gibt es Schlimmeres als Peitschen, hatte Cohen gesagt.

Deshalb sollte er jetzt wohl, wie ihm allmählich dämmerte, auf den Knien liegen. Er kauerte sich hin und legte die Hände vor sich auf den Boden.

»Ich frage mich«, sagte er strahlend, als er wieder in die Senkrechte kam, »ob jetzt der geeignete Zeitpunkt wäre, um Ihre Aufmerksamkeit auf einen berühmten Spruch zu lenken?«

Mit Stadttoren kannte Cohen sich aus. Er hatte schon einige zerschmettert, mit Rammböcken, Belagerungsgeschützen und einmal sogar mit dem Kopf.

Die Tore von Hunghung waren jedoch verdammt gute Tore. Sie waren nicht wie die Tore von Ankh-Morpork, die normalerweise sperrangelweit offenstanden, um spendierfreudige Kunden anzulocken, und deren einziges Zugeständnis an das Thema Verteidigung in einem Schild mit der Aufschrift »Danke, dass Sie unsere Stadt nicht angreifen. Bonum Diem« bestand. Diese Dinger hier waren gewaltig und aus Metall, es gab ein Wachhaus und eine Truppe ungefälliger Männer in schwarzer Rüstung.

»Pauker?«

»Ja, Cohen?«

»Warum machen wir das? Ich dachte, wir nehmen die geduckten Viecher, die auch die Mäuse nehmen.«

Herr Zervelat wies ihn mit wackelndem Zeigefinger zurecht.

»Die nehmen wir dann für die Verbotene Stadt. Ich hoffe nur, dass wir sie da drin auch finden. Jetzt denkt an das, was ich euch beigebracht habe«, sagte er. »Es ist wichtig, dass ihr alle wisst, wie man sich in Städten benimmt.«

»Ich weiß genau, wie man sich in Städten benimmt«, erwiderte Kriecher der Grobe. »Plündern, vergewaltigen, brandschatzen, und wenn man wieder rausgeht, alles, was noch übrig ist, abfackeln. Genau wie bei Dörfern, bloß dass es länger dauert.«

»Das ist alles schön und gut, wenn man nur auf der Durchreise ist«, erwiderte Herr Zervelat, »aber was, wenn man am nächsten Tag wiederkommen möchte?«

»Am nächsten Tag ist verdammt noch mal nix mehr übrig, Meister.«

»Jetzt hört mir mal einen Moment zu, meine sehr verehrten Herren! Ihr müsst jetzt endlich lernen, wie es in der Zivilisation zugeht!«

Die Leute, die in die Stadt wollten, konnten nicht einfach durchs Tor gehen. Lange Schlangen bildeten sich davor, und die Wachen kümmerten sich ziemlich intensiv um jeden der furchtsam geduckten Besucher und prüften seine Papiere.

Dann war Cohen an der Reihe.

»Papiere, alter Mann?«

Cohen nickte fröhlich und reichte dem Hauptmann der Wache ein Stück Papier, auf dem in Herrn Zervelats schönster Handschrift geschrieben stand:

WIR SIND UMHERZIEHENDE VERRÜCKTE,
DIE KEINE PAPIERE HABEN.
TUT UNS LEID.

Der Wächter blickte von dem Papier auf und sah Cohens aufgekratztes Grinsen.

»Sieht ganz so aus«, sagte er grantig. »Kannst du nicht sprechen, Väterchen?«

Cohen warf, immer noch grinsend, Herrn Zervelat einen fragenden Blick zu. Diese Stelle hatten sie nicht geprobt.

»Alter Depp«, sagte der Wächter.

Herr Zervelat sah wütend aus.

»Sollten Sie Geistesgestörten gegenüber nicht besondere Rücksicht walten lassen?«, fragte er.

»Ohne Papiere, die belegen, dass ihr geistesgestört seid, könnt ihr nicht geistesgestört sein«, erwiderte der Wächter.

»Also jetzt hab ich die Faxen dicke«, sagte Cohen. »Ich hab gleich gesagt, dass es nicht funktioniert, wenn wir es mit einem begriffsstutzigen Wächter zu tun kriegen.«

»Unverschämter Bauer!«

»Ich bin lange nicht so unverschämt wie meine Freunde hier«, sagte Cohen.

Die Horde nickte.

»Das sind wir, Plattfuß.«

»Du kannst uns mal.«

»Hä?«

»Extrem dummer Soldat.«

»Hä?«

Der Hauptmann war sprachlos. Äußerster Gehorsam

war der achatenen Psyche quasi eingebrannt. Noch stärker ausgeprägt waren jedoch die Verehrung der Ahnen und der Respekt gegenüber Älteren, und der Hauptmann hatte noch nie jemand so Älteren gesehen, der immer noch so aufrecht stehen konnte. Was da vor ihm stand, waren praktisch schon Ahnen. Der im Rollstuhl roch jedenfalls eindeutig wie einer.

»Bringt sie ins Wachhaus!«, brüllte er.

Die Horde ließ sich abführen und machte das eigentlich ganz gut. Herr Zervelat hatte es ihnen in stundenlangem Training beigebracht, denn er wusste, dass er es mit Männern zu tun hatte, deren Reaktion auf ein Schultertippen darin bestand, sich umzudrehen und demjenigen den Arm abzuhacken.

Im Wachhaus war es mit der Horde, den Wachen und dem Rollstuhl des Irren Hämisch ziemlich voll. Eine der Wachen sah auf Hämisch hinab, der finster unter seiner Decke hervorblickte.

»Was hast du denn da, Väterchen?«

Durch den Stoff kam ein Schwert, dessen Spitze sich in den Oberschenkel des Mannes bohrte.

»Hä? Hä? Washattergesagt?«

»Er sagte ›Aargh!‹, Hämisch«, antwortete Cohen, in dessen Hand ein Messer erschien. Im nächsten Augenblick hatte er den Hauptmann mit seinen dürren Armen im Schwitzkasten und drückte ihm das Messer an die Kehle.

»Hä?«

»Er hat ›Aargh!‹ gesagt!«

»Hä? Ich bin nicht mal verheiratet!«

Cohen quetschte den Hals des Hauptmannes noch ein bisschen fester zusammen.

»Also, mein Freund«, sagte er. »Du kannst es jetzt auf die

leichte Tour oder auf die harte Tour haben. Liegt ganz an dir.«

»Blutsaugerisches Schwein! Das soll die leichte Tour sein?«

»Also ich bin jedenfalls noch nicht ins Schwitzen gekommen.«

»Mögest du in interessanten Zeiten leben! Eher sterbe ich, als dass ich meinen Kaiser verrate!«

»Von mir aus.«

Einen Sekundenbruchteil später musste der Hauptmann erkennen, dass Cohen, da er selbst stets zu seinem Wort stand, davon ausging, dass andere es ebenso hielten. Womöglich dachte er, falls ihm noch Zeit dazu blieb, auch kurz darüber nach, dass Gewalt in einer Zivilisation eigentlich nur als allerletzte Möglichkeit angesehen wurde, wohingegen sie für einen Barbaren die allererste, bevorzugte und vor allem unterhaltsamste Option war. Aber da war es schon zu spät. Er sackte in sich zusammen.

»Ich habe immer in interessanten Zeiten gelebt«, sagte Cohen mit der zufriedenen Stimme desjenigen, der viel dazu tat, damit sie auch weiterhin interessant blieben.

Dann richtete er die Messerspitze auf die anderen Wächter. Herrn Zervelats Mund stand vor Entsetzen weit offen.

»Eigentlich müsste ich meine Klinge jetzt saubermachen«, sagte Cohen. »Aber ich mach mir gar nicht die Mühe, wenn sie ohnehin gleich wieder dreckig wird. So. Also ich persönlich würde euch ja auf der Stelle umlegen, aber unser Pauker hier hat gesagt, dass ich damit aufhören und lieber ein ehrbarer Mann werden soll.«

Einer der Wächter sah seine Kumpane von der Seite an und fiel dann auf die Knie.

»Wie lautet dein Wunsch, edler Herr?«, fragte er.

»Ah, Offiziersmaterial«, sagte Cohen. »Wie heißt du, mein Junge?«

»Neun Orangenbäume, Meister.«

Cohen sah Herrn Zervelat an.

»Und jetzt?«

»Nimm sie gefangen, bitte.«

»Wie geht das?«

»Also … ich glaube, man fesselt sie, irgend so was in der Art.«

»Aha. Und dann schneide ich ihnen die Kehle durch?«

»Nein! Nein. Sobald sie deiner Gnade ausgeliefert sind, darfst du sie nicht mehr umbringen.«

Die Graue Horde starrte den ehemaligen Lehrer fassungslos an.

»Tut mir leid, so ist das nun mal mit der Zivilisation«, fügte der hinzu.

»Aber du hast doch gesagt, dass diese Drecksäcke keine Waffen haben!«, sagte Kriecher.

»Ja«, erwiderte Herr Zervelat und schauderte dabei ein bisschen. »Deshalb dürft ihr sie ja nicht umbringen.«

»Bist du verrückt? Du hast doch eine Bescheinigung, auf der steht, dass du verrückt bist, oder?«

Cohen kratzte sich das stachlige Kinn. Die verbliebenen Wachen beobachteten ihn ängstlich. An grausame und ungewöhnliche Strafen waren sie gewöhnt, aber nicht daran, dass vorher darüber diskutiert wurde.

»Du hast nicht sonderlich viel militärische Erfahrung, stimmt's, Pauker?«

»Abgesehen von der vierten Grundschulklasse? Nicht viel. Aber ich fürchte, dass es so gemacht werden muss. Tut mir leid. Du hast gesagt, dass ich euch …«

»Also ich bin dafür, dass wir ihnen auf der Stelle die Kehle durchschneiden«, sagte der Junge Willie. »Ich kann mit diesem ganzen Gefangenenkram auch nichts anfangen. Ich meine, wer soll sie denn versorgen?«

»Das müsst wohl ihr tun.«

»Was – ich? Von wegen! Ich bin dafür, dass wir sie ihre eigenen Augäpfel essen lassen. Wer auch dafür ist, hebt die Hand.«

Die Horde war fast ausnahmslos dafür, und bei den erhobenen Händen war, wie Cohen feststellte, auch eine, die Neun Orangenbäume gehörte.

»Wofür stimmst du denn, mein Junge?«, erkundigte er sich.

»Bitte, hoher Herr, ich muss dringend aufs Klo.«

»Jetzt hört mir mal alle zu«, sagte Cohen. »Das mit dem Abschlachten und Hinmetzeln, das geht heutzutage nicht mehr, kapiert? So hat es Herr Zervelat gesagt, und der weiß, wie man Worte wie ›Marmelade‹ buchstabiert, und ihr nicht. Wir wissen alle, warum wir hier sind, also sollten wir uns zusammenreißen und weitermachen.«

»Schon, aber du hast gerade diesen Wächter umgebracht«, sagte Kriecher.

»Ich muss mich auch erst dran gewöhnen«, erwiderte Cohen. »Man muss sich der Zivilisation in kleinen Schritten nähern.«

»Ich bin immer noch dafür, dass wir ihnen die Köpfe abschlagen. Das hab ich bei den Verrückten Dämonenpriestern von Iieeh auch so gemacht!«

Vorsichtig hob der kniende Wächter erneut die Hand.

»Bitte, Meister?«

»Ja, mein Junge?«

»Ihr könnt uns ja alle in die Zelle da drüben sperren. Dann fallen wir niemandem mehr zur Last.«

»Guter Gedanke«, sagte Cohen. »Braver Junge. Der Bursche hier behält auch in kritischen Situationen einen kühlen Kopf. Sperrt sie ein.«

Dreißig Sekunden später war die Horde in Richtung Innenstadt davongehumpelt.

Die Wachen hockten in der überfüllten, heißen Zelle.

Schließlich fragte einer: »Wer waren die?«

»Ich glaube, es waren vielleicht Ahnen.«

»Muss man nicht tot sein, um Ahne zu werden?«

»Der eine im Rollstuhl hat jedenfalls tot ausgesehen. Jedenfalls bis zu dem Augenblick, als er Vier Weißer Fuchs angestochen hat.«

»Sollen wir um Hilfe rufen?«

»Die könnten uns hören.«

»Ja, aber wenn wir nicht um Hilfe rufen, sitzen wir hier fest. Die Wände sind sehr dick, und die Tür lässt sich auch nicht aufbrechen.«

»Gut so.«

In irgendeiner Gasse hörte Rincewind auf zu rennen. Er hatte sich nicht umgedreht, um zu sehen, ob ihn jemand verfolgte. Es stimmte – man konnte hier tatsächlich mit einem großen Satz *frei* sein. Vorausgesetzt, es war einem klar, dass man diese Möglichkeit hatte.

Zur Freiheit gehörte natürlich auch eines der ältesten Rechte des Menschen, das Recht zu verhungern. Seit seiner letzten Mahlzeit war eine Ewigkeit vergangen.

Wie aufs Stichwort ertönte ein Stück weiter in der Gasse eine Stimme.

»Reiskuchen! Reiskuchen! Hier gibt's leckere Reiskuchen! Tee! Hundert Jahre alte Eier! Eier! Holt sie euch, solange sie noch schön alt sind! Leckere – Ja, was gibt's denn?«

Ein älterer Mann hatte sich dem Händler genähert.

»Schnapphala-san! Dieses Ei, das Sie mir verkauft haben …«

»Was ist damit, ehrenwerter Herr?«

»Würden Sie da bitte mal dran riechen?«

Der Straßenhändler nahm eine Nase davon.

»Mmh, köstlich«, sagte er.

»Köstlich? *Köstlich?* Dieses Ei«, sagte der Kunde, »dieses Ei ist so gut wie frisch!«

»Hundert Jahre, wenn nicht mehr, Shogun«, erwiderte der Händler frohgemut. »Sehen Sie sich nur die Farbe der Schale an, wunderbar schwarz …«

»Sie lässt sich abreiben!«

Rincewind hörte interessiert zu. Womöglich, dachte er, war an der Idee, dass es nur ein paar Handvoll Leute auf der Welt gab, tatsächlich etwas dran. Es gab zwar jede Menge Menschen, aber nur wenige Leute. Deswegen lief man ihnen ständig über den Weg. Wahrscheinlich existierte irgendwo eine Gussform als Vorlage.

»Wollen Sie etwa behaupten, dass ich frische Ware verkaufe? Da schlitze ich mir doch lieber ehrenvoll den Bauch auf! Hören Sie, ich will Ihnen sagen, was ich mache …«

Doch, dieser Händler kam ihm auf geradezu magische Weise bekannt vor. Da beschwerte sich jemand über ein frisches Ei, und im Handumdrehen wurde er so zugequatscht, dass er sein Anliegen vergaß und stattdessen zwei Reiskuchen und ein verdächtiges, in Blätter eingewickeltes Etwas kaufte.

Die Reiskuchen sahen wirklich lecker aus. Jedenfalls leckerer als die anderen Gerichte.

Rincewind schob sich näher heran. Der Händler wippte vergnügt von einem Fuß auf den anderen und pfiff dabei leise vor sich hin. Als er Rincewind erblickte, schenkte er ihm ein breites, ehrliches, freundliches Grinsen.

»Vielleicht ein leckeres, uraltes Ei, Shogun?«

Die Schale auf dem Tresen war voller Goldmünzen. Rincewind spürte, wie ihn sein Mut verließ. Mit dem, was Herr Schnapphala für ein faules Ei verlangte, konnte man in Ankh-Morpork eine ganze Straße kaufen.

»Vermutlich lassen Sie nicht... anschreiben?«, sagte er kleinlaut.

Schnapphala sah ihn pikiert an.

»Das habe ich jetzt nicht gehört, Shogun«, erwiderte er.

»Sagen Sie mal«, erkundigte sich Rincewind, »haben Sie vielleicht irgendwelche Verwandten in Übersee?«

Damit handelte er sich den nächsten pikierten Blick ein – einen von der Seite, der ihn von oben bis unten taxierte.

»Was? Jenseits des Meeres gibt es nur böse, blutsaugerische Geister. Das weiß doch jeder, Shogun. Nur Sie offensichtlich nicht, was mich schon sehr wundert.«

»Geister?«

»Dämonen, die bei uns eindringen und uns Böses tun wollen«, sagte Schlitze-mir-ehrenvoll-den-Bauch-auf-Schnapphala. »Vielleicht wollen sie sogar unsere Waren stehlen. Wenn Sie mich fragen, haben die nicht mehr verdient als eine volle Ladung Feuerwerk. Das laute Knallen mögen sie nämlich überhaupt nicht, diese Geister.«

Er warf Rincewind wieder einen dieser Blicke zu, der diesmal länger und berechnender war.

»Wo kommen Sie her, Shogun?«, fragte er. Seine Stimme hatte plötzlich den leisen Beigeschmack von Stacheldraht.

»Bes Pelargic«, antwortete Rincewind rasch. »Daher mein seltsamer Akzent und die Eigenarten, bei denen man sonst auf den Gedanken kommen könnte, ich sei ein Fremder«, fügte er hinzu.

»Ach, Bes Pelargic«, sagte Schlitze-mir-ehrenvoll-den-

Bauch-auf. »Na, wenn das so ist, kennen Sie bestimmt meinen alten Freund Fünf Zangen aus der Straße des Himmels?«

Aber auf diesen alten Trick fiel Rincewind nicht herein.

»Nein«, antwortete er. »Von dem hab ich noch nie gehört, auch von der Straße nicht.«

Schlitze-mir-ehrenvoll-den-Bauch-auf-Schnapphala grinste fröhlich. »Wenn ich jetzt ganz laut ›ausländischer Teufel‹ rufe, kommst du keine drei Schritte weit«, sagte er im Plauderton. »Dann schleifen dich die Wachen in die Verbotene Stadt, wo man mit gefangenen Fremden etwas ganz Besonderes ...«

»Hab schon davon gehört«, fiel ihm Rincewind ins Wort.

»Fünf Zangen ist schon seit drei Jahren Bezirkskommissar, und die Straße des Himmels ist die Hauptstraße dort«, sagte Schlitze-mir-ehrenvoll-den-Bauch-auf. »Ich wollte schon immer mal einen blutsaugerischen ausländischen Geist kennenlernen. Nimm dir einen Reiskuchen.«

Rincewind schaute sich verstohlen um.

Merkwürdigerweise schien die Lage nicht gefährlich zu sein, zumindest nicht zwangsläufig gefährlich. Gefahr schien also verhandelbar zu sein.

»Mal angenommen, ich würde zugeben, dass ich von jenseits der Mauer komme?« Er sprach so leise wie möglich.

Schnapphala nickte. Eine Hand glitt in sein Gewand und zog ganz kurz die Ecke von etwas hervor, das den Titel WAS ICH IM URLAUB GEMACHT HABE trug. Irgendwie war Rincewind nicht sonderlich überrascht.

»Manche Leute behaupten, hinter der Mauer gebe es nur Wüsten und brennende Einöden und böse Geister und schreckliche Ungeheuer«, sagte Schnapphala, »aber ich frage mich: Wie sieht es mit den kaufmännischen Möglichkeiten aus? Ein Mann mit den richtigen Kontakten ... Verstehst du, was ich meine, Shogun? Ein solcher Mann könnte es im Land der blutsaugerischen Geister bestimmt weit bringen.«

Rincewind nickte. Er wollte nicht darauf hinweisen, dass sich zu jedem, der in Ankh-Morpork mit einer Handvoll Gold auftauchte, sofort dreihundert Leute mit einer Handvoll Stahl gesellten.

»So wie ich die Sache sehe«, fuhr der Handelsmann fort, »bei dieser ganzen Ungewissheit wegen dem Kaiser und den Gerüchten über die Rebellen und das alles – selbstverständlich möge seiner Exzellenz, dem Sohn des Himmels, ein langes Leben beschieden sein –, da dürfte es für einen Handelsmann ohne Vorurteile doch bestimmt irgendwo eine Nische geben, hab ich recht?«

»Nische?«

»Nische. Wir hätten da zum Beispiel … dieses Zeug hier« – er beugte sich näher heran – »das kommt aus dem [unverständliches Piktogramm] einer Raupe. Das Zeug nennt sich … Seide. Es ist …«

»Ja, kenn ich. Das beziehen wir aus Klatsch«, sagte Rincewind.

»Oder, hm, da gibt es einen Busch, verstehst du, von dem trocknet man die Blätter, und dann gießt man heißes Wasser drüber und trinkt …«

»Ja, Tee«, sagte Rincewind. »Der kommt aus Wiewunderland.«

S.m.e.d.B.a Schnapphala sah ihn verdutzt an.

»Also … dann hätten wir da noch dieses Pulver, das wird in kleine Rohre gefüllt und –«

»Feuerwerk? Feuerwerk haben wir auch.«

»Wie wäre es mit diesem wirklich ausgezeichneten Porzellan, es ist so …«

»In Ankh-Morpork haben wir Zwerge, die stellen ein so

feines Porzellan her, da kann man ein Buch durch lesen«, sagte Rincewind. »Sogar eins mit winzigen Fußnoten.«

Schnapphala sah ihn verdutzt an.

»Klingt ganz so, als wärt ihr verdammt kluge blutsaugerische Geister«, sagte er und wich ein Stück zurück. »Vielleicht stimmt es ja, dass ihr gefährlich seid.«

»Wir? Wegen uns musst du dir keine Sorgen machen«, entgegnete Rincewind. »In Ankh-Morpork bringen wir so gut wie nie Fremde um. Weil es dann viel schwieriger ist, ihnen hinterher etwas zu verkaufen.«

»Haben wir denn nichts, was ihr haben wollt? Na los, nimm dir noch einen Reiskuchen. Geht auf die Pagode. Oder willst du mal ein paar Schweinebällchen probieren? Am Stäbchen?«

Rincewind suchte sich einen Kuchen aus. Nach dem anderen Gericht wollte er lieber nicht fragen.

»Ihr habt Gold«, sagte er.

»Ach, Gold. Das Zeug ist viel zu weich, als dass man irgendwas daraus machen könnte«, winkte Schnapphala ab. »Für Rohrleitungen kann man es verwenden oder zum Abdichten von Dächern.«

»Also in Ankh-Morpork könnten die Leute so einiges damit anfangen«, entgegnete Rincewind. Sein Blick wanderte wieder zu den Münzen in Schnapphalas Schale.

Ein Land, in dem Gold so billig war wie Blei…

»Was ist das?«, fragte er und zeigte auf ein verschrumpeltes Rechteck, das halb mit Münzen bedeckt war.

S.m.e.d.B.a Schnapphala senkte den Blick. »Ach, das haben wir hier so«, sagte er und sprach dabei ganz langsam. »Ist wahrscheinlich ganz neu für dich. Man nennt es G-E-L-D. Auf diese Weise kann man sein…«

»Ich meine das Stück Papier«, sagte Rincewind.

»Ich auch«, sagte Schnapphala. »Das ist ein Zehn-Rhinu-Schein.«

»Aber was soll es bedeuten?«

»Es bedeutet das, was draufsteht«, sagte Schnapphala. »Es bedeutet, dass es zehn von diesen hier wert ist.« Er hielt eine Goldmünze von der Größe eines Reiskuchens hoch.

»Warum sollte jemand ein Stück Papier kaufen?«, wollte Rincewind wissen.

»Man kauft es nicht, man benutzt es, um andere Dinge damit zu kaufen«, antwortete Schnapphala.

Rincewind sah ihn verständnislos an.

»Man geht damit zu einem kleinen Marktstand«, sagte Schnapphala wieder gaaaanz langsam für diejenigen, die einem nur ganz langsam folgen konnten, »und dort sagt man: ›Gu-ten Mor-gen, Flei-scher-meis-ter, wie viel kos-ten diese Hun-de-na-sen?‹, und er antwortet: ›Drei Rhinu, Shogun‹, und du sagst dann: ›Ich habe nur ein Pony, verstanden?‹ (siehst du, hier in der Ecke ist ein kleines Pony eingraviert, das ist auf allen Zehn-Rhinu-Scheinen drauf), und er gibt dir die Hundenasen und sieben Münzen heraus, die nennt man ›Wechselgeld‹. Wenn du einen Affen hast, der fünfzig Rhinu zählt, würde der Fleischer sagen: ›Hast du's nicht ein biss-chen klei-ner?‹ und …«

»Aber es ist bloß ein Stück Papier!«, jaulte Rincewind auf.

»Für dich mag es bloß ein Stück Papier sein, für mich ist es zehn Reiskuchen«, erwiderte Schnapphala. »Was benutzt ihr ausländischen Blutsauger denn? Große Steine mit Löchern drin?«

Rincewind starrte das Papiergeld an.

In Ankh-Morpork gab es Dutzende von Papiermühlen, und einige Handwerker in der Graveursgilde konnten ihren Namen mitsamt Adresse auf einen Stecknadelkopf gravieren.

Plötzlich war er unglaublich stolz auf seine Landsleute. Ja, sie mochten gierig und korrupt sein, aber bei den Göttern, sie waren richtig gut darin, und sie taten nie so, als könnte man nichts mehr dazulernen.

»Ich könnte mir vorstellen«, sagte er, »dass du in Ankh-Morpork viele Dächer finden würdest, die dringend gedeckt werden müssen.«

»Wirklich?«

»Bestimmt. Der Regen tropft da einfach so durch.«

»Und die Leute können dafür bezahlen? Ich habe nämlich gehört ...«

Rincewind betrachtete noch einmal das Papiergeld und schüttelte den Kopf. Mehr wert als Gold ...

»Sie bezahlen mit Scheinen, die mindestens so gut wie der hier sind«, sagte er. »Wahrscheinlich sogar besser. Ich lege ein gutes Wort für dich ein. Aber jetzt«, fügte er eilig hinzu, »sag mir doch, wie ich hier rauskomme.«

Schnapphala kratzte sich am Kopf.

»Könnte 'n bisschen knifflig werden«, sagte er. »Draußen stehen lauter Armeen. Und mit diesem Hut siehst du ganz schön ausländisch aus. Könnte echt knifflig werden ...«

Weiter vorne in der Gasse wurde es unruhig, besser gesagt, nahm dort das allgemeine Tohuwabohu noch mal deutlich zu. Die Menge teilte sich so, wie sich unbewaffnete Mengen für gewöhnlich teilen, wenn plötzlich irgendwo Bewaffnete auftauchen. Ein ganzer Trupp Wachen kam mit großen Schritten auf Schlitze-mir-ehrenvoll-den-Bauch-auf zu.

Der Händler wich zurück und begrüßte sie mit dem zuvorkommenden Grinsen desjenigen, der jedem Kunden, der ihm ein Messer unter die Nase hielt, nur allzu gern einen Sonderpreis machte.

Zwei Wächter schleppten eine willenlose Gestalt zwischen sich mit. Als sie vorbeigeschleift wurde, hob sie ihr etwas blutiges Haupt und sagte: »Notwendiges und dauerhaftes Durchhalten der ...«, dann schlug ihr eine behandschuhte Hand auf den Mund.

Die Wächter gingen weiter die Straße hinunter. Die Menge hinter ihnen schloss sich wieder.

»Ts, ts«, machte S.m.e.d.B.a. »Sieht mir ganz nach – He? Wo bist du hin?«

Rincewind tauchte an einer anderen Straßenecke wieder auf. S.m.e.d.B.a. war tief beeindruckt. Als Rincewind sich entfernt hatte, war tatsächlich ein leiser Donnerschlag zu hören gewesen.

»Siehst du, jetzt haben sie schon wieder einen von denen erwischt«, sagte er. »Wahrscheinlich hat er Plakate geklebt.«

»Wieder einen von wem?«

»Von der Roten Armee, was sonst?«

»Aha.«

»Ich kümmere mich da nicht groß darum«, sagte S.m.e.d.B.a. »Angeblich soll so eine alte Legende wahr werden, mit Kaisern und all so was. Weiß nicht, was ich davon halten soll.«

»Er sah nicht sehr legendär aus«, sagte Rincewind.

»Ach, manche Leute glauben einfach alles.«

»Was geschieht mit ihm?«

»Schwer zu sagen, jetzt, wo der Kaiser im Sterben liegt. Wahrscheinlich hacken sie ihm Hände und Füße ab.«

»Was? Warum denn?«

»Weil er noch jung ist. So was nennt man Milde. Wäre er ein bisschen älter, würden sie seinen Kopf auf einen Spieß stecken und über einem der Stadttore zur Schau stellen.«

»Das ist die Bestrafung dafür, dass man Plakate klebt?«

»Es soll sie davon abhalten, es noch einmal zu tun, verstehst du?«

Rincewind wich erschrocken zurück.

»Vielen Dank«, sagte er und eilte davon.

Er drängte sich durch die Menge und murmelte mehrmals »von wegen« vor sich hin und: »Ich mische mich auf gar keinen Fall irgendwo ein, wo man Leuten die Köpfe abschlägt …«

Dann schlug ihn schon wieder jemand, diesmal etwas höflicher.

Als er erst in die Knie sank und dann aufs Kinn, fragte er sich, was eigentlich aus dem guten alten »He, du da!« geworden war.

Die Graue Horde streifte durch die Gassen von Hunghung.

»Also für mich ist das hier alles andere *als eine Stadt durchkämmen und jeden Sausack niedermachen*«, murmelte Kriecher. »Als ich mit dem Fürchterlichen Ferdinand geritten bin, sind wir kein einziges Mal durch das Stadttor reingegangen wie ein Haufen elender Ar-«

»Herr Grob«, warf Herr Zervelat rasch ein, »ich glaube, ich muss dich dringend an die Liste erinnern, die ich für euch zusammengestellt habe.«

»Was für 'ne verkackte Liste?«, fragte Kriecher und schob rauflustig das Kinn nach vorne.

»Die Liste mit den zulässigen zivilisierten Wörtern?« Herr Zervelat wandte sich an die anderen. »Ihr erinnert euch doch noch daran, was ich euch über zi-vi-li-sier-tes Be-nehmen gesagt habe. Zivilisiertes Benehmen ist ganz wichtig für unsere Langzeitstrategie.«

»Was ist denn eine Langzeitstrategie?«, wollte Caleb der Brecher wissen.

»Das, was wir später alles machen«, antwortete Cohen.

»Und was machen wir später?«

»Dann ziehen wir den PLAN durch«, antwortete Cohen.

»Also jetzt leckt mich doch am ...«, fing Kriecher an.

»Die Liste, Herr Grob, nur die Ausdrücke, die auf der Liste stehen«, blaffte Herr Zervelat ungehalten. »Du weißt, dass ich mich eurer fachlichen Kompetenz beuge, wenn es um Dinge wie Wüsten durchqueren geht, aber hier sind wir in der Zivilisation, da muss man die richtigen Worte verwenden. Bitte!«

»Mach lieber, was er sagt, Kriecher«, sagte Cohen.

Kriecher fischte ungnädig ein speckiges Stück Papier aus der Tasche und faltete es auf.

»›Scheibenkleister‹?«, sagte er. »Was soll das denn heißen? Und was soll dieses ›verflixt und zugenäht‹ und das da: ›Armleuchter‹?«

»Das sind ... zivilisierte Flüche«, erklärte ihm Herr Zervelat.

»Die kannst du dir alle schön langsam in ...«

»Wie bitte?« Herr Zervelat hob mahnend einen Zeigefinger.

»Die kannst du dir schön langsam in den ...«

»Wie bitte?«

»Die kannst du dir ...«

»Wie bitte?«

Kriecher schloss die Augen und ballte die Fäuste.

»Scheibenkleister, verflixt und zugenäht noch mal!«, rief er.

»Gut«, sagte Herr Zervelat. »Schon viel besser.«

Er wandte sich an Cohen, der angesichts Kriechers Qualen fröhlich grinste.

»Cohen«, sagte er, »dort drüben ist ein Stand mit Äpfeln. Möchtest du einen Apfel?«

»Ja, warum nicht«, lenkte Cohen vorsichtig ein, so vorsichtig wie jemand, der einem Zauberkünstler seine Armbanduhr aushändigt und bemerkt, dass der Mann in der anderen Hand einen Hammer hält.

»Gut. Also dann, liebe Ki-, ich meine, meine Herren. Dschingis möchte einen Apfel. Da drüben ist ein Stand, an dem Obst und Nüsse verkauft werden. Wie stellt er das am besten an?« Herr Zervelat sah hoffnungsfroh in die Runde seiner Schützlinge. »Wer weiß es? Ja?«

»Ganz einfach. Er geht hin und legt das kleine« – aufgeregtes Papierrascheln – »… den kleinen Kerl dort hinter dem Verkaufsstand um, dann …«

»Nein, Herr Grob. Sonst jemand?«

»Hä?«

»Er zündet das …«

»Nein, Vincent. Sonst noch jemand?«

»Er vergewaltigt …«

»Nein, nein, Herr Brecher«, sagte Herr Zervelat. »Wir nehmen etwas G-, Ge- …?« Er sah sie erwartungsvoll an.

»… Geld …«, antwortete die Horde im Chor.

»Und dann … na, was machen wir dann? Also, das haben wir doch jetzt wirklich hundert Mal geübt. Wir …«

Das war jetzt schwierig. Die Runzeln in den Gesichtern der Horde vertieften sich, als alle angestrengt versuchten, aus den eingefahrenen Gedankengängen herauszufinden.

»Wir ge- …?«, sagte Cohen zögerlich. Herr Zervelat lächelte ihn an und nickte aufmunternd.

»Wir … geben … es …« Cohens Lippen versteiften sich um das Wort. »Ihm?«

»Ja! Sehr gut. Im Tausch gegen den Apfel. Einzelheiten wie Wechselgeld und Sich-Bedanken besprechen wir später, wenn ihr so weit seid. So, Cohen, hier ist die Münze. Auf geht's.«

Cohen wischte sich über die Stirn. Allmählich fing er an zu schwitzen.

»Wie wär's, wenn ich ihm nur ein bisschen was abschn-«

»Nein! Wir sind hier in der Zivilisation.«

Cohen nickte verlegen. Er schob die Brust heraus und stakste zu dem Verkaufsstand hinüber, wo der Apfelhändler, der die Gruppe bereits misstrauisch beobachtet hatte, ihm zunickte.

Cohens Augen wurden glasig, und seine Lippen bewegten sich stumm, als ginge er ein Drehbuch noch einmal durch. Dann sagte er: »Hallo, dicker Kaufmann, gib mir dein ganzes ... einen Apfel ... und dafür gebe ich dir ... diese Münze ...«

Er sah sich um. Herrn Zervelats Daumen wanderte nach oben.

»Sie möchten einen Apfel?«, fragte der Apfelhändler.

»Ja!«

Der Apfelhändler suchte einen Apfel aus. Cohens Schwert war zwar wieder im Rollstuhl versteckt, aber der Kaufmann gehorchte einem alten Instinkt und suchte einen richtig *guten* Apfel aus. Dann nahm er die Münze entgegen, was sich als etwas schwierig erwies, da der Kunde nicht gewillt schien, sich davon zu trennen.

»Na, lass schon los, Altehrwürdiger«, sagte der Händler.

Dann ereigneten sich sieben ereignisreiche Sekunden.

Als sie um die Ecke verschwunden waren, sagte Herr Zervelat. »Kann mir jemand sagen, was Dschingis gerade falsch gemacht hat?«

»Er hat nicht Bitte gesagt?«

»Hä?«

»Nein.«

»Er hat nicht Danke gesagt?«

»Hä?«

»Nein.«

»Er hat dem Mann eine Melone auf den Kopf gehauen, ihn in die Erdbeeren geschubst und ihm dann in die Eier getreten, seinen Stand angezündet und das ganze Geld geklaut?«

»Hä?«

»Richtig!« Herr Zervelat seufzte. »Dschingis, bis dahin hast du dich sehr gut gehalten.«

»Er hätte mich nicht so nennen sollen!«

»Aber ›Altehrwürdiger‹ bedeutet doch alt und weise, Dschingis.«

»Ach. Im Ernst?«

»Ja.«

»Ach sooo … Aber das Geld für den Apfel habe ich ihm gelassen.«

»Schon, aber du hast ihm sein ganzes anderes Geld weggenommen.«

»Aber für den Apfel habe ich bezahlt«, maulte Cohen ein wenig gereizt.

Herr Zervelat seufzte wieder. »Dschingis, ich habe ganz den Eindruck, als wären mehrere Tausend Jahre finanzpolitischen Verhaltens komplett an dir vorübergegangen.«

»Wie bitte?«

»Manchmal ist es durchaus möglich, dass Geld von Rechts wegen anderen Leuten gehört«, sagte Herr Zervelat geduldig.

Die Horde ließ sich Zeit, um diese Aussage zu verdauen. Theoretisch war ihnen das alles natürlich durchaus bewusst. Kaufleute hatten immer Geld. Aber dass es ihnen auch *gehören* sollte, schien irgendwie nicht richtig zu sein. Das Geld gehörte dem, der es ihnen wegnahm. Kaufleuten gehörte das Geld letztendlich nicht, sie passten nur so lange darauf auf, bis es gebraucht wurde.

»Na schön. Dort drüben seht ihr eine ältere Dame, die Enten verkauft«, sagte Herr Zervelat. »Ich glaube, die nächste Stufe – Herr Willie, ich bin nicht dort drüben, auch wenn das, was du dort entdeckt hast, bestimmt sehr interessant ist. Aber jetzt pass doch bitte auf, ja? Unsere nächste Lektion besteht darin, den Verkehr insbesondere mit dem anderen Geschlecht in den Griff zu bekommen.«

»Har, har, har«, sagte Caleb der Brecher.

»Damit meine ich, Brecher, dass du da hingehen und dich erkundigen sollst, wieviel so ein Gänschen kostet«, sagte Herr Zervelat.

»Har, har, har – was?«

»Und dabei reißt du ihr auf keinen Fall die Kleider vom Leib. Das ist unzivilisiert.«

Caleb kratzte sich am Kopf. Dicke Schuppen fielen herab.

»Tja, aber was soll ich denn sonst machen?«

»Äh ... sie in eine Unterhaltung verwickeln.«

»Was? Worüber soll man sich denn mit einer Frau unterhalten?«

Herr Zervelat zögerte wieder. Bis zu einem gewissen Grad war das auch für ihn unbekanntes Terrain. Seine Erfahrungen mit Frauen, zumindest an der Schule, beschränkten sich auf ein gelegentliches Schwätzchen mit der Wirtschafterin, und bei einer anderen Gelegenheit hatte ihm die Hausmutter erlaubt, die Hand auf ihr Knie zu legen. Erst mit vierzig hatte er herausgefunden, dass Oralsex nicht bedeutete, dass man darüber redete. Frauen waren für ihn schon immer fremde, weit entfernte und wunderbare Geschöpfe gewesen, und nicht, wie die Horde ausnahmslos glaubte, eine notwendige Tätigkeit. Deshalb war er jetzt ein wenig am Rudern.

»Über das Wetter?«, lautete sein erster Versuch. Sein Gedächtnis warf schwammige Erinnerungen daran auf, worüber er mit der unverheirateten Tante, die ihn aufgezogen hatte, gesprochen hatte. »Ihren Gesundheitszustand? Den Ärger mit der heutigen Jugend?«

»Und dann reiße ich ihr die Kleider vom Leib?«

»Womöglich. Vielleicht. Falls sie das will. Ich erinnere dich noch mal an die Diskussion, die wir neulich zum Thema *regelmäßig* baden hatten« – vielmehr zum Thema *überhaupt mal baden,* dachte er bei sich –, »und über die Pflege der Fingernägel und Haare, und dass man seine Kleider öfter mal wechseln sollte.«

»Ich hab Leder an«, erwiderte Caleb. »Das muss man nicht wechseln, das fault erst nach vielen Jahren weg.«

Herr Zervelat rückte sich abermals die Brille zurecht. Er hatte gedacht, die Zivilisation ließe sich bei der Horde wie ein neuer Anstrich einfach drüberpinseln. Er hatte sich getäuscht.

Während die Horde Calebs mühsame Versuche beobachtete, mit einer Vertreterin der anderen Hälfte der Menschheit eine Unterhaltung anzuzetteln, dachte er darüber nach, wie sonderbar es doch war, dass diese Barbaren zwar so ganz anders waren als die Leute, mit denen er es normalerweise in Lehrerzimmern zu tun hatte, er sie aber trotzdem richtig liebgewonnen hatte. Jeder Einzelne von ihnen hielt ein Buch entweder für einen Toilettenartikel oder einen praktischen Behälter für tragbare Feueranzünder, und alle hielten sie Hy-giäne für einen hundeähnlichen Aasfresser aus der Savanne. Trotzdem waren sie ehrlich (auf ihre eigene Art und Weise) und anständig (auf ihre eigene Art und Weise), und die Welt war für sie herrlich unkompliziert. Sie raubten reiche Kaufleute, Tempel und Könige aus. Sie bestahlen keine Armen, und zwar nicht, weil es sich nicht gehörte, sondern einfach deshalb, weil arme Leute kein Geld hatten.

Und obwohl sie es nicht darauf anlegten, das Geld den Armen zu geben, taten sie es dennoch (wenn man zu den Armen auch Kneipenwirte, Damen von verhandelbarer Tugend, Taschendiebe, Glücksspieler und sonstige Herumtreiber zählte), denn obwohl sie die größten Strapazen auf sich nahmen, Geld zu stehlen, hatten sie darüber anschließend so viel Kontrolle wie jemand, der versucht, Katzen zu hüten. Das Geld war da, um ausgegeben und wieder verloren zu werden. Auf diese Weise sorgten sie dafür, dass das Geld immer im Umlauf blieb, was in jeder Gesellschaft ein lobenswertes Verdienst ist.

Sie kümmerten sich nicht darum, was andere dachten. Herr Zervelat, der sein ganzes Leben damit verbracht hatte, sich darum zu kümmern, was andere dachten, der ständig bei der Beförderung übergangen und überhaupt meistens wie ein Möbelstück behandelt worden war, empfand diese Haltung als außerordentlich anziehend. Außerdem quälten sie sich mit nichts lange herum oder überlegten hinterher noch lange, ob sie das Richtige getan hatten. Und sie amüsierten sich prächtig dabei. Sie hatten so etwas wie Ehre. Er mochte die Horde. Weil sie so ganz anders war als die Leute, mit denen er es sonst zu tun hatte.

Als Caleb zurückkam, sah er ungewöhnlich nachdenklich aus.

»Glückwunsch, Brecher!«, sagte Herr Zervelat, der sehr an positive Verstärkung glaubte. »Sie sieht immer noch vollständig angezogen aus.«

»Was hat sie denn so gesagt?«, wollte der Junge Willie wissen.

»Sie hat mich angelächelt«, antwortete Caleb. Er kratzte sich verunsichert den verkrusteten Bart. »Jedenfalls ein bisschen«, fügte er hinzu.

»Gut«, sagte Herr Zervelat.

»Sie, äh ... sie hat gesagt, sie ... es würde ihr nichts ausmachen, sich ... später mit mir zu treffen ...«

»Gut gemacht!«

»Äh ... Pauker? Was ist eine Rasur?«

Zervelat erklärte es ihm.

Caleb hörte aufmerksam zu und verzog hin und wieder das Gesicht. Er drehte sich ab und zu um und schaute zu der Entenverkäuferin hinüber, die ihm verstohlen zuwinkte.

»Potzblitz!«, sagte er. »Also ... ich weiß ja nicht ...« Er drehte sich wieder um. »Ich hab noch nie 'ne Frau gesehen, die nicht vor mir weggerannt ist.«

»Ach, Frauen sind wie Rehe«, warf Cohen weltmännisch ein. »Man kann nicht einfach über sie herfallen, man muss sie zuerst erjagen ...«

»Har, har, h-... 'tschuldigung«, brummte Caleb, als ihn Herrn Zervelats strenger Blick traf.

»Vielleicht sollten wir die Lektion an dieser Stelle beenden«, sagte Herr Zervelat. »Wir möchten schließlich nicht, dass ihr *zu* zivilisiert werdet, oder? Ich schlage vor, dass wir uns ein bisschen in der Verbotenen Stadt umsehen, einverstanden?«

Sie hatten sie alle gesehen. Sie beherrschte das Zentrum von Hunghung. Ihre Mauern waren vierzig Fuß hoch.

»Die Tore werden von jeder Menge Soldaten bewacht«, sagte Cohen.

»Das wundert mich nicht, denn da drinnen befindet sich ein großer Schatz«, erwiderte Herr Zervelat. Dabei hob er den Blick nicht, sondern schien vielmehr ganz intensiv den Boden zu betrachten, als hätte er dort etwas verloren.

»Warum gehen wir nicht einfach hin und legen die Wächter um?«, wollte Caleb wissen. Er war innerlich immer noch ein bisschen aufgewühlt.

»Hä?«

»Sei nicht albern«, sagte Cohen. »Das würde ja den ganzen Tag dauern. Außerdem«, fügte er nicht ohne Stolz hinzu, »bringt uns unser Pauker hier auf einem geduckten Tier da rein, stimmt doch, Pauker?«

Herr Zervelat zuckte zusammen.

»Ah. Heureka«, sagte er.

»Das ist ephebisch«, erklärte Cohen der Horde. »Es heißt: ›Gib mir ein Handtuch.‹«

»Ach was«, sagte Caleb, der insgeheim gerade dabei war, die Knoten in seinem Bart zu lösen. »Wann bist du denn in Ephebe gewesen?«

»Ich war da mal als Kopfgeldjäger.«

»Wen hast du denn gejagt?«

»Dich, glaube ich.«

»Ha! Hast du mich gefunden?«

»Keine Ahnung. Nick mal kurz, mal sehen, ob dein Kopf abfällt.«

»Also, meine Herren … mal kurz aufgepasst.«

Herrn Zervelats Gesundheitssandale tappte auf ein verziertes Metallgitter im Boden.

»Was denn?«, fragte Kriecher.

»Hä?«

»Wir sollten uns nach mehr von diesen Dingern umsehen«, sagte Herr Zervelat. »Aber ich glaube, wir haben es schon gefunden. Jetzt müssen wir nur noch die Dunkelheit abwarten.«

Jemand stritt sich lautstark. Rincewind hörte nur die Stimmen, da man ihm wieder mal einen Sack über den Kopf gezogen hatte. Außerdem war er an einer Säule festgebunden.

»Sieht er überhaupt wie ein Großer Zauberer aus?«

»Jedenfalls steht es in der Sprache der Geister auf seinem Hut drauf ...«

»Was du nicht sagst!«

»Und was ist mit der Aussage von Vier Große Sandale?«

»Er war überfordert. Vielleicht hat er sich alles bloß eingebildet!«

»Hab ich nicht! Er kam einfach aus dem Nichts und ist wie ein Drache geflogen! Er hat fünf Soldaten zu Boden geworfen. Drei Größtes Glück hat es auch gesehen. Und alle anderen. Dann hat er einen Greis befreit und ihn in einen grausamen Krieger verwandelt!«

»Außerdem spricht er unsere Sprache, genau wie es geschrieben steht.«

»Na schön. Mal angenommen, er ist wirklich der Große Zauberer? Dann sollten wir ihn sofort umbringen!«

In der Dunkelheit seines Sackes schüttelte Rincewind wild den Kopf.

»Warum?«

»Weil er sich auf die Seite des Kaisers schlagen wird.«

»Aber die Legende besagt, dass der Große Zauberer die Rote Armee anführt!«

»Ja, aber für den Kaiser Eins Sonnenspiegel. Die Rote Armee hat das Volk vernichtet!«

»Nein, sie hat alle Banditenanführer vernichtet! Dann hat sie das Reich errichtet!«

»Ach so? Und ist das Reich denn so toll? Endgültiger Untergang den Kräften der Opposition!«

»Aber *jetzt* steht die Rote Armee auf der Seite des Volkes! Maximaler Fortschritt mit dem Großen Zauberer!«

»Der Große Zauberer ist der Feind des Volkes!«

»Ich habe ihn gesehen, ich sag's euch doch! Eine ganze Legion Soldaten wurde von seinem dahinfahrenden Wind zu Boden geworfen!«

Seine dahinfahrenden Winde machten Rincewind auch jetzt zu schaffen. So erging es ihm immer, wenn er Angst hatte.

»Wenn er so ein großer Zauberer ist, warum ist er dann immer noch gefesselt? Warum hat er seine Fesseln nicht in grüne Rauchwölkchen aufgehen lassen?«

»Vielleicht spart er seine Zauberkraft für wichtigere Taten auf. Meinst du, er führt Regenwürmern irgendwelchen Budenzauber vor?«

»Ha!«

»Außerdem hatte er das Buch! Er hat uns gesucht! Es ist seine Bestimmung, die Rote Armee zu führen!«

Schüttel, schüttel, schüttel.

»Wir können uns selbst führen!«

Nick, nick, nick.

»Wir brauchen keine windigen Großen Zauberer aus illusorischen Gegenden!«

Nick, nick, nick.

»Deshalb sollten wir ihn sofort umbringen!«

Nick – nein! *Schüttelschüttelschüttel.*

»Ha! Er lacht voller Verachtung über euch! Er wartet nur darauf, eure Köpfe in bunten Feuerschlangen explodieren zu lassen!«

Schüttel, schüttel, schüttel.

»Euch ist schon bewusst, dass, während wir uns hier streiten, Drei Pflugochsen gefoltert wird?«

»Die Armee des Volkes bedeutet mehr als eine einzelne Person, Lotosblüte!«

Rincewind grimassierte in seinem übelriechenden Sack. Allmählich wurde ihm der erste Sprecher richtig unsympathisch, so wie es einem meistens mit Leuten ergeht, die sich nicht davon abbringen lassen, einen auf der Stelle hinrichten zu lassen. Wenn solche Leute auch noch großspurig tönen, abstrakte Dinge seien wichtiger als Menschen, weiß man, dass man ganz schön tief in der Klemme steckt.

»Der Große Zauberer könnte Drei Pflugochsen ganz bestimmt retten«, sagte eine Stimme dicht an seinem Ohr. Es war Schmetterling.

»Ja, er könnte Drei Pflugochsen ganz einfach retten!«, sagte Lotosblüte.

»Ha! Was du nicht sagst! Meinst du, er kann einfach in die Verbotene Stadt spazieren? Das wäre der sichere Tod!«

Nick, nick, nick.

»Nicht für den Großen Zauberer«, erwiderte Schmetterlings Stimme.

»Halt die Klappe!«, zischte Rincewind.

»Würdest du gerne wissen, wie groß das Fleischerbeil ist, das Zwei Feuerkraut in der Hand hat?«, flüsterte Schmetterling.

»Nein!«

»Es ist sehr *groß!«*

»Er hat gesagt, in die Verbotene Stadt einzudringen ist der sichere Tod!«

»Nein. Es ist nur der wahrscheinliche *Tod. Wenn du aber noch einmal vor mir wegrennst, ist* das *dein sicherer Tod, so viel kann ich dir versichern.«*

Der Sack wurde ihm vom Kopf gezogen.

Das Gesicht dicht vor ihm war das von Lotosblüte, und

man konnte gewiss schlimmere Dinge erblicken als Lotosblütes Gesicht, wenn einem gerade ein Sack vom Kopf gezogen wurde. Rincewind musste an Rahmsoße denken, an ganz viel Butter und genau die richtige Menge Salz.*

Beispielsweise hätte er das Gesicht von Zwei Feuerkraut sehen können. Dieses Gesicht war kein hübscher Anblick. Es war rundlich und plump, und in den Augen saßen winzige Pupillen. Es sah aus wie ein lebendiges Beispiel dafür, dass zwar Könige und Kaiser und Mandarine das Volk unterdrücken, diese Aufgabe aber ebenso gut vom Nachbarn gleich nebenan erledigt werden kann.

»Großer Zauberer? Ha!«, sagte Zwei Feuerkraut jetzt.

»Er kann es!«, sagte Lotosblüte (und Quark dazu, dachte Rincewind, vielleicht noch etwas Krautsalat als Beilage). »Er *ist* der Große Zauberer, der zu uns zurückgekehrt ist! Hat er den Meister nicht durch die Ländereien der Geister und blutsaugerischen Vampire geführt?«

»Ach, das würde ich jetzt nicht…«, setzte Rincewind an.

»So ein großer Zauberer lässt es zu, dass ihr ihn in einem Sack hierherbringt?«, höhnte Zwei Feuerkraut. »Dann soll er uns doch mal ein bisschen was vorzaubern…«

»Ein wahrhaft großer Zauberer gibt sich nicht mit Kunststückchen ab!«, entgegnete Lotosblüte.

»Stimmt«, sagte Rincewind. »Abgeben schon gar nicht.«

»Feuerkraut sollte sich schämen, so etwas auch nur vorzuschlagen!«

»Schämen«, pflichtete Rincewind ihm bei.

»Abgesehen davon, braucht er all seine Kraft, um in die Verbotene Stadt zu gelangen«, sagte Schmetterling. Rince-

---

* Viel später musste sich Rincewind deshalb einer Therapie unterziehen, zu der eine schöne Frau, ein großer Teller Kartoffeln und ein großer Stock mit einem Nagel drin gehörten.

wind musste sich eingestehen, dass er den Klang ihrer Stimme verabscheute.

»Verbotene Stadt«, murmelte er.

»Jeder weiß, dass es dort grässliche Fallen, Schlingen und Hinterhalte gibt, außerdem ganz viele Wächter.«

»Fallen, Hinterhalte ...«

»Und wenn seine Macht versiegt, bloß weil er Feuerkraut ein paar Tricks vorgeführt hat, landet er am Ende noch im finstersten Verlies und muss ganz langsam sterben.«

»Ganz langsam ... äh ... wieso ganz langsam?«

»Schäm dich, Zwei Feuerkraut!«

Rincewind grinste sie verlegen an.

»Eigentlich bin ich gar nicht so großartig«, sagte er. »Ich bin ein bisschen großartig, das schon«, fügte er rasch hinzu, als Schmetterling ihn böse anfunkelte, »aber nicht besonders großartig ...«

»Die Schriften des Meisters besagen, dass du viele mächtige Hexenmeister besiegt und viele gefährliche Situationen unversehrt überstanden hast.«

Rincewind nickte niedergeschlagen. Das stimmte sogar mehr oder weniger. Aber meistens hatte er das überhaupt nicht gewollt. Wohingegen die Verbotene Stadt ziemlich ... nun ja ... verboten aussah. Jedenfalls sah sie nicht gerade einladend aus. Nicht so, als würden dort Ansichtskarten verkauft. Das einzige Souvenir, das sie einem mitgab, waren wahrscheinlich die eigenen Zähne. In einer kleinen Tüte.

»Äh ... dieser Pflugochse ... steckt wohl in einem dieser finsteren Verliese?«

»Im allerfinstersten«, antwortete Zwei Feuerkraut.

»Und ... ihr habt niemanden je wiedergesehen? Der dort gefangen gehalten wurde, meine ich.«

»Wir haben Teile von ihnen wiedergesehen«, antwortete Lotosblüte.

»Normalerweise die Köpfe«, sagte Zwei Feuerkraut. »Auf langen Spießen, über einem der Tore.«

»Drei Pflugochsen wird es nicht so ergehen«, sagte Lotosblüte entschieden. »Der Große Zauberer hat gesprochen!«

»Ich bin gar nicht so sicher, ob ich …«

»Du hast gesprochen«, verkündete Schmetterling fest entschlossen.

Rincewind, der sich inzwischen an das Halbdunkel gewöhnt hatte, erkannte, dass er sich in einem Keller oder einem Lagerraum befand. Der Lärm der Stadt drang sehr gedämpft durch mehrere Gitter knapp unterhalb der Decke herab. Der Raum war zur Hälfte mit Fässern und großen Bündeln vollgestellt, auf denen überall Leute hockten. Es war ganz schön voll hier drin.

Die Leute musterten ihn mit gespannter Aufmerksamkeit, aber das war nicht das Einzige, was ihnen gemeinsam war.

Rincewind drehte sich um.

»Wer sind die vielen Kinder?«, wollte er wissen.

»Das«, antwortete Lotosblüte, »ist der Hunghung-Kader der Roten Armee.«

Zwei Feuerkraut schnaubte.

»Warum hast du ihm das verraten?«, rief er. »Jetzt müssen wir ihn doch umbringen.«

»Aber sie sind noch so jung!«

»Es mag ihnen an Jahren mangeln«, sagte Zwei Feuerkraut, »aber was Mut und Ehre angeht, sind sie uralt.«

»Auch, was ihre Kampferfahrung angeht?«, erkundigte sich Rincewind erregt. »Die Wächter, die ich gesehen habe, sehen nicht besonders nett aus. Habt ihr überhaupt Waffen?«

»Die Waffen, die wir brauchen, entreißen wir unseren

Feinden!«, erwiderte Zwei Feuerkraut. Ringsum brach lauter Jubel aus.

»Im Ernst? Und wie bringt ihr sie dazu, sie loszulassen?«, fragte Rincewind. Er zeigte auf ein besonders kleines Mädchen, das seinem Zeigefinger auswich, als wäre er geladen. Sie sah aus wie gerade mal sieben und hatte einen Spielzeughasen im Arm.

»Wie heißt du?«

»Eins Lieblingsperle, Großer Zauberer!«

»Und was machst du in der Roten Armee?«

»Ich habe eine Medaille gewonnen, weil ich Plakate geklebt habe, Großer Zauberer!«

»So was wie ... ›Mögen unseren Feinden schlimme Dinge widerfahren, aber wenn's geht, nicht ganz so schlimm‹? Solche Sachen?«

»Äh ...«, sagte das Mädchen und schaute Schmetterling flehentlich an.

»Rebellieren fällt uns nicht leicht«, sagte das ältere Mädchen. »Wir haben keine ... Erfahrung.«

»Also, ich bin hier, um euch zu sagen, dass man so was nicht mit Liedersingen und Plakatekleben macht, und auch nicht, indem man mit bloßen Händen kämpft«, sagte Rincewind. »Jedenfalls nicht, wenn man richtigen Gegnern mit richtigen Waffen gegenübersteht. Man ...« Seine Stimme verebbte, als ihm klar wurde, dass ihn hundert Augenpaare intensiv betrachteten und zweihundert Ohren aufmerksam zuhörten.

Er spielte die eigenen Worte noch einmal in der Echokammer seines Schädels ab: »Ich bin hier, um euch zu sagen ...«, hatte er gerade gesagt.

Er streckte die Hände von sich und wedelte hektisch damit herum.

»…das heißt, nein, ich habe euch eigentlich überhaupt nichts zu sagen!«, rief er.

»Sehr richtig«, sagte Zwei Feuerkraut. »Wir werden obsiegen, weil die Geschichte auf unserer Seite ist.«

»Wir werden obsiegen, weil der Große Zauberer auf unserer Seite ist«, erklärte Schmetterling entschieden.

»Eins kann ich euch trotzdem sagen!«, rief Rincewind jetzt lauter. »Ich würde lieber *mir* vertrauen als der Geschichte! Ach du Scheiße, hab ich das gerade eben gesagt?«

»Dann hilfst du Drei Pflugochsen also doch?«, fragte Schmetterling.

»Bitte!«, sagte Lotosblüte.

Rincewind sah sie an. Er sah die Tränen in ihren Augenwinkeln, und er sah diese Rasselbande ehrfurchtsvoller Kinder, die tatsächlich glaubten, dass man eine Armee besiegen konnte, indem man mitreißende Lieder trällerte.

Wenn er genauer darüber nachdachte, blieb ihm eigentlich nur eines zu tun.

Er konnte erst einmal mitspielen und sich dann bei der erstbesten Gelegenheit so schnell wie möglich aus dem Staub machen. Mit Schmetterlings Zorn war nicht zu spaßen, aber ein Spieß war nun mal ein Spieß. Natürlich würde er ein bisschen unter Druck gesetzt werden, aber genau das war der springende Punkt: Er würde ein bisschen Druck verspüren, aber nicht die unangenehme Spitze eines Spießes.

Es gab auch so schon genug Helden auf der Welt, sie brauchte nicht noch einen weiteren. Wohingegen es nur einen Rincewind gab, und er war es der Welt schuldig, dass dieser Rincewind so lange wie möglich am Leben blieb.

Da war ein Gasthaus. Mit einem Hof. Dort gab es einen Pferch für die Truhen.

In dem Pferch standen große Reisetruhen, so riesig, dass man damit vierzehn Tage verreisen und seinen ganzen Haushalt mitnehmen konnte. Außerdem gab es Musterkoffer von Kaufleuten, einfache rechteckige Kisten auf derben Beinen. Und es gab schlanke Reisetaschen.

Sie alle wanderten in ihrem Pferch ziellos umher. Hin und wieder klapperte ein Griff oder quietschte ein Scharnier, und ein oder zwei Mal klappte ein Deckel zu, gefolgt vom Rumpeln der aneinanderprallenden Kisten, die sich rasch woandershin verzogen.

Drei große, mit Leder beschlagene Truhen sahen ganz nach jenen Reiseutensilien aus, die vor billigen Hotels herumhingen und Handtaschen mit zweideutigen Bemerkungen belästigten. Das Ziel ihrer Aufmerksamkeit war eine eher kleinere Truhe mit eleganten Füßen, deren Deckel mit schönen Intarsien verziert war. Sie hatte sich schon, so weit es ging, in eine Ecke zurückgezogen. Als sich die größte Kiste ihr näherte, öffnete sich mehrmals ein großer, mit Stacheln besetzter Deckel.

Die kleinere Kiste war so weit zurückgewichen, dass ihre Hinterbeine bereits versuchten, am Zaun des Pferchs emporzuklettern.

Von jenseits der Hofmauer war das Geräusch rennender Füße zu hören. Es kam näher und verstummte dann abrupt.

Dann ertönte ein Schnalzen, als wäre etwas auf der über einen Karren gespannten Plane gelandet.

Vor dem aufgehenden Mond zeichnete sich eine Gestalt ab, die kurz darauf einen langsamen Salto durch die Abendluft vollführte.

Sie landete schwer vor den drei großen Truhen, federte kurz nach und richtete sich dann zu voller Größe auf, um zum Angriff überzugehen.

Kurz darauf kamen mehrere Reisende in die Nacht herausgeeilt, aber da lagen bereits viele Kleidungsstücke auf dem Hof verstreut, auf denen herumgetrampelt wurde. Drei schwarze Koffer sah man zerbeult und verschrammt auf dem Dach, wo sie voller Panik über die Ziegel krabbelten und sich bei dem Versuch, möglichst weit nach oben zu kommen, gegenseitig behinderten. Andere hatten in wilder Panik die Mauer eingerissen und das Weite gesucht.

Letztendlich wurden alle bis auf einen wiedergefunden.

Als sich die Horde zum Abendessen niederließ, waren alle ziemlich stolz auf sich. Sie verhielten sich, dachte Herr Zervelat, ganz so wie kleine Jungen, die ihre erste lange Hose bekommen hatten.

Und so war es auch. Jeder Mann hatte eine weite, pludrige Hose an, dazu einen langen, wallenden grauen Übermantel.

»Wir waren *einkaufen*«, verkündete Caleb stolz. »Und wir haben dafür mit *Geld* bezahlt. Jetzt sind wir angezogen wie zivilisierte Leute.«

»Allerdings«, sagte Herr Zervelat nachsichtig. Er hoffte, dass sie alles heil überstanden, ohne dass die Horde herausfand, als welche Sorte von zivilisierten Leuten sie verkleidet waren. Wobei die Bärte dabei noch ein kleines Problem darstellten. Denn die Leute, die in der Verbotenen Stadt solche Kleidung trugen, hatten für gewöhnlich keine Bärte. Sie galten sogar sprichwörtlich als die Leute *ohne* Bart. Eigentlich galten sie noch sprichwörtlicher als die Leute ohne bestimmte andere Dinge, aber genau dieser Mangel bewirkte eben auch, dass sie keine Bärte trugen.

Cohen rutschte unruhig auf seinem Stuhl herum. »Das kratzt«, sagte er. »Sind wohl die Hosen, oder? Hab so was noch nie angehabt. Hemden auch nicht. Wofür soll ein Hemd ohne Kettenpanzer gut sein?«

»Wir haben alle Aufgaben sehr gut erledigt«, sagte Caleb. Er hatte sich sogar rasieren lassen, wobei der Barbier, zum ersten Mal in seiner Laufbahn, einen Meißel benutzen musste. Caleb rieb sich immer wieder über das nackte, babyfarbene Kinn.

»Ja, wir sind richtig zivilisiert«, bestätigte Vincent nickend.

»Abgesehen davon, dass du diesen Ladenbesitzer angezündet hast«, sagte der Junge Willie.

»Na, aber doch bloß ein bisschen.«

»Hä?«

»Pauker?«

»Ja, Cohen?«

»Warum hast du diesem Feuerwerkverkäufer erzählt, dass alle, die du kennengelernt hast, ganz plötzlich gestorben sind?«

Herrn Zervelats Fuß stieß leise gegen das große Paket unter dem Tisch, das neben einem schönen neuen Kessel stand.

»Damit er wegen der Sachen, die ich gekauft habe, nicht misstrauisch wurde«, antwortete er.

»Fünftausend Böller?«

»Hä?«

»Hab ich dir schon mal erzählt«, sagte Herr Zervelat, »dass ich nach meiner Tätigkeit als Erdkundelehrer in der Assassinengilde und der Klempnergilde dieses Fach auch mehrere Semester in der Alchimistengilde unterrichtet habe?«

»Bei den Alchimisten? Alles Verrückte, die ganze Bande«, sagte Kriecher.

»Aber sehr an Erdkunde interessiert«, erwiderte Herr Zervelat. »Wahrscheinlich, weil sie immer wissen wollen, wo sie gerade gelandet sind. Esst alles auf, meine Herren. Es könnte eine lange Nacht werden.«

»Was ist das eigentlich?«, fragte Kriecher und spießte etwas mit seinem Essstäbchen auf.

»Äh ... Tschau«, antwortete Herr Zervelat.

»Warum willst du schon weg? Ich wollte nur wissen, was das ist?«

»Tschau-Tschau. Das ist ein ... äh ... Hund.«

Die Horde sah ihn verwundert an.

»Macht euch nichts draus«, sagte er hastig und mit der Ernsthaftigkeit des Mannes, der sich Bambussprossen mit Tofu bestellt hatte.

»Ich hab schon alles Mögliche gegessen«, sagte Kriecher, »aber Hund noch nicht. Ich hatte mal einen Hund. Er hieß Rex.«

»Stimmt«, sagte Cohen. »Der mit dem Stachelhalsband? Der immer andere Leute gefressen hat?«

»Du kannst sagen, was du willst, aber Rex und ich waren die dicksten Freunde«, erwiderte Kriecher und schob das Fleisch auf die Seite.

»Sollen alle die Tollwut kriegen. Ich esse deins mit. Bestell ihm was mit Huhn, Pauker.«

»Ich hab mal einen Menschen gegessen«, murmelte der Irre Hämisch. »Allerdings bei einer Belagerung.«

»Du hast jemanden gegessen?«, fragte Herr Zervelat und winkte die Bedienung heran.

»Nur ein Bein.«

»Das ist ja grässlich.«

»Mit Senf geht's.«

Und ich habe mir gerade gedacht, jetzt kenne ich sie allmählich ..., überlegte Herr Zervelat.

Er nahm sein Weinglas. Die Horde griff ebenfalls nach ihren Weingläsern und sah ihn aufmerksam an.

»Ein Trinkspruch, meine Herren«, sagte er. »Und denkt

daran, was ich zum Thema ›wildes Zechen‹ gesagt habe. Beim wilden Zechen macht ihr euch nur die Ohren nass. Immer nur kleine Schlückchen. Auf die Zivilisation!«

Die Horde fiel mit ihren eigenen Trinksprüchen ein.

»Pcharn'kov!«*

»Alle auf den Boden, dann passiert keinem was!«

»Mögest du in interessanten Hosen leben!«

»Wie heißt das Zauberwort? Meeehr!«

»Tod den meisten Tyrannen!«

»Hä?«

»Die Mauern der Verbotenen Stadt sind vierzig Fuß hoch«, sagte Schmetterling. »Und die Tore sind aus Messing. Es gibt Hunderte von Wächtern. Aber dafür haben wir den Großen Zauberer.«

»Wen?«

»Dich.«

»Hatte ich vergessen, entschuldige.«

»So ist es«, sagte Schmetterling und bedachte Rincewind mit einem langen, abschätzenden Blick. Rincewind erinnerte sich an Lehrer, die ihm ganz ähnliche Blicke zugeworfen hatten, wenn er bei einem Test ein gutes Ergebnis erzielt hatte, weil er die richtigen Antworten einfach erraten hatte.

Eilig senkte er den Blick auf Lotosblütes Kohlekritzeleien.

Cohen würde wissen, was zu tun ist, dachte er. Er würde sich einfach einmal durchmetzeln. Angst oder irgendwelche Bedenken würden ihm gar nicht erst in den Sinn kommen. Er war der richtige Mann für Zeiten wie diese.

---

* »Mögen deine Füße abgehackt und mehrere Schritte von deinem Körper begraben werden, damit dein Geist nicht umherwandeln kann.«

»Du kennst doch bestimmt Zaubersprüche, mit denen du die Mauern einfach umpusten kannst«, sagte Lotosblüte.

Rincewind fragte sich, was sie wohl mit ihm machten, wenn sich herausstellte, dass er das nicht konnte. Nicht sehr viel, dachte er, wenn ich rechtzeitig losrenne. Natürlich konnten sie dann immer noch seinen Namen und die Erinnerung an ihn verfluchen, aber daran war er gewöhnt. Stock und Stein brechen mein Gebein, dachte er. Er wusste ganz vage, dass der Spruch noch eine zweite Hälfte hatte, aber darum hatte er sich nie gekümmert, da die erste Hälfte seine Aufmerksamkeit immer voll und ganz in Anspruch genommen hatte.

Sogar die Truhe hatte ihn verlassen. Das war ein kleiner Lichtblick, trotzdem vermisste er das Getrappel der kleinen Füße …

»Bevor wir loslegen«, sagte er, »solltet ihr noch ein revolutionäres Lied singen.«

Der Vorschlag gefiel dem Kader. Während sie sangen, schlich er sich zu Schmetterling hinüber, die ihn wissend anlächelte.

»Du weißt, dass ich das nicht kann!«

»Der Meister hat gesagt, dass du sehr einfallsreich bist.«

»Ich kann kein Loch in eine Mauer zaubern!«

»Dir fällt bestimmt etwas ein. Und … Großer Zauberer?«

»Ja, was denn?«

»Lieblingsperle, das Kind mit dem Spielzeughasen …«

»Ja?«

»Sie hat nur den Kader, sonst nichts. Dasselbe gilt für die meisten anderen. Wenn die Kriegsherren gegeneinander kämpfen, sterben viele Menschen. Eltern. Verstehst du? Ich gehörte zu den Ersten, die *Was ich im Urlaub gemacht habe* gelesen haben, Großer Zauberer, und was ich darin gesehen habe, war ein närrischer Mann, der aus irgendwelchen Gründen immer Glück hat. Großer Zauberer … ich hoffe für alle hier, dass du sehr viel Glück hast. Und besonders hoffe ich es für dich.«

In den Höfen des Sonnenkaisers plätscherten die Brunnen. Pfaue stießen ihre lauten Rufe aus, die sich anhörten, als dürften sie nicht von so schönen Geschöpfen stammen. Zierbäume warfen ihre Schatten, wie nur sie es konnten – geziert und sehr dekorativ.

Die Gärten befanden sich mitten im Herzen der Stadt. Geräusche von außen waren zwar wahrzunehmen, aber nur sehr gedämpft, da in den Straßen ringsumher stets frisches Stroh gestreut wurde. Und weil jedes als zu laut empfundene Geräusch seinem Verursacher einen sehr kurzen Aufenthalt im Gefängnis bescherte.

Den ästhetisch gefälligsten Garten hatte Eins Sonnenspiegel, der erste Kaiser, selbst entworfen. Er bestand nur aus Kies und Steinen, war aber so kunstvoll geharkt und angelegt, als hätte eine kunstsinnige Sturzflut aus den Bergen das Muster hervorgerufen. Hierher hatte sich Eins Sonnenspiegel, in dessen Regierungszeit das Reich geeint und die Große Mauer errichtet worden war, stets begeben, wenn er seine Seele erquicken und über die grundsätzliche Eintracht aller Dinge nachdenken wollte, während er Wein aus dem Schädel eines Feindes trank. Vielleicht auch aus dem eines Gärtners, der sich mit dem Rechen zu ungeschickt angestellt hatte.

Momentan hielt sich der Zeremonienmeister Zwei Kleiner Wang in diesem Garten auf: Er kam öfter hierher, weil er fand, dass es gut für seine Nerven war.

Vielleicht lag es an der Zahl zwei, überlegte er immer wieder. Die Zwei war eine unglückliche Geburtszahl. Kleiner Wang genannt zu werden war dagegen nur eine Taktlosigkeit, ein unbedeutender Möwenschiss nach dem großen Haufen Büffelkacke, den der Himmel ihm in sein Horoskop gedrückt hatte. Andererseits hatte er sich auch keinen großen Dienst damit erwiesen, dass er die Stelle des kaiserlichen Zeremonienmeisters übernommen hatte.

Damals hatte er die Beförderung für eine besonders gute Idee gehalten. Langsam aber sicher war er im kaiserlichen Beamtenapparat aufgestiegen, er hatte sämtliche Künste gemeistert, die für die vorbildliche Ausübung aller Regierungs- und Verwaltungstätigkeiten notwendig waren (wie zum Beispiel Kalligraphie, Origami, Blumenstecken und die Fünf Wunderbaren Formen der Dichtkunst). Er hatte alle Aufgaben, die man ihm übertragen hatte, pflichtbewusst ausgeführt und nur am Rande wahrgenommen, dass es nicht mehr so viele ranghohe Beamte zu geben schien wie früher einmal, und dann hatten ihn eines Tages viele hochgestellte Mandarine – erst später fiel ihm auf, dass die meisten von ihnen deutlich hochrangiger waren als er selbst – eilig aufgesucht und ihm, während er noch dabei war, einen Reim auf »Orangenblüte« zu finden, zu seiner Stelle als neuer Meister gratuliert.

Das war vor drei Monaten gewesen.

Und von allen Dingen, die ihm in den vergangenen drei Monaten zugestoßen waren, hatte er eine Erkenntnis als die beschämendste empfunden: Nämlich, dass er mittlerweile zu der Überzeugung gelangt war, dass der Sonnenkaiser überhaupt nicht der Herr des Himmels, auch nicht die Säule des Firmaments und der Große Strom der Segnungen war, sondern ein bösartiger Irrer, dessen Tod schon viel zu lange auf sich warten ließ.

Was für ein schrecklicher Gedanke. Als verabscheute man das Prinzip Mutterschaft oder rohen Fisch, als erhöbe man

Einspruch gegen das Licht der Sonne. Das soziale Gewissen der meisten Menschen prägt sich in jungen Jahren aus, in dem kurzen Zeitraum nach Abschluss der Schule und der Einsicht, dass Ungerechtigkeit nicht grundsätzlich schlecht sein muss. Wenn einem so etwas wie ein soziales Gewissen ganz plötzlich im Alter von sechzig Jahren widerfuhr, konnte es einen ganz schön aus der Bahn werfen.

Dabei wandte er sich keineswegs gegen die allgemein gültigen Goldenen Regeln. Schließlich leuchtete es jedem ein, dass man jemandem, der zum Stehlen neigte, die Hände abhacken musste. Diese Maßnahme hielt ihn davon ab, erneut zu stehlen und damit seine Seele zu beschmutzen. Ein Bauer, der seine Steuern nicht bezahlen konnte, musste hingerichtet werden, allein schon, um ihn davor zu bewahren, den Versuchungen von Faulheit und ungebührlichem Benehmen in der Öffentlichkeit zu erliegen. Und da das Reich vom Himmel als die einzig wahre Welt für die Menschen erschaffen worden und alles ringsumher nur ein Ödland voller Geister war, hatte es bestimmt auch seine Richtigkeit, diejenigen hinzurichten, die diese Ordnung der Dinge infrage stellten.

Aber Zwei Kleiner Wang hielt es nicht für richtig, dass man dabei auch noch vergnügt lachte. Dass derlei Dinge geschahen, war nicht schön, sondern einfach nur notwendig.

Aus der Ferne drangen Schreie an sein Ohr. Der Kaiser spielte wieder Schach. Am liebsten spielte er mit lebenden Figuren.

Sein Wissen lastete schwer auf Zwei Kleiner Wang. Es hatte auch schon mal bessere Zeiten gegeben. Das wusste er jetzt. Es war nicht schon immer so gewesen, wie es jetzt war. Die Herrscher waren nicht immer grausame Hanswurste gewesen, in deren Gesellschaft man so sicher war wie draußen auf den Sandbänken während der Krokodilsaison. Nicht jedes Mal, wenn ein Kaiser starb, war ein Bürgerkrieg ausgebrochen. Das Land war nicht immer von Kriegsherren regiert worden. Und das Volk hatte nicht nur Pflichten, sondern auch Rechte gehabt.

Dann war eines Tages die Thronfolge infrage gestellt worden, ein Krieg war ausgebrochen, und seit damals lief nichts mehr richtig rund.

Mit etwas Glück würde es nicht mehr lange dauern, bis der Kaiser tot war. Zwei Kleiner Wang zweifelte nicht daran, dass eine ganz besondere Hölle auf ihn wartete. Nach des Kaisers Tod würde es wieder die übliche Schlacht geben und anschließend einen neuen Kaiser, und wenn er sehr viel Glück hatte, wurde Zwei Kleiner Wang enthauptet, denn so erging es normalerweise denjenigen, die es unter dem vorherigen Amtsinhaber etwas zu weit gebracht hatten. Was gemessen an den modernen Gepflogenheiten auch ziemlich vernünftig war, denn neuerdings konnte man schon enthauptet werden, weil man die Gedanken des Kaisers gestört hatte oder zufällig am falschen Ort stand.

An dieser Stelle vernahm Zwei Kleiner Wang Geisterstimmen.

Sie ertönten direkt unter seinen Füßen.

Die Geister unterhielten sich in einer seltsamen Sprache, deshalb waren die Worte für Zwei Kleiner Wang lediglich Geräusche, die sich folgendermaßen anhörten:

»Verdammt noch mal, wo sind wir hier?«

»Irgendwo unter dem Palast, das auf jeden Fall. Schaut euch mal nach einer anderen Einstiegsluke an der Decke um …«

»Hä?«

»Ich hab keine Lust mehr, diesen verfluchten Rollstuhl zu schieben!«

»Also ich brauch nachher erst mal ein heißes Fußbad, ehrlich.«

»Wer fällt schon auf diese Weise in eine Stadt ein? Wer, bitte schön, fällt auf diese Weise in eine Stadt ein? Bis zum Bauch im Wasser? Als ich noch mit dem Fürchterlichen Ferdinand geritten bin, sind wir nie auf diese Weise in so eine… vermaledeite… *Stadt eingefallen! In so eine…* bescheidene… *Stadt fällt man ein, indem man sie mit tausend Reitern überrennt, so macht man das!«*

»Genau! Aber für die wäre in dieser Röhre wirklich kein Platz mehr.«

Die Geräusche klangen dumpf und schienen ein wenig nachzuhallen. Verdutzt und fasziniert zugleich folgte ihnen Zwei Kleiner Wang, spazierte ganz in Gedanken über den manikürten Kies, was ihm vonseiten des ersten Freundes des Friedens und der Stille das sofortige Herausreißen der Zunge eingebracht hätte.

»Können wir uns bitte ein bisschen beeilen? Ich wäre ganz gerne hier weg, wenn der Kessel hochgeht, und ich hatte nicht genug Zeit, um mich näher mit dem Thema Zündschnüre zu befassen.«

»Ich hab das mit dem Kessel immer noch nicht so richtig verstanden, Pauker.«

»Ich hoffe, dass die vielen Böller ein Loch in die Mauer sprengen.«

»Genau! Warum sind wir dann hier? Warum tapern wir in dieser Röhre herum?«

»Weil alle Wachen sofort dorthin rennen, wo der Knall herkommt.«

»Genau! Deshalb sollten wir auch dort sein!«

»Nein! Wir sollten hier sein, Cohen. So was nennt man Ablenkungsmanöver. Auf diese Weise ist es… viel zivilisierter.«

Zwei Kleiner Wang presste das Ohr an den Boden.

»Welche Strafe steht noch mal auf das Betreten der Verbotenen Stadt, Pauker?«

»Ich glaube, es war irgendwas mit Aufhängen, Ausweiden und Vierteilen. Deshalb wäre es eine gute Idee, wenn wir…«

Ein leises Platschen war zu hören.

»Wie wird man eigentlich ausgeweidet?«

»Ich glaube, man holt deine Innereien raus und zeigt sie dir.«

»Wieso das denn?«

»Weiß ich auch nicht. Vielleicht um zu sehen, ob du sie erkennst, könnte ich mir vorstellen.«

»Wie? So à la ›Ja, das sind meine Nieren, und ja, das ist mein Frühstück‹?«

»Und wie wird man gevierteilt? In Bruchrechnen war ich noch nie besonders gut.«

»Ich glaube, das hat damit nichts zu tun.«

Eine Zeitlang war überhaupt nichts mehr zu hören, nur das Platschen von sechs Paar Füßen und ein *Quietsch-Quietsch*, das sich wie ein Rollstuhl anhörte.

»Äh, und wie wird man aufgehängt?«

»Wie bitte?«

»Har, har, har… 'tschuldigung. War nur Spaß.«

Zwei Kleiner Wang stolperte über einen zweihundert Jahre alten Bonsai-Baum und schlug mit dem Kopf gegen einen Stein, der aufgrund seiner fundamentalen Gelassenheit ausgesucht worden war. Als er wenige Sekunden später wieder zu sich kam, waren die Stimmen nicht mehr zu hören. Falls sie überhaupt existiert hatten.

Geister. In letzter Zeit gab es jede Menge Geister. Zwei Kleiner Wang hätte jetzt gerne mit ein paar Böllern um sich geworfen.

Zeremonienmeister zu sein war sogar noch schlimmer, als einen Reim auf »Orangenblüte« zu finden.

Die Gassen von Hunghung waren von Fackeln erleuchtet. Rincewind ging zur Mauer, die die Verbotene Stadt umgab. Die Rote Armee folgte ihm schwatzend und plaudernd.

Niemand wusste besser als Rincewind, dass er absolut unfähig war, irgendwelche Zauber zu vollbringen. Wenn er gezaubert hatte, war es immer nur rein zufällig geschehen.

Deshalb konnte er sicher sein, dass die Mauer, wenn er mit der Hand wedelte und ein paar magische Worte aufsagte, hinterher höchstens ein bisschen weniger löchrig sein würde als jetzt.

Er schämte sich, dass er Lotosblüte enttäuschen musste, das Mädchen, dessen Körper ihn an einen Teller voller geriffelter Pommes erinnerte, aber es war höchste Zeit, dass sie erfuhr, dass man sich auf Zauberer nicht verlassen sollte.

Und dann konnte er sich endlich verdrücken. Was wollte ihm Schmetterling schon antun, wenn er es versuchte und dabei versagte? Zu seiner großen Verwunderung stellte er fest, dass er die Hoffnung hegte, vor seiner Flucht Zwei Feuerkraut einmal kräftig ins Auge pieken zu können. Er wunderte sich, dass die anderen ihn nicht schon längst durchschaut hatten.

Dieses Stück Mauer befand sich zwischen zwei Toren. Das brodelnde Leben Hunghungs schwappte wie ein schlammiges Meer dagegen, überall standen Buden und Verkaufsstände. Rincewind hatte immer gedacht, die Bewohner Ankh-Morporks würden auf der Straße leben, aber im Vergleich zu den Hunghungesen waren die Ankh-Morporkianer regelrecht agoraphob. Beerdigungen (inklusive der dazugehörigen Feuerwerkskörper), Hochzeitsfeiern und religiöse Zeremonien wurden parallel zum und mittenmang im normalen Markttreiben durchgeführt, ebenso wie das unbekümmerte Schlachten von Tieren und lautstarkes Gezänk aller Art.

Kraut zeigte auf eine Stelle an der Wand, an der Feuerholz gestapelt war.

»Ungefähr dort, Großer Zauberer«, sagte er spöttisch. »Aber überanstrenge dich nicht. Ein kleines Loch reicht völlig.«

»Aber hier sind lauter Leute!«

»Ist das ein Problem für einen solch großen Zauberer? Oder kannst du nicht, wenn jemand dabei zuschaut?«

»Ich zweifle nicht daran, dass der Große Zauberer uns alle in Erstaunen versetzen wird«, sagte Schmetterling.

»Wenn das Volk die Macht des Großen Zauberers sieht, wird es bis in alle Ewigkeit davon sprechen!«, sagte Lotosblüte.

»Vermutlich«, murmelte Rincewind.

Der Kader hörte auf zu plappern, was jedoch nur auffiel, wenn man auf ihre geschlossenen Münder schaute. Das Geräuschloch, das durch ihr Schweigen entstand, wurde sofort vom Getöse des Marktes geschlossen.

Rincewind krempelte die Ärmel auf.

Er wusste nicht mal genau, ob es überhaupt einen Spruch gab, mit dem man etwas in die Luft jagen konnte …

Er wedelte unbestimmt mit einer Hand.

»Geht lieber ein Stück zurück«, sagte Herb zu den anderen und grinste unverschämt.

»Quanti canicula illa in fenestre?«, sagte Rincewind. »Äh …«

Er starrte verzweifelt auf die Mauer, und mit der gesteigerten Wahrnehmung dessen, der am Rande des Grauens steht, erblickte er einen halb im Feuerholz verborgenen Kessel. Ein kleines Stück glühender Faden schien aus ihm herauszuragen.

»Äh«, sagte er, »sieht so aus, als wäre da ein ...«

»Gibt's Probleme?«, erkundigte sich Kraut gehässig.

Rincewind straffte die Schultern.

» ... «, sagte er.

Ein Geräusch erklang, als wäre ein Marshmallow ganz sachte auf einem Teller gelandet, dann wurde alles vor ihm weiß.

Das Weiß verwandelte sich in schwarzgestreiftes Rot, und das schreckliche Geräusch schlug ihm mit beiden Händen fest auf die Ohren.

Ein halbmondförmiges Stück irgendwas rasierte seine Hutspitze ab und bohrte sich ins Haus gegenüber, das sofort in Flammen aufging.

Dann roch es streng nach versengten Augenbrauen.

Als Ruß und Staub sich langsam setzten, erblickte Rincewind ein ziemlich großes Loch in der Wand. Das Mauerwerk, das sich inzwischen in glühendheiße Keramik verwandelt hatte, kühlte an seinem Rand mit einem Geräusch, das sich wie *Glinka-glinka* anhörte, langsam ab.

Rincewind betrachtete seine rußverschmierten Hände.

»Donnerlüttchen«, sagte er.

Und dann: »Meine Fresse!«

Dann drehte er sich um und wollte sagen: »Na, wie findet ihr das?«, aber als er erkannte, dass alle flach auf dem Boden lagen, blieb ihm die Stimme weg.

Eine Ente spähte misstrauisch aus ihrem Käfig zu ihm herüber. Aufgrund des nur unvollständigen Schutzes der Käfigstäbe sahen ihre Federn abwechselnd naturfarben und kross aus.

So hatte Rincewind schon immer zaubern wollen. Früher hatte er es sich ganz genauso vorgestellt, aber er war einfach nie dazu fähig gewesen, es tatsächlich …

Auf der anderen Seite der Lücke tauchten mehrere Wächter auf. Einer, dessen grässlich grimassierender Helm den Offizier verriet, betrachtete erst das verkohlte Loch und dann Rincewind.

»Warst du das?«, wollte er wissen.

»Zurück!«, rief Rincewind, besoffen von seiner Macht. »Ich bin der Große Zauberer, ha-haa! Siehst du diesen Finger? Pass auf, sonst setze ich ihn gleich noch mal ein!«

Der Offizier nickte zweien seiner Männer zu.

»Packt ihn.«

Rincewind wich einen Schritt zurück.

»Ich warne euch! Jeder, der Hand an mich legt, frisst für den Rest seines Lebens Fliegen und hüpft auf dem Boden herum!«

Die Wächter näherten sich ihm mit der Entschlossenheit derjenigen, die die Unwahrscheinlichkeit spontaner Zauberei sehr genau gegen die Gewissheit grausamer Bestrafung wegen Befehlsverweigerung abwogen.

»Bleibt weg! Er könnte losgehen! Na schön, wenn ihr mich dazu zw-«

Er wedelte mit der Hand. Er schnippte mehrmals mit den Fingern.

»Äh …«

Nachdem die Wächter sich versichert hatten, dass sie nach wie vor in derselben Gestalt steckten, packten sie ihn, jeder an einem Arm.

»Vielleicht handelt es sich um einen Zeitzünder«, rief Rincewind, als sie fest zugriffen.

»Alternativ könnte ich euch einen sehr berühmten Spruch

anbieten«, sagte er. Seine Füße berührten den Boden nicht mehr. »Oder lieber doch nicht?«

Rincewind, der geistesabwesend in der Luft rannte, wurde vor den Offizier gebracht.

»Auf die Knie, Rebell!«, sagte der Offizier.

»Würde ich ja gerne, aber ...«

»Ich habe gesehen, was du mit Hauptmann Vier Weißer Fuchs gemacht hast!«

»Was? Wer ist das?«

»Bringt ... ihn ... zum ... Kaiser.«

Während er davongeschleift wurde, sah Rincewind noch aus dem Augenwinkel, wie die Wächter mit gezückten Schwertern auf die Rote Armee losgingen ...

Eine Metallplatte wackelte ganz kurz, dann fiel sie auf den Boden.

»Vorsichtig!«

»Ich bin nicht dran gewöhnt, vorsichtig zu sein! Der Fürchterliche Ferdinand war nie vor-«

»Jetzt hör aber mal auf mit deinem Fürchterlichen Ferdinand!«

»Ach, leck mich doch am ... Ärmel.«

»Hä?«

»Jemand da draußen?«

Cohen streckte den Kopf aus dem Abflussrohr. Der Raum dahinter war dunkel, feucht und voller Rohre und Rinnsale. Wasser floss in alle Richtungen davon, um Brunnen und Zisternen zu speisen.

»Och nö«, sagte er ein wenig enttäuscht.

»Sehr schön. Alle raus aus dem Rohr.«

Ein paar Flüche hallten, und Metall kratzte, als Hämischs Rollstuhl in den länglichen, niedrigen Keller bugsiert wurde.

Herr Zervelat zündete ein Streichholz an, und die Horde schwärmte aus, um die neue Umgebung zu erforschen.

»Glückwunsch, meine Herren«, sagte Herr Zervelat. »Ich glaube, wir sind im Palast.«

»Toll«, erwiderte Kriecher. »Wir haben ein versch-... ein stuhlführendes Abflussrohr erobert. Wozu soll das gut sein?«

»Wir könnten ihm kräftig in den Arsch treten«, schlug Caleb hoffnungsvoll vor.

»Guckt mal, dieses Räderdings dreht sich ...«

»Was ist denn ein stuhlführendes Abflussrohr?«

»Wozu ist dieser Hebel gut?«

»Hä?«

»Wie wär's, wenn wir uns eine Tür suchen, rausstürmen und alle umlegen?«

Herr Zervelat schloss die Augen. Die Situation kam ihm irgendwie bekannt vor, und jetzt wusste er auch, woher. Er war einmal mit einer ganzen Schulklasse am Wandertag im Zeughaus der Stadt gewesen. Noch heute tat ihm an feuchten Tagen sein rechtes Bein weh.

»Nein, nein, *nein!*«, sagte er. »Warum sollten wir das tun? Würdest du bitten den Hebel loslassen, Junger Willie?«

»Na ja, zum einen würde ich mich wesentlich besser fühlen«, antwortete Cohen. »Ich hab schon den ganzen Tag niemanden umgebracht, bis auf den Wächter, und Wächter zählen eigentlich nicht.«

»Vergesst nicht, dass wir hier sind, um etwas zu stehlen, nicht, um Leute zu ermorden«, sagte Herr Zervelat. »Also, jetzt rasch raus aus dem ganzen nassen Leder und rein in die schönen neuen Klamotten.«

»Also mit diesem Teil des Plans kann ich mich nicht so richtig anfreunden«, sagte Cohen und zog sich ein Hemd über. »Mir ist es lieber, die Leute wissen, wer ich bin.«

»Genau«, sagte der Junge Willie. »Ohne unser Leder und die Kettenhemden denken die Leute noch, wir sind bloß ein Haufen alter Männer.«

»Ganz genau«, erwiderte Herr Zervelat. »Das ist Teil unseres Kalküls.«

»Ist das so was wie Taktik?«, wollte Cohen wissen.

»Ja.«

»Na schön, aber mir gefällt es trotzdem nicht«, brummte der Alte Vincent. »Mal angenommen, wir gewinnen? Was für ein Lied sollen die Barden von jemandem singen, der eine Stadt durch ein Abflussrohr erobert hat?«

»Eins mit viel Hall«, warf der Junge Willie ein.

»Niemand wird so was singen«, sagte Cohen entschlossen. »Man muss den Spielmännern nur genügend bezahlen, dann singen sie, was man will.«

Ein paar feuchte Stufen führten hinauf zu einer Tür. Herr Zervelat stand bereits oben und lauschte.

»Das stimmt«, überlegte Caleb. »Es heißt doch immer: Wer die Musik bezahlt, bestimmt auch, was gespielt wird.«

»Aber meine Herren«, sagte Herr Zervelat mit leuchtenden Augen, »wer dem Musikanten das Messer an die Kehle setzt, der schreibt die Sinfonie.«

Der Attentäter schlich ganz langsam durch Lord Hongs Gemächer.

Er gehörte zu den Besten in Hunghungs kleiner, aber feiner Assassinengilde, und er war ganz gewiss kein Rebell. Rebellen verabscheute er, schon allein deshalb, weil sie ausnahmslos arme Schlucker waren und von daher als Kunden nicht infrage kamen.

Er bewegte sich auf recht ungewöhnliche, sehr vorsichtige Weise voran und vermied es, den Fußboden zu berühren. Lord Hong war bekannt dafür, dass er seine Holzdielen präparierte. Deshalb benutzte der Attentäter in erster Linie die Möbel, die verzierten Paravents und gelegentlich auch die Decke.

Er beherrschte diese Technik ausgezeichnet. Als ein Bote den Raum durch eine Tür am anderen Ende betrat, erstarrte der Attentäter kurz, dann bewegte er sich in perfekter Choreographie auf sein Opfer zu, sodass die Schritte des Neuankömmlings seine eigenen kaschierten.

Lord Hong war gerade dabei, ein neues Schwert zu schmieden. Das Falten des Metalls sowie die vielen ebenso mühsamen wie notwendigen Durchgänge, in denen das Metall immer wieder erhitzt und verschmiedet wurde, förderten, wie er fand, das klare Denken. Zu viel reine Hirntätigkeit war schlecht für den Geist. Ab und zu machte Lord Hong gerne etwas mit den Händen.

Er stieß das Schwert wieder in die Glut und betätigte mehrmals den Blasebalg.

»Ja?«, sagte er. Der bäuchlings auf dem Boden liegende Bote sah auf.

»Gute Nachricht, Gebieter. Wir haben die Rote Armee gefangen!«

»Das ist wirklich eine gute Nachricht«, sagte Lord Hong und beobachtete aufmerksam die allmähliche Verfärbung der Klinge. »Auch den, der sich der Große Zauberer nennt?«

»Ja, auch ihn! Aber so groß ist er überhaupt nicht, hoher Herr!«, sagte der Bote.

Seine Heiterkeit erlosch, als Lord Hong eine Augenbraue hob.

»Tatsächlich? Ich vermute ganz im Gegenteil, dass er über gewaltige und gefährliche Fähigkeiten verfügt.«

»Aber ja, hoher Herr! Ich wollte damit nicht ...«

»Sorge dafür, dass alle eingesperrt werden. Und lass Hauptmann Fünf Hong Mann eine Nachricht zukommen – er soll die Befehle ausführen, die ich ihm heute erteilt habe.«

»Sehr wohl, hoher Herr!«

»Und jetzt steh auf!«

Der Bote erhob sich zitternd. Lord Hong streifte einen dicken Handschuh über und packte damit den Schwertgriff. Die Glut in der Esse fauchte.

»Hoch mit dem Kinn, Mann!«

»Hoher Herr!«

»Und jetzt mach die Augen weit auf!«

Dieser Befehl war überflüssig. Lord Hong schaute in eine Maske des Entsetzens, bemerkte eine kaum wahrnehmbare Bewegung, nickte und zog dann mit einer beinahe ballett-haften Bewegung die funkensprühende Klinge aus der Glut, drehte sich um, stieß zu …

Ein sehr kurzer Schrei ertönte, dann ein ziemlich langes Zischen.

Lord Hong wartete, bis der Attentäter in sich zusammengesunken war. Dann zog er das Schwert wieder heraus und betrachtete die dampfende Klinge.

»Hm«, sagte er. »Interessant …«

Sein Blick fiel auf den Kurier vor ihm.

»Bist du immer noch da?«

»Nein, hoher Herr!«

»Dann tu, wie dir geheißen wurde.«

Lord Hong drehte das Schwert so, dass sich das Licht darin fing, und musterte die Schneide.

»Und … soll ich ein paar Diener herschicken, damit sie den … äh … die Leiche beseitigen?«

»Was?«, erwiderte Lord Hong gedankenverloren.

»Die Leiche, Lord Hong?«

»Welche Leiche? Ach so, ja. Kümmere dich darum.«

Die Wände waren wunderschön verziert. Selbst Rincewind, der sie nur verschwommen wahrnahm, fiel es auf. Einige waren mit prächtigen Vögeln bemalt oder mit Berglandschaften oder mit Sträußen aus Zweigen und Blättern, wobei jedes einzelne Blatt und jede Knospe mit nur wenigen erlesenen Pinselstrichen in sämtlichen Einzelheiten ausgeführt waren.

Auf marmornen Sockeln erhoben sich Keramiklöwen auf ihren Hinterbeinen, die Korridore waren von Vasen größer als Rincewind gesäumt.

Lackierte Türen öffneten sich vor den Wächtern. Rincewind nahm die weitläufigen, reich verzierten leeren Räume, die sich weit nach links und rechts erstreckten, nur flüchtig wahr.

Schließlich kamen sie durch eine weitere Flügeltür, hinter der man ihn auf den hölzernen Boden stieß.

Inzwischen hatte er herausgefunden, dass man unter solchen Umständen am besten gar nicht erst den Blick hob.

Schließlich sagte eine amtlich klingende Stimme: »Was hast du zu deiner Verteidigung vorzubringen, du elende Laus?«

»Also, ich …«

»Schweig!«

Aha. Also mal wieder *so* eine Befragung.

Eine andere Stimme, spröde, atemlos und ältlich, sagte: »Wo ist der Groß … wesir?«

»Er hat sich in seine Gemächer zurückgezogen, Erhabener. Er hat gesagt, er habe Kopfschmerzen.«

»Ruf ihn herbei … sofort.«

»Gewiss, Erhabener.«

Rincewind stellt mit fest auf den Boden gedrückter Nase einige Vermutungen an. Großwesire waren immer ein schlechtes Zeichen; es bedeutete normalerweise, dass man mit Vorschlägen wie wilde Pferde und glühend heiße Ketten rechnen musste. Und wenn jemand mit »Erhabener« angesprochen wird, dann hieß das so gut wie sicher, dass man keine Revision einlegen konnte.

»Ist das ein ... Rebell?« Der Satz wurde mehr gekeucht als gesprochen.

»Allerdings, Erhabener.«

»Den sehe ich mir mal ge ... nauer an.«

Allgemeines Gemurmel folgte, was die Vermutung nahelegte, dass mehrere Leute sehr erstaunt waren, dann hörte man das Rücken von Möbelstücken.

Rincewind glaubte, am Rande seines Gesichtsfeldes eine Bettdecke zu sehen. Jemand rollte ein Bett heran ...

»Das da soll ... aufstehen.« Das Gurgeln in der kleinen Pause zwischen den Wörtern hörte sich an wie der Rest des Badewassers, das im Abfluss verschwand. Es schmatzte so feucht wie eine sich zurückziehende Welle.

Wieder trat jemand Rincewind in die Nieren und drückte damit im Esperanto der Brutalität einen klaren Wunsch aus. Rincewind richtete sich auf.

Es war tatsächlich ein Bett, so ziemlich das größte, das Rincewind je gesehen hatte. Darin lag, in Brokat gehüllt und zwischen den vielen Kissen kaum zu finden, ein alter Mann. Rincewind hatte noch nie jemanden gesehen, der so krank aussah. Das Gesicht war bleich und grünlich verfärbt, auf den Handrücken zeichneten sich die Adern ab wie Würmer in einem Glas.

Der Kaiser erfüllte sämtliche Anforderungen für eine Leiche, bis auf die allerletzte, entscheidende.

»Das also … ist der neue Große Zauberer, von … dem wir so viel schon … gelesen haben …«, sagte er.

Die anderen Anwesenden warteten respektvoll, bis das letzte Gurgeln des Satzes verklungen war.

»Na ja, ich …«, setzte Rincewind an.

»Schweig!«, schrie ein Kammerherr.

Rincewind zuckte erschrocken zusammen.

Er hatte nicht genau gewusst, wie er sich einen Kaiser vorstellen sollte, aber in seiner Vorstellung war viel Platz für einen großen fetten Mann mit vielen Ringen gewesen. Eine Unterhaltung mit diesem hier grenzte haarscharf an Nekromantie.

»Kannst du uns noch ein bisschen mehr … Zauberei vorführen, Großer Zauberer?«

Rincewind warf dem Kammerherrn einen kurzen Blick zu.

»W-«

»Schweig!«

Der Kaiser machte eine vage Handbewegung, gurgelte angestrengt und bedachte Rincewind mit einem weiteren fragenden Blick. Rincewind beschloss, es darauf ankommen zu lassen.

»Ja, da hätte ich was«, sagte er. »Einen Trick, bei dem etwas verschwindet.«

»Kannst du ihn … sofort vorführen?«

»Nur wenn sämtliche Türen geöffnet werden und alle Anwesenden sich umdrehen.«

Der Gesichtsausdruck des Kaisers zeigte keinerlei Veränderung. Die Höflinge verstummten. Dann war ein Geräusch zu vernehmen, als würde jemand mehrere kleine Kaninchen erwürgen.

Der Kaiser lachte. Nachdem daran kein Zweifel mehr bestand, lachten auch alle anderen. Niemand hat die Lacher so schnell auf seiner Seite wie derjenige, für den ein Todesurteil weniger Probleme bereitet als der Gang zum Klo.

»Was sollen wir bloß mit dir … anfangen?«, sagte er. »Wo bleibt denn der … Groß … wesir?«

Die Menge teilte sich.

Rincewind riskierte einen Seitenblick. Sobald man sich in den Händen des Großwesirs befand, war man so gut wie tot. Großwesire waren ausnahmslos größenwahnsinnige Intriganten. Vermutlich stand es schon so in der Stellenausschreibung: »Sind Sie ein hinterhältiger, völlig unzuverlässiger Irrer, der gerne Ränke schmiedet? Sehr gut, dann hätte ich für Sie eine Stelle als mein getreuester Minister.«

»Ah, Lord … Hong«, sagte der Kaiser.

»Gnade?«, schlug Rincewind vor.

»Schweig!«, schrie der Kammerherr.

»Sagt an, Lord … Hong«, murmelte der greise Kaiser. »Wie lautet die Strafe für einen … Fremden, der … die Verbotene Stadt betreten hat?«

»Entfernung aller Glieder, Ohren und Augen, dann wird er wieder freigelassen«, antwortete Lord Hong.

Rincewind hob die Hand.

»Auch beim ersten Mal?«

»Schweig!«

»Unserer Erfahrung nach gibt es kein zweites Mal«, sagte Lord Hong. »Wer ist der Kerl?«

»Ich mag ihn«, antwortete der Kaiser. »Ich glaube, ich … behalte ihn. Er bringt mich zum … Lachen.«

Rincewind machte den Mund auf.

»Schweig!«, schrie der Kammerherr sofort, in Anbetracht der momentanen Lage vielleicht ein wenig unbedacht.

»Äh … könntet Ihr vielleicht dafür sorgen, dass er nicht jedes Mal ›Schweig!‹ brüllt, wenn ich etwas sagen will?«, wagte sich Rincewind vor.

»Aber gewiss doch … Großer Zauberer«, sagte der Kaiser und nickte einigen Wachen zu. »Bringt den Kammerherrn … weg und schneidet ihm die … Lippen ab.«

»Erhabener, ich …!«

»Die Ohren … auch.«

Der Bedauernswerte wurde weggeschleppt. Eine lackierte Flügeltür schlug zu. Die anderen Höflinge klatschten Beifall.

»Möchtest du … dabei zusehen, wie er sie … aufisst?«, fragte der Kaiser und grinste dabei zufrieden. »Es ist wirklich … sehr spaßig.«

»Ahahaha«, erwiderte Rincewind.

»Eine gute Entscheidung, Erhabener«, sagte Lord Hong. Dann wandte er sich an Rincewind.

Zu Rincewinds großer Verwunderung, gepaart mit einem gewissen Maß an Entsetzen, zwinkerte er ihm zu.

»O Erhabener«, sagte ein pummeliger Höfling, fiel auf die Knie, wobei er ein wenig auf und ab federte, und näherte sich ängstlich dem Kaiser, »ich frage mich, ob es wirklich der Weisheit letzter Schluss ist, diesen fremden Teu-«

Der Kaiser sah nach unten. Rincewind hätte schwören können, dass Staub von ihm herabrieselte.

In die Menge kam auf eine kaum benennbare Weise Bewegung. Ohne dass auch nur einer etwas so Ordinäres getan hätte wie seine Füße zu bewegen, bildete sich rings um den knienden Mann ein größer werdender Kreis.

Dann lächelte der Kaiser.

»Deine Sorge in allen … Ehren«, sagte er. Der Höfling wagte ein erleichtertes Lächeln. Der Kaiser fügte hinzu:

»Aber nicht deine … Anmaßung. Tötet ihn ganz langsam … mehrere Tage … lang.«

»Aaargh!«

»Ja, ganz … recht! Mit sehr viel kochendem … Öl!«

»Eine vorzügliche Idee, Erhabener«, sagte Lord Hong.

Der Kaiser wandte sich wieder Rincewind zu.

»Ich bin sicher, dass der … Große Zauberer mein Freund ist«, röchelte er.

»Ahahaha«, kam es von Rincewind.

Er befand sich, bei den Göttern, nicht zum ersten Mal in einer solchen Situation. Aber bisher war sein Gegenüber immer jemand wie Lord Hong gewesen. Jedenfalls nicht so ein Beinahe-Toter, der schon so weit um die Biege war, dass er an die eigene Zurechnungsfähigkeit nicht mal mehr mit einer langen Stange herangekommen wäre.

»Wir werden uns … prächtig miteinander … amüsieren«, sagte der Kaiser. »Ich habe alles … über dich ge … lesen.«

»Ahahaha«, sagte Rincewind.

Wieder wedelte der Kaiser seinen Höflingen zu.

»Ich ziehe mich jetzt zurück«, sagte er. Allgemeines Füßescharren und demonstratives Gähnen. Hier blieb eindeutig niemand länger wach als der Kaiser.

»Erhabener«, sagte Lord Hong müde, »was sollen wir mit Eurem Großen Zauberer jetzt tun?«

Der alte Mann bedachte Rincewind mit einem Blick, wie ihn Geschenke erhalten, wenn die Batterie alle ist.

»Bringt ihn in einem … besonderen Verlies … unter«, sagte er. »Vorläufig.«

»Sehr wohl, Erhabener«, sagte Lord Hong und nickte einigen Wachen zu.

Als Rincewind aus dem Raum geschleift wurde, konnte er noch einen kurzen Blick zurückwerfen. Der Kaiser lag in seinem fahrbaren Bett und hatte ihn offensichtlich bereits vergessen.

»Ist er verrückt, oder was?«, fragte er.

»Schweig!«

Rincewind sah den Wächter an, der das gesagt hatte.

»Mit einem so losen Mundwerk kann man sich hier rasch große Scherereien einhandeln«, murmelte der Mann.

Der allgemeine Zustand der Menschheit deprimierte Lord Hong zusehends. Vieles kam ihm einfach mangelhaft vor. Überall fehlte es an *Konzentration.* Zum Beispiel bei der Roten Armee: Mit Lord Hong als Rebell wäre der Kaiser schon vor Monaten aus dem Weg geräumt worden. Das ganze Land würde längst in Flammen stehen, abgesehen von den Landstrichen natürlich, die so feucht waren, dass sie nicht brannten. Aber diese Gurkentruppe? Obwohl sie sich alle Mühe gab, bestand ihre Vorstellung von revolutionärem Handeln in einem heimlich geklebten Plakat, auf dem etwas stand wie: »Widrige Unannehmlichkeiten allen Unterdrückern, wenn möglich!«

Sie hatten versucht, die Wachhäuser anzuzünden. Sehr gut, so gingen ordentliche Revolutionäre vor, mal davon abgesehen, dass sie zuvor um einen Termin gebeten hatten. Lord Hong hatte es einige Anstrengung gekostet, der Roten Armee doch noch zu dem einen oder anderen Erfolg zu verhelfen.

Immerhin hatte er ihnen den Großen Zauberer gegeben, an den sie so eifrig glaubten. Jetzt hatten sie keine Entschuldigung mehr. Und so wie der Bursche aussah, war er genauso feige und talentlos, wie es sich Lord Hong erhofft hatte. Jede von ihm angeführte Armee würde entweder rechtzeitig fliehen oder abgeschlachtet werden und damit den Weg für die Konterrevolution freimachen.

Und die Konterrevolution würde *nicht* erfolgreich sein. Dafür sorgte Lord Hong.

Aber immer eins nach dem anderen. Überall lauerten Feinde. Misstrauische Feinde. Der Pfad des Ehrgeizigen führte über einen Nachtigallenboden. Ein falscher Schritt, und die Dielen fingen an zu singen. Eigentlich schade, dass sich der Große Zauberer als wahrer Meister im Öffnen von Schlössern herausstellen würde. Heute Nacht hatten Lord Tangs Männer Dienst im Kerker. Sollte die Rote Armee entkommen, konnte man natürlich nicht Lord Tang die Schuld daran geben …

Als Lord Hong in seine Gemächer zurückkehrte, gönnte er sich ein verstohlenes Kichern. Letztendlich ging es immer um Beweise. Er durfte sich auf keinen Fall etwas nachweisen lassen. Aber auch das würde schon bald keine Rolle mehr spielen. Um das Volk zu einen, gab es nichts Besseres als einen grausamen großen Krieg, und die Tatsache, dass der Große Zauberer – also der Anführer der schrecklichen Rebellenarmee – ein hinterhältiger ausländischer Unruhestifter war, war der Funke, der das Feuerwerk entzünden würde.

Und dann … Ankh-Morpork [pinkelnder Hund].

Hunghung war alt. Die Kultur gründete auf traditionellen Sitten und Gebräuchen, dem Verdauungstrakt des Wasserbüffels und niederträchtigem Verrat. Lord Hong war von all dem durchaus angetan, aber es reichte eben nicht aus, um die ganze Welt zu beherrschen. Und von der Weltherrschaft war Lord Hong besonders angetan, vorausgesetzt, sie wurde von ihm ausgeübt.

Wenn ich ein traditioneller Großwesir wäre, dachte er, als er sich vor seinem Teetisch niederließ, würde ich an dieser Stelle jetzt ganz fies gackern.

Stattdessen lächelte er still in sich hinein.

War es schon wieder Zeit für die Kiste? Nein. Manche Sachen wurden durch die Vorfreude nur noch verlockender.

Der Rollstuhl des Irren Hämisch sorgte dafür, dass sich ein paar Köpfe nach ihnen umdrehten, aber niemand scherte sich groß darum. Übertriebene Neugier war in Hunghung kein Überlebensmerkmal. Die Leute machten einfach mit ihrer Arbeit weiter, die im unaufhörlichen Hin- und Hertragen von Papierstapeln auf den Fluren und Gängen zu bestehen schien.

Cohen betrachtete das, was er in den Händen hielt. Im Laufe der Jahrzehnte hatte er mit so mancher Waffe gekämpft – selbstverständlich mit Schwertern, aber auch mit Bögen und Speeren und Keulen und … wenn er näher darüber nachdachte, eigentlich mit so gut wie allem.

Bis auf das hier …

»Es gefällt mir immer noch nicht«, sagte Kriecher. »Warum haben wir Papierblätter dabei?«

»Weil an einem Ort wie diesem niemand auf dich aufmerksam wird, wenn du ein Blatt Papier herumträgst«, antwortete Herr Zervelat.

»Warum nicht?«

»Hä?«

»Es ist … wie ein Zauber.«

»Mir wär's lieber, wenn ich eine Waffe hätte.«

»Tatsächlich kann so ein Papier die gefährlichste Waffe überhaupt sein.«

»Ich weiß. Hab mich an meinem gerade geschnitten«, sagte der Junge Willie und lutschte an seinem Finger.

»Hä?«

»Betrachtet es mal von *der* Seite«, sagte Herr Zervelat.

»Wir befinden uns hier mitten in der Verbotenen Stadt, und noch keiner ist gestorben.«

»Genau das passt uns ja ... *verflixt* noch mal ... nicht daran«, maulte Kriecher.

Herr Zervelat seufzte. Kriecher hatte eine ganz eigene Art, mit Worten umzugehen. Es spielte keine Rolle, was er tatsächlich gesagt hatte, aber das, was man hörte, war seltsamerweise immer das, was er eigentlich meinte. Er konnte ganz lästerlich fluchen, indem er einfach nur »Socken« sagte.

Die Tür knallte hinter Rincewind zu, und er hörte, wie ein Riegel vorgeschoben wurde.

Die Gefängnisse im Achatenen Reich unterschieden sich nicht sonderlich von denen zu Hause. Wer eine so scharfsinnige Kreatur wie den Menschen einsperren will, greift üblicherweise auf die guten alten Eisenstäbe und sehr viel Stein zurück. Allem Anschein nach hielt sich dieses bewährte Muster auch hier schon seit sehr langer Zeit.

Offenbar hatte Rincewind beim Kaiser nicht schlecht gepunktet, aber aus irgendeinem Grund beruhigte ihn das nicht sonderlich. Er hatte das ungute Gefühl, als wäre der Kaiser einer von der Sorte, die ihren Freunden mindestens genauso gefährlich werden konnte wie ihren Feinden.

Er musste an Dussel Hansen denken, einen Bekannten aus der guten alten Studentenzeit. Alle wollten mit Dussel befreundet sein, aber wenn man in seiner Clique war, wurde man ständig verarscht oder von der Wache gejagt, oder man bekam bei Schlägereien, die man gar nicht angefangen hatte, ordentlich was ab. Währenddessen stand Dussel irgendwo am Rand und amüsierte sich köstlich.

Abgesehen davon stand der Kaiser nicht nur mit einem Bein im Grab, sondern hatte sich dort schon wohnlich eingerichtet, mit neuen Tapeten, Hutständer und allem Drum und Dran. Man musste kein politisches Genie sein, um zu wissen, dass immer dann, wenn eine derartige Persönlichkeit stirbt, die eine oder andere Rechnung beglichen wird, noch ehe die Leiche kalt ist. Jeder, den er öffentlich als Freund bezeichnet hatte, dürfte in etwa die Lebenserwartung kleiner Insekten haben, die in der Abenddämmerung dicht über Forellenbächen herumgaukelten.

Rincewind schob einen Totenschädel zur Seite und setzte sich. Womöglich würde es eine Rettungsaktion geben, aber die Rote Armee hätte schon große Schwierigkeiten damit, eine Gummiente vor dem Ertrinken zu retten. Außerdem fiel er dann doch nur wieder Schmetterling in die Klauen, und die jagte ihm fast so viel Angst ein wie der Kaiser.

Rincewind musste einfach daran glauben, dass die Götter nicht beabsichtigten, ihn nach all den vielen Abenteuern in einem Verlies vermodern zu lassen.

Bestimmt nicht, fügte er bitter hinzu. Wahrscheinlich hatten sie etwas viel Originelleres mit ihm vor.

Das wenige Licht, das seine Zelle erreichte, fiel durch ein kleines Gitter herab und sah aus wie schon mal benutzt. Der Rest der Einrichtung bestand aus einem Haufen, der womöglich einmal Stroh gewesen war. Und da war …

Ein leises Klopfen kam von der Wand.

Einmal, zweimal, dreimal.

Rincewind nahm den Schädel in die Hand und erwiderte das Signal.

Jetzt klopfte es wieder. Ein Mal.

Er wiederholte das Klopfen.

Dann klopfte es zwei Mal.

Er klopfte auch zwei Mal.

Tja, das war ihm vertraut. Kommunikation ohne Sinn… genau wie damals an der Unsichtbaren Universität.

»Von mir aus«, sagte er, und seine Stimme hallte in der Zelle wider. »Alles klar. *Très prisoner.* Aber was soll das alles eigentlich bedeuten?«

Jetzt war ein Scharren zu vernehmen. Einer der Steinquader schob sich langsam aus der Wand und fiel Rincewind auf den Fuß.

»Aargh!«

»Was für ein fettes Flusspferd?«, fragte eine dumpf klingende Stimme.

»Was?«

»Wie bitte?«

»Was?«

»Du wolltest doch etwas über die Klopfzeichen wissen, oder? Auf diese Weise verständigen wir uns zwischen den Zellen. Einmal Klopfen bedeutet…«

»Entschuldige mal, aber verständigen wir uns jetzt nicht auch?«

»Doch, aber nicht so, wie es sein soll. Gefangene… dürfen nämlich nicht… miteinander sprechen.« Die Stimme wurde immer langsamer, als wäre dem Sprecher plötzlich etwas Wichtiges eingefallen.

»Ach ja«, sagte Rincewind. »Hab ich ganz vergessen. Wir sind hier in… Hunghung. Da werden die… Regeln von… allen befolgt…«

Auch Rincewinds Stimme erstarb ganz langsam.

Auf beiden Seiten der Mauer herrschte eine lange, nachdenkliche Stille.

»Rincewind?«

»*Zweiblum*? Was machst du denn hier?«, fragte Rincewind.

»Ich verfaule in einem Verlies!«

»Ich auch!«

»Sapperlot! Wie lange ist das schon her?«, ertönte die gedämpfte Stimme von Zweiblum.

»Was? Wie lange ist was schon her?«

»Aber du … warum bist du …«

»Du hast dieses verdammte Buch geschrieben!«

»Ich dachte doch nur, dass es für das Volk ganz interessant sein könnte!«

»Interessant? *Interessant?*«

»Ich dachte, es wäre ein interessanter Bericht aus einer fremden Kultur. Ich wollte damit doch keine Probleme verursachen.«

Rincewind lehnte sich an seine Seite der Mauer. Zweiblum wollte nie Probleme verursachen. Manche Leute waren nun mal so. Wahrscheinlich würde man eines Tages, wenn sich das Universum wie ein Papierhut zusammenfaltete, als Letztes hören, wie jemand sagte: »Mal gespannt, was passiert, wenn ich *das* mache …«

»Dann hat dich wohl Schicksal hierhergebracht«, sagte Zweiblum.

»Wahrscheinlich. An solchen Scherzen hat er ja großen Spaß«, erwiderte Rincewind.

»Weißt du noch, wie viel Spaß wir zusammen hatten?«

»Echt? Da hatte ich wohl gerade die Augen zu.«

»Die Abenteuer?«

»Ach, *die.* Du meinst, über irgendwelchen Abgründen hängen und solche Sachen …«

»Rincewind?«

»Ja? Was?«

»Jetzt, wo du hier bist, geht es mir schon viel besser.«

»Erstaunlich.«

Rincewind genoss den Trost der Mauer. Sie bestand einfach nur aus Stein. Er hatte das Gefühl, dass er sich auf sie verlassen konnte.

»Offensichtlich hat hier so ziemlich jeder eine Kopie deines Buches«, sagte er. »Es ist ein revolutionäres Dokument. Und mit Kopie meine ich wirklich eine Kopie. Es sieht so aus, als fertigte jeder, der es bekommt, eine Abschrift an, die er dann weitergibt.«

»Ja, das nennt man *Samisdat.*«

»Was bedeutet das?«

»Es bedeutet, dass jede Abschrift genauso wie die vorige sein muss. Ach je, dabei habe ich es doch nur zur Unterhaltung geschrieben. Ich hätte nie gedacht, dass die Leute es ernst nehmen. Hoffentlich verursacht es nicht allzu viele Scherereien.«

»Na ja, eure Revolutionäre befinden sich immer noch im Stadium der Parolen und Plakate, aber ich glaube nicht, dass ihnen das viel nützt, wenn sie geschnappt werden.«

»Meine Güte!«

»Wieso bist du noch am Leben?«

»Keine Ahnung. Gut möglich, dass sie mich hier unten vergessen haben. Das passiert nämlich ab und zu. Hängt mit dem ganzen Papierkram zusammen. Ein falscher Pinselstrich hier, eine vergessene Zeile da, schon ist es passiert. Ich glaube, so was kommt sogar ziemlich oft vor.«

»Du meinst, da sitzen Leute im Gefängnis, und niemand weiß mehr, warum?«

»Ja, genau.«

»Warum lässt man sie dann nicht einfach frei?«

»Vermutlich, weil man davon ausgeht, dass sie wohl doch irgendetwas verbrochen haben müssen. Ja, unsere Regierung lässt immer noch etwas zu wünschen übrig.«

»Zum Beispiel eine neue Regierung.«

»Du liebe Zeit! Für solche Sprüche könntest du glatt eingesperrt werden.«

Die Menschen schliefen, aber die Verbotene Stadt schlief nie. Die ganze Nacht über brannten Fackeln in den großen Amtsstuben, wo die Geschäfte des Reiches unablässig vorangetrieben wurden.

Und zu diesem Zweck musste, wie Herr Zervelat erwähnt hatte, reichlich Papier bewegt werden.

Sechs Wohltätige Winde war Stellvertretender Landverweser des Bezirks Langtang, eine Aufgabe, die ihm sehr viel Freude bereitete. Er war kein bösartiger Mensch.

Zugegeben, er besaß ungefähr so viel Humor wie ein Schmorhuhn, konnte Katzen auf den Tod nicht ausstehen, und außerdem hatte er die Angewohnheit, sich nach seiner Teezeremonie die Unterlippe auf eine Art und Weise abzutupfen, die Frau Wohltätige Winde über die Jahre in ihrer Vorstellung regelmäßig einen Mord begehen ließ. Und er bewahrte sein Geld in einer sehr kleinen Klappgeldbörse auf, aus der er es immer sehr sorgfältig herauszählte, wenn er etwas kaufte, besonders dann, wenn hinter ihm schon eine lange Schlange wartete.

Andererseits war er gut zu Tieren und spendete kleine, aber regelmäßige Beträge für die Bedürftigen. Er gab den Bettlern auf der Straße bescheidene Summen, die er allerdings akribisch in seinem kleinen Notizheft vermerkte, damit er nicht vergaß, sie zu einem späteren Zeitpunkt in seiner amtlichen Funktion erneut aufzusuchen.

Und er nahm den Leuten nie mehr Geld ab, als sie besaßen.

Außerdem war er, recht ungewöhnlich für Männer, die

auch nach Einbruch der Dunkelheit in der Verbotenen Stadt arbeiteten, kein Eunuch. Natürlich waren auch die Wächter keine Eunuchen, doch dieses Problem wurde dadurch gelöst, dass alle anderen sie einfach als Einrichtungsgegenstände betrachteten. Obendrein hatte sich herausgestellt, dass Steuerbeamte jede zu ihrer Verfügung stehende Fähigkeit benötigten, um sich der vielfältigen Tricks der Bauern zu erwehren, die bedauernswerterweise dazu neigten, Steuerzahlungen zu vermeiden.

Im Palast gab es wesentlich gemeinere Menschen als Sechs Wohltätige Winde, weshalb es lediglich einem unglücklichen Zufall zu verdanken war, dass ausgerechnet seine Tür aus Papier und Bambus zur Seite geschoben wurde und den Blick auf sieben merkwürdig aussehende alte Eunuchen freigab, von denen einer in einer seltsamen Vorrichtung mit Rädern saß.

Sie verneigten sich nicht einmal, vom Kniefall ganz zu schweigen. Dabei hatte er nicht nur einen sehr amtlichen roten Hut auf, sondern sogar einen mit einem weißen Knopf darauf!

Als die Männer einfach so in sein Büro spaziert kamen, als gehörte es ihnen, fiel ihm glatt der Pinsel aus der Hand. Einer von ihnen fing an, mit dem Finger Löcher in die Wand zu pieken und dabei irgendwelches Kauderwelsch zu reden.

»Kuckt mal, die Wände sind bloß aus Papier! He, kuckt mal, wenn man einen Finger nass macht, geht er glatt durch! Habt ihr's gesehen?«

»Ich lasse die Wachen rufen und euch alle auspeitschen!«, rief Sechs Wohltätige Winde, der seinen Zorn angesichts des extremen Alters der Besucher im Zaum hielt.

»Was hat er gesagt?«

»Er hat gesagt, er ruft die Wachen.«

»Au ja, bitte. Bitte lasst ihn die Wachen rufen!«

»Nein, das können wir jetzt noch nicht brauchen. Verhaltet euch ganz normal.«

»Du meinst ... wir schneiden ihm die Kehle durch?«

»Ich meinte normal in einem etwas normaleren Sinne.«

»Also für mich ist das völlig normal.«

Einer der alten Männer trat vor den sprachlosen Beamten hin und grinste ihn breit an.

»Entschuldigt vielmals, Euer oberste ... ach, Mann, wie hieß das Wort gleich noch mal? Schubkarrensegel? Gewaltiger Steinbrocken? Ah, ja ... Ehrwürdigkeit, aber es sieht ganz so aus, als hätten wir uns ein bisschen verlaufen.«

Zwei der alten Männer schoben sich hinter Sechs Wohltätige Winde und fingen an zu lesen, woran er gerade gearbeitet hatte, zumindest versuchten sie es. Jemand riss ihm ein Blatt Papier aus der Hand.

»Was steht da drauf, Pauker?«

»Zeig mal ... ›Der erste Wind des Herbstes lässt die Lotosblume erzittern. Sieben Frohe Baumstämme hat noch ein Schwein zu zahlen und drei *[sieht aus wie ein vierarmiger Mann, der eine Fahne schwenkt]* Reis, unter Androhung von *[hm, ein ziemlich stilisiertes Ding, aus dem ich nicht ganz schlau werde]* und sehr vieler Hiebe. Auf Anordnung von Sechs Wohltätige Winde, Steuereintreiber, Langtang.‹«

Die sechs alten Männer verhielten sich plötzlich irgendwie anders. Sie grinsten zwar alle, aber ihr Grinsen trug keineswegs zu seiner Beruhigung bei. Einer von ihnen, der Zähne wie Diamanten besaß, beugte sich näher zu ihm heran und sagte in schlechtem Achatisch: »Du bist also Steuereintreiber, Herr Knopf am Hut?«

Sechs Wohltätige Winde fragte sich, ob es ihm gelingen würde, die Wache zu rufen. Seine Besucher waren kein bisschen altehrwürdig. Sie waren schrecklich bedrohlich, und obwohl er bei keinem eine Waffe entdecken konnte, wusste er todsicher, dass er nicht mehr als die erste Silbe herausbekommen würde, ehe sie ihn umgebracht hätten. Abgesehen davon war seine Kehle völlig ausgetrocknet und dafür seine Hose nass.

»Es ist doch nicht schlimm, Steuereintreiber zu sein ...«, krächzte er.

»Hat ja auch keiner behauptet«, erwiderte Diamantenzahn.

»Wir freuen uns immer, wenn uns ein Steuereintreiber über den Weg läuft«, sagte ein anderer alter Mann.

»Damit ersparen wir uns viel Arbeit«, sagte Diamantenzahn.

»Genau«, sagte ein dritter alter Mann. »Wir müssen nicht extra von Haus zu Haus gehen, alle umbringen und ihnen die Wertsachen abnehmen, sondern warten einfach ab und bringen dann den ...«

»Meine Herren, darf ich kurz was sagen?«

Der Sprecher war derjenige, dessen Gesicht an eine Ziege erinnerte. Er schien nicht ganz so unangenehm zu sein wie die anderen. Die grässlichen Männer, die sich um ihn und um Sechs Wohltätige Winde drängten, vernahmen die seltsamen Silbenfolgen einer rauen, ausländischen Sprache.

»Was? Aber er ist Steuereintreiber! Dafür sind die da!«

»Hä?«

»Eine feste Besteuerungsgrundlage ist das Fundament einer soliden Regierung, meine Herren. Vertraut mir bitte einmal.«

»Ich hab das alles verstanden, bis zu ›Eine feste Be-‹«

»Jedenfalls bringt es uns überhaupt nichts, wenn wir diesen schwer arbeitenden Steuereintreiber umbringen.«

»Dann wäre er tot. Ich finde, das bringt ganz schön viel.«

So ging es noch eine Zeitlang weiter. Sechs Wohltätige Winde zuckte zusammen, als die Gruppe plötzlich auseinanderging und der Ziegengesichtige ihn anlächelte.

»Meine demütigen Freunde sind tief beeindruckt von Eurer ... Pflaumenvielfalt ... kleines Messer zum Abschneiden von Seetang ... *Ausstrahlung,* ehrenwerter Herr«, sagte er, wobei Kriechers lebhafte Gesten hinter seinem Rücken jedem seiner Worte Hohn sprachen.

»Wie wär's denn, wenn wir nur ein Stück abschneiden?«

»Hä?«

»Wie seid ihr überhaupt hereingekommen?«, erkundigte sich Sechs Wohltätige Winde. »Hier ist alles streng bewacht.«

»Ich hab ja gleich gewusst, dass wir was verpasst haben«, sagte Diamantenzahn.

»Wir möchten, dass Sie uns in der Verbotenen Stadt herumführen«, sagte Ziegengesicht. »Ich heiße ... Herr Gestopfter Darm, ja, ich glaube, so würden Sie es nennen. Genau. Gestopfter Darm, da bin ich mir ziemlich sicher ...«

Sechs Wohltätige Winde sah hoffnungsvoll zur Tür.

»... und wir sind hier, weil wir gerne mehr über Ihre wunderbare ... Berg ... Bambusvielfalt ... den Klang fließenden Wassers am Abend ... *verflixt!* ... Ihre Kultur erfahren möchten.«

Hinter ihm demonstrierte Kriecher dem Rest der Horde mit beredten Gesten, was er und die Skelettreiter des Fürchterlichen Ferdinand einmal mit einem Steuereintreiber gemacht hatten. Besonders die ausladenden Armbewegungen nahmen die Aufmerksamkeit von Sechs Wohltätige Winde gefangen. Die Worte verstand er zwar nicht, aber das war auch nicht nötig.

»Warum redest du so mit ihm?«

»Ich hab mich verirrt, Dschingis. Es gibt keine Stadtpläne für die Verbotene Stadt. Wir brauchen einen Stadtführer.«

Ziegengesicht wandte sich wieder an den Finanzbeamten. »Vielleicht möchten Sie mit uns kommen?«, sagte er.

Raus, dachte Sechs Wohltätige Winde. Ja! Draußen standen vielleicht Wachen!

»Augenblick«, sagte Diamantenzahn, während er noch nickte. »Nimm deinen Pinsel und schreib auf, was ich sage.«

Kurz darauf waren sie unterwegs. Alles, was im Büro des Finanzbeamten zurückblieb, war ein abgeändertes Dokument, auf dem Folgendes zu lesen stand:

»Rosen sind rot, Veilchen sind blau. Sieben Frohe Baumstämme bekommt ein Schwein und so viel Reis, wie er tragen kann, denn er ist jetzt Eins Froher Bauer. Auf Anordnung von Sechs Wohltätige Winde, Steuereintreiber, Langtang. Hilfe. Hilfe. Wenn das hier jemand liest: Ich befinde mich in der Gewalt eines bösen Eunuchen. Hilfe.«

Rincewind und Zweiblum lagen in ihren getrennten Zellen und plauderten über die gute alte Zeit. Zumindest Zweiblum plauderte über die gute alte Zeit. Rincewind arbeitete mit einem Strohhalm an einer Mauerritze, da er sonst nichts zur Hand hatte. Es würde mehrere Tausend Jahre dauern, bis auch nur irgendetwas zu sehen war, aber das war noch lange kein Grund aufzugeben.

»Bekommen wir hier drin was zu essen?«, unterbrach er Zweiblums Erinnerungsfluss.

»Manchmal schon. Natürlich ist es nicht mit dem hervorragenden Essen in Ankh-Morpork zu vergleichen.«

»Was du nicht sagst«, murmelte Rincewind und kratzte weiter. Ein winziges Stück Mörtel schien sich bewegen zu wollen.

»Nie werde ich den Geschmack von Herrn Schnappers Würstchen vergessen.«

»Das geht allen so.«

»So was erlebt man nur einmal im Leben.«

»Kommt häufiger vor.«

Der Strohhalm brach ab.

»Verflixt und zugenäht!« Rincewind lehnte sich zurück. »Was ist denn so wichtig an dieser Roten Armee?«, fragte er. »Das ist doch bloß eine Horde Kinder. Eine Bande von Nervensägen!«

»Ja, tut mir leid, aber es geht alles ziemlich durcheinander«, erwiderte Zweiblum. »Hm. Hast du schon mal von der Theorie gehört, dass die Geschichte wie ein Rad ist?«

»Ich habe mal eine Zeichnung in einem von Leonard da Quirms Notizheften gesehen …«, setzte Rincewind an und probierte es mit einem neuen Strohhalm.

»Nein, ich meine … so wie … ein Rad, das sich dreht. Angeblich fängt die Geschichte alle dreitausend Jahre wieder von vorne an.«

»Kann schon sein«, sagte Rincewind, der wieder nach einem neuen Strohhalm suchte und nicht richtig zuhörte. Dann sickerten die Worte zu ihm durch. »Dreitausend Jahre? Ist das nicht ein bisschen wenig? Die ganze Geschichte? Sterne und Meere und die Entwicklung intelligenten Lebens aus Absolventen der Geisteswissenschaften, das alles?«

»Nein, das nicht, das ist doch … bloß Beiwerk. Die richtige Geschichte fing mit der Gründung des Reiches durch Eins Sonnenspiegel an. Dem ersten Kaiser. Und seinem Diener, dem Großen Zauberer. Eigentlich bloß eine Legende, aber die Bauern glauben an solche Geschichten. Sie betrachten etwas wie die Große Mauer und sagen: So ein tolles Bauwerk, das muss mithilfe von Magie errichtet worden sein.

Und die Rote Armee ... die war ursprünglich wahrscheinlich bloß eine gut organisierte Truppe gut ausgebildeter Krieger. Die erste richtige Armee, verstehst du? Davor gab es lediglich undisziplinierte Pöbelhaufen. So muss es gewesen sein. Von Magie keine Spur. Wie hätte der Große Zauberer das denn alles machen sollen ... Was die Bauern glauben, ist einfach lächerlich ...«

»Was denn? Woran glauben sie denn?«

»Sie behaupten, der Große Zauberer hat die Erde zum Leben erweckt. Als alle Armeen des Kontinents Eins Großer Spiegel gegenüberstanden, hat der Große Zauberer ... einen Drachen steigen lassen.«

»Hört sich vernünftig an«, sagte Rincewind. »Wenn irgendwo ein Krieg ausbricht, nimm dir einen Tag frei – das war schon immer mein Motto.«

»Nein, du verstehst mich nicht. Es war ein besonderer Drachen. Er hat den Blitz am Himmel eingefangen, und der große Zauberer hat ihn in Flaschen gefüllt, und dann hat er den Lehm hergenommen und ... ihn mit dem Blitz gebacken und eine Armee daraus gemacht.«

»Von so einem Zauberspruch habe ich noch nie gehört.«

»Außerdem haben sie auch merkwürdige Vorstellungen von der Wiedergeburt ...«

Das wiederum konnte sich Rincewind lebhaft vorstellen. Damit konnte man sich wahrscheinlich diese langen Wasserbüffeltage ein wenig verkürzen: Hallo, wenn ich gestorben bin, komme ich wieder auf die Erde, und zwar als ... Mann, der einen Wasserbüffel an einem Strick hält, aber in einem ganz anderen Winkel.

»Äh ... nein«, sagte Zweiblum. »Sie glauben überhaupt nicht daran, dass sie wiederkommen. Äh ... ich glaube, ich benutze nicht die richtigen Worte ... Deine Sprache ist bei mir schon ein bisschen eingerostet … Ich meine Präinkarnation. Das ist wie Reinkarnation, nur umgekehrt. Sie glauben, dass man geboren wird, bevor man stirbt.«

»Im Ernst?«, fragte Rincewind und kratzte weiter an den Steinen. »Alle Wetter! Geboren, bevor man stirbt? Leben vor dem Tod? Wenn das erst mal Schule macht, sind die Leute bestimmt völlig aus dem Häuschen.«

»Das ist nicht genau … äh. Es hat alles mit den Vorfahren zu tun. Man soll die Ahnen stets in Ehren halten, weil man sie eines Tages selbst sein kann, und … Hörst du mir überhaupt zu?«

Das kleine Stück Mörtel fiel herunter. Nicht schlecht für zehn Minuten Arbeit, dachte Rincewind. Bis zur nächsten Eiszeit sind wir hier raus …

Dann dämmerte ihm, dass er an der Wand zu Zweiblums Zelle arbeitete. Mehrere Tausend Jahre dafür aufzubringen, um in eine benachbarte Zelle durchzubrechen, könnte man leicht als Zeitverschwendung ansehen.

Er fing an einer anderen Wand an. Kratz … kratz …

Ein grässlicher Schrei ertönte.

Kratzkratzkratz …

»Hört sich an, als wäre der Kaiser aufgewacht«, sagte Zweiblums Stimme durch das Loch in der Wand.

»Ist es nicht ein wenig früh, um mit dem Foltern anzufangen?«, erkundigte sich Rincewind und begann, mit einem abgebrochenen Stein auf die großen Quader einzuhämmern.

»Es ist eigentlich nicht seine Schuld. Er kann nur einfach nicht mit Menschen umgehen.«

»Tatsächlich?«

»Du kennst doch diese Phase, in der ganz normale Kinder unschuldigen Fliegen die Flügel rausreißen?«

»So etwas habe ich nie gemacht«, erwiderte Rincewind.

»Fliegen kann man nicht über den Weg trauen. Sie sehen zwar klein aus, aber sie können auf einmal ganz schön fies werden.«

»Ich meinte Kinder im Allgemeinen.«

»Ja. Und?«

»Er ist der Kaiser. Niemand hat sich je getraut, ihm zu sagen, dass man das nicht tut. Es ist nur eine Frage des Niveaus. Alle fünf Familien kämpfen untereinander um die Krone. Um Kaiser zu werden, hat er damals seinen Neffen umgebracht. Ihm hat einfach nie jemand gesagt, dass man andere Leute nicht einfach so zum Spaß umbringt. Zumindest hat es noch niemand bis zum Ende des ersten Satzes geschafft. Und die Hongs und die Fangs und die Tangs und die Sungs und die McSweeneys bringen einander schon seit Tausenden von Jahren gegenseitig um. Das ist einfach Teil der königlichen Erbfolge.«

»McSweeneys?«

»Eine sehr alteingesessene Familie.«

Rincewind nickte finster. Wahrscheinlich war es wie bei der Pferdezucht. Wenn man ein System hat, bei dem hinterhältige Killer meistens gewinnen, züchtet man am Ende echt fiese hinterhältige Killer. Bis es am Ende gefährlich ist, sich zu weit über eine Wiege zu beugen …

Wieder ein Schrei.

Rincewind fing an, gegen die Steine zu treten.

Ein Schlüssel drehte sich im Schloss.

»Oh«, sagte Zweiblum.

Aber die Tür flog nicht auf.

Schließlich ging Rincewind hin und drückte vorsichtig gegen den großen Eisenring.

Die Tür schwang nach außen auf, aber nicht sehr weit, denn eine zusammengesunkene, dagegenlehnende Wächterleiche gibt einen zwar ungewöhnlichen, aber durchaus wirkungsvollen Türstopper ab.

An dem, der da vor der Tür lag, hing ein ganzer Schlüsselring…

Ein unerfahrener Gefangener wäre einfach davongerannt. Aber Rincewind war Doktorand in Überlebenskunde und wusste, dass es unter Umständen wie diesen am ratsamsten ist, alle anderen Gefangenen auch freizulassen, ihnen eilig auf die Schulter zu klopfen und zu sagen: »Schnell! Sie sind hinter uns her!« Dann verzieht man sich in eine ruhige Ecke, bis die wilde Verfolgungsjagd in der Ferne verklungen ist.

Zuerst machte er die Tür zu Zweiblums Zelle auf.

Der kleine Mann war dünner und schmuddeliger, als er ihn in Erinnerung hatte, außerdem hatte er einen flaumigen Bart. Aber in einer bezeichnenden Hinsicht sah er immer noch so aus wie der Mann, an den sich Rincewind sehr gut erinnerte – das große, strahlende, *vertrauensvolle* Lächeln. Es besagte, dass all die schlimmen Sachen, die ihm in letzter Zeit zugestoßen waren, eigentlich nur ein lächerliches Missverständnis gewesen waren und sich schon bald durch Leute mit vernünftigem Menschenverstand aufklären würden.

»Rincewind! Du bist es wirklich! Ich habe wirklich nicht mehr damit gerechnet, *dich* noch einmal wiederzusehen!«, sagte er.

»Ja, so was in der Art habe ich mir auch gedacht«, erwiderte Rincewind.

Zweiblum sah an Rincewind vorbei auf den am Boden liegenden Wächter.

»Ist er tot?«, fragte er und zeigte auf den Mann, dem ein Schwert tief im Rücken steckte.

»Allerhöchstwahrscheinlich.«

»Warst du das?«

»Ich war *in* der Zelle!«

»Erstaunlich! Toller Trick!«

Rincewind fiel wieder ein, dass Zweiblum, obwohl er den Tatsachen mehrere Jahre lang ausgeliefert gewesen war, nie hatte wahrhaben wollen, dass sein Gefährte über die magischen Fähigkeiten einer gemeinen Stubenfliege verfügte. Es hatte keinen Sinn, ihn eines Besseren belehren zu wollen. Damit fügte man der Liste nicht-existenter Tugenden bloß noch die der Bescheidenheit hinzu.

Er probierte ein paar Schlüssel an anderen Zellentüren, hinter denen unterschiedlich zerlumpte Menschen hervorkamen, die in das unwesentlich hellere Licht des Gangs blinzelten. Einer von ihnen, ein Mann, der seinen Körper ein wenig drehen musste, damit er durch die Tür passte, war Drei Pflugochsen. Allem Anschein nach war er verprügelt worden, vielleicht aber nur deshalb, um seine Aufmerksamkeit zu erlangen.

»Das ist Rincewind«, sagte Zweiblum voller Stolz. »Der Große Zauberer. Wusstest du, dass er den Wärter aus seiner Zelle heraus getötet hat?«

Vorsichtig untersuchten sie die Leiche.

»Hört mal, ich war das nicht«, sagte Rincewind.

»Und dann ist er immer so bescheiden!«

»Langes Leben den Bestrebungen des Volkes!«, sagte Drei Pflugochsen durch ziemlich geschwollene Lippen.

»›Für mich auch eine Halbe!‹«, sagte Rincewind. »Hier sind große Schlüssel für Tür, und du lassen jetzt alle Leute frei, und zwar hopp-hopp.«

Einer der befreiten Gefangenen humpelte zum Ende des Durchgangs.

»Hier liegt noch ein toter Wärter«, sagte er.

»Ich war's nicht!«, sagte Rincewind jämmerlich. »Ja, kann schon sein, dass ich mir gewünscht habe, dass sie tot umfallen, aber …«

Die Leute rückten von ihm ab. Niemand wollte jemandem, der solche Wünsche wahr werden lassen konnte, zu nahe kommen.

Wären sie in Ankh-Morpork gewesen, hätte garantiert jemand gesagt: »Ja, schon klar, er hat sie auf magische Weise von hinten erstochen!« Aber das lag daran, dass man Rincewind in Ankh-Morpork kannte. Außerdem wusste man dort, dass man, wenn ein Zauberer einen tot sehen wollte, ruckzuck keinen Rücken mehr hatte, in den jemand eine Klinge reinstecken konnte.

Drei Pflugochsen bewältigte die technische Herausforderung des Türenöffnens bravourös. Eine nach der anderen ging auf …

»Lotosblüte?«, entfuhr es Rincewind.

Sie klammerte sich an Pflugochsens Arm und lächelte Rincewind zu. Hinter ihr kamen die anderen Mitglieder des Kaders aus der Zelle.

Dann fiel ihr Blick auf Zweiblum, und zu Rincewinds großer Verwunderung stieß sie einen Schrei aus und schlang ihm die Arme um den Hals.

»Ausgedehnte Fortdauer töchterlicher Zuneigung!«, jubilierte Drei Pflugochsen.

»›Vor Gebrauch schütteln!‹«, konterte Rincewind. »Äh. Was spielt sich hier gerade ab?«

Ein sehr kleiner Soldat der Roten Armee zupfte an seinem Umhang.

»Er ist ihr Papa«, sagte er.

»Du hast mir nie erzählt, dass du Kinder hast!«

»Doch, bestimmt. Mehr als einmal«, erwiderte Zweiblum

und löste sich aus der Umarmung. »Jedenfalls ... ist es erlaubt.«

»Bist du verheiratet?«

»War ich, ja. Das habe ich dir ganz bestimmt mal erzählt.«

»Wahrscheinlich sind wir da gerade vor etwas davongerannt. Dann gibt es also eine Frau Zweiblum?«

»Es gab eine, aber nicht lange«, antwortete Zweiblum, und einen Moment lang verzerrte ein beinahe wütender Ausdruck sein außergewöhnlich gutmütiges Gesicht. »Aber ach, jetzt nicht mehr!«

Rincewind schaute zur Seite, denn das war besser, als in Zweiblums Gesicht zu schauen.

Auch Schmetterling war aufgetaucht. Sie stand direkt vor der Zellentür, hielt die verschränkten Hände vor sich und starrte schüchtern auf ihre Füße.

Zweiblum ging eilig zu ihr.

»Schmetterling!«

Rincewind sah die Hasenträgerin an.

»Ist das auch eine Tochter, Perle?«

»Jawoll.«

Der kleine Mann kam auf Rincewind zu und zog die beiden Mädchen hinter sich her.

»Hast du meine Töchter schon kennengelernt?«, sagte er. »Das hier ist Rincewind, der ...«

»Wir hatten bereits das Vergnügen«, fiel ihm Schmetterling ernst ins Wort.

»Wie seid ihr denn alle hierhergekommen?«, wollte Rincewind wissen.

»Wir haben uns so gut gewehrt, wie wir konnten«, antwortete Schmetterling. »Aber es waren einfach zu viele.«

»Ich hoffe nur, dass ihr nicht versucht habt, euch ihre

Waffen zu schnappen«, sagte Rincewind so sarkastisch, wie er sich traute.

Schmetterling funkelte ihn böse an.

»Entschuldige«, sagte Rincewind.

»Kraut sagt, dass man das System dafür verantwortlich machen muss«, sagte Lotosblüte.

»Er hat garantiert schon ein viel besseres System ausgeklügelt.« Rincewind ließ den Blick über das Häuflein Gefangener wandern. »Wo ist er überhaupt?«

Die Mädchen sahen sich um.

»Ich sehe ihn nirgendwo«, sagte Lotosblüte. »Aber ich könnte mir denken, dass er sein Leben für die Sache gab, als die Wachen uns angegriffen haben.«

»Wie kommst du darauf?«

»Weil er gesagt hat, dass wir das alle tun sollen. Ich schäme mich, dass ich es nicht getan habe. Aber es sah so aus, als wollten sie uns gefangen nehmen und nicht töten.«

»Ich habe ihn nicht gesehen«, sagte Schmetterling. Sie und Rincewind wechselten einen kurzen Blick. »Ich glaube, dass er vielleicht … nicht dort war.«

»Du meinst, dass sie ihn schon vorher geschnappt haben?«, fragte Lotosblüte.

Schmetterling sah Rincewind abermals an. Da wurde ihm klar, dass Lotosblume Zweiblums Blick auf die Welt geerbt hatte, wohingegen Schmetterling wohl mehr nach ihrer Mutter kam. Sie dachte eher wie Rincewind, mit anderen Worten: Sie nahm von jedem das Schlechteste an.

»Wäre möglich«, sagte sie.

»Besonnene Opfer dem Allgemeinwohl!«, sagte Drei Pflugochsen.

»›Jeden Morgen steht ein Dummer auf‹«, sagte Rincewind geistesabwesend.

Schmetterling schien sich wieder unter Kontrolle zu haben.

»Wie auch immer«, sagte sie, »wir müssen jedenfalls das Beste aus dieser Gelegenheit machen.«

Rincewind, der bereits auf dem Weg zur Treppe war, erstarrte.

»Was genau meinst du damit?«, fragte er.

»Kapierst du das denn nicht? Wir sind in der Verbotenen Stadt – und wir können frei darin herumlaufen!«

»Ich nicht!«, erwiderte Rincewind. »Ich konnte noch nie irgendwo frei herumlaufen. Ich war immer auf der Flucht!«

»Der Feind hat uns hierhergebracht, und jetzt sind wir frei ...«

»Dem Großen Zauberer sei Dank!«, sagte Lotosblüte.

»... und müssen die Gelegenheit beim Schopf packen!« Sie nahm das Schwert eines toten Wärters und fuchtelte dramatisch damit herum.

»Wir müssen den Palast erstürmen, so wie es Kraut immer gesagt hat!«

»Aber ihr seid nicht mehr als vierzig!«, gab Rincewind zu bedenken. »Ihr seid kein Sturm! Ihr seid ein kleiner Schauer!«

»Innerhalb der Verbotenen Stadt gibt es so gut wie keine Wachen«, entgegnete Schmetterling. »Wenn wir die rings um die Wohnräume des Kaisers ausschalten können ...«

»Die bringen euch alle um!«, sagte Rincewind.

»Dann sind wir wenigstens für eine gute Sache gestorben!«, fauchte sie ihn an.

»Reinigt das Staatswesen mit dem Blut von Märtyrern«, brummte Drei Pflugochsen.

Rincewind wirbelte herum und hielt Drei Pflugochsen drohend den Zeigefinger unter die Nase, höher kam er nicht hinauf.

»Wenn du noch mal so etwas von dir gibst, hau ich dir eine rein!«, rief er, dann verzog er das Gesicht zu einer Grimasse, als er erkannte, dass er gerade einem Mann gedroht hatte, der dreimal so schwer war wie er.

»Hört mal alle zu«, sagte er, als er sich ein wenig beruhigt hatte. »Ich habe schon mehr als einmal Leute kennengelernt, die stets davon redeten, man müsse sich für die Allgemeinheit opfern. Aber dabei ging es nie um sie selbst! Wenn man jemanden ›Vorwärts, Kameraden!‹ schreien hört, befindet sich der Rufer meistens hinter einem verdammt großen Stein und hat den einzigen pfeilsicheren Helm auf! Habt ihr das kapiert?«

Er unterbrach sich. Der Kader sah ihn an, als wäre er nicht ganz bei Trost. Er starrte in ihre jungen, begeisterten Gesichter und kam sich plötzlich sehr, sehr alt vor.

»Aber es gibt Gründe, für die sich zu sterben lohnt!«, sagte Schmetterling.

»Nein. Die gibt es nicht! Weil man nur ein Leben hat, aber an jeder Straßenecke fünf Gründe aufsammeln kann!«

»Wie kannst du nur mit einer solchen Philosophie leben?«

Rincewind holte tief Luft.

»Weiter! Und immer weiter!«

Sechs Wohltätige Winde fand seinen Plan eigentlich ziemlich gut. Die grässlichen alten Männer kannten sich in der Verbotenen Stadt nicht aus. Obwohl sie noch sehr drahtig wirkten, eher wie wilde Bonsai-Bäume, die es geschafft hatten, auf einer windumtosten Klippe zu gedeihen, waren sie trotz allem sehr alt und dabei nicht einmal schwer bewaffnet.

Deshalb führte er sie zur Sporthalle.

Drinnen angekommen schrie er aus vollem Hals um Hilfe.

Zu seiner großen Verwunderung machten die Greise keine Anstalten davonzulaufen.

»Dürfen wir ihn *jetzt* umlegen?«, wollte Kriecher wissen.

Ein paar muskelbepackte Männer hörten auf, Holzklötze und Ziegelsteinhaufen mit bloßen Händen zu zerschlagen, und sahen misstrauisch zu ihnen herüber.

»Hast du einen Vorschlag?«, fragte Cohen Herrn Zervelat.

»Ach du Schreck. Die Burschen sehen ganz schön brutal aus, was?«

»Fällt dir nichts Zivilisiertes ein?«

»Nein. Ich fürchte, jetzt seid ihr dran.«

»Haha! Darauf habe ich gewartet«, sagte Caleb und setzte sich in Bewegung. »Hab schließlich jeden Tag trainiert, mit dem Teakholzklotz.«

»Das sind Ninjas«, sagte Sechs Wohltätige Winde voller Stolz, als ein paar der Männer zur Tür gingen und sie zuzogen. »Die besten Kämpfer auf der ganzen Welt! Ergebt euch!«

»Ist ja interessant«, meinte Cohen. »He, ihr da drüben in den schwarzen Schlafanzügen! Wohl eben erst aufgestanden, was? Wer ist euer bester Mann, hä?«

Einer der Männer richtete den Blick auf Cohen und stieß die Hand gegen die nächstbeste Wand, wo er eine tiefe Delle hinterließ.

Dann nickte er dem Steuereintreiber zu. »Wer sind diese Narren, die du uns gebracht hast?«

»Ich glaube, es sind barbarische Eindringlinge«, antwortete der Finanzbeamte.

»Woher … woher willst du das wissen?«, fragte der Junge Willie. »Wir haben kratzige Hosen an und essen mit Gabeln und so weiter …«

»Heldenhafte Eunuchen?«, höhnte der Ninja-Anführer. »Alte Männer?«

»Wen hast du eben einen Eunuchen genannt?«, fragte Cohen.

»Soll ich ihm mal zeigen, was ich mit meinem Teakholzklotz trainiert habe?«, fragte Caleb und hüpfte arthritisch von einem Fuß auf den anderen.

Der Ninja richtete den Blick auf das dicke Holzstück.

»Da kriegst du nicht mal eine Delle rein, alter Mann«, sagte er.

»Dann schau mal genau hin«, erwiderte Caleb. Er hielt das Holz auf Armlänge von sich. Dann hob er die andere Hand und stöhnte ein bisschen, als sie höher war als seine Schulter. »Schau genau auf diese Hand. Siehst du sie?«

»Ja. Ich sehe sie«, antwortete der Ninja und versuchte, nicht dabei zu lachen.

»Sehr gut«, brummte Caleb. Dann trat er dem Mann mit voller Wucht in den Unterleib und zog ihm, als er sich vor Schmerz krümmte, das Holzstück über den Schädel. »Denn du hättest besser auf diesen Fuß geschaut.«

Hätten sie es nur mit einem Ninja zu tun gehabt, wäre die Sache damit erledigt gewesen. Aber jetzt hörte man das Klappern von Reisflegeln und das leise Klirren blankgezogener Krummschwerter.

»Pauker, du bringst unseren Steuerfritzen am besten da drüben in die Ecke, sonst passiert ihm noch was«, sagte Dschingis.

»Das ist doch Wahnsinn!«, rief Sechs Wohltätige Winde. »Ihr seid bloß ein paar alte Männer, und das sind die besten Krieger der Welt. Ergebt euch endlich, vielleicht kann ich einen Nachlass für euch herausschlagen!«

»Immer mit der Ruhe«, sagte Herr Zervelat. »Es wird niemandem etwas geschehen. Jedenfalls nicht im metaphorischen Sinne.«

Dschingis Cohen schwang sein Schwert einige Male hin und her.

»Na schön, Jungs«, sagte er. »Dann zeigt uns mal euer Nindscha.«

Sechs Wohltätige Winde sah entsetzt, wie sich die Horde im Karree aufstellte.

»Aber ... das wird ein entsetzliches Gemetzel!«, rief er.

»Das befürchte ich auch«, sagte Herr Zervelat und kramte in seiner Tasche nach einer Tüte Pfefferminzbonbons.

»Wer sind diese verrückten alten Männer? Was wollen sie hier?«

»In erster Linie barbarische Heldentaten vollbringen«, antwortete Herr Zervelat. »Prinzessinnen retten, Tempel plündern, gegen fiese Ungeheuer kämpfen, uralte und von namenlosen Schrecken heimgesuchte Ruinen erforschen ... solche Sachen.«

»Aber sie sehen alt genug aus, um tot zu sein! Warum tun sie das alles?«

Zervelat zuckte die Achseln. »Sie haben nun mal nichts anderes gelernt.«

Ein Ninja kam, in jeder Hand ein Schwert, im Flickflack durch den Raum gewirbelt, wobei er einen schrillen Schrei ausstieß; Cohen erwartete ihn in einer Haltung, die an einen Schlagmann beim Baseball erinnerte.

»Hast du schon mal was von ›Evolution‹ gehört?«, fragte Herr Zervelat.

Die beiden Kämpfer trafen aufeinander. Die Luft flimmerte.

»Oder vom ›Überleben der Fittesten‹?«, fragte Herr Zervelat.

Der Schrei ertönte noch immer, klang jetzt aber viel gequälter.

»Ich habe nicht mal gesehen, dass sich sein Schwert bewegt hat!«, flüsterte Sechs Wohltätige Winde.

»Das passiert den Leuten öfters«, erwiderte Herr Zervelat.

»Aber … sie sind so alt!«

»Stimmt«, sagte der Lehrer und musste etwas lauter reden, um die Schreie zu übertönen. »Sie sind wirklich sehr alte barbarische Helden.«

Der Finanzbeamte starrte ihn an.

»Pfefferminz?«, fragte Herr Zervelat, als Hämischs Rollstuhl bei der Verfolgung eines Mannes mit einem zerbrochenen Schwert und dem dringenden Bedürfnis, am Leben zu bleiben, an ihnen vorbeidonnerte. »Die wirken wirklich Wunder, wenn man sich etwas länger im Dunstkreis der Horde aufhält.«

Das Aroma aus der ihm angebotenen Tüte erwischte Sechs Wohltätige Winde wie ein Flammenwerfer.

»Wie können Sie überhaupt noch etwas riechen, nachdem Sie so was gelutscht haben?«

»Genau das ist der Sinn der Sache«, erwiderte Herr Zervelat gut gelaunt.

Der Finanzbeamte sah dem Treiben immer noch staunend zu. Es war ein schneller, wilder Kampf, seltsamerweise aber nur auf einer Seite. Die Horde kämpfte so, wie man es von alten Männern erwartete: langsam und sorgfältig. Das aktive Treiben fand ausschließlich aufseiten der Ninjas statt, aber wie gut gezielt der Wurfstern oder wie schnell der Tritt auch sein mochte, stets war das Ziel, und das ohne offensichtliche Anstrengung, nicht mehr an derselben Stelle.

»Wo wir jetzt gerade einen Moment zum Plaudern haben«,

sagte Herr Zervelat, als sich gerade etwas mit vielen Klingen dicht über dem Kopf des Finanzbeamten in die Wand bohrte, »könnten Sie mir vielleicht etwas über diesen großen Hügel direkt vor der Stadt erzählen. Er ist ja wirklich sehr auffällig.«

»Was?«, sagte Sechs Wohltätige Winde verwirrt.

»Der große Hügel.«

»Sie wollen etwas über den Hügel erfahren? Jetzt?«

»Erdkunde ist so ein kleines Hobby von mir.«

Ein Ohr klatschte gegen das Ohr von Sechs Wohltätige Winde.

»Äh. Was? Wir nennen ihn den Großen Hügel... He, schauen Sie sich das an... was er da mit diesem...«

»Er sieht so gleichmäßig geformt aus. Ist er ein natürliches Gebilde?«

»Was? Wie? Oh... keine Ahnung, angeblich hat er sich vor Tausenden von Jahren erhoben. Bei einem schrecklichen Unwetter. Als der erste Kaiser starb. Er... jetzt bringen sie ihn um! Jetzt bringen sie ihn um! Jetzt bringen sie ihn... Wie hat er das gemacht?«

Sechs Wohltätige Winde erinnerte sich plötzlich daran, wie er als Kind mit seinem Großvater *Shibo Yangcong-san* gespielt hatte. Der alte Mann hatte immer gewonnen. Egal, wie sorgsam er sich seine Strategie auch zurechtgelegt hatte, stets hatte Großvater mit Unschuldsmiene einen Spielstein genau dorthin gelegt, wo er eigentlich seinen entscheidenden Zug hatte hinmachen wollen. Der Vorfahre hatte sein ganzes Leben lang *Shibo* gespielt. Genau so kam ihm dieser Kampf vor.

»Meine Güte«, sagte er.

»Ganz recht«, pflichtete ihm Herr Zervelat bei. »Sie haben ihr ganzes Leben lang Erfahrungen im Nicht-Sterben gesammelt. Inzwischen sind sie sehr gut darin.«

»Aber … warum hier? Warum sind Sie hergekommen?«

»Wir wollen etwas stehlen«, antwortete Herr Zervelat.

Sechs Wohltätige Winde nickte bedächtig. Der Reichtum der Verbotenen Stadt war legendär. Wahrscheinlich hatten sogar blutsaugerische Geister davon erfahren.

»Die Sprechende Vase des Kaisers P'gi Su?«, fragte er.

»Nein.«

»Den Jadekopf des Sung Ts'uit Li?«

»Nein. Ganz falsche Richtung.«

»Auch nicht das Geheimnis, wie man Seide herstellt?«

»Ach was! Das weiß doch jeder: aus den Hinterteilen von Seidenraupen. Nein. Es geht um etwas weitaus Kostbareres.«

Jetzt war Sechs Wohltätige Winde aber doch beeindruckt. Von allem anderen ganz abgesehen, standen nur noch sechs Ninjas auf den Beinen, gegen die Cohen mit einer Hand focht, während er mit der anderen eine Zigarette drehte.

Und Herr Zervelat konnte *es* in den Augen des dicken Mannes heraufdämmern sehen.

Ganz genau so war es ihm ergangen.

Cohen platzte in das Leben anderer Menschen wie ein vagabundierender Planet in ein friedliches Sonnensystem, man wurde einfach mitgerissen. Allein schon deshalb, weil einem so etwas nicht noch einmal passieren würde.

Herr Zervelat selbst war damals in den Schulferien friedlich auf der Jagd nach Fossilien gewesen, als er in das Lager dieser sonderbaren Fossilien, die sich »die Horde« nannten, mehr oder weniger hineingestolpert war. Da er weder Waffen noch Geld dabeihatte, war er recht freundlich empfangen worden. Und sie hatten sich mit ihm angefreundet, weil er Sachen wusste, die sie nicht wussten. Und das war's dann auch schon gewesen.

Noch vor Ort hatte er seine Entscheidung getroffen. Sie

musste in der Luft gelegen haben. Auf einmal war sein früheres Leben an ihm vorübergezogen, und er konnte sich an keinen einzigen fröhlichen Tag erinnern. Er hatte erkannt, dass er sich entweder der Horde anschließen oder wieder zurück in die Schule gehen musste, wo in nicht allzu ferner Zeit ein lauer Handschlag, ein kurzer Applaus und seine Pension auf ihn warteten.

Es hatte etwas mit Cohen zu tun. Vielleicht besaß er das, was man Charisma nannte. Es übertönte sogar seinen üblichen Geruch nach Ziege, die gerade Spargelcurry gegessen hatte. Er machte alles falsch. Er verfluchte die Leute und bediente sich einer nach Herrn Zervelats Ansicht überaus unflätigen Sprache gegenüber Fremden. Er warf mit Beleidigungen um sich, für die man jedem anderen auf der Stelle und kostenlos mit einer bunten Vielfalt fremdländischer Waffen die Kehle durchgeschnitten hätte – und er kam damit durch. Zum Teil auch deshalb, weil alle wussten, dass eigentlich kein richtig böser Wille im Spiel war. Aber hauptsächlich deshalb, weil er eben Cohen war, eine Naturgewalt auf zwei Beinen.

Es funktionierte fast immer. Wenn er nicht gerade gegen sie kämpfte, kam er mit Trollen wesentlich besser aus als die Leute, nach deren Ansicht Trolle dieselben Rechte hatten wie alle anderen. Sogar die Horde, die nun wirklich aus ausgesucht blutrünstigen Individualisten bestand, war ihm verfallen.

Andererseits hatte Herr Zervelat die Ziellosigkeit in ihrem Leben erkannt, deshalb hatte er eines Abends das Gespräch auf die Möglichkeiten gelenkt, die der Aurient zu bieten hatte …

Im Gesicht von Sechs Wohltätige Winde ging ein Licht an.

»Haben Sie schon einen Steuerberater?«, fragte er.

»Nein, ehrlich gesagt nicht.«

»Wird dieses Raubgut als Einkommen oder Kapital eingestuft?«

»Darüber habe ich mir noch keine Gedanken gemacht. Die Horde zahlt keine Steuern.«

»Was? Keine Steuern?«

»Nein. Schon komisch, aber sie behalten ihr Geld nie besonders lange. Es geht immer sehr schnell wieder für Suff und Frauen drauf, und der Rest wird verprasst. Aus der Sicht eines wüsten Helden zählt das wahrscheinlich fast schon als Einkommenssteuer.«

Mit einem leisen *Plopp* entkorkte Sechs Wohltätige Winde ein kleines Tintenfass und leckte seinen Schreibpinsel an.

»Ich könnte mir vorstellen, dass für einen barbarischen Helden solche Ausgaben voll absetzbar sind«, sagte er. »Schließlich handelt es sich um berufsbezogene Ausgaben. Dazu kommt natürlich die Abnutzung der Waffen und der Schutzkleidung… Und wahrscheinlich können sie Anspruch auf mindestens ein neues Lendentuch pro Jahr erheben…«

»Ich glaube, sie erheben nicht mal Anspruch auf eines pro Jahrhundert.«

»Und dann natürlich die Rente.«

»Dieses Wort würde ich an Ihrer Stelle nicht in den Mund nehmen. Sie halten es für ein Schimpfwort. Aber in gewisser Hinsicht sind sie genau deswegen hier. Es ist ihr allerletztes Abenteuer.«

»Weil sie dieses sehr wertvolle Etwas stehlen wollen, von dem Sie mir nicht mehr verraten wollen.«

»Genau. Aber Sie dürfen sich uns gerne anschließen. Sie könnten ein barbarischer… Bohnen schieben… ein Stück verknotete Schnur… äh… Steuerberater sein. Haben Sie schon mal jemanden umgebracht?«

»Nicht direkt. Aber ich war schon immer der Meinung, dass man mit einer gut platzierten letzten Mahnung beträchtlichen Schaden anrichten kann.«

Herr Zervelat strahlte. »Ach ja«, sagte er, »die Zivilisation.«

Der letzte Ninja stand gerade noch so auf den Beinen. Hämisch war ihm mit dem Rollstuhl über den Fuß gefahren. Herr Zervelat klopfte dem Finanzbeamten auf den Arm. »Entschuldigen Sie mich bitte«, sagte er. »In diesem Stadium muss ich mich öfter mal einmischen.«

Er ging zu dem Überlebenden, der sich mit weit aufgerissenen Augen umsah. Rings um seinen Hals kreuzten sich sechs Schwerter, als würde er an einem ziemlich lebhaften Volkstanz teilnehmen.

»Guten Morgen«, begrüßte ihn Herr Zervelat. »Ich sollte Sie vielleicht darauf hinweisen, dass unser Dschingis hier, auch wenn es nicht den Anschein hat, ein bemerkenswert zivilisierter Mensch ist. Mit dem Konzept des sinnlosen Heldentums kann er nicht viel anfangen. Von daher würde ich, ohne Ihnen zu nahe treten zu wollen, vorschlagen, dass Sie von Aussagen wie ›Lieber sterbe ich, als meinen Kaiser zu verraten‹ oder ›Dann zeig mal, was du draufhast!‹ Abstand nehmen, es sei denn, Sie meinen es wirklich ganz, ganz ernst damit. Falls Sie um Gnade bitten möchten, genügt ein einfaches Handzeichen. Von einem Nicken würde ich dringend abraten.«

Der junge Mann schielte zu Cohen hinüber, der ihn ermutigend anlächelte.

Dann winkte er ganz kurz mit der Hand.

Die Schwerter entflochten sich. Kriecher schlug dem Ninja mit der Keule über den Schädel.

»Schon gut, schon gut, du musst gar nicht erst damit

anfangen«, sagte er beleidigt. »Ich hab ihn ja nicht umgebracht.«

»Aua!« Der Junge Willie hatte mit einem Reisflegel herumexperimentiert und ihn sich ans Ohr gehauen. »Wie können die mit so einem Quatsch kämpfen?«

»Hä?«

»Dafür haben es diese Swinvaterschmuck-Dinger hier ganz schön in sich«, sagte Vincent und hob einen Wurfstern vom Boden auf. »Autsch!« Er saugte an seinen Fingern. »Unnützer ausländischer Krimskrams.«

»Aber wie der Junge mit einem Rückwärtssalto quer durch den Raum gehüpft ist und dabei noch eine Axt in jeder Hand hatte, das hat ganz schön was hergemacht.«

»Stimmt.«

»Du hättest halt dein Schwert nicht so hinstrecken sollen.«

»Dadurch hat er eine wichtige Lektion gelernt.«

»Bloß nützt sie ihm dort, wo er jetzt ist, nicht mehr viel.«

»Hä?«

Sechs Wohltätige Winde lachte entsetzt auf.

»Aber … aber … ich habe diese Wächter schon kämpfen sehen!«, sagte er. »Sie sind unbesiegbar!«

»Darauf hat uns niemand hingewiesen.«

»Aber Sie haben sie alle niedergemacht!«

»Tja.«

»Dabei sind Sie bloß Eunuchen!«

Stahl kratzte auf Stahl. Sechs Wohltätige Winde schloss die Augen. Er spürte an mindestens fünf Stellen spitzes Metall an seinem Hals.

»Schon wieder dieses Wort«, sprach die Stimme von Cohen dem Barbaren.

»Aber … Sie sind … wie … Eunuchen … angezogen«,

murmelte Sechs Wohltätige Winde und versuchte, dabei nicht zu schlucken.

Herr Zervelat wich nervös kichernd zurück.

»Seht ihr«, sagte er sehr schnell, »ihr seid zu alt, um als Wachen durchzugehen, und wie Bürokraten seht ihr auch nicht aus, deshalb hielt ich es für die beste Idee, euch als Eu-«

»Eunuchen?«, brüllte Kriecher. »Willst du damit sagen, dass alle, die mich gesehen haben, jetzt denken, ich würde durch die Gegend tänzeln und *Helluo, Saltat!* sagen?«

Wie viele Männer, denen das Testosteron geradezu aus den Ohren tropft, hatte die Horde ein eher angespanntes Verhältnis zu den etwas komplexeren Bereichen der Sexualität. Als gestandener Lehrer hätte es sich Herr Zervelat jedoch nicht einmal bei vorgehaltener Klinge nehmen lassen, sie eines Besseren zu belehren.

»Das bedeutet ›der Vielfraß tanzt‹, und nicht, wie ihr vielleicht denkt, ›hallo, Seemann‹, das heißt nämlich *Heus nauta*«, sagte er. »Außerdem sagen Eunuchen so was nicht. Jedenfalls nicht unter normalen Umständen. Ihr solltet wissen, dass es eine große Ehre ist, Eunuch in der Verbotenen Stadt zu sein. Viele von ihnen bekleiden hohe Ämter im …«

»Dann bereite dich auf eine steile Karriere vor, Pauker!«, rief Kriecher entrüstet.

Cohen schlug ihm das Schwert aus der Hand.

»So, das reicht jetzt«, sagte er. »Mir gefällt die Sache auch nicht, aber es ist ja bloß eine Verkleidung. Einem Mann, der mal einem Bären den Kopf abgebissen hat, sollte so was nichts ausmachen, oder?«

»Schon, aber … vorhin … als wir an den jungen Damen vorbeigegangen sind … da haben sie alle … ganz komisch gekichert.«

»Vielleicht ergibt sich später noch eine Gelegenheit, sie

zum Lachen zu bringen«, erwiderte Cohen. »Trotzdem hättest du es uns sagen sollen, Pauker.«

»Entschuldigung.«

»Hä? Washattergesagt?«

»Er hat gesagt, du bist ein EUNUCHE!«, brüllte der Junge Willie Hämisch ins Ohr.

»Genau!«, sagte Hämisch zufrieden.

»Was?«

»Das binnich! Der einzig Wahre!«

»Nein, er meinte nicht…«

»Hä?«

»Ach, egal. Für dich spielt das alles sowieso keine Rolle mehr, Hämisch.«

Herr Zervelat sah sich in der zerstörten Sporthalle um und fragte: »Weiß jemand, wie spät es ist?«

»Ah«, gurgelte Sechs Wohltätige Winde, der froh war, dass sich die Stimmung etwas auflockerte. »Hier bei uns haben wir einen ganz erstaunlichen, von Dämonen angetriebenen Apparat, der einem verrät, wie spät es ist, auch wenn die Sonne nicht…«

»Uhren«, sagte Herr Zervelat. »Die haben wir in Ankh-Morpork auch. Nur dass sich die Dämonen mit der Zeit verflüchtigen, deshalb funktionieren sie jetzt mithilfe von…« Er unterbrach sich. »Interessant. Dafür haben wir kein Wort. Äh… gebogenes Metall, das arbeitet? Räder mit Zähnen?«

Der Finanzbeamte machte ein erschrockenes Gesicht. »Räder mit Zähnen?«

»Wie nennt man bei euch die Dinger, die Getreide mahlen?«

»Bauern.«

»Schon, aber womit mahlen sie das Korn?«

»Keine Ahnung. Warum soll ich das wissen? So was müssen nur Bauern wissen.«

»Tja, damit ist wohl so einiges gesagt«, erwiderte Herr Zervelat traurig.

»Es ist noch lange hin bis zur Morgendämmerung«, sagte Kriecher. »Warum ziehen wir nicht los und bringen alle in ihren Betten um?«

»Nein, nein, nein!«, widersprach ihm Herr Zervelat. »Ich hab's euch doch schon mehrfach gesagt. Wir müssen die Sache ordentlich angehen.«

»Ich könnte Ihnen die Schatzkammer zeigen«, sagte Sechs Wohltätige Winde hilfsbereit.

»Es war noch nie eine gute Idee, einem Affen den Schlüssel zur Bananenplantage zu geben«, sagte Herr Zervelat. »Fällt Ihnen noch etwas anderes ein, womit wir sie für eine Stunde ablenken können?«

Unten im Keller redete ein Mann über die Regierung. In voller Lautstärke.

»Man kann nicht für eine Sache kämpfen! Eine Sache ist bloß ... eine abstrakte Vorstellung!«

»Dann kämpfen wir eben für die Bauern«, sagte Schmetterling. Sie war ein Stück zurückgewichen.

Rincewinds Zorn strömte wie heißer Dampf aus ihm heraus. »Ach! Hast du schon mal einen kennengelernt?«

»Ich habe schon mal welche gesehen.«

»Na prima! Und was willst du erreichen?«

»Ein besseres Leben für das Volk«, antwortete Schmetterling kalt.

»Und du glaubst, das schaffst du damit, dass ihr ein bisschen Aufruhr veranstaltet und ein paar Leute aufhängt? Also, ich komme aus Ankh-Morpork, wo wir mehr Rebellionen und Bürgerkriege hatten, als es bei euch ... lauwarme Entenfüße gibt, und weißt du was? Die Herrschenden sind immer noch an der Macht! Sie sitzen immer da oben!«

Schmetterling lächelte ihn höflich und verständnislos an.

»Hört mal«, sagte er und rieb sich über die Stirn. »Die vielen Leute da draußen auf den Feldern, diese Wasserbüffelleute ... Wenn ihr eine Revolution anzettelt, dann wird für sie alles besser, hab ich recht?«

»Selbstverständlich«, antwortete Schmetterling. »Dann sind sie nicht mehr den grausamen und unberechenbaren Launen der Verbotenen Stadt ausgeliefert.«

»Wie schön. Dann können sie also selbst über sich bestimmen, ja?«

»Allerdings«, sagte Lotosblüte.

»Mithilfe des Volkskomitees«, sagte Schmetterling.

Rincewind presste beide Hände gegen den Schädel.

»Ganz ehrlich«, sagte er, »ich weiß auch nicht, warum, aber ich hatte auf einmal so eine Ahnung!«

Alle sahen ihn beeindruckt an.

»Ich hatte ganz plötzlich das Gefühl«, fuhr er fort, »dass dem Volkskomitee nicht allzu viele Wasserbüffelstrickhalter angehören werden. Stattdessen sagt mir so etwas wie eine ... kleine Stimme, dass ein Großteil des Volkskomitees – belehrt mich eines Besseren, falls ich mich irre – in diesem Moment vor mir steht.«

»Am Anfang schon, natürlich«, sagte Schmetterling. »Die Bauern können ja nicht mal lesen und schreiben.«

»Vermutlich können sie nicht mal richtig ihre Äcker bewirtschaften«, kam es düster von Rincewind. »Jedenfalls nicht, nachdem sie es erst seit drei- oder viertausend Jahren machen.«

»Wir sind durchaus der Meinung, dass man sehr viele

Verbesserungen durchführen könnte«, sagte Schmetterling. »Wenn wir alle kollektiv handeln.«

»Jede Wette, dass sie sich riesig freuen, wenn ihr ihnen zeigt, wie man es richtig macht.«

Rincewind blickte mürrisch zu Boden. Eigentlich war das Leben als Wasserbüffelstrickhalter gar nicht so übel. Diese Tätigkeit kam ihm beinahe so verlockend vor wie der Beruf des Schiffbrüchigen. Er sehnte sich nach einem Leben, in dem man sich einfach nur auf die Matschigkeit des Bodens unter den eigenen Füßen konzentrieren und sich Wolkenbilder ausdenken konnte. Ein Leben, bei dem einen die eigenen Gedanken einholen konnten und in dem man stundenlang darüber nachdachte, wann der Wasserbüffel vor einem wohl als Nächstes den Lehmboden anreichern würde. Aber es war wahrscheinlich schwer genug, auch ohne Leute, die es zu verbessern suchten...

Was er sagen wollte: Wie kann man nur so nett und gleichzeitig so dumm sein? Den Bauern konnte man nichts Besseres antun, als sie in Ruhe zu lassen. Lasst sie einfach weitermachen. Wenn Leute, die lesen und schreiben können, anfangen, für Leute zu kämpfen, die es nicht können, kommt am Ende bloß eine neue Dummheit heraus. Wenn ihr ihnen helfen wollt, baut irgendwo eine große Bibliothek oder so was und lasst die Türen weit offenstehen.

Aber sie waren hier in Hunghung. In Hunghung konnte man nicht so denken. Hier hatten die Leute gelernt, das zu tun, was man ihnen sagte. So viel hatte die Horde inzwischen schon herausgefunden.

Ja, das Kaiserreich hatte etwas, was besser funktionierte als Peitschen. Hier herrschte der Gehorsam. Die Peitschen der Seele. Die Leute gehorchten jedem, der ihnen sagte, was sie tun sollten. Freiheit bedeutete einfach nur, von jemand anderem gesagt zu bekommen, was man zu tun hatte.

Ihr werdet alle dabei draufgehen.

Ich bin ein Feigling. Aber sogar ich weiß mehr von Schlachten als ihr. Schließlich habe ich mich vor ein paar richtig guten gedrückt.

»Kommt, wir müssen endlich hier raus«, sagte er, nahm einem toten Wärter vorsichtig das Schwert ab und hielt es schon beim zweiten Versuch richtig herum. Er wiegte die Waffe ganz kurz in der Hand, dann schüttelte er den Kopf und warf sie fort.

Der Kader sah gleich viel zufriedener aus.

»Aber ich führe euch nicht an«, sagte Rincewind. »Ich zeige euch nur den Weg. Und zwar den Weg nach draußen, habt ihr verstanden?«

Da standen sie vor ihm und sahen so verlegen aus, wie Leute eben aussehen, denen mehrere Minuten lang die Leviten gelesen worden waren. Niemand sagte etwas, bis Zweiblum flüsterte: »Er führt sich öfter mal so auf. Und dann macht er immer etwas sehr Mutiges.«

Rincewind schnaubte verächtlich.

Am oberen Ende der Treppe lag noch ein toter Wärter. Dieser plötzliche Tod schien ansteckend zu sein.

An der Wand lehnte ein ganzes Bündel Schwerter, an das eine Schriftrolle gebunden war.

»Der Große Zauberer zeigt uns erst seit zwei Minuten den Weg, und schon haben wir ganz besonderes Glück«, sagte Lotosblüte.

»Fasst die Schwerter bloß nicht an«, sagte Rincewind.

»Aber wenn wir noch mehr Wärtern begegnen? Sollten wir ihnen nicht mit jedem Tropfen unseres Lebensblutes widerstehen?«, fragte Schmetterling.

Rincewind sah sie ausdruckslos an. »Nein. Rennt lieber weg.«

»Ach so«, meinte Zweiblum. »Weil sich's morgen ebenso sterben lässt? Das ist ein alter Spruch aus Ankh-Morpork.«

Rincewind war immer der Meinung gewesen, dass der Sinn und Zweck des Davonlaufens darin bestand, dass man auch am nächsten Tag noch davonlaufen konnte.

»Wie auch immer«, sagte er, »normalerweise wird man nicht auf geheimnisvolle Weise aus einem Gefängnis herausgeführt, findet unterwegs einen Haufen Waffen, und sämtliche Wärter sind aus dem Weg geräumt. Schon mal darüber nachgedacht?«

»Und dann auch noch eine Karte!«, sagte Schmetterling mit glänzenden Augen und wedelte mit der Schriftrolle.

»Ist auf dieser Karte vielleicht der Weg nach draußen verzeichnet?«, erkundigte sich Rincewind.

»Nein! Aber der Weg in die Gemächer des Kaisers! Hier, seht mal, er ist besonders markiert worden! Davon hat Kraut früher ab und zu geredet! Er muss im Palast sein! Wir sollten den Kaiser umbringen!«

»Noch mehr Glück!«, sagte Zweiblum. »Aber hört mal, ich bin sicher, wenn wir uns mit ihm unterhalten ...«

»Habt ihr nicht zugehört? Wir gehen *nicht* zum Kaiser!«, zischte Rincewind. »Schon mal darüber nachgedacht, dass Wärter sich nicht selbst erdolchen? Dass Zellentüren nicht von selbst aufgehen? Dass Schwerter nicht einfach so herumliegen, wenn man sie braucht, und schon gar nicht Karten, auf denen steht: ›Hier geht's lang‹! Außerdem könnt ihr euch nicht mit jemandem unterhalten, der nicht mehr alle Krabbenchips in der Schüssel hat!«

»Nein«, widersprach ihm Schmetterling, »wir müssen das Beste aus dieser Gelegenheit machen.«

»Dort sind jede Menge Soldaten!«

»Tja, Großer Zauberer, da hast du viel zu zaubern!«

»Du glaubst doch nicht, dass ich einfach so mit den Fingern schnippe, und schon fallen alle Wachen tot um? Ha! Schön wär's!«

»Die beiden hier draußen sind jedenfalls tot«, rief Lotosblüte vom Kerkereingang. Sie hatte schon vorher einen gewaltigen Respekt vor Rincewind gehabt, aber jetzt sah sie richtig erschrocken aus.

»Zufall!«

»Jetzt mal im Ernst«, sagte Schmetterling. »Wir haben einen Sympathisanten im Palast. Vielleicht jemanden, der in diesem Augenblick sein Leben für uns riskiert! Wir wissen, dass ein paar Eunuchen auf unserer Seite sind.«

»Wahrscheinlich deshalb, weil sie nichts mehr zu verlieren haben.«

»Hast du eine bessere Idee, Großer Zauberer?«

»Ja. Wir gehen wieder in unsere Zellen.«

»Was?«

»Die ganze Sache stinkt doch zum Himmel. Würdet ihr den Kaiser wirklich töten? Ich meine: ganz im Ernst?«

Schmetterling zögerte.

»Wir haben schon oft darüber geredet. Zwei Feuerkraut hat gesagt, wenn wir den Kaiser ermorden, entzünden wir damit die Fackel der Freiheit...«

»Ja. Und ihr würdet als Erste darin verbrennen. Hört auf mich, geht wieder in eure Zellen. Dort ist es am sichersten. Ich sperre euch ein und ... sehe mich mal um.«

»Das ist ein sehr mutiger Vorschlag«, meinte Zweiblum. »Und sehr typisch für diesen Mann«, ergänzte er stolz.

Schmetterling warf Rincewind einen dieser Blicke zu, die er inzwischen fürchtete.

»Das ist wirklich gut«, sagte sie. »Ich begleite dich.«

»Ach… äh, es wird bestimmt sehr… gefährlich«, sagte Rincewind eilig.

»In der Begleitung des Großen Zauberers wird mir schon nichts passieren. Da bin ich mir sicher.«

»Wohl wahr. Wohl wahr«, sagte Zweiblum. »Mir ist jedenfalls nie etwas passiert, so viel kann ich sagen.«

»Abgesehen davon«, fuhr seine Tochter fort, »habe ich die Karte. Es wäre ja schrecklich, wenn du dich verirren und aus Versehen aus der Verbotenen Stadt hinauslaufen würdest.«

Rincewind gab klein bei. Mit einem Mal kam ihm der Gedanke, dass Zweiblums verstorbene Frau eine sehr intelligente Frau gewesen sein musste.

»Na, von mir aus«, sagte er. »Aber du darfst dich nicht einmischen. Und du musst tun, was ich dir sage, einverstanden?«

Schmetterling verneigte sich.

»Geh du voran, o Großer Zauberer«, sagte sie.

»Hab ich's doch gewusst!«, sagte Kriecher. »Gift!«

»Nein, nein. Das ist nicht zum Essen. Es ist zum Einreiben«, sagte Herr Zervelat. »Schau her. Und schon bist du, was man in der Zivilisation *sauber* nennt.«

Fast die gesamte Horde stand in hüfthohem warmem Wasser, die Arme verschämt um den Körper gelegt. Da Hämisch sich geweigert hatte, seinen Rollstuhl zu verlassen, ragte nur sein Kopf aus dem Wasser.

»Es kribbelt überall«, sagte Cohen. »Und meine Haut schält sich und löst sich ab!«

»Nein, das ist keine Haut«, erklärte ihm Herr Zervelat. »Hat denn keiner von euch je zuvor ein Bad gesehen?«

»Doch, gesehen hab ich schon mal eins«, sagte der Junge

Willie. »Ich habe den Wahnsinnigen Bischof von Pseudopolis in einem umgebracht. Dort gab's« – er runzelte angestrengt die Stirn – »Schaum und lauter so Zeug. Und fünfzehn nackte Jungfern.«

»Hä?«

»Ganz bestimmt. Fünfzehn. Ich erinnere mich noch genau.«

»Das würde mir schon eher gefallen«, sagte Caleb.

»Und wir müssen uns dieses Seifenzeug selbst einreiben.«

»Der Kaiser wird rituell von zweiundzwanzig Badefrauen gebadet«, sagte Sechs Wohltätige Winde. »Wenn ihr wollt, frage ich bei den Harem-Eunuchen nach, die können sie rasch wecken. Wahrscheinlich könnt ihr das sogar als Bewirtungskosten absetzen.«

Der ehemalige Steuereintreiber wuchs allmählich in seine neue Aufgabe hinein. Er hatte sich überlegt, dass die Horde, obwohl jeder von ihnen während ihrer beruflichen Laufbahn als barbarische Helden bergeweise Geld eingenommen hatte, den Großteil davon infolge anderer gewerblicher Tätigkeiten (die er im Geiste bereits als Werbungskosten verbuchte) wieder ausgegeben hatte, und die Barbaren deshalb zu einer beträchtlichen Rückzahlung berechtigt waren.

Die Tatsache, dass sie in fiskalischer Hinsicht bei keiner Behörde angemeldet waren*, war letztendlich ein zweitrangiges Problem. Hier zählte allein das Prinzip. Und natürlich die Zinsen.

»Nein, keine jungen Frauen, auf gar keinen Fall«, sagte Herr Zervelat. »Ihr nehmt ein Bad, um euch zu säubern. Für junge Frauen ist später noch mehr als genug Zeit.«

---

* Mit Ausnahme von Plakaten mit der Aufschrift: »Gesucht – lieber tot als lebendig.«

»Wenn das alles hier vorbei ist, hab ich ’ne Verabredung«, sagte Caleb ein wenig schüchtern und dachte sehnsüchtig an eine der wenigen Frauen, mit denen er sich je unterhalten hatte. »Sie hat einen eigenen Hof, hat sie gesagt, und dass ich ihr dort mal unter die Arme greifen könnte.«

»Jede Wette, dass Pauker nicht will, dass du so was sagst«, brummte der Junge Willie. »Er will bestimmt, dass du stattdessen ›unter die Ärmel greifen‹ oder so was sagst.«

»Hä?«

Als die Horde anfing, mit dem Badeöl zu experimentieren (angefangen damit, dass sie es tranken), gesellte sich Sechs Wohltätige Winde zu dem ehemaligen Lehrer.

»Ich habe herausgefunden, was ihr stehlen wollt«, sagte er.

»Ach ja?«, erwiderte Herr Zervelat höflich. Er beobachtete Caleb, dem gerade aufgegangen war, dass er womöglich sein ganzes Leben lang einem falschen Denkansatz gefrönt hatte, und der jetzt versuchte, sich die Fingernägel mit dem Schwert zu schneiden.

»Es geht um den legendären Diamantensarg von Schz Yu!«, sagte Sechs Wohltätige Winde.

»Nein. Wieder daneben.«

»Oh.«

»Raus aus dem Bad, meine Herren«, rief der Lehrer. »Ich glaube… ja… ihr habt die Lektion Handel und Wandel gemeistert, den geselligen Umgang mit dem anderen Geschlecht…«

»Har, har, har… ’tschuldigung…«

»… und die Grundlagen des Steuerwesens.«

»Im Ernst? Wie lauten die denn?«, fragte Cohen.

»Man nimmt den Kaufleuten fast das ganze Geld weg«, sagte Sechs Wohltätige Winde und reichte ihm ein Handtuch.

»Ach, so geht das? Das mache ich doch schon seit Jahren.«

»Nein, ihr habt immer das *ganze* Geld weggenommen«, erwiderte Herr Zervelat. »An der Stelle habt ihr euch falsch verhalten. Ihr bringt zu viele von ihnen um, und diejenigen, die ihr nicht umbringt, lasst ihr zu arm zurück.«

»Für mich hört sich das absolut richtig an«, sagte Kriecher, der gerade den kreidigen Inhalt eines Ohres auspulte. »Kaufleute arm, wir reich.«

»Nein, nein, nein!«

»Nein, nein, nein?«

»Ja! Das ist nicht zivilisiert!«

»Es ist wie mit den Schafen«, erläuterte Sechs Wohltätige Winde. »Man reißt ihnen nicht die ganze Haut auf einmal ab, sondern man schert ihnen jedes Jahr die Wolle.«

Die Horde machte verdutzte Gesichter.

»Jäger und Sammler«, sagte Herr Zervelat mit einem Anflug von Hoffnungslosigkeit. »Falsche Metapher.«

»Ihr seid hinter dem sagenhaften Singenden Schwert von Wong her, stimmt's?«, flüsterte Sechs Wohltätige Winde. »Das wollt ihr stehlen!«

»Nein. Außerdem ist ›stehlen‹ sowieso das falsche Wort. Also, meine Herren … ihr seid zwar noch nicht ganz zivilisiert, aber wenigstens seid ihr schön sauber, und für viele Leute ist das ein und dasselbe. Ich glaube, jetzt ist es Zeit für … ein bisschen Action.«

Die Horde richtete sich auf. Auf diesem Gebiet kannten sie sich wieder aus.

»Zum Thronsaal!«, rief Dschingis Cohen.

Sechs Wohltätige Winde war nicht so schnell von Begriff, aber schließlich hatte er zwei und zwei zusammengezählt.

»Es geht um den Kaiser!«, sagte er und legte die Hand entsetzt, aber auch voll sündiger Erregung an den Mund. »Ihr wollt ihn entführen!«

Als Cohen grinste, blitzten Diamanten auf.

Im Korridor, der zu den kaiserlichen Privatgemächern führte, lagen zwei tote Wachen.

»Hört doch mal zu. Wieso seid ihr alle lebend gefangen genommen worden?«, flüsterte Rincewind. »Die Soldaten, die ich gesehen habe, hatten große Schwerter. Wie kommt es, dass ihr nicht tot seid?«

»Vermutlich wollten sie uns noch foltern«, antwortete Schmetterling. »Wir haben zehn von ihnen verwundet.«

»Ach? Dann habt ihr ihnen wohl Plakate angeklebt! Oder habt ihr ihnen so lange revolutionäre Lieder vorgesungen, bis sie sich ergeben haben? Jetzt glaubt mir doch: Jemand *wollte,* dass ihr am Leben bleibt.«

Die Bodendielen sangen in der Dunkelheit. Jeder Schritt löste einen knarrenden, quietschenden Chor aus, genau wie die Dielenbretter in der Unsichtbaren Universität. Nur dass man dergleichen in einem solch pompösen und prächtigen Palast nicht erwartet hätte.

»Man nennt sie Nachtigallenböden«, sagte Schmetterling. »Die Zimmerleute haben sämtliche Nägel mit kleinen Metallschellen versehen, damit sich niemand unbemerkt anschleichen kann.«

Rincewind betrachtete die beiden Leichen. Keiner der Männer hatte sein Schwert gezogen. Er verlagerte sein Gewicht auf den linken Fuß. Der Boden quietschte. Dann stellte er sich auf den rechten Fuß. Die Dielen knarrten.

»Dann stimmt hier was nicht«, flüsterte er. »Auf einem solchen Boden kann man sich an niemanden ranschleichen.

Also sind die Wachen von jemandem umgebracht worden, den sie kannten. Wir sollten sofort von hier verschw-«

»Wir gehen weiter«, sagte Schmetterling fest entschlossen.

»Es ist eine Falle. Jemand benutzt uns dazu, die Drecksarbeit zu machen.«

Sie zuckte die Achseln. »An der großen Jadestatue geht's nach links.«

Vier Uhr morgens, eine Stunde vor Tagesanbruch. In den hochherrschaftlichen Gemächern hielten sich einige Wachen auf, aber nicht sehr viele. Schließlich war man hier mitten in der Verbotenen Stadt mit ihren hohen Mauern und kleinen Toren. Niemand rechnete damit, dass hier überhaupt etwas passierte.

Um die ganze Nacht über irgendwelche leeren Räume zu bewachen, bedurfte es einer bestimmten Gemütsverfassung. Eins Großer Fluss besaß diese Gemütsverfassung, die langsam und gemächlich in der sonst glückseligen Leere seines Kopfes ihre Kreise zog.

Er hatte passenderweise den Namen Eins Großer Fluss erhalten, denn er war ungefähr so breit und so träge wie der Hung. Alle hatten erwartet, dass aus ihm mal ein *Tsimo*-Ringer werden würde, aber er war beim Intelligenztest durchgefallen, weil er den Tisch nicht aufgegessen hatte.

Langeweile war für ihn unvorstellbar. Dazu fehlte ihm einfach die Fantasie. Aber da das Visier seines großen Helmes einen in Metall gegossenen Ausdruck dauerhafter Gefährlichkeit zur Schau stellte, hatte er immerhin die schwierige Kunst erlernt, im Stehen zu schlafen.

So döste er friedlich vor sich hin und nahm nur ab und zu ein leises Quietschen wahr, wie von einer sehr vorsichtigen Maus.

Das Visier des Helms klappte nach oben. »Würdest du lieber sterben, als deinen Kaiser zu verraten?«, fragte eine Stimme.

Eine zweite Stimme sagte: »Das ist keine Fangfrage.«

Eins Großer Fluss blinzelte und richtete dann den Blick nach unten. Eine Erscheinung in einem Rollstuhl mit quietschenden Reifen richtete ein sehr großes Schwert direkt auf die Stelle, wo das Oberteil seiner Rüstung nicht ganz mit dem unteren überlappte.

Eine dritte Stimme sagte: »Ich sollte vielleicht dazusagen, dass die letzten neunundzwanzig, die falsch geantwortet haben, jetzt … getrockneter Reibefisch … Entschuldigung … tot sind.«

Eine vierte Stimme brummte: »Und wir sind keine Eunuchen.«

Eins Großer Fluss' Gedankengänge setzten sich rumpelnd in Bewegung.

»Ich glaube, ich bleibe lieber am Leben«, sagte er.

Ein Mann, der anstelle von Zähnen Diamanten im Mund hatte, klopfte ihm kameradschaftlich auf die Schulter. »Gut gemacht«, sagte er. »Schließ dich der Horde an. Einen wie dich können wir gut gebrauchen. Vielleicht als Belagerungswaffe.«

»Wer seid 'n ihr?«, fragte Eins Großer Fluss.

»Der hier ist Dschingis Cohen«, sagte Herr Zervelat. »Vollbringer großer Taten. Drachentöter. Städtezerstörer. Einmal hat er sogar einen Apfel gekauft.«

Niemand lachte. Herr Zervelat hatte die Erfahrung gemacht, dass die Horde mit Sarkasmus absolut nichts anfangen konnte. Wahrscheinlich war ihnen noch nie zuvor jemand sarkastisch gekommen.

Eins Großer Fluss war so erzogen worden, immer das zu

tun, was ihm gesagt wurde. Sein ganzes Leben lang hatte ihm stets jemand gesagt, was er machen sollte. Er ging dem Mann mit den Diamantzähnen hinterher, weil er zu der Sorte Männer gehörte, mit denen man mitging, wenn sie »komm mit« sagten.

»Ihr wisst schon, dass es Zigtausende von Männern gibt, die lieber sterben, als ihren Kaiser zu verraten«, flüsterte Sechs Wohltätige Winde, als sie im Gänsemarsch durch die Flure gingen.

»Das will ich schwer hoffen.«

»Einige davon dürften in der Verbotenen Stadt Wache stehen. Wir sind ihnen aus dem Weg gegangen, aber sie sind da. Früher oder später müssen wir uns mit ihnen befassen.«

»Sehr schön«, erwiderte Cohen.

»Schlecht«, sagte Herr Zervelat. »Die Sache mit den Ninjas war reiner Übermut…«

»… Übermut…«, murmelte Sechs Wohltätige Winde.

»… aber eine offene Feldschlacht sollten wir nach Möglichkeit vermeiden. So etwas wird schnell unschön.«

Cohen ging zur nächstbesten Wand, die mit einem prachtvollen Pfauenmuster geschmückt war, und zückte sein Messer.

»Papier«, sagte er. »Einfach bloß Papier. Papierwände.« Er streckte den Kopf hindurch. Ein schrilles Quieken ertönte. »Oha, 'tschuldigung, Gnädigste. Amtliche Überprüfung der Wände.« Er zog den Kopf wieder zurück und grinste.

»Aber… ihr dürft nicht einfach so durch die Wände gehen!«, sagte Sechs Wohltätige Winde.

»Warum nicht?«

»Weil es… weil es Wände sind. Wenn jeder einfach so durch die Wand gehen würde! Wozu haben wir schließlich Türen?«

»Ich glaube, die sind für andere Leute«, antwortete Cohen. »Wo geht's zum Thronsaal?«
»Hä?«
»Das nennt man laterales Denken«, erläuterte Herr Zervelat im Weitergehen. »Im lateralen Denken ist Dschingis Cohen ganz groß.«
»Was ist ein Lateral?«
»Äh, ein Muskel oder so was, glaube ich.«
»Mit den Muskeln denken … Aha, verstehe«, sagte Sechs Wohltätige Winde.

Rincewind schob sich in die Lücke zwischen der Wand und der Statue eines ziemlich lustigen Hundes, dem die Zunge heraushing.
»Was jetzt?«, fragte Schmetterling.
»Wie groß ist die Rote Armee?«
»Wir zählen viele Tausende«, antwortete Schmetterling trotzig.
»In Hunghung?«
»Ach was. Wir haben in jeder Stadt einen Kader.«
»Und das weißt du mit Sicherheit, ja? Kennst du diese Leute?«
»Das wäre viel zu gefährlich. Nur Zwei Feuerkraut weiß, wie man sich mit ihnen in Verbindung setzt …«
»Mach Sachen. Willst du wissen, was ich glaube? Ich glaube, dass da jemand eine Revolution haben will. Und ihr seid alle so verdammt ehrerbietig und höflich, dass er seine liebe Mühe damit hat, eine zu organisieren! Aber wenn man erst mal ein paar Rebellen hat, kann man so gut wie alles machen.«
»Das kann nicht wahr sein …«
»Die Rebellen in den anderen Städten vollbringen großartige revolutionäre Taten, hab ich recht?«

»Uns wird immer wieder darüber berichtet!«

»Von eurem Freund Feuerkraut?«

Schmetterling verzog das Gesicht.

»Ja…«

»Fängst du jetzt endlich an zu denken?«, fragte Rincewind. »Prallen die kleinen grauen Zellen endlich zusammen? Sehr schön. Habe ich dich endlich überzeugt?«

»Ich… weiß nicht.«

»So, und jetzt sehen wir zu, dass wir von hier wieder wegkommen.«

»Nein. Jetzt muss ich herausfinden, ob das, was du da behauptest, der Wahrheit entspricht.«

»Du kannst es wohl nicht erwarten, was? Du liebe Zeit, ihr könnt einen wirklich fertigmachen! Na, dann schaut euch mal das an…«

Rincewind marschierte bis zum Ende des Korridors, zu einer breiten, von zwei Jadedrachen flankierten Flügeltür.

Er zog sie auf.

Der Raum dahinter hatte eine niedrige Decke, war aber ziemlich groß. In seiner Mitte stand ein Himmelbett. Die Gestalt, die darin lag, ließ sich nur schlecht erkennen, aber sie hatte so eine gewisse Reglosigkeit an sich, die einen sofort an einen Schlaf denken lässt, aus dem es kein Erwachen mehr gibt.

»Seht ihr?«, sagte er. »Er ist… bereits… ermordet worden…«

Ein Dutzend Soldaten starrte Rincewind erstaunt an.

Er hörte, wie hinter ihm der Boden knarrte, gefolgt von zischenden Geräuschen, als würde nasses Leder gegen Stein geschlagen.

Rincewind starrte den nächstbesten Soldaten an. Der Mann hielt ein Schwert in der Hand.

An der Klinge lief ein Blutstropfen herab, machte eine kurze dramatische Pause und fiel dann auf den Boden.

Rincewind schaute nach oben und lüpfte den Hut.

»Verzeihung bitte«, sagte er strahlend, »ist das hier Raum 3B?«

Dann rannte er davon.

Die Bodendielen knarrten und quietschten unter ihm, und jemand rief seinen Spitznamen, der »Lasst ihn nicht entkommen!« lautete.

Lasst mich entkommen, flehte Rincewind, bitte lasst mich entkommen!

Als er um die Ecke bog, rutschte er aus, schlidderte durch eine Papierwand und landete in einem Zierfischteich. Aber ein Rincewind auf der Flucht verfügte über katzenhafte, ja, sogar messianische Fähigkeiten. Das Wasser kräuselte sich kaum unter seinen Füßen, als er darüber hinwegrannte, dann war er bereits ein ganzes Stück weiter.

Die nächste Wand ging in Fetzen, und er befand sich womöglich wieder im selben Korridor wie zuvor.

Hinter ihm landete jemand mit voller Wucht auf einem wertvollen Koi.

Rincewind beschleunigte wieder.

Nichts wie *weg*. Das war der entscheidende Faktor bei jeder heillosen Flucht. Man rannte immer vor etwas *weg*. Das *Wohin* würde sich schon noch finden.

Er stürzte eine lange Treppe aus flachen Steinstufen hinab, kam an ihrem unteren Ende wieder auf die Beine und flitzte in einen x-beliebigen Korridor hinein.

Seine Beine hatten sich inzwischen wieder sortiert. Zuerst ein wilder, kopfloser Spurt, der einen aus der unmittelbaren Gefahrenzone brachte, dann gleichmäßige, raumgreifende Schritte, die so viel Entfernung wie möglich zwischen die Gefahr und einen selbst brachten. So machte man das.

Die Geschichte wusste von einem Läufer, der nach einer Schlacht vierzig Meilen gerannt war, um den Zuhausegebliebenen zu berichten, wie sie ausgegangen war.

Er wurde allgemein als der beste Läufer aller Zeiten angesehen, aber hätte er die Nachricht einer drohenden Schlacht überbringen wollen, wäre er von Rincewind überholt worden.

Trotzdem schloss jemand von hinten immer näher zu ihm auf.

Ein Messer bohrte sich durch die Wand des Thronsaals und schnitt ein Loch hinein, das groß genug war, um einen aufrecht stehenden Mann oder einen Rollstuhl hindurchzulassen.

Die Horde murrte.

»Der Fürchterliche Ferdinand ist nie durch die Hintertür gekommen.«

»Halt die Klappe.«

»Hintertüren kamen für den Fürchterlichen Ferdinand überhaupt nicht infrage.«

»Halt die Klappe.«

»Als der Fürchterliche Ferdinand den Al Khali angegriffen hat, ist er direkt auf den größten Wachtturm los, mit tausend schreienden Männern auf sehr kleinen Pferden.«

»Schon, aber das Letzte, was ich von Ferdinand dem Fürchterlichen gesehen habe, war sein Kopf … auf einer Pike aufgespießt.«

»Ja, klar, aufgespießt war er schon. Aber wenigstens war er über dem Haupttor aufgepflanzt. Ich meine, er ist wenigstens reingekommen.«

»Sein Kopf ist reingekommen.«

»Ach du grüne ...«

Herr Zervelat war zufrieden. Der Raum, den sie betreten hatten, tat das Seine, um die Horde zum Schweigen zu bringen, wenn auch nur kurz. Er war groß, keine Frage, aber Größe war nicht sein einziger Sinn und Zweck. Eins Sonnenspiegel hatte, als er die Stämme, die Länder und die kleinen Inselstaaten zusammengeschweißt hatte, einen Raum erbauen lassen, der den Häuptlingen und Botschaftern eines verdeutlichte: Ihr seid noch nie in einem größeren Raum gewesen, er ist prächtiger als alles, was ihr euch je vorgestellt habt, und wir haben noch viel mehr davon.

Er hatte sie alle beeindrucken wollen. Er hatte zweifellos einfache Barbaren damit einschüchtern wollen, und zwar in einem solchen Maße, dass sie sich ihm auf der Stelle unterwarfen. Ich will große Statuen, hatte er gesagt, und riesige Wandteppiche. Ich will Säulen haben und Schnitzereien. Die Besucher sollen durch die schiere Pracht zum Verstummen gebracht werden. Die Pracht soll ihnen sagen: »Das hier ist die Zivilisation, du kannst daran teilhaben oder sterben. Jetzt auf die Knie mit dir, oder du wirst auf andere Weise kürzer gemacht.«

Die Horde sah sich mit anerkennenden Blicken um.

Schließlich sagte Kriecher: »Nicht schlecht, würde ich sagen, aber mit dem Langhaus unseres Anführers zu Hause in Skund kann er nicht mithalten. Nicht mal eine Feuerstelle im Boden gibt's, seht nur.«

»Entschieden zu protzig, finde ich.«

»Hä?«

»Typisch ausländisch.«

»Ich würde den meisten Plunder rausschmeißen, schön Stroh auf den Boden werfen und ein paar Schilde an den Wänden aufhängen.«

»Hä?«

»Ehrlich jetzt, ein paar Hundert Tische, und man könnte hier eine zünftige Sause feiern.«

Cohen ging durch den weiten Raum auf den Thron zu, der unter einem riesigen verzierten Baldachin stand.

»Der hat 'n Schirm drüber, guckt euch das an.«

»Vielleicht tropft es durchs Dach. Diese Ziegel taugen nicht die Bohne. Mit einem ordentlichen Reetdach sitzt man vierzig Jahre wunderbar im Trockenen.«

Der Thron bestand aus lackiertem Holz, in das jedoch viele kostbare Edelsteine eingelassen waren. Cohen setzte sich.

»War's das jetzt?«, fragte er. »Sind wir am Ziel, Pauker?«

»Ja. Jetzt müsst ihr nur noch damit durchkommen«, lautete Herrn Zervelats Antwort.

»Entschuldigung«, sagte Sechs Wohltätige Winde. »Womit sind Sie jetzt am Ziel?«

»Sie wissen doch, dass wir hier was stehlen wollten?«, sagte der Lehrer.

»Ja?«

»Es ging um das Reich.«

Die Miene des Steuereintreibers veränderte sich erst nach ein paar Sekunden, dann verzog sie sich zu einem entsetzten Grinsen.

»Ich glaube, bevor wir weitermachen, ist erst mal Frühstück angesagt«, rief Herr Zervelat. »Herr Winde, wären Sie so nett und rufen jemanden herbei?«

Der Finanzbeamte hatte immer noch sein erstarrtes Grinsen im Gesicht.

»Aber … aber … so kann man kein Reich erobern!«, stieß er schließlich hervor. »Dazu braucht man eine Armee, so wie diese Kriegsherren! Einfach so hereinspazieren … das widerspricht allen Regeln! Und ... und ... es gibt Tausende von Wachen!«

»Schon. Aber die sind alle irgendwo da draußen«, erwiderte Herr Zervelat.

»Und beschützen uns«, sagte Cohen.

»Nein, sie beschützen den echten Kaiser!«

»Also mich«, sagte Cohen.

»Ach nee«, sagte Kriecher. »Wer ist denn gestorben und hat dich zum Kaiser gemacht?«

»Dazu muss niemand sterben«, sagte Herr Zervelat. »So was nennt man usurpieren.«

»Ganz genau«, sagte Cohen. »Man sagt einfach: So, mein lieber Obermufti, du bist entlassen, alles klar? Jetzt verpiss dich irgendwo auf eine Insel oder ...«

»Dschingis«, rügte ihn Herr Zervelat in aller Ruhe, »wäre es möglich, von Fremden in einer weniger beleidigenden Art und Weise zu reden? Das ist alles andere als zivilisiert.«

Cohen zuckte die Achseln.

»Trotzdem kriegt ihr ganz schön Ärger mit den Wachen und so«, sagte Sechs Wohltätige Winde.

»Vielleicht auch nicht«, sagte Cohen. »Sag's ihm, Pauker.«

»Haben Sie den, äh, ehemaligen Kaiser je gesehen?«, fragte Herr Zervelat. »Herr Winde?«

»Natürlich nicht. So gut wie niemand hat den ...«

Er verstummte.

»Eben«, sagte Herr Zervelat. »Rasche Auffassungsgabe, Herr Winde. So wie es sich für einen Obersten Hofsteuereintreiber gehört.«

»Es funktioniert aber trotzdem nicht, weil ...« Sechs Wohltätige Winde verstummte abermals. Herrn Zervelats Worte hatten sein Hirn erreicht.

»Oberster Hofsteuereintreiber? Ich? Der schwarze Hut mit dem roten Rubinknopf?«

»Allerdings.«

»Wenn du willst, kriegst du auch noch eine Feder dran«, sagte Cohen großzügig.

Der Finanzbeamte dachte verzückt nach.

»Also … mal angenommen, es gäbe da einen einfachen Oberlandverweser, der seinen Untergebenen gegenüber unglaublich grausam ist, besonders gegenüber einem bestimmten schwer arbeitenden stellvertretenden Landverweser. Ein Mann also, der mal eine richtige Abreibung verdient hätte …«

»Als Oberstem Hofsteuereintreiber bliebe so etwas natürlich völlig dir überlassen.«

Sechs Wohltätige Winde grinste jetzt so heftig, dass es ihm beinahe die Schädeldecke hob.

»Was das Thema neue Besteuerungen angeht«, sagte er, »habe ich schon oft daran gedacht, dass frische Luft im Vergleich zu den Kosten ihrer Herstellung viel zu billig angeboten wird …«

»Ihre Ideen finden ganz bestimmt geneigte Ohren«, sagte Herr Zervelat. »Aber bis dahin könnten Sie dafür sorgen, dass wir Frühstück bekommen.«

»Und trommele sämtliche Knallköpfe zusammen«, fügte Cohen hinzu, »die behaupten, dass sie wissen, wie der Kaiser aussieht.«

Der Verfolger kam immer näher.

Rincewind schlidderte um eine Ecke und sah sich drei Wächtern gegenüber, die ihm den Weg versperrten. Diese hier waren nicht tot. Sie waren quicklebendig, und sie trugen Schwerter.

Jemand prallte von hinten gegen ihn, stieß ihn zu Boden und sprang über ihn hinweg.

Er schloss die Augen.

Dann vernahm er mehrere dumpfe Schläge, ein Stöhnen und ein sehr eigenartiges metallisches Geräusch.

Es stammte von einem auf dem Boden kreiselnden Helm.

Jemand zog Rincewind auf die Beine.

»Willst du den ganzen Tag hier herumliegen?«, fragte Schmetterling. »Los, komm. Sie sind uns dicht auf den Fersen!«

Rincewind warf einen kurzen Blick auf die zusammengesunkenen Wachen und trabte hinter dem Mädchen her.

»Wie viele sind es denn?«, bekam er heraus.

»Jetzt noch sieben. Aber zwei humpeln, und einer hat Atemprobleme. Komm jetzt.«

»Du hast dich mit ihnen *geschlagen?*«

»Vergeudest du deinen Atem immer so?«

»Mir ist bis jetzt noch niemand begegnet, der so schnell rennt wie ich!«

Sie bogen um eine Ecke und wären fast gegen den nächsten Wächter geprallt.

Schmetterling blieb nicht mal stehen. Sie vollführte einen damenhaften Schritt, wirbelte auf einem Fuß herum und trat dem Mann so derbe ans Ohr, dass der sich um seine Mittelachse drehte und auf dem Kopf landete.

Sie blieb kurz stehen und schob sich schnaufend eine Haarsträhne hinters Ohr.

»Wir sollten uns aufteilen«, sagte sie.

»Lieber nicht«, meinte Rincewind. »Ich meine, ich muss dich schließlich beschützen!«

»Ich laufe rasch zu den anderen zurück. Du lenkst inzwischen die Wachen ab und …«

»Könnt ihr das denn *alle?*«

»Selbstverständlich«, antwortete Schmetterling gereizt. »Ich habe dir doch gesagt, dass wir gegen die Wache gekämpft haben. Wenn wir uns jetzt aufteilen, kommt vermutlich einer von uns durch. Diese elenden Mörder! Und uns wollten sie die ganze Schuld dafür zuschieben!«

»Hab ich's dir nicht schon die ganze Zeit gesagt? Aber ich dachte, ihr *wolltet* den Kaiser umbringen?«

»Schon, aber wir sind Rebellen. Die anderen waren Palastwachen!«

»Äh …«

»Dafür ist jetzt keine Zeit. Wir sehen uns im Himmel.«

Schon flitzte sie davon.

»Oh.«

Rincewind sah sich um. Es war ganz still geworden.

Am anderen Ende des Korridors tauchten ein paar Palastwachen auf, aber ganz vorsichtig. Offensichtlich hatten sie bereits mit Schmetterling Bekanntschaft gemacht.

»Dort!«

»Ist sie das?«

»Nein, das ist *er!*«

»Ergreift ihn!«

Rincewind beschleunigte wieder, bog um eine Ecke und stand in einer Sackgasse, was, nach den Geräuschen hinter ihm zu schließen, zu keinem guten Ende führen würde. Aber da war eine Flügeltür. Er trat sie auf, rannte hindurch und bremste ab …

Drinnen war es dunkel, aber die Atmosphäre und die Luft deuteten auf einen großen Raum hin. Eine gewisse flatulente Komponente verriet, dass es sich um eine Art Stall handelte.

Eine Feuerstelle spendete wenigstens ein bisschen Licht.

Rincewind trottete darauf zu und bemerkte, dass das Feuer unter einem gewaltigen, mannshohen Kessel brannte, in dem Reis kochte.

Sobald sich seine Augen an das Zwielicht gewöhnt hatten, sah er links und rechts an den Wänden massige Gestalten auf dicken Holzbohlen liegen.

Sie schnarchten sanft.

Es handelte sich um … Leute. Womöglich waren es Menschen, zumindest schienen sie von Menschen abzustammen. Irgendwann, höchstwahrscheinlich schon vor Jahrhunderten, musste jemand gesagt haben: »Mal sehen, wie groß und dick man Menschen züchten kann. Probieren wir es mal mit richtig fetten Burschen.«

Jede der riesenhaften Gestalten hatte, soweit Rincewind es erkennen konnte, lediglich eine Windel an und döste friedlich neben einer Schale, in der genug Reis war, um zwanzig Leute zum Explodieren zu bringen – wohl für den Fall, dass der Schläfer in der Nacht wach wurde und Lust auf eine kleine Zwischenmahlzeit hatte.

Mehrere von Rincewinds Verfolgern erschienen jetzt im Türrahmen, blieben dort aber stehen. Dann kamen sie ganz vorsichtig näher, wobei sie die sich sanft hebenden und senkenden Fleischberge aufmerksam im Auge behielten.

»Oi, oi, oi«, rief Rincewind.

Die Männer blieben stehen und sahen ihn an.

»Alles aufwachen! Raus aus den Federn!« Er schnappte sich eine gigantische Schöpfkelle und schlug damit gegen den Reiskessel.

»Aufstehen, Jungs! Pfoten weg von … äh … was auch immer, und rasch die Socken an!«

Die Schläfer rührten sich.

»Oooorrrrr?«

»Oooaaaoooooor!«

Vierzig baumstammdicke Beine schwangen sich von den Bohlen. Der Raum erbebte. Fleisch rutschte an Ort und Stelle, sodass es Rincewind im Dämmerlicht vorkam, als würde er von zwanzig kleinen Pyramiden betrachtet.

»Haaaroooohhhh?«

»Diese Männer«, sagte Rincewind und deutete verzweifelt auf seine Verfolger, die langsam zurückwichen, »diese Männer dort haben Stullen mit Schweinefleisch!«

»Oorrryorrraaah?«

»Oooorrrr?«

»Mit viel Senf!«

»Oooorrrr!«

Zwanzig sehr kleine Köpfe wandten sich um. Insgesamt achtzig hochspezialisierte Neuronen erwachten auf einen Schlag zum Leben.

Der Fußboden erzitterte. Die Ringkämpfer setzten sich in Bewegung, auf die Männer zu, und gingen hoffnungsvoll in einen langsamen, aber wohlbedachten Trab über, der nur noch von einem anderen Ringkämpfer oder einem Kontinent aufgehalten werden konnte.

»Oooorrr!«

Rincewind stürzte auf die gegenüberliegende Tür zu und brach durch sie hindurch. In einem kleinen Raum saßen zwei Männer, tranken Tee und spielten *Shibo*, ein dritter sah ihnen dabei zu.

»Die Ringer gehen durch!«, rief Rincewind. »Ich glaube, das wird die reinste Stampede!«

Einer der Männer warf seine Shibo-Steine hin. »Verdammter Mist! Und es ist mindestens eine Stunde her, seit wir sie zuletzt gefüttert haben!«

Die Männer schnappten sich Schutzkleidung, mehrere

Netze und Stöcke mit Widerhaken dran, und ließen Rincewind allein.

Auch in diesem Raum gab es noch eine zweite Tür. Er tänzelte hindurch. Normalerweise tänzelte er so gut wie nie, aber jetzt fand er, dass er sich für seine Reaktionsfähigkeit ein bisschen Tänzeln verdient hatte.

Wieder ein Korridor. Er rannte weiter, immer nach dem Motto: Dass man ausnahmsweise mal nicht verfolgt wird, ist noch lange kein Grund, mit dem Davonlaufen aufzuhören.

Lord Hong faltete Papier.

Er war ein Experte im Papierfalten, denn wenn er Papier faltete, widmete er dem Papierfalten seine ungeteilte Aufmerksamkeit. Lord Hongs Verstand war wie ein Messer, wenn auch wahrscheinlich eines mit gekrümmter Klinge.

Die Tür glitt auf. Ein Wächter, vom schnellen Laufen ganz rot im Gesicht, warf sich auf den Boden.

»Edler Lord Hong, der erhaben und bedeutend ist…«

»Allerdings«, erwiderte Lord Hong kühl, der sich gerade an einem besonders kniffligen Kniff versuchte. »Was ist denn diesmal schiefgegangen?«

»Hoher Herr?«

»Ich habe dich gefragt, was schiefgegangen ist.«

»Äh… wir haben den Kaiser ermordet, wie befohlen…«

»Befohlen von wem?«

»Hoher Herr! Ihr selbst habt es befohlen!«

»Wirklich?«, fragte Lord Hong und faltete das Papier der Länge nach.

Der Wächter schloss die Augen. Er hatte eine Vision, eine sehr kurze Vision seiner Zukunft. Eine lange Pike kam auch darin vor.

»Aber die… Gefangenen sind nirgendwo zu finden, hoher

Herr!«, fuhr er fort. »Wir haben jemanden kommen hören, und dann … äh, dann sahen wir zwei Leute, hoher Herr. Wir verfolgen sie gerade. Aber die anderen sind verschwunden.«

»Keine Parolen? Keine revolutionären Plakate? Keine *Schuldigen?*«

»Nein, hoher Herr.«

»Verstehe. Du bleibst hier.«

Lord Hongs Hände falteten weiter, während sein Blick auf den dritten Anwesenden fiel.

»Hast du etwas dazu zu sagen, Zwei Feuerkraut?«, erkundigte er sich freundlich.

Der Revolutionär sah ihn verlegen an.

»Die Rote Armee ist ziemlich teuer gewesen«, sagte Lord Hong. »Allein die Druckkosten … Du kannst nicht behaupten, ich hätte dir nicht geholfen. Wir haben die Türen aufgesperrt, die Wächter umgebracht und deinen elenden Komplizen Schwerter und einen Plan zugespielt, oder etwa nicht? Aber wenn ich sie jetzt nirgendwo zu fassen bekomme, kann ich nicht mal behaupten, sie hätten den Kaiser ermordet, möge er zehntausend Jahre tot bleiben. Die Leute werden zu viele Fragen stellen, und ich kann wohl kaum *alle* Fragesteller umbringen lassen. Außerdem sieht es ganz so aus, als hätten wir obendrein eine Horde Barbaren im Haus.«

»Da muss etwas schiefgelaufen sein, hoher Herr.« Kraut war von den sich langsam bewegenden Händen, die das Papier liebkosten, wie hypnotisiert.

»Das ist schade. Es missfällt mir außerordentlich, wenn etwas schiefläuft. Wache? Erlöse uns von deiner kläglichen Anwesenheit. Und nimm ihn mit. Ich muss mir einen anderen Plan ausdenken.«

»Hoher Herr!«

»Ja, Zwei Feuerkraut?«

»Als Ihr ... als wir uns darüber einig waren ... als wir gemeinsam beschlossen, dass die Rote Armee an Euch übergeben werden soll, habt Ihr mir eine kleine Entschädigung versprochen.«

Lord Hong lächelte.

»Ach ja, ich erinnere mich. Wie du dich sicher noch gut erinnern dürftest, habe ich dir zugesichert, deinen Tod weder in mündlicher noch in schriftlicher Form zu befehlen. Jetzt muss ich zu meinem Wort stehen, wie stünde ich sonst da?«

Er faltete den letzten Falz und öffnete die Hände, dann stellte er den kleinen Papierschmuck auf den lackierten Tisch neben sich.

Kraut und der Wächter starrten das Gebilde an.

»Wache ... bring ihn weg«, sagte Lord Hong.

Die filigrane Figur stellte einen Mann dar.

Aber allem Anschein nach war nicht genug Papier für seinen Kopf übrig gewesen.

Es erwies sich, dass der engste Kreis des kaiserlichen Hofes aus ungefähr achtzig Männern, Frauen und Eunuchen in unterschiedlichen Stadien der Schlaflosigkeit bestand.

Sie staunten nicht schlecht über das, was da auf dem Thron saß.

Die Horde staunte nicht schlecht über den Hofstaat.

»Wer sind denn diese sauertöpfischen alten Mädels in der ersten Reihe?«, flüsterte Cohen, der lässig ein Messer in die Luft warf und es wieder auffing. »Die würde ich nicht mal anzünden.«

»Das sind die Ehefrauen des früheren Kaisers«, zischte Sechs Wohltätige Winde.

»Wir müssen die doch nicht etwa heiraten, oder?«

»Ich glaube nicht.«

»Warum haben sie so kleine Füße?«, wollte Cohen wissen. »Mir gefallen Frauen mit großen Füßen.«

Sechs Wohltätige Winde erklärte es ihm. Cohens Miene erstarrte.

»Was die Zivilisation angeht, lernt man nie aus«, sagte er. »Lange Fingernägel, verkrüppelte Füße und Dienstboten, die ohne ihre Familienjuwelen herumrennen. Brrh!«

»Was um Himmels willen geht hier vor?«, fragte ein Mann mittleren Alters. »Wer bist du? Und wer sind diese alten Eunuchen?«

»Und wer bist du?«, fragte Cohen zurück und zog sein Schwert. »Ich brauche deinen Namen, damit ich weiß, was auf deinen Grabstein geschrieben werden soll ...«

»Vielleicht sollte ich die Herrschaften einander erst mal vorstellen«, schlug Herr Zervelat vor und trat vor.

»Das hier«, sagte er, »ist Dschingis Cohen – steck das Ding weg, Dschingis –, streng genommen ein echter Barbar, und das ist seine Horde. Sie haben eure Stadt überrannt. Und Sie sind ...?«

»Ein Barbarenüberfall?«, fragte ein Mann überheblich und ignorierte Herrn Zervelat völlig. »Barbarische Horden kommen zu Tausenden! Große, laut brüllende Männer auf kleinen Pferden!«

»Ich hab's dir gleich gesagt«, brummte Kriecher. »Aber auf mich hört ja keiner.«

»... und dann gibt es überall Feuer, Terror, Plünderungen, Mord und Totschlag und Blut auf den Straßen!«

»Wir haben noch nicht gefrühstückt«, sagte Cohen und warf sein Messer wieder in die Luft.

»Ha! Lieber würde ich sterben, als mich solchen wie euch zu unterwerfen!«

Cohen zuckte die Achseln. »Warum hast du das nicht gleich gesagt?«

»Autsch«, sagte Sechs Wohltätige Winde.

Es war ein sehr präziser Wurf.

»Wer war der Kerl eigentlich?«, fragte Cohen, als der Mann zusammensackte. »Weiß jemand, wer das war?«

»Dschingis«, sagte Herr Zervelat, »was ich dir die ganze Zeit schon zu erklären versuche: Wenn jemand sagt, dass er lieber sterben würde, dann *meint* er es nicht so. Jedenfalls nicht immer.«

»Warum sagen sie es dann?«

»Es ist bloß eine Redensart.«

»Hat das wieder was mit der Zivilisation zu tun?«

»Allerdings.«

»Dann klären wir das jetzt ein für alle Mal«, sagte Cohen und erhob sich. »Hand hoch, wer lieber sterben möchte als mich zum Kaiser haben.«

»Wirklich niemand?«, fragte Herr Zervelat.

Rincewind trottete durch einen weiteren Gang. Gab es hier denn nirgendwo ein Draußen? Schon mehr als einmal hatte er geglaubt, einen Ausgang gefunden zu haben, aber der hatte ihn nur wieder in einen weiteren Hof innerhalb des weitläufigen Gebäudes geführt, voll mit plätschernden Brunnen und Weidenbäumen.

Die Verbotene Stadt erwachte allmählich. Man hörte …

… hastige Schritte hinter ihm.

Eine Stimme rief: »He!«

Er rannte eilig auf die nächste Tür zu.

Der Raum dahinter war voller Dampf, der in großen, wogenden Schwaden überall herumwaberte. Rincewind sah nur undeutlich eine Gestalt, die sich in einem riesengroßen Rad abplagte. Sofort schoss ihm das Wort »Folterkammer« durch den Kopf, bis es vom Seifengeruch durch das Wort »Wäscherei« ersetzt wurde. Ziemlich bleiche, aber unglaublich saubere Gestalten sahen von ihren Zubern auf und musterten ihn mit kaum erkennbarem Interesse.

Sie sahen nicht aus wie Leute, die stets mit den neuesten Ereignissen vertraut waren.

Halb rennend, halb schlendernd bewegte er sich zwischen den brodelnden Kesseln hindurch.

»Weitermachen. Sehr schön. So ist's recht, schrubb, schrubb, schrubb. Immer kräftig wringen. Ausgezeichnet. Führt hier noch eine andere Tür nach draußen? Prima Seifenblasen sind das, ganz hervorragende Seifenblasen. Äh ...«

Einer der Wäschereiarbeiter, der offenbar etwas zu sagen hatte, blickte ihn misstrauisch an und schien etwas sagen zu wollen.

Rincewind duckte sich in einen Innenhof mit kreuz und quer aufgespannten Wäscheleinen und blieb dann mit dem Rücken zu einer Wand keuchend stehen.

Obwohl es seinen allgemeinen Prinzipien widersprach, war es nun vielleicht doch an der Zeit, kurz innezuhalten und nachzudenken.

Er wurde verfolgt. Anders gesagt: Seine Verfolger verfolgten eine flüchtende Gestalt in einem blassroten Gewand und mit einem angekokelten spitzen Hut.

Es kostete Rincewind viel Überwindung, sich mit dem Gedanken anzufreunden, aber es war durchaus denkbar, dass sie ihn, wenn er etwas anderes anhatte, womöglich nicht mehr verfolgten.

Auf der Wäscheleine direkt vor seiner Nase flatterten Hemden und Hosen im Wind. Ihr Schnitt stand zu maßgeschneiderter Kleidung ungefähr im selben Verhältnis wie

Holzhacken zu Kunsttischlerei. Jemand hatte die Kunst der Röhre gemeistert und es dann dabei belassen. In Hunghung trug so gut wie jeder solche Klamotten.

Der Palast ist beinahe eine Stadt für sich, sagte die Stimme der Vernunft. Er muss voll mit Menschen sein, die alle irgendetwas zu tun haben, fügte sie hinzu.

Das wiederum bedeutet … dass du deinen Hut abziehen musst, fügte sie hinzu.

Rincewind zögerte. Die Tragweite dieses Hinweises war für einen Nichtzauberer nicht restlos nachvollziehbar. Ein Zauberer spazierte eher ohne sein Gewand und ohne Hosen durch die Gegend, als auf seinen Hut zu verzichten. Denn ohne seinen Hut könnten ihn die Leute für einen ganz gewöhnlichen Menschen halten.

In der Ferne ertönten laute Rufe.

Die Stimme der Vernunft erkannte, dass sie, wenn sie nicht sehr vorsichtig vorging, schon bald ebenso tot sein konnte wie der restliche Rincewind, und fügte sarkastisch hinzu: Na schön, dann behalte deinen blöden Hut. Der verdammte Hut ist ja überhaupt erst schuld daran, dass wir jetzt so dermaßen in der Patsche sitzen. Oder glaubst du im Ernst daran, dass du am Schluss noch einen Kopf übrig hast, auf den du ihn setzen kannst?

Rincewinds Hände, die sich ebenso bewusst waren, dass die Zeiten extrem interessant und auch sehr kurz werden würden, wenn sie sich der Angelegenheit nicht selbst annahmen, machten sich langsam daran, eine Hose und ein Hemd von der Leine zu nehmen und sie in sein Gewand zu stopfen.

Die Tür flog auf. Die Palastwache war immer noch hinter ihm her, verstärkt durch mehrere *Tsimo*-Hirten. Einer von ihnen schwenkte einen Hakenstock in Rincewinds Richtung.

Der Zauberer stürmte durch einen Torbogen in einen Garten hinaus.

Dort erhob sich eine kleine Pagode, und zwischen ein paar Weiden stand eine hübsche Dame auf einer Brücke und fütterte die Vögel.

Und da war außerdem ein Mann, der einen Teller bemalte.

Cohen rieb sich die Hände.

»Niemand? Gut. Dann wäre das schon mal geklärt.«

»Ähem.«

Ein kleiner Mann ganz vorne, der sehr viel Aufhebens davon machte, seine Hände bei sich zu behalten, sagte: »Verzeihung, aber... was würde denn in der hypothetischen Situation passieren, wenn einer von uns die Wachen rufen und euch denunzieren würde?«

»Wir würden euch alle umbringen, ehe sich die Wachen auch nur in Bewegung setzen könnten«, erwiderte Cohen in aller Ruhe. »Noch weitere Fragen?« Sein Publikum hielt den Atem an.

»Äh... der Kaiser... also ich meine, der vorige Kaiser... hatte eine ganz spezielle Wache...«

Etwas klirrte leise, dann rollte etwas Kleines mit vielen Stacheln die Treppe herunter und quer über den Boden. Es war ein Wurfstern.

»Stimmt, die Jungs sind mir begegnet«, sagte der Junge Willie.

»Aha, schön«, sagte der kleine Mann. »Dann scheint das alles seine Ordnung zu haben. Zehntausend Jahre dem Kaiser!«

Der Ruf wurde von der Menge aufgenommen, wenn auch etwas zögerlich.

»Wie heißt du, junger Mann?«, fragte Herr Zervelat.

»Vier Große Hörner, hoher Herr.«

»Sehr gut. Ausgezeichnet. Du wirst es noch sehr weit bringen. Was hast du für eine Aufgabe?«

»Ich bin der Großassistent des Oberhaushofmeisters, hoher Herr.«

»Wer von euch ist der Oberhaushofmeister?«

Vier Große Hörner zeigte auf den Mann, der lieber gestorben war.

»Tja, da kann man mal wieder sehen«, sagte Herr Zervelat. »Rasche Beförderung winkt dem Anpassungsfähigen, Herr Oberhaushofmeister. Aber jetzt würde der Kaiser gerne frühstücken.«

»Und wonach steht ihm der Sinn?«, wollte der neue Oberhaushofmeister wissen und bemühte sich, dabei intelligent und anpassungsfähig auszusehen.

»Normalerweise nach allem Möglichen. Momentan wohl am ehesten nach großen Fetzen Fleisch und jeder Menge Bier. Du dürftest rasch feststellen, dass man den Kaiser mit einfachen Dingen zufriedenstellen kann.« Herr Zervelat lächelte das wissende kleine Lächeln, das er manchmal aufsetzte, wenn er wusste, dass er den Witz als Einziger mitbekam. »Was der Kaiser nicht mag, ist das, was er ›fummlige ausländische Pampe mit Augäpfeln und so was‹ nennt. Er zieht bekömmliches Essen vor, zum Beispiel Würste, die aus verschiedenen Tierorganen bestehen, kleingehackt und in ein Stück Darm gepresst. Hahaha. Aber wenn du ihn bei Laune halten willst, bleib bei den großen Fetzen Fleisch. Hab ich recht, hoher Herr?«

Cohen hatte sich die versammelten Höflinge angesehen. Wenn man seit neunzig Jahren sämtliche Angriffe von Männern, Frauen, Trollen, Zwergen, Riesen, grünen Viechern mit viel zu vielen Beinen und – bei einer Gelegenheit – einem sehr wütenden Hummer überlebt hat, erfährt man sehr viel durch die Betrachtung von Gesichtern.

»Hm?«, brummte Cohen. »Ach so, ja. Ganz genau. Große Fetzen. Sag mal, Steuerfritze ... was machen diese Leute eigentlich alle den ganzen Tag?«

»Was sollten sie Eurer Meinung nach denn tun?«

»Meiner Meinung nach können sie sich verkacken.«

»Wie bitte, hoher Herr?«

»[Kompliziertes Piktogramm]«, sagte Herr Zervelat. Der neue Haushofmeister sah ein bisschen erschrocken aus.

»Wie bitte – hier?«

»Das ist bloß eine Redewendung. Er meint damit nur, dass sie weggehen sollen, und zwar schnell.«

Die Höflinge trippelten davon. Ein angemessen kompliziertes Piktogramm ersetzt manchmal tausend Worte.

Nach der Stampede kam der Künstler Drei Dicke Frösche wieder auf die Beine, zog sich den Pinsel aus dem Nasenloch, holte seine Staffelei aus einem Baum und versuchte, friedfertige Gedanken zu denken.

Der Garten war nicht mehr das, was er einmal gewesen war.

Die Weide stand krumm und schief. Die Pagode war von einem außer Kontrolle geratenen Ringer zerstört worden, der das Dach aufgegessen hatte. Die Tauben waren davongeflogen. Die kleine Brücke war eingebrochen. Sein Modell, die Konkubine Jadefächer, war weinend davongerannt, nachdem sie aus dem Zierteich gekrochen war.

Abgesehen davon hatte jemand seinen Strohhut geklaut.

Drei Dicke Frösche zurrte sich die verbliebene Kleidung einigermaßen zurecht und bemühte sich nach Kräften, sich wieder zu sammeln.

Der Teller mit der Skizze war natürlich zerbrochen.

Er zog einen neuen aus seinem Beutel und griff nach seiner Palette.

In ihrer Mitte prangte ein großer Fußabdruck…

Am liebsten hätte er geheult. Bei diesem Bild hatte er *so* ein gutes Gefühl gehabt. Er war sich so sicher gewesen, dass es eins von der Sorte werden würde, an das sich die Menschen noch lange erinnern würden. Und die Farben? Konnte sich jemand überhaupt vorstellen, wie teuer Zinnoberrot heutzutage war?

Er riss sich zusammen. Jetzt war also nur noch Blau übrig. Egal, er würde es ihnen schon zeigen…

Er versuchte, die allgemeine Zerstörung einfach auszublenden, und konzentrierte sich auf das Bild vor seinem geistigen Auge.

»Also, mal sehen«, dachte er. »Jadefächer wird auf einer Brücke von einem Mann verfolgt, der mit den Armen herumfuchtelt und ›Aus dem Weg!‹ schreit, während er von einem Mann mit einem Hakenstock, drei Palastwachen, fünf Männern aus der Wäscherei und einem Ringer, der nicht mehr bremsen kann, verfolgt wird.«

Natürlich musste er das alles ein bisschen vereinfachen.

Die Verfolger bogen um die Kurve. Bis auf den Ringer, der für derartig komplizierte Manöver nicht gebaut war.

»Wo ist er hin?«

Sie standen in einem Innenhof. Auf einer Seite befanden sich Schweineställe, auf der anderen Misthaufen.

In der Mitte des Hofes lag ein spitzer Hut.

Eine Palastwache packte einen Kollegen am Arm, ehe der Mann weitergehen konnte.

»Vorsicht«, sagte er.

»Das ist doch bloß ein Hut.«

»Und wo ist der Rest von ihm hin? Er kann sich ja nicht einfach ... in Luft ...?«

Sie wichen zurück.

»Du hast also auch von ihm gehört?«

»Angeblich hat er mit einer bloßen Handbewegung ein Loch in die Mauer gesprengt!«

»Das ist noch gar nichts! Ich habe gehört, dass er oben in den Bergen auf einem unsichtbaren Drachen erschienen ist!«

»Was sollen wir Lord Hong berichten?«

»Ich will nicht in die Luft gesprengt werden!«

»Ich will Lord Hong nicht sagen, dass er uns entwischt ist. Wir haben ohnehin schon genug Ärger am Hals. Und ich habe diesen Helm gerade erst abbezahlt.«

»Na ja ... wir könnten den Hut mitnehmen. Als Beweis.«

»Stimmt. Du hebst ihn auf.«

»Ich? Du hebst ihn auf!«

»Vielleicht ist er mit einem schrecklichen Zauber versehen.«

»Meinst du? Dann findest du es also in Ordnung, wenn ich ihn anfasse? Vielen Dank auch! Einer von denen soll ihn aufheben!«

Die Wäscher wichen zurück, so wie man es in Hunghung immer tat, wenn sich Gehorsam verflüchtigte wie Morgentau. Die Soldaten waren nicht die Einzigen, denen Gerüchte zu Ohren gekommen waren.

»Wir doch nicht!«

»Wir müssen noch dringend einen ganzen Berg Socken waschen!«

Der Wächter drehte sich um. Aus einem der Schweineställe kam ein Bauer herausgestolpert. Er trug einen Sack in der Hand, sein Gesicht wurde von einem großen Strohhut verdeckt.

»He, du!«

Der Mann fiel auf die Knie und schlug die Stirn auf den Boden.

»Tötet mich nicht!«

Die Wachen wechselten einen Blick.

»Wir haben nicht vor, dich zu töten«, sagte einer von ihnen. »Wir wollen nur, dass du versuchst, diesen Hut dort aufzuheben.«

»Welchen Hut, o mächtiger Krieger?«

»Den Hut da drüben! Und zwar hopphopp!«

Der Mann kroch im Krebsgang über die Pflastersteine.

»Diesen Hut, o hoher Herr?«

»Ja!«

Die Finger des Mannes krochen über die Steine und stupsten die Hutkrempe an.

Dann schrie er laut auf.

»Deine Frau ist ein fettes Flusspferd! Mein Gesicht schmilzt! Mein Gesicht schmiiiiilllllzttt!«

Rincewind wartete, bis das Geräusch davoneilender Sandalen in der Ferne verklang, dann erhob er sich, staubte seinen Hut ab und steckte ihn in den Sack.

Das war ja wesentlich besser gelaufen als gedacht. Bezüglich des Kaiserreichs konnte man sich also noch etwas Wichtiges merken: Bauern wurden nicht einmal angesehen. Wahrscheinlich lag es an der Kleidung und am Hut. Da sich nur ganz gewöhnliche Menschen so anzogen, musste jeder, der so gekleidet war, ein ganz gewöhnlicher Mensch sein. Es handelte sich um dasselbe Prinzip wie beim Hut eines Zauberers, nur umgekehrt. Leuten mit einem spitzen Hut begegnete man höflich und vorsichtig, um sie nicht gegen sich aufzubringen, wohingegen jemand mit einem großen Strohhut immer ein passendes Ziel für ein »He, du da!« und ein …

Genau in diesem Augenblick rief jemand hinter ihm: »He, du da!«, und schlug Rincewind mit einem Stock auf den Rücken.

Das zornige Gesicht eines Dieners erschien vor ihm. Der Mann fuchtelte mit einem Finger vor Rincewinds Nase herum.

»Du bist zu spät! Du bist ein schlechter Mensch! Hinein mit dir, aber sofort!«

»Ich …«

Wieder ging der Stock auf Rincewind nieder. Der Diener zeigte auf einen Durchgang weiter weg.

»Unverschämtheit! Schande! Mach dich an die Arbeit!«

Rincewinds Verstand legte sich die Worte zurecht: Ach, wir halten uns also für Schlaumeier-San, bloß weil wir einen großen Stock haben, ja? Ich bin zufällig ein großer Zauberer, und weißt du, was du mit deinem großen Stock machen kannst?

Aber irgendwo auf halber Strecke zwischen seinem Verstand und seinem Mund verwandelten sie sich in: »Jawoll, mach ich, bin schon unterwegs!«

Die Horde war wieder unter sich.

»Tja, wir haben es geschafft, meine Herren«, sagte Herr Zervelat schließlich. »Die Welt liegt euch zu Füßen.«

»Alle Schätze, die wir haben wollen«, sagte Kriecher.

»Ganz recht.«

»Dann halten wir uns hier nicht länger auf«, sagte Kriecher. »Wir brauchen Säcke.«

»Das bringt doch nichts«, widersprach Herr Zervelat. »Damit würdet ihr euch nur selbst bestehlen. Wir haben es hier mit einem ganzen Imperium zu tun. Das stopft man nicht in einen Sack und teilt es am nächstbesten Lagerfeuer untereinander auf.«

»Was sieht's mit dem Vergewaltigen aus?«

Herr Zervelat seufzte. »Soweit ich weiß, gibt es im kaiserlichen Harem dreihundert Konkubinen, die euch ganz bestimmt mit Freuden empfangen, besonders dann, wenn ihr euch vorher die Stiefel auszieht.«

Die alten Männer sahen so verwirrt drein wie Fische, die versuchen, das Konzept des Fahrradfahrens zu verstehen.

»Wir sollten nur kleinere Sachen mitgehen lassen«, sagte der Junge Willie nach einer längeren Pause. »Rubine und Smaragde in erster Linie.«

»Und beim Rausgehen ein brennendes Streichholz fallenlassen«, sagte Vincent. »Diese Papierwände und das ganze lackierte Holz brennen bestimmt wie Zunder.«

»Nein, nein, nein!«, rief Herr Zervelat. »Allein die Vasen in diesem Raum sind unbezahlbar!«

»Aber zu groß zum Wegtragen. Die kriegt man nicht mal auf ein Pferd.«

»Aber ... ich habe euch doch beigebracht, wie Zivilisation geht!«

»Ja, schon. Ist auch durchaus einen Besuch wert. Hab ich recht, Cohen?«

Cohen saß in sich zusammengesunken auf dem Thron und starrte finster die gegenüberliegende Wand an.

»Wie bitte?«

»Ich hab gesagt, wir nehmen so viel mit, wie wir tragen können, und dann ab nach Hause, oder?«

»Nach Hause ... genau ...«

»Das war doch unser Plan, oder?«

Cohen vermied es, Herrn Zervelat anzusehen.

»Genau … der Plan …«, sagte er.

»Ein prima Plan«, sagte Kriecher. »Tolle Idee. Du bist jetzt der neue Boss? Prima. Toller Trick. Erspart uns viel Mühe, wir brauchen nicht an Schlössern herumfummeln und so. Dann geht's also wieder nach Hause? Mit so viel Schätzen, wie wir tragen können?«

»Wozu?«, fragte Cohen.

»Wozu? Weil es *Schätze* sind!«

Cohen schien zu einer Entscheidung gekommen zu sein.

»Wofür hast du deine letzte Beute ausgegeben, Kriecher? Du hast drei Säcke Gold und Edelsteine aus dem Spukschloss mitgenommen, oder?«

Kriecher sah ihn so verdutzt an, als hätte Cohen ihn gefragt, wie lila riecht.

»Ausgegeben? Keine Ahnung. Du weißt doch selbst, wie das immer geht. Ist ja auch völlig egal, wofür man es ausgibt. Es ist Beute. Aber sag doch mal … wofür gibst du deinen Plunder denn aus?«

Cohen seufzte.

Kriecher glotzte ihn an.

»Du hast doch nicht etwa vor hierzubleiben?« Sein Blick wanderte zu Herrn Zervelat. »Habt ihr zwei wieder was ausgeheckt?«

Cohen trommelte mit den Fingern auf die Armlehne des Throns. »Ihr habt gesagt, ihr wollt nach Hause gehen«, sagte er. »Wohin denn?«

»Äh … ist doch egal …«

»Und unser Hämisch?«

»Hä? Hä?«

»Ich meine … er ist hundertfünf Jahre alt! Wäre es nicht allmählich an der Zeit, sich irgendwo niederzulassen?«

»Hä?«

»Niederlassen?«, sagte Kriecher. »Das hast du doch schon mal probiert. Hast einen Bauernhof geklaut und gesagt, du willst dort Schweine züchten! Letztendlich hast du es aber wieder aufgegeben, nach … wie lange hat's gedauert? Drei Stunden?«

»Wassislos? Washattergesagt?«

»Er hat gesagt, ES IST ZEIT, SICH NIEDERZULASSEN, Hämisch.«

»Am Arsch!«

Die Küche war in heller Aufregung. Der halbe Hofstaat hatte sich dort eingefunden, die meisten davon zum allerersten Mal. Jetzt war es dort so voll wie auf einem Straßenmarkt, während die Bediensteten so gut es ging ihren Aufgaben nachgingen.

Dass einem von ihnen nicht so ganz klar war, worin seine Aufgabe eigentlich bestand, ging in dem Tohuwabohu völlig unter.

»Habt ihr mal an ihm gerochen?«, fragte Lady Zwei Bäche. »Was für ein Gestank!«

»Wie Schweinestall an einem heißen Tag!«, antwortete Lady Pfirsichblüte.

»So etwas musste ich zum Glück noch nie riechen«, erwiderte Lady Zwei Bäche pikiert.

Lady Jadenacht, die deutlich jünger als die anderen beiden war und Cohens Duft nach ungewaschenem Löwen nicht mal so unattraktiv gefunden hatte, sagte nichts.

Der Chefkoch fragte: »Sonst nichts? Einfach nur große Fleischfetzen? Warum verspeist er nicht gleich eine ganze Kuh?«

»Na, dann warte mal, bis du von diesem teuflischen Gericht namens *Wurst* erfährst!«, erwiderte der Haushofmeister.

»Große Fetzen.« Der Koch brach fast in Tränen aus. »Wo bleibt bei großen Fleischfetzen die Finesse? Nicht mal ein bisschen Soße? Lieber sterbe ich, als einfach nur große Fetzen Fleisch heißzumachen!«

»Pass auf, was du sagst«, sagte der neue Haushofmeister. »Der neue Kaiser, möge er zehntausend Jahre lang ein Bad nehmen, versteht solche Äußerungen gerne als Aufforderung…«

Mit einem Mal verstummte das Stimmengewirr. Der Grund für das plötzliche Schweigen war das leise, aber sehr deutliche *Plopp* eines Korkens.

Lord Hong verfügte über die Gabe eines Großwesirs, ganz plötzlich wie aus dem Nichts zu erscheinen. Er sah sich kurz um, dann fegte er mit ein paar kurzen Schritten zum Koch hinüber und zog dabei eine kleine schwarze Flasche aus dem Ärmel seines Gewandes. Sonst hatte er in der Küche garantiert noch keinen Handschlag getan. Von Fegen ganz zu schweigen.

»Bringt mir das Fleisch«, sagte er. »Die Soße findet sich dann schon.«

Alle in der Küche Versammelten sahen so entsetzt wie interessiert zu. Gift hatte schon immer zur Hofetikette von Hunghung gehört, aber normalerweise wurde es, schon aus Anstandsgründen, irgendwo verabreicht, wo einen niemand dabei beobachten konnte.

»Möchte vielleicht einer der Anwesenden noch irgendetwas dazu sagen?«, erkundigte sich Lord Hong.

Sein Blick war wie eine Sense. Er strich durch die Küche, und die Leute wankten, zögerten und fielen.

»Sehr schön«, sagte Lord Hong. »Ich würde lieber sterben als einen… *Barbaren* auf dem Kaiserthron sehen. Soll er seine… großen Fetzen haben. Bringt mir das Fleisch.«

Etwas wurde über den Boden gerollt, jemand rief etwas, und man vernahm das dumpfe Pochen eines Stocks. Ein Bauer schob unwillig eine große, zugedeckte Speise auf einem Serviertisch heran.

Als er Lord Hong erblickte, schob er den Serviertisch zur Seite, warf sich auf den Boden und kroch noch ein Stück weiter.

»Ich wende meinen Blick von Eurem ... ein Obstgarten in allerbester Lage ... *verflixt* ... Antlitz ab, hoher Herr.«

Lord Hong stieß mit dem Fuß gegen die auf dem Bauch liegende Gestalt.

»Wie schön, dass man die Kunst des Respekts hier und da noch beherrscht«, sagte er. »Entferne den Deckel.«

Der Mann erhob sich und nahm unter fortgesetzten Verbeugungen den Deckel von der Fleischplatte.

Lord Hong drehte die Flasche um und hielt sie so, bis der letzte zischende Tropfen herausgetropft war. Sein Publikum war wie gelähmt.

»Jetzt bring es den Barbaren«, sagte er.

»Gewiss, Euer himmlische ... Schreibpinsel ... Weidenwedel ... Rechtschaffenheit.«

»Woher kommst du, Bauer?«

»Bes Pelargic, hoher Herr.«

»Ah. Hab ich mir doch gleich gedacht.«

Die großen Bambustüren glitten beiseite. Der neue Oberhaushofmeister trat ein, gefolgt von einer Karawane Servierwagen.

»Frühstück, o Herr von tausend Jahren«, sagte er. »Große Fetzen Schwein, große Fetzen Ziege, große Fetzen Ochse und sieben Sorten gebratener Reis.«

Einer der Diener hob den Deckel von einem Gericht.

»Aber hört auf meinen Rat und lasst dieses Schweinefleisch aus«, sagte er. »Es ist vergiftet.«

Der Oberhaushofmeister wirbelte herum.

»Unverschämtes Schwein! Dafür wirst du sterben.«

»Du bist Rincewind, hab ich recht?«, sagte Cohen. »Du siehst mir ganz nach Rincewind aus ...«

»Ich hab irgendwo meinen Hut«, sagte Rincewind. »Ich musste ihn mir in die Hose stopfen ...«

»Gift?«, erkundigte sich Cohen. »Bist du sicher?«

»Na ja, es war eine kleine schwarze Flasche mit Totenkopf und gekreuzten Knochen drauf, und als er sie umgedreht hat, hat es geraucht«, antwortete Rincewind, während Herr Zervelat ihm aufhalf. »Es könnte auch Sardellenextrakt gewesen sein, aber das glaube ich eher nicht.«

»Gift«, sagte Cohen. »Ich hasse Giftmischer. Das sind ganz fiese Burschen, diese Giftmischer. Kriechen überall herum, kippen einem irgendeinen Dreck in den Fraß ...«

Er funkelte den Oberhaushofmeister an.

»Steckst du dahinter?« Dann richtete er den Blick auf Rincewind und richtete den Daumen auf den sich ängstlich duckenden Höfling. »War er es? Wenn ja, mache ich das mit ihm, was ich einst mit den Verrückten Schlangenpriestern von Start gemacht habe, aber diesmal benutze ich beide Daumen!«

»Nein«, antwortete Rincewind. »Es war jemand namens Lord Hong. Und alle anderen haben dabei zugesehen.«

Ein leiser Schrei entwich dem Oberhaushofmeister. Er warf sich auf den Boden und wollte schon Cohens Füße küssen, aber da fiel ihm gerade noch rechtzeitig ein, dass er ebenso gut gleich das Schweinefleisch essen konnte.

»Gnade, o himmlisches Wesen! Wir sind alle nur nichtige Spielsteine in der Hand Lord Hongs!«

»Was ist denn so besonders an diesem Lord Hong?«

»Er ist ... ein ehrenwerter Mann!«, schnatterte der Oberhaushofmeister. »Ich würde nie ein böses Wort über Lord Hong sagen! Ich glaube auch ganz bestimmt nicht daran, dass er überall Spione hat! Lang lebe Lord Hong, das habe ich schon immer gesagt!«

Er riskierte einen Blick nach oben und erspähte Cohens Schwertspitze direkt vor seinen Augen.

»Schon klar, aber vor wem hast du in diesem Augenblick mehr Angst, vor mir oder vor Lord Hong?«

»Äh ... Lord Hong!«

Cohen hob eine Augenbraue. »Ich bin beeindruckt. Überall Spione, sagst du?«

Er ließ den Blick durch den riesigen Saal wandern, bis er an einer sehr großen Vase hängen blieb. Mit ein paar Schritten stand er vor ihr und hob den Deckel.

»Alles in Ordnung mit dir da drin?«

»Äh ... ja?«, antwortete eine zögernde Stimme aus der Tiefe der Vase.

»Hast du alles, was du brauchst? Ein Ersatznotizheft? Ein Töpfchen?«

»Äh ... ja?«

»Wie wär's mit, hm, sagen wir mal ... zweihundert Liter kochendem Wasser?«

»Äh ... lieber nicht.«

»Würdest du lieber sterben, als Lord Hong verraten?«

»Äh ... dürfte ich einen Augenblick darüber nachdenken, bitte?«

»Kein Problem. Es dauert sowieso eine Weile, bis das Wasser heiß ist. Lass dir ruhig Zeit.«

Er setzte den Deckel wieder auf die Vase.

»Eins Große Mutter?«, rief er.

»Er heißt Eins Großer Fluss, Dschingis«, berichtigte ihn Herr Zervelat.

Der Wächter rührte sich polternd.

»Lass diese Vase nicht aus den Augen, und wenn sie sich noch einmal bewegt, dann machst du mit ihr dasselbe, was ich damals mit dem Grünen Nekromanten der Nacht gemacht habe, verstanden?«

»Ich weiß bloß nicht, was Ihr damals mit ihm gemacht habt, hoher Herr«, erwiderte der Soldat.

Cohen sagte es ihm. Eins Großer Fluss strahlte. Aus der Vase hörte man Geräusche, wie sie jemand von sich gibt, der sich partout nicht übergeben will.

Cohen schlenderte zum Thron zurück.

»Dann erzähl mir doch noch ein bisschen mehr über diesen Lord Hong«, sagte er.

»Er ist der Großwesir«, sagte der Haushofmeister.

Cohen und Rincewind sahen sich an.

»Das stimmt. Und wie jeder weiß«, sagte Rincewind, »sind Großwesire *immer* …«

»… absolut hinterhältige Sauhunde«, ergänzte Cohen. »Warum das so ist, weiß ich auch nicht. Kaum gibt man diesen Burschen einen Turban mit einem Punkt in der Mitte, schon geht ihr moralisches Wiesagtmannochgleich den Bach runter. Wenn mir einer von denen über den Weg läuft, bring ich ihn immer gleich um. Das erspart einem später viel Zeit und Ärger.«

»Als ich ihn gesehen habe, dachte ich mir gleich, dass mit ihm was nicht stimmt«, sagte Rincewind. »Hör mal, Cohen …«

»Für dich immer noch Kaiser Cohen«, sagte Kriecher. »Zauberern hab ich noch nie über den Weg getraut. Und Männern in Weiberklamotten schon gar nicht.«

»Rincewind ist in Ordnung …«, sagte Cohen.

»Danke!«, kam es von Rincewind.

»… aber er ist ein verdammt nutzloser Zauberer.«

»Ich habe gerade mein Leben aufs Spiel gesetzt, um euch zu retten, vielen Dank auch«, sagte Rincewind. »Aber hört mal zu, ein paar Freunde sitzen immer noch im Verlies fest. Vielleicht könntet ihr sie ja … verehrter Herr … *Kaiser?*«

»Sozusagen«, sagte Cohen.

»Vorübergehend«, sagte Kriecher.

»Streng genommen«, sagte Herr Zervelat.

»Heißt das, dass du meine Freunde irgendwohin in Sicherheit bringen kannst? Ich glaube, Lord Hong hat den alten Kaiser ermordet und will ihnen die Schuld in die Schuhe schieben. Ich hoffe bloß, dass er nicht darauf kommt, dass sie sich ausgerechnet in den Zellen verstecken.«

»Warum ausgerechnet in den Zellen?«, wollte Cohen wissen.

»Weil ich, wenn ich die Chance hätte, aus Lord Hongs Gefängnis abzuhauen, sofort das Weite suchen würde«, antwortete Rincewind inbrünstig. »Niemand, der noch recht bei Trost ist, würde dorthin zurückgehen, wenn er die Möglichkeit hat, sich aus dem Staub zu machen.«

»Aha«, sagte Cohen. »Junger Willie, Eins Große Mutter, nehmt ein paar Leute mit und bringt diese Leute her.«

»Hierher?«, fragte Rincewind. »Sie sollten doch in Sicherheit gebracht werden!«

»Aber *wir* sind doch hier«, erwiderte Cohen. »Wir können sie beschützen.«

»Und wer beschützt euch?«

Darauf ging Cohen gar nicht erst ein. »Haushofmeister«, sagte er, »ich glaube ja nicht, dass Lord Hong sich irgendwo in der Nähe aufhält, aber unten im Hof habe ich einen Kerl gesehen, der hatte eine Nase wie ein Dachs. Ein richtig fetter Kerl war das, mit einem großen rosa Hut. Und eine dürre Frau mit einem Gesicht wie ein Nadelkissen.«

»Das müssen Lord Neun Berge und Lady Zwei Bäche gewesen sein«, sagte der Oberhaushofmeister. »Ihr seid doch nicht etwa wütend auf mich, hoher Herr?«

»Ach was, keine Spur«, antwortete Cohen. »Ich bin sogar so von dir beeindruckt, dass ich dir noch mehr Verantwortung übertrage.«

»Hoher Herr?«

»Zum Beispiel als Vorkoster. Und jetzt hol die beiden anderen her. Die sind mir gleich nicht ganz echt vorgekommen.«

Kurz darauf wurden Neun Berge und Zwei Bäche hereingeführt. Ihr kurzer Blick von Cohen zu den nicht angerührten Speisen wäre wohl niemandem aufgefallen, wenn nicht alle Anwesenden genau darauf geachtet hätten.

Cohen nickte ihnen freundlich zu. »Greift zu«, sagte er.

»Hoher Herr! Ich habe sehr gut gefrühstückt! Ich bin zum Platzen satt!«, erwiderte Neun Berge.

»Wirklich schade«, sagte Cohen. »Eins Große Mutter, bevor du gehst, sorge doch bitte dafür, dass unser Herr Neun Berge genug Platz für ein zweites Frühstück hat. Dasselbe gilt auch für die Lady, wenn ich nicht innerhalb der nächsten fünf Sekunden lautes Kauen und Schmatzen höre. Und zwar nehmt ihr von allem einen herzhaften Bissen, verstanden? Mit ganz viel Soße.«

Eins Großer Fluss zog sein Schwert.

Die beiden Adligen starrten wie gebannt auf die glänzenden Speisenberge.

»Sieht doch lecker aus«, sagte Cohen im Plauderton. »So wie ihr das Essen anschaut, könnte man fast glauben, irgendetwas stimmt nicht damit.«

Neun Berge schob vorsichtig ein Stück Schweinefleisch in den Mund.

»Außerordentlich gut«, sagte er undeutlich.

»Schön runterschlucken«, sagte Cohen.

Der Mandarin würgte das Stück hinunter.

»Köstlich«, sagte er. »Aber wenn mich Eure Hoheit jetzt entschuldigen würden, ich ...«

»Wozu die Eile?«, sagte Cohen. »Wir möchten doch nicht, dass du dir zufällig den Finger in den Rachen steckst oder so was, hm?«

Neun Berge hickste.

Dann hickste er noch einmal.

Vom Saum seines Gewandes schien Rauch aufzusteigen.

Die Horde sprang gerade noch rechtzeitig in Deckung, als die Explosion ein beträchtliches Stück des Dielenbodens und ein kreisrundes Loch in die Decke riss – und den gesamten Lord Neun Berge gleich mit zerfetzte.

Ein schwarzer Hut mit einem rubinroten Knopf rollte über den Boden.

»So geht's mir immer mit eingelegten Zwiebeln«, sagte Vincent.

Lady Zwei Bäche stand mit geschlossenen Augen da.

»Keinen Hunger?«, fragte Cohen.

Sie nickte.

Cohen lehnte sich zurück.

»Eins Große Mutter?«

»Er heißt ›Großer Fluss‹, Cohen«, sagte Herr Zervelat, als der Wächter lostrampelte.

»Nimm sie mit und stecke sie in den Kerker. Sieh zu, dass sie genug zu essen bekommt, wenn du weißt, was ich meine.«

»Ja, hoher Herr.«

»Und unser Herr Oberhaushofmeister verzieht sich noch mal in die Küche und sagt dem Koch, dass *er* von unserem neuen Frühstück kosten darf, und zwar als Allererster. Alles klar?«

»Sehr wohl, hoher Herr.«

»Soll das ein Leben sein?«, platzte es aus Caleb heraus, als der Oberhaushofmeister davoneilte. »Ist es immer so, wenn man Kaiser ist? Nicht mal seinem Essen kann man vertrauen? Wahrscheinlich werden wir noch in unseren Betten umgebracht!«

»Ich kann mir nicht vorstellen, dass *du* in deinem Bett umgebracht wirst«, sagte Kriecher.

»Stimmt. Weil du nie drinliegst«, sagte Cohen.

Er ging zu der großen Vase und trat mit dem Fuß dagegen. »Hast du alles mitgekriegt?«

»Ja, hoher Herr«, antwortete das Gefäß.

Jemand lachte. Aber es war ein nervöses Lachen. Herr Zervelat stellte fest, dass die Horde so etwas nicht gewohnt war. Wenn ein richtiger Barbar jemanden während einer Mahlzeit umbringen wollte, lud er ihn mit all seinen Spießgesellen zu sich ein, hieß sie an seinem Tisch Platz nehmen, machte sie betrunken und schläfrig und rief dann die eigenen Männer aus ihren Verstecken hervor, um die Gegner auf der Stelle, ohne viel Fisimatenten und auf ehrenhafte Art und Weise abzumurksen. Dabei ging es absolut fair zu. Die »Mach sie betrunken und schlachte sie ab«-Strategie war der älteste Trick aus dem Barbarenhandbuch, falls Barbaren sich etwas aus Handbüchern oder überhaupt aus Büchern gemacht hätten. Jeder, der darauf hereinfiel, erwies der Welt einen Gefallen, wenn er sich beim Nachtisch abschlachten ließ. Aber dem *Essen* konnte man wenigstens vertrauen. Barbaren vergifteten kein Essen. Man wusste nie, wann man selbst mal wieder einen guten Happen nötig hatte.

»Entschuldigt, Euer Exzellenz«, sagte Sechs Wohltätige Winde, der sich in der Nähe aufgehalten hatte. »Ich glaube, Lord Kriecher hat recht. Äh … ich kenne mich mit Geschichte ein bisschen aus, und … die korrekte Methode bei der Thronfolge ist die, dass man knöcheltief im Blut zum Thron watet. Genau das hat Lord Hong vor.«

»Im Ernst? Knöcheltief im Blut?«

»Oder über einen Berg aus Schädeln. Das wäre auch eine Option.«

»Aber … aber … ich dachte, die Kaiserkrone würde vom Vater auf den Sohn weitergegeben«, meldete sich Herr Zervelat zu Wort.

»Schon«, sagte Sechs Wohltätige Winde. »So könnte es theoretisch wohl auch vonstattengehen.«

»Du hast doch mal gesagt, dass wir ganz oben auf der Pyramide stehen und dass alle machen, was wir sagen«, wandte sich Cohen an Herrn Zervelat.

Kriecher blickte von einem zum anderen. »Habt ihr zwei das etwa geplant?«, fragte er herausfordernd. »Es ging die ganze Zeit bloß *darum*? Deshalb mussten wir alle lernen, wie man zivilisiert ist? Und ganz am Anfang habt ihr einfach nur gesagt, dass es ein riesiger Raubzug wird! Hä? Ich dachte, wir raffen schnell einen Haufen Zeug zusammen, und dann nix wie weg! Plündern und brandschatzen, so wie's schon immer …«

»Ach, plündern und brandschatzen, plündern und brandschatzen, mir steht's bis hier oben mit eurem Plündern und Brandschatzen!«, sagte Herr Zervelat. »Könnt ihr an nichts anderes denken als an Plündern und Brandschatzen?«

»Na ja, früher gab's auch noch Vergewaltigen«, warf Vincent wehmütig ein.

»Ich muss dir leider sagen, dass sie damit nicht ganz unrecht haben, Pauker«, sagte Cohen. »Kämpfen und plündern… das ist unser Beruf. Mir gefällt dieses ganze Verbeugen und Katzbuckeln auch nicht so richtig. Ich bin mir nicht sicher, ob ich aus dem Holz der Zivilisation geschnitzt bin.«

Herr Zervelat verdrehte die Augen. »Auch du, Cohen? Ihr seid alle so… beschränkt!«, blaffte er. »Warum mache ich mir diese ganze Mühe? Seht euch doch mal an! Wisst ihr, wer ihr seid? Ihr seid Legenden!«

Die Horde wich ein Stück zurück. Bis jetzt hatte noch keiner von ihnen erlebt, dass Pauker die Beherrschung verlor.

»Das kommt von *legendum,* und das wiederum heißt ›etwas Niedergeschriebenes‹«, sagte Herr Zervelat. »Bücher, kapiert? Lesen und Schreiben. Aber das ist euch ja so fremd wie die Verlorene Stadt Iieeh…«

Kriecher hob die Hand. Er schien etwas nervös zu sein.

»Also, ich… ich habe sie wirklich mal entdeckt, die Verlorene Stadt von…«

»Klappe! Ich will damit sagen… Was wollte ich gerade sagen? Ach ja… ihr könnt nicht lesen, stimmt's? Ihr habt es nie gelernt. Dann habt ihr euer halbes Leben vergeudet. Anstelle von haufenweise wertlosem Plunder hättet ihr Perlen des Wissens anhäufen können. Von daher ist es gut, dass die Leute nur von euch lesen und euch nicht von Angesicht zu Angesicht begegnen, denn meine Herren, ihr seid eine große Enttäuschung!«

Rincewind sah fasziniert zu und wartete darauf, dass jemand Herrn Zervelat einen Kopf kürzer machte. Aber das schien nicht zu passieren. Gut möglich, dass er zu wütend war, um geköpft zu werden.

»Was habt ihr letztendlich vollbracht? Und kommt mir

jetzt nicht mit gestohlenen Juwelen und dämonischen Herrschern. Was habt ihr wirklich erreicht?«

Wieder meldete sich Kriecher.

»Also, ich habe alle vier … wie hießen sie gleich noch mal … umgebracht und …«

»Ja, ja, ja«, sagte Herr Zervelat. »Ihr habt diesen und jenen umgebracht, dies und das gestohlen und die menschenfressenden Riesenavocados von sonst woher besiegt, aber … das ist alles bloß … dummes Zeug! Tinnef, meine Herren! Damit verändert man nichts! Niemand schert sich darum! In Ankh-Morpork habe ich Jungen unterrichtet, die euch für Märchengestalten halten. Mehr habt ihr nicht erreicht. Sie glauben nicht mal daran, dass es euch einmal wirklich gegeben hat. Sie glauben, dass euch jemand erfunden hat. Ihr seid Geschichten, meine Herren. Wenn ihr sterbt, erfährt niemand davon, weil alle euch für längst tot halten.«

Er holte kurz Luft und fuhr dann etwas ruhiger fort: »Hier jedoch … hier könntet ihr wirklich etwas bewirken. Ihr könntet aufhören, euer Leben sinnlos zu vertun. Ihr könntet dieses uralte und ziemlich verrottete Reich wieder in die Welt zurückführen. Jedenfalls …« Seine Stimme verebbte. »Jedenfalls hatte ich mir das erhofft. Ich habe wirklich gedacht, dass wir gemeinsam etwas Bedeutendes erreichen könnten …«

Er setzte sich.

Die Horde stand da, und ein jeder starrte verlegen auf die eigenen Füße beziehungsweise Räder.

»Äh … darf ich mal was sagen?«, meldete sich Sechs Wohltätige Winde zu Wort. »Die Kriegsherren werden sich alle gegen euch verbünden. Sie stehen mit ihren Heerscharen vor den Toren der Stadt. Normalerweise kämpfen sie gegeneinander, aber jetzt treten sie wohl alle gegen euch an.«

»Die haben lieber einen Giftmischer wie diesen Hong

zum Kaiser als mich?«, fragte Cohen ungläubig. »Aber der Kerl ist doch ein Drecksack!«

»Schon, aber … er ist ihr Drecksack, verstehst du?«

»Wir können es hier drin bequem aushalten«, sagte Vincent. »Der Palast hat dicke Mauern. Jedenfalls die, die nicht aus Papier sind.«

»Nein, eine Belagerung kommt nicht infrage«, sagte Kriecher. »Belagerungen sind widerlich. Ich hab keine Lust, Stiefel und Ratten zu essen.«

»Hä?«

»Er hat gesagt WIR WOLLEN KEINE BELAGERUNG, BEI DER WIR STIEFEL UND RATTEN ESSEN MÜSSEN, Hämisch.«

»Sind uns die Beine ausgegangen, hä?«

»Wie viele Soldaten hat der Feind?«, wollte Cohen wissen.

»Ich würde sagen … sechs- oder siebenhunderttausend«, antwortete der Finanzbeamte.

»Entschuldigt mich mal«, sagte Cohen und erhob sich vom Thron. »Ich muss mal kurz zu meiner Horde.«

Die Horde steckte die Köpfe zusammen. Ab und zu drang ein »Hä?« aus dem heiseren Geflüster. Dann drehte Cohen sich um.

»Knöcheltief Blut, hast du gesagt?«

»Äh … ja«, antwortete der Finanzbeamte.

Sie steckten wieder die Köpfe zusammen.

Nachdem einige weitere Argumente ausgetauscht waren, streckte Kriecher den Kopf heraus.

»Hast du *ein Berg aus Schädeln* gesagt?«, fragte er.

»Ja. Ja, ich glaube, das habe ich gesagt«, erwiderte der Steuereintreiber. Er sah nervös zu Rincewind und Herrn Zervelat hinüber, aber die zuckten bloß die Achseln.

Flüster, flüster, hä …

»Entschuldigung?«

»Ja?«

»Dieser Berg … wie hoch ungefähr? Schädel lassen sich nicht so gut auftürmen.«

»So genau weiß ich das auch nicht! Jedenfalls bergeweise Schädel!«

»Ich wollt's nur wissen.«

Die Horde schien eine Entscheidung getroffen zu haben. Die Männer drehten sich um und sahen die anderen Anwesenden an.

»Wir wollen kämpfen«, sagte Cohen.

»Genau. Das mit den Schädeln und dem Blut hättest du schon früher sagen sollen«, rief Kriecher.

»Wir zeigen euch allen, ob wir schon tot sind oder nicht!«, krächzte Hämisch.

Herr Zervelat schüttelte den Kopf und sagte: »Ihr habt euch wohl verhört. Die Chancen stehen einhunderttausend zu eins!«

»Also damit können wir den Leuten ohne jeden Zweifel beweisen, dass wir noch leben«, meinte Caleb.

»Schon, aber mein ganzer Plan läuft doch darauf hinaus, dass ich euch zeigen will, dass man bis ganz nach oben kommen kann, *ohne* sich bis dorthin durchzumetzeln«, gab Herr Zervelat zu bedenken. »So was ist in einer derartig verkrusteten Gesellschaft durchaus möglich. Wenn ihr aber versucht, gegen Hunderttausende von Soldaten zu kämpfen, werdet ihr sterben.«

Zu seiner eigenen Verwunderung fügte er hinzu: »Wahrscheinlich.«

Die Horde grinste ihn an.

»Von schlechten Chancen lassen wir uns nicht Bange machen«, sagte Kriecher.

»Im Gegenteil«, sagte Caleb.

»Weißt du, Pauker, eine Chance tausend zu eins ist nicht viel schlimmer als zehn zu eins«, sagte Cohen. »Die Gründe dafür sind …« Er zählte sie an den Fingern ab. »Erstens, der ganz normale Soldat, der für seinen Sold und nicht um sein Leben kämpft, wirft sich nicht so ins Zeug, wenn es jede Menge andere Jungs gibt, die das Geschäft genauso gut erledigen können. Zweitens können gar nicht so viele von ihnen gleichzeitig so dicht an uns ran, weshalb alle drängeln und schubsen, und …« Er musterte seine Finger mit einem Ausdruck von angewandter Mathematik im Endstadium.

»Drittens …«, sagte Herr Zervelat, der von dieser Logik wie hypnotisiert war.

»… drittens, genau … Wenn sie mit ihren Schwertern herumfuchteln, treffen sie allermeistens einen ihrer Kollegen und sparen uns damit einen Haufen Arbeit. Verstehst du?«

»Selbst wenn das alles wahr wäre, würde es nur für kurze Zeit zutreffen«, widersprach Herr Zervelat. »Selbst wenn ihr zweihundert von ihnen tötet, werdet ihr mit der Zeit müde, und es rücken immer wieder neue Truppen nach, die euch angreifen.«

»Die werden ja auch müde«, sagte Cohen fröhlich.

»Warum?«

»Weil sie dann schon bergauf rennen müssen, um an uns heranzukommen.«

»Reine Logik«, sagte Kriecher und nickte heftig.

Cohen klopfte dem erschütterten Lehrer auf den Rücken.

»Mach dir mal keine Sorgen«, sagte er. »Wir haben das Reich nach deinem Plan erobert, und jetzt verteidigen wir es nach unserem Plan. Du hast uns die Zivilisation beigebracht, jetzt zeigen wir dir das Barbarentum.«

Er ging ein paar Schritte, dann drehte er sich mit einem

bösen Funkeln in den Augen um. »Barbarentum! Ha! Wenn wir jemanden umbringen, tun wir es sofort, wir sehen ihm ins Auge, und wir spendieren ihm in der nächsten Welt mit Freude einen guten Schluck, nichts für ungut. Mir ist noch kein Barbar begegnet, der in irgendeinem kleinen Zimmer Leute langsam zerschneidet oder Frauen quält, nur damit sie hübsch aussehen, oder anderen Gift ins Essen schüttet. Zivilisation? Wenn das die Zivilisation ist, dann kannst du sie dir dorthin schieben, wo die Sonne nicht hinscheint!«

»Hä?«

»Er hat gesagt DORTHIN SCHIEBEN, WO DIE SONNE NICHT HINSCHEINT, Hämisch.«

»Ach? Dort bin ich auch schon mal gewesen.«

»Aber Zivilisation bedeutet viel mehr als das!«, rief Herr Zervelat. »Es gibt noch… Musik und Literatur und das Konzept der Gerechtigkeit und die Ideale der…«

Die Bambustür glitt beiseite. Mit knarrenden Gelenken und erhobenen Waffen wirbelte die Horde wie ein Mann herum.

Die Männer auf der Schwelle waren größer und viel prunkvoller gekleidet als die Bauern, und sie bewegten sich wie Leute, die es gewohnt waren, dass sich ihnen niemand in den Weg stellte. Noch vor der vordersten Reihe stand ein zitternder Bauer, der eine rote Fahne an einem Stock in der Hand hielt. Die anderen stießen ihn mit den Schwertspitzen in den Raum hinein.

»Rote Fahne?«, flüsterte Cohen.

»Das bedeutet, dass er verhandeln will«, flüsterte Sechs Wohltätige Winde.

»Es ist… wie bei uns die weiße Fahne, wenn wir uns ergeben«, sagte Herr Zervelat.

»Davon hab ich noch nie gehört«, sagte Cohen.

»Das bedeutet, dass ihr niemanden umbringen dürft, ehe es so weit ist.«

Herr Zervelat versuchte, das Flüstern hinter ihm zu ignorieren.

»Warum laden wir sie nicht einfach zum Abendessen ein, und dann massakrieren wir sie, wenn sie betrunken sind?«

»Du hast doch gehört, was der Mann gesagt hat. Da draußen sind siebenhunderttausend von denen.«

»Echt? Dann müssten wir eben was Einfaches kochen, irgendwas mit Pasta.«

Einige der Lords schritten bis in die Mitte des Raumes. Cohen und Herr Zervelat gingen auf sie zu.

»Du kommst mit«, sagte Cohen und packte Rincewind, der sich gerade rücklings verziehen wollte, am Kragen. »Du bist ein verschlagener Mann, der in kniffligen Situationen die richtigen Worte parat hat, also komm schon.«

Lord Hong musterte sie mit der Miene eines Mannes, dessen Vorfahren ihm die Begabung vererbt hatten, auf alles und jeden herabzusehen.

»Ich bin Lord Hong. Ich bin der Großwesir des Kaisers. Ich befehle euch, diese Räumlichkeiten sofort zu verlassen und eure gerechte Strafe zu erwarten.«

Herr Zervelat sah Cohen an.

»Kommt nicht in die Tüte«, erwiderte Cohen.

Herr Zervelat bemühte sich, fieberhaft nachzudenken.

»Äh, wie soll ich das formulieren? Dschingis Cohen, Anführer der Grauen Horde, entbietet Lord Hong seine Hochachtung, aber …«

»Sag ihm, er kann mich mal«, sagte Cohen.

»Lord Hong, ich glaube, dass Sie die Stimmung, die hier im Allgemeinen vorherrscht, in groben Zügen erfasst haben«, sagte Herr Zervelat.

»Wo sind die anderen Barbaren, Bauer?«, erkundigte sich Lord Hong.

Rincewind ließ Herrn Zervelat nicht aus den Augen. Diesmal schienen dem alten Lehrer die Worte ausgegangen zu sein.

Am liebsten wäre der Zauberer davongerannt. Aber Cohen hatte recht. So verrückt es sich auch anhörte, es war höchstwahrscheinlich sicherer, sich in seiner Nähe aufzuhalten. Denn wenn er wegrannte, bewegte er sich, früher oder später, immer mehr auf Lord Hong zu.

Lord Hong, der glaubte, es befänden sich irgendwo noch andere Barbaren …

»Ich will euch eins sagen, und auch das nur ein Mal«, verkündete Lord Hong. »Wenn ihr die Verbotene Stadt auf der Stelle verlasst, wird euch zumindest ein rascher Tod gewährt. Anschließend werden eure Köpfe und bestimmte Körperteile im Triumphzug durch die Städte des Kaiserreiches getragen, damit alle Menschen von der schrecklichen Bestrafung erfahren.«

»Bestrafung?«, fragte Herr Zervelat.

»Für die Ermordung des Kaisers.«

»Wir haben keinen Kaiser ermordet«, sagte Cohen. »Ich hab nichts gegen die Ermordung von Herrschern, aber *den hier* haben wir nicht umgebracht.«

»Er ist vor einer Stunde in seinem Bett ermordet worden«, sagte Lord Hong.

»Nicht von uns«, entgegnete Herr Zervelat.

»Sondern von Ihnen«, sagte Rincewind. »Aber weil es gegen die Regeln verstößt, den Kaiser zu ermorden, wollten Sie, dass es so aussieht, als hätte es die Rote Armee getan.«

Lord Hong sah ihn an, als sähe er ihn zum allerersten Mal, und als sei er alles andere als erfreut darüber.

»Unter den gegebenen Umständen«, sagte Lord Hong, »bezweifle ich, dass euch irgendjemand Glauben schenken wird.«

»Was passiert, wenn wir es zugeben?«, fragte Herr Zervelat. »Nur mal so aus Interesse.«

»Dann sterbt ihr einen sehr langsamen Tod auf... höchst interessante Weise.«

»So geht es mir schon zeit meines Lebens«, sagte Cohen. »Ich sterbe einen sehr langsamen Tod, und zwar auf höchst interessante Weise. Also, wie hättet ihr's denn gerne? Barrikaden auf den Straßen? Häuserkampf? Eine wilde Schlägerei? Wie jetzt?«

»In der richtigen Welt«, sagte einer der anderen Adligen, »kämpfen wir. Wir raufen nicht wie Barbaren. Unsere Armeen treten auf der Ebene vor der Stadt gegeneinander an.«

»Wieso denn treten? Wir haben doch Waffen!«

»Er meint, dass die Schlacht dort stattfindet, Cohen.«

»Ach. Schon wieder zivilisiertes Gewäsch. Und wann?«

»Morgen bei Tagesanbruch.«

»Alles klar«, sagte Cohen. »Damit holen wir uns den Appetit fürs Frühstück. Können wir sonst noch was für euch tun?«

»Wie groß ist deine Armee, Barbar?«

»Das würdest du sowieso nicht glauben«, antwortete Cohen, womit er nicht weit von der Wahrheit entfernt war. »Wir haben schon ganze Länder überrannt. Wir haben ganze Städte von der Landkarte getilgt. Dort, wo meine Armee durchgekommen ist, wächst kein Gras mehr.«

»Zumindest das stimmt«, sagte Herr Zervelat.

»Wir haben noch nie von euch gehört!«, rief der Kriegsherr.

»Da siehst du mal«, erwiderte Cohen, »wie gut wir sind.«

»Da wäre noch etwas zu seiner Armee zu sagen«, meldete sich jemand zu Wort.

Alle drehten sich zu Rincewind um, der beim Klang der eigenen Stimme beinahe ebenso erstaunt war wie sie. Aber gerade hatte sich eine Gedankenfolge durch seinen Kopf gearbeitet und war vorne angekommen.

»Ja?«

»Vielleicht habt ihr euch schon gewundert, warum ihr bis jetzt bloß die ... Generäle gesehen habt«, fuhr Rincewind so langsam fort, als verfertigte er seine Gedanken allmählich beim Reden. »Das kommt daher, dass die Krieger selbst, versteht ihr ... unsichtbar sind. Äh. Genau ... Geister, um noch genauer zu sein. Aber das weiß ja schließlich jeder.«

Cohen gaffte ihn verdutzt an.

»Blutsaugerische Geister, ganz genau genommen«, sagte Rincewind. »Schließlich weiß man doch, dass es jenseits der Großen Mauer von denen nur so wimmelt.«

Lord Hong grinste spöttisch. Aber in den Mienen der Kriegsherren, die Rincewind anstarrten, war zu lesen, dass sie selbst zwar sehr stark vermuteten, dass die Menschen jenseits der Mauer aus Fleisch und Blut waren, andererseits aber darauf angewiesen waren, dass Millionen ihrer Untertanen genau daran nicht glaubten.

»Lächerlich! Ihr seid keine unsichtbaren blutsaugerischen Geister«, sagte einer von ihnen.

Cohen machte den Mund auf, sodass die Diamantzähne aufblitzten.

»Ganz recht«, sagte er. »Weil wir nämlich welche von denen sind ... die man *sehen* kann!«

»Ha! Was für ein erbärmlicher Versuch!«, sagte Lord Hong. »Aber egal, ob Geister oder keine Geister, wir werden euch besiegen!«

Nach diesen Worten stiefelten die Kriegsherren wieder hinaus.

»Tja, das ging ja besser als erwartet«, befand Herr Zervelat. »War das etwa der Ansatz zu ein bisschen psychologischer Kriegsführung, Herr Rincewind?«

»Ach, so wird das genannt? Damit kenne ich mich aus«, sagte Cohen. »Man hämmert die ganze Nacht vor der Schlacht auf seinen Schild, damit der Feind nicht schlafen kann, außerdem singt man laut ›Wir schneiden euch die Schniedel ab‹ und solche Sachen.«

»So ähnlich«, sagte Herr Zervelat diplomatisch. »Aber ich fürchte, es hat nicht funktioniert. Lord Hong und seine Generäle sind zu durchtrieben dafür. Schade, dass Sie diese Methode nicht bei den einfachen Soldaten anwenden können.«

Hinter ihnen ertönte etwas wie leises Kaninchenquieken. Als sie sich umdrehten, sahen sie, wie der ziemlich minderjährige Kader der Roten Armee hereingeführt wurde. Auch Schmetterling war dabei. Sie warf Rincewind sogar ein verhaltenes Lächeln zu.

Rincewind hatte sich immer auf rasches Davonlaufen verlassen. Aber vielleicht musste man manchmal ja doch stehen bleiben und kämpfen – zumindest dann, wenn man nirgendwo hinlaufen konnte.

Nur mit Waffen hatte er es nicht so.

Zumindest nicht mit den üblichen Waffen.

»Hm«, sagte er, »wenn wir den Palast jetzt verlassen, bringen sie uns um, stimmt's?«

»Das bezweifle ich«, antwortete Herr Zervelat. »Jetzt folgt alles den Regeln der Kriegskunst. Jemand wie Hong würde uns vermutlich einfach die Kehlen durchschneiden, aber da der Krieg nun offiziell erklärt wurde, muss alles nach bestimmten Ritualen ablaufen.«

Rincewind holte tief Luft.

»Die Chancen stehen eins zu einer Million«, sagte er, »aber es könnte klappen...«

Die vier Reiter, deren Erscheinen das Ende der Welt ankündigt, sind als Krieg, Hunger, Pest und Tod bekannt. Aber auch weniger bedeutsame Ereignisse haben ihre Reiter. Die vier Reiter der gemeinen Erkältung beispielsweise sind Schnupfen, Reizhusten, Rotz und Taschentuchmangel; die vier Reiter, deren Erscheinen jedem gesetzlichen Feiertag vorauseilt, sind Unwetter, Sturmwind, Graupel und Wanderbaustelle.

In den Heeren, die in der weiten Schwemmlandebene rings um Hunghung lagerten, sattelten die unsichtbaren Reiter namens Gerücht, Gerede und Fehlinformation ihre Pferde.

Ein großes Heerlager hat mit allen lästigen Problemen einer Großstadt zu kämpfen, ohne über ihre Vorteile zu verfügen. Es dauert nicht lange, bis der Ring aus Lagerfeuern und Wachtposten für die einheimischen Zivilisten durchlässig wird, besonders dann, wenn diese etwas zu verkaufen haben, und ganz besonders dann, wenn es sich um Frauen handelt, deren Tugend über eine gewisse kommerzielle Bandbreite verfügt. Manchmal finden auch Leute Einlass, die allem Anschein nach Lebensmittel zu verkaufen haben, welche eine willkommene Abwechslung zum immer gleichen Armeefraß darstellen. Die Lebensmittel, die gerade eben angeboten wurden, waren zweifellos eine solche Abwechslung.

»Schweinebällchen! Schweinebällchen! Greift zu, solange sie...« In der eintretenden kurzen Pause probierte der Verkäufer mehrere Möglichkeiten durch, den Satz zu beenden, und gab schließlich auf. »Schweinebällchen! Am Stiel! Wie wär's, Shogun, Ihr seht aus, als könntet … Hallo, seid Ihr nicht dieser …«

»HaltdieKlappehaltdieKlappehaltdieKlappe!«

Rincewind zog S.m.e.d.B.a. Schnapphala rasch hinter ein Zelt.

Der Händler blickte in das ängstliche Gesicht, das zwischen der Eunuchentracht und einem großen Strohhut hervorlugte.

»Du bist der Zauberer, stimmt's? Wie bist du …«

»Wolltest du nicht im internationalen Handel schnell steinreich werden?«, fragte Rincewind.

»Klar doch. Können wir jetzt anfangen?«

»Bald. Sehr bald schon. Aber zuerst musst du noch etwas tun. Du kennst doch die Gerüchte über diese Armee unsichtbarer Vampirgeister, die hierher unterwegs ist?«

S.m.e.d.B.a. Schnapphalas Augen zuckten ängstlich hin und her. Andererseits konnte er es sich schon rein geschäftlich nicht leisten, etwas nicht zu wissen, ausgenommen vielleicht, wie man Wechselgeld korrekt herausgibt.

»Ja?«, antwortete er vorsichtig.

»Ich meine die Geschichten, dass sich da draußen angeblich Millionen von ihnen herumtreiben«, sagte Rincewind. »Hungrige Geistervampire, die schon sehr lange nichts mehr gegessen haben? Die besonders gefräßig und grausam sind, weil der Große Zauberer sie aufgehetzt hat?«

»Äh … ja?«

»Also … das stimmt alles nicht.«

»Nicht?«

»Glaubst du mir etwa nicht? Ich muss es schließlich wissen.«

»So gesehen …«

»Und wir wollen doch nicht, dass die Leute in Panik geraten, oder?«

»Panik ist sehr schlecht fürs Geschäft«, sagte S.m.e.d.B.a. und nickte unbehaglich.

»Dann solltest du dafür sorgen, dass die Leute wissen, dass diese Gerüchte nicht wahr sind! Sag ihnen, dass sie ganz beruhigt sein können!«

»Gute Idee. Äh, diese unsichtbaren Vampirgeister … Haben die vielleicht irgendwelches Geld dabei?«

»Nein. Weil sie ja nicht existieren.«

»Ach, stimmt ja. Hab ich vergessen.«

»Und es gibt auch nicht 2.300.009 von ihnen«, sagte Rincewind. Auf dieses Detail war er direkt ein bisschen stolz.

»Es gibt *nicht* 2.300.009 von ihnen …«, wiederholte S.m.e.d.B.a. mit leicht glasigen Augen.

»Auf gar keinen Fall. Es gibt nicht 2.300.009 von ihnen, ganz egal, was sonst so behauptet wird. Und der Große Zauberer hat sie auch nicht doppelt so groß wie normal gemacht. Aber das schaffst du schon. So, ich verabschiede mich jetzt lieber …«

Schon war Rincewind auf und davon.

Der Straßenverkäufer blieb noch eine Zeitlang nachdenklich stehen. Allmählich dämmerte ihm, dass er fürs Erste genug Sachen verkauft hatte und jetzt ebenso gut nach Hause gehen und eine geruhsame Nacht mit einem Sack über dem Kopf in einem Fass im Rübenkeller verbringen konnte.

Sein Weg führte ihn durch einen großen Teil des Feldlagers, und unterwegs sorgte er dafür, dass jeder Soldat, der ihm begegnete, erfuhr, dass besagtes Gerücht jeglicher Wahrheit entbehrte, wobei er dabei natürlich erst einmal erzählen musste, um welches Gerücht es sich überhaupt handelte.

Ein Spielzeughase quietschte ängstlich.

»Und ich hab solche Angst vor den großen unsichtbaren Vampirgeistern!«, schluchzte Lieblingsperle.

Die Soldaten rings um das Lagerfeuer versuchten sie zu trösten. Leider gab es niemanden, der *ihnen* Trost spendete.

»Und ich hab gehört, dass sie schon ein paar Menschen gefressen haben!«

Der eine oder andere Soldat drehte sich um und schaute verunsichert in die Dunkelheit. Dort war nichts zu sehen. Was letztlich nicht sonderlich beruhigend war.

Die Rote Armee zog von einem Lagerfeuer zum nächsten.

Rincewind hatte sich unmissverständlich ausgedrückt. Er hatte sein ganzes Leben als Erwachsener – zumindest dann, wenn er nicht von irgendetwas mit mehr Beinen als Zähnen gejagt wurde – in der Unsichtbaren Universität verbracht, deshalb wusste er ziemlich genau, wovon er redete. Erzählt den Leuten nichts, hatte er gesagt. Ihr *erzählt* ihnen überhaupt nichts. In der Unsichtbaren Universität überlebte man als Zauberer nicht allzu lange, wenn man alles glaubte, was einem so erzählt wurde. Man glaubte das, was einem *nicht* erzählt wurde.

Sagt ihnen nichts. Fragt sie. Fragt sie, ob es stimmt. Ihr könnt sie auch anflehen, sie sollen euch sagen, dass es *nicht* stimmt. Ihr könnt ihnen sogar erzählen, dass man euch aufgetragen hat, ihnen zu sagen, dass es nicht stimmt, das ist sogar am allerbesten.

Denn Rincewind wusste nur zu gut, dass man sich, wenn die vier ziemlich kleinen und gehässigen Reiter der Panik erst einmal losgaloppiert waren, auf Fehlinformation, Gerücht und Gerede hervorragend verlassen konnte, aber sie waren noch gar nichts im Vergleich zu ihrem Kollegen, der auf den Namen Leugnen hörte.

Nach einer Stunde kam sich Rincewind ziemlich überflüssig vor.

Überall brachen Unterhaltungen aus, besonders in den äußeren Bereichen der Lager, hinter denen sich die Nacht so weit und tief in die – ganz offensichtlich leere – Dunkelheit erstreckte.

»Na schön, aber wieso sagen sie dann, dass es nicht 2.300.009 von ihnen gibt, hä? Wenn es sie sowieso nicht gibt, wieso dann diese Zahl?«

»Hör mal, es gibt keine unsichtbaren Vampire, kapiert?«

»Ach ja? Woher willst du das wissen? Hast du schon mal einen gesehen?«

»Hör mal zu, ich hab extra den Hauptmann gefragt, und der hat gesagt, er ist ganz sicher, dass es da draußen keine unsichtbaren Geister gibt.«

»Wieso ist er da so sicher, wenn er sie nicht sehen kann?«

»Er hat gesagt, es gibt überhaupt keine unsichtbaren Vampirgeister.«

»Ach! Auf einmal gibt es die nicht mehr? Mein Großvater hat mir erzählt, dass es Millionen davon gibt, außerhalb der …«

»Warte mal … Was war das eben da draußen?«

»Was?«

»Ich hätte schwören können, dass ich was gehört habe …«

»Ich sehe nichts.«

»Ach du Schreck!«

Auch zum Oberkommando musste etwas durchgesickert sein, denn gegen Mitternacht wurden rings um die Lager Fanfaren geblasen, und anschließend wurde eine Proklamation verlesen.

Diese Proklamation bekräftigte die Existenz der Vampirgeister im Allgemeinen, stritt sie aber in jedem aktuellen

Hier-und-Jetzt-Zusammenhang energisch ab. Sie war eine propagandistische Glanzleistung, vor allem deshalb, weil sie die ganze Sache auch jenen Soldaten bewusst machte, zu denen die Rote Armee bis jetzt noch nicht vorgedrungen war.

Eine Stunde darauf erreichte die Situation ihren kritischen Punkt, und Rincewind hörte Dinge, die er selbst nie in die Welt gesetzt hatte und die er eigentlich auch lieber nicht gehört hätte.

Wenn er sich mit einigen Soldaten unterhielt und ihnen sagte: »Ich bin sicher, dass es kein gewaltiges Heer gefräßiger Vampirgeister gibt«, bekam er zu hören: »Nein, es sind sieben alte Männer.«

»Nur sieben alte Männer?«

»Ich habe gehört, dass sie *sehr* alt sind«, sagte ein Soldat. »Schon zu alt zum Sterben. Jemand aus dem Palast hat mir gesagt, dass sie durch Wände gehen und sich unsichtbar machen können.«

»Jetzt hör aber auf!«, sagte Rincewind. »Sieben alte Männer gegen eine ganze Armee?«

»Da kommt man ins Grübeln, hm? Korporal Toshi sagt, der Große Zauberer hilft ihnen. Klingt vernünftig. Ich würde jedenfalls nicht gegen eine ganze Armee antreten, wenn ich nicht jede Menge magische Unterstützung hätte.«

»Äh... weiß zufällig jemand, wie der Große Zauberer aussieht?«, fragte Rincewind.

»Es heißt, er ist größer als ein Haus und hat drei Köpfe.«

Rincewind nickte beifällig.

»Ich hab gehört«, sagte ein anderer Soldat, »dass die Rote Armee ebenfalls auf ihrer Seite kämpft.«

»Na und? Korporal Toshi sagt, die Rote Armee ist bloß ein Haufen Kinder.«

»Nein, ich hab gehört … dass die *echte* Rote Armee … du weißt schon …«

»Die Rote Armee macht nicht gemeinsame Sache mit barbarischen Eindringlingen! Außerdem gibt es überhaupt keine Rote Armee. Das ist bloß eine Legende.«

»So wie die unsichtbaren Vampirgeister«, warf Rincewind ein und drehte das Räderwerk der Furcht damit ein kleines Stückchen weiter.

»Äh … stimmt.«

Als er sich entfernte, stritten sie immer noch.

Niemand desertierte. Sich in eine Nacht voller nicht näher benannter Schrecken davonzumachen war schlimmer, als im Lager zu bleiben. Umso besser, befand Rincewind. Es bedeutete, dass die verängstigten Soldaten sich nicht vom Fleck rührten und bei ihren Kameraden Trost suchten. Und um einer Truppe Mut einzuflößen, gab es nichts Besseres als jemanden, der ständig wiederholte: »Ich bin ganz sicher, dass es keine Vampirzauberer gibt«, und dabei viermal in der Stunde zur Latrine ging.

Rincewind machte sich in Richtung Stadt auf. Als er in der Dunkelheit um ein Zelt schlich, prallte er mit einem Pferd zusammen, das ihm kräftig auf den Fuß stieg.

»Deine Frau ist ein fettes Flusspferd!«

ENTSCHULDIGUNG.

Rincewind, der sich mit beiden Händen den schmerzenden Fuß hielt, erstarrte vor Schreck. Er kannte nur eine Person, deren Stimme sich anhörte wie ein Friedhof im tiefsten Winter.

Er versuchte, rückwärts zu hüpfen, und stieß mit einem zweiten Pferd zusammen.

RINCEWIND, WENN ICH MICH NICHT IRRE?, sagte Tod. JA. GUTEN ABEND. ICH GLAUBE, DU HAST

KRIEG NOCH NICHT KENNENGELERNT. RINCEWIND, DARF ICH VORSTELLEN: KRIEG. KRIEG, DARF ICH VORSTELLEN: RINCEWIND.

Krieg legte grüßend die Hand an den Helm.

»Sehr erfreut«, sagte er und deutete auf die anderen drei Reiter. »Das hier sind meine Söhne Furcht und Schrecken. Und meine Tochter Conny.«

Die Kinder sagten im Chor »Guten Tag«. Conny schmollte. Sie mochte ungefähr sieben Jahre alt sein und trug einen Schutzhelm und ein Ponyclub-Abzeichen.

ICH HABE HIER GAR NICHT MIT DIR GERECHNET, RINCEWIND.

»Ach. Ein Glück.«

Tod zog ein Stundenglas aus seinem Gewand, hielt es gegen das Mondlicht und seufzte. Rincewind reckte den Hals, um zu sehen, wie viel Sand noch übrig war.

ANDERERSEITS KÖNNTE ICH NATÜRLICH AUCH...

»Mach dir wegen mir bloß keine Umstände«, sagte Rincewind hastig. »Ich, äh... Vermutlich bist du wegen der Schlacht hier?«

JA. SIE VERSPRICHT ZIEMLICH... KURZ ZU WERDEN.

»Und wer gewinnt?«

DU WEISST GENAU, DASS ICH DAS NICHT VERRATEN WÜRDE, SELBST WENN ICH ES WÜSSTE.

»Selbst wenn du es wüsstest?«, staunte Rincewind. »Ich dachte, du weißt alles!«

Tod hob den Zeigefinger. Etwas kam aus der Nacht herabgeflattert. Rincewind hielt es für eine Motte, obwohl sie weniger flauschig aussah und ein merkwürdiges Sprenkelmuster auf den Flügeln hatte.

Was es auch sein mochte, es ließ sich einen Augenblick auf dem ausgestreckten Fingerknochen nieder, dann flatterte es wieder davon.

AN EINEM SOLCHEN ABEND, sagte Tod, IST DIE UNGEWISSHEIT DAS EINZIG GEWISSE. ZIEMLICH ABGEDROSCHEN, ICH WEISS, ABER ES IST WAHR.

Irgendwo am Horizont grollte Donner.

»Also, dann, äh, mach ich mich mal ... sozusagen ... auf den Weg«, sagte Rincewind.

LASS DICH MAL WIEDER BLICKEN, sagte Tod, und der Zauberer suchte eilig das Weite.

»Komischer Bursche«, sagte Krieg.

WENN ER HIER DIE FINGER DRIN HAT, IST SOGAR DIE UNGEWISSHEIT UNGEWISS. UND NICHT MAL DIESBEZÜGLICH BIN ICH MIR GANZ SICHER.

Krieg zog ein großes, in Papier eingewickeltes Paket aus seiner Satteltasche.

»Wir haben hier ... mal sehen ... Eier mit Kresse, Tikka-Hühnchen und Hartkäse mit knackigen Gurken, glaube ich.«

HEUTZUTAGE GIBT ES WIRKLICH UNGLAUBLICH LECKERE SANDWICHES.

»Und hier noch ... Schinkenüberraschung.«

IM ERNST? WAS IST AN SCHINKEN SO ÜBERRASCHEND?

»Keine Ahnung. Wahrscheinlich ist es für das Schwein immer eine ziemliche Überraschung.«

Ridcully hatte lange mit sich gerungen und schließlich gewonnen.

»Wir holen ihn zurück«, sagte er. »Er ist jetzt schon vier Tage weg. Außerdem können wir ihnen dann gleich ihren blöden Rohrapparat zurückschicken. Irgendwie ist mir das Ding nicht geheuer.«

Die versammelten hochrangigen Zauberer sahen einander an. Keiner von ihnen war besonders scharf auf eine Universität, der ein Rincewind angehörte, aber dieser metallene Hund machte sie alle ganz nervös. Niemand wollte ihm zu nahe kommen. Sie hatten rings um das Ding ein paar Tische übereinandergestapelt und gaben sich die größte Mühe, so zu tun, als wäre es überhaupt nicht da.

»Na schön«, sagte der Dekan. »Aber Stibbons hat doch die ganze Zeit davon geredet, dass alles gleich viel wiegen muss, oder? Wenn wir das da zurückschicken, heißt das dann nicht, dass Rincewind sehr, sehr schnell hier ankommt?«

»Herr Stibbons behauptet, dass er den Zauber inzwischen verbessert hat«, erwiderte Ridcully. »Wir könnten am anderen Ende des Korridors ein paar Matratzen aufstellen oder so.«

Der Quästor hob die Hand.

»Ja, Quästor?«, sagte Ridcully ermutigend.

»Hallo, Herr Wirt, einen Schoppen von Ihrem besten Bier!«, sagte der Quästor.

»Gut«, meinte Ridcully. »Das wäre schon mal geklärt. Ich habe Herrn Stibbons bereits angewiesen, dass er dieses Ding schon mal anwerfen soll ...«

»Den dämonischen Apparat?«

»Genau.«

»Dann kann eigentlich nichts mehr schiefgehen«, murmelte der Dekan säuerlich.

»Und eine Trompete voll mit Hummer, wenn Sie so nett wären!«

»Das findet der Quästor auch.«

Die Kriegsherren hatten sich in Lord Hongs Gemächern versammelt. Man war sorgsam darauf bedacht, Abstand zueinander zu wahren, wie es sich für Widersacher, die zu einer höchst wackligen Allianz zusammengefunden hatten, geziemte. Sobald man mit den Barbaren fertig war, konnte die Schlacht jederzeit fortgeführt werden. Aber erst wollten sie sich einer Sache absolut sicher sein.

»Nein!«, sagte Lord Hong. »Ich sage es jetzt ein für alle Mal! Es gibt keine unsichtbare Armee blutsaugerischer Geister, habt Ihr verstanden? Die Menschen jenseits der Mauer sind genau wie wir – nur in jeder Hinsicht minderwertiger, versteht sich. Aber sie sind *nicht* unsichtbar.«

Der eine oder andere hohe Herr schien noch nicht ganz überzeugt zu sein.

»Und das Gerede von der Roten Armee?«, erkundigte sich einer von ihnen.

»Die Rote Armee, Lord Tang, ist ein undisziplinierter Haufen, der mit unerbittlicher Gewalt ausgelöscht wird!«

»Ihr wisst, von welcher Roten Armee die Bauern reden«, erwiderte Lord Tang. »Es heißt, vor Tausenden von Jahren sei sie ...«

»Es heißt, vor Tausenden von Jahren habe ein Zauberer, der nie existiert hat, Soldaten aus Lehm und Blitz erschaffen. Soldaten, die unsterblich waren«, sagte Lord Hong. »Ja, das ist bloß eine Geschichte, Lord Tang. Eine Geschichte, ausgedacht von Bauern, die nicht begriffen haben, was sich wirklich zugetragen hat. Die Armee von Eins Sonnenspiegel hatte einfach« – Lord Hong machte eine undefinierbare Handbewegung – »bessere Rüstungen und mehr Disziplin. Ich habe keine Angst vor Geistern, und ich fürchte mich auch ganz bestimmt nicht vor einer Legende, die wahrscheinlich nie existiert hat.«

»Ja, aber …«

»Wahrsager!«, blaffte Lord Hong.

Der Wahrsager zuckte erschrocken zusammen.

»Ja, hoher Herr?«

»Wie kommst du mit deinen Eingeweiden voran?«

»Äh … so gut wie fertig, hoher Herr.«

Der Wahrsager war ziemlich besorgt. Irgendwie musste er einen falschen Vogel erwischt haben, redete er sich ein. So ziemlich das Einzige, was ihm die Innereien verrieten, war, dass er, der Wahrsager, von Glück sagen konnte, wenn er, falls er hier mit heiler Haut davonkam, noch ein leckeres Geflügelgericht zu sich nehmen konnte. Aber Lord Hong hörte sich an wie ein Mann, dessen Geduld gefährlich begrenzt war.

»Und was verraten sie dir?«

»Äh … die Zukunft ist … die Zukunft ist …«

Derartige Hühnerinnereien hatte er noch nie gesehen. Einen Augenblick dachte er, sie hätten sich bewegt.

»Äh … sie ist ungewiss«, sagte er zögerlich.

»Ein bisschen genauer, wenn's geht«, erwiderte Lord Hong. »Wer gewinnt morgen früh?«

Schatten zuckten über den Tisch.

Etwas flatterte um die Lichtquelle herum.

Es sah aus wie eine ganz gewöhnliche gelbe Motte mit einem schwarzen Muster auf den Flügeln.

Die seherischen Fähigkeiten des Wahrsagers, die deutlich stärker waren, als er glaubte, verrieten ihm: Jetzt ist absolut nicht der richtige Moment, hellsichtig zu sein.

Andererseits gab es nie einen richtigen Moment, sich auf grausame Weise hinrichten zu lassen, von daher …

»Ohne den geringsten Zweifel«, sagte er, »wird der Feind mit Stumpf und Stiel geschlagen.«

»Wie kannst du dir so sicher sein?«, wollte Lord McSweeney wissen.

Der Wahrsager stutzte.

»Seht Ihr diese wabbelige Masse hier gleich neben den Nieren? Wollt Ihr Euch mit diesem grünen Glibberding streiten? Kennt Ihr Euch denn auf einmal mit den Geheimnissen der Leber aus? Alles klar?«

»Na bitte«, sagte Lord Hong. »Das Schicksal ist uns hold.«

»Trotzdem …«, setzte Lord Tang an. »Die Männer sind sehr …«

»Ihr könnt den Männern ausrichten …«, fiel ihm Lord Hong ins Wort, unterbrach sich aber sogleich. Dann lächelte er.

»Richtet den Männern aus«, sagte er, »dass es tatsächlich eine gewaltige Armee unsichtbarer Vampirgeister gibt.«

»Was?«

»Ja!« Lord Hong ging im Raum auf und ab und schnippte mit den Fingern. »Ja, es gibt eine grässliche fremde Geisterarmee. Diese hat wiederum unsere eigenen Geister so sehr erzürnt … ja, tausend Generationen unserer Ahnen reiten auf dem Wind daher, um die Invasion der Barbaren zurückzuschlagen! Die Geister des Reiches erheben sich! Millionen und Abermillionen Geister! Sogar unsere Dämonen sind ob dieser Invasion zornig geworden! Sie werden herniedergehen wie ein Nebel aus Klauen und Zähnen, um … Ja, Lord Sung?«

»Seid Ihr da *ganz* sicher, Lord Hong?«

Lord Hongs Augen funkelten hinter den winzigen Brillengläsern.

»Veranlasst die nötigen Bekanntmachungen«, sagte er.

»Aber erst vor wenigen Stunden haben wir den Männern gesagt, es gäbe keine …«

»Dann sagt ihnen jetzt etwas anderes!«

»Aber ob sie uns glauben, dass es …«

»Sie werden das glauben, was ihnen gesagt wird!«, schrie Lord Hong. »Wenn der Feind glaubt, seine Stärke liege in der Täuschung, dann werden wir seine Täuschung gegen ihn verwenden. Sagt den Männern, dass eine Milliarde Geister des Reiches hinter ihnen stehen!«

Die anderen Kriegsherren mieden seinen Blick. Niemand wollte darauf hinweisen, dass ganz normalen Soldaten nicht besonders wohl ist, wenn sie vor sich und hinter sich ganze Armeen von Geistern wissen, allein schon der Unberechenbarkeit von Geistern wegen.

»Gut«, sagte Lord Hong und senkte den Blick.

»Bist du immer noch hier?«, fragte er.

»Ich räume nur noch rasch mein Hühnerklein weg, hoher Herr!«, piepste der Wahrsager.

Er packte die Überreste des zerpflückten Huhns zusammen und machte sich eilig davon.

Ich habe schließlich nicht gesagt, *wessen* Feind, dachte er, während er nach Hause rannte.

Lord Hong blieb allein zurück.

Er merkte, dass er zitterte. Wahrscheinlich vor Wut. Aber vielleicht … vielleicht ließ sich noch alles zu seinem Vorteil wenden, trotz alledem. Barbaren kamen von außerhalb, und für die meisten Menschen war jedes »außerhalb« gleich. Genau. Die Barbaren waren nur ein winziges Detail, dessen er sich ganz leicht entledigen konnte; wenn er jedoch sehr umsichtig vorging, konnten sie ihm in seiner Gesamtstrategie sogar nützlich sein.

Er atmete schwer.

Dann ging er in sein privates Arbeitszimmer und schloss die Tür hinter sich.

Er zog den Schlüssel hervor.

Er öffnete die Kiste.

Mehrere Minuten lang war bis auf das Rascheln von Kleidern nichts zu hören.

Dann betrachtete sich Lord Hong im Spiegel.

Er hatte große Mühen und Anstrengungen unternommen, um diese Sachen zu bekommen. Er hatte mehrere Agenten beauftragt, von denen keiner den gesamten Plan kannte. Aber der Schneider in Ankh-Morpork hatte gute Arbeit geleistet und die Maße exakt ausgeführt. Von den spitzen Stiefeln über die Kniehose und das Wams bis hin zum Umhang und dem Federhut sah Lord Hong wie ein feiner Herr aus Ankh-Morpork aus. Der Umhang war mit Seide gefüttert.

Die Kleidung fühlte sich unangenehm an und berührte ihn an ungewohnten Stellen, aber das waren Nichtigkeiten. So sah man als Mann nun mal aus, wenn man sich in einer Gesellschaft bewegen wollte, die atmete, die sich bewegte, die ein Ziel hatte …

An jenem ersten großen Tag würde er durch die Stadt schreiten, und die Leute würden verstummen, sobald sie ihren eigentlichen Herrscher erblickten.

Nie wäre ihm der Gedanke gekommen, dass jemand sagen könnte: »He, guckt euch mal diesen Schnösel an! Zieht ihm eins über die Rübe, mal sehen, was er in den Taschen hat!«

Die Ameisen krabbelten. Das Ding, das gelegentlich »Parp« machte, machte »Parp«.

Die Zauberer wichen ein paar Schritte zurück. Viel mehr konnte man nicht tun, wenn Hex mit voller Kraft arbeitete, außer vielleicht den Fischen zusehen und ab und zu die Räder ölen. Hin und wieder zuckten Oktarinblitze in den Röhren auf.

Hex zauberte jetzt mehrere Hundert Mal pro Minute. Das war die ganze Hexerei. Ein Mensch brauchte für einen ganz normalen Findezauber mindestens eine Stunde. Hex war da wesentlich schneller. Und zwar immer wieder. Der Apparat wiederholte den Zauber ununterbrochen und durchsuchte so das gesamte okkulte Meer nach einem einzigen schlüpfrigen Fisch.

Nach dreiundneunzig Minuten hatte er erreicht, wofür die Zauberer andernfalls mehrere Monate gebraucht hätten.

»Sehen Sie, verehrte Kollegen?«, sagte Ponder, dessen Stimme ein bisschen zitterte, als er mehrere Holzklötze aus dem Ausgabeschacht nahm. »Ich hab doch gleich gesagt, dass er es schafft.«

»Er?«, fragte Ridcully.

»Hex.«

»Ach so, Sie meinten es.«

»Hab ich doch gesagt, Erzkanzler … äh … genau.«

Was die Horde anging, war Herrn Zervelat noch etwas anderes aufgefallen: ihre Fähigkeit, sich zu entspannen. Die alten Männer besaßen das katzenhafte Talent, nichts zu tun, wenn es nichts zu tun gab.

Sie hatten die Klingen ihrer Schwerter geschärft. Sie hatten gegessen – die meisten von ihnen große Fetzen Fleisch und der Irre Hämisch eine Art Grütze, von der er sich das meiste in den Bart getropft hatte. Der Bekömmlichkeit ihrer Speisen hatten sie sich dadurch versichert, dass sie den Koch aus der Küche gezerrt, ihn mit seiner Schürze am Boden festgenagelt und über ihm eine große Axt an einem Strick aufgehängt hatten, der über einen Dachbalken lief und dessen anderes Ende Cohen beim Essen in der Hand hielt.

Dann hatten sie aus bloßer Gewohnheit wieder ihre Schwertklingen geschärft ... und plötzlich damit aufgehört.

Hin und wieder pfiff einer von ihnen eine kleine Melodie durch die noch verbliebenen Zähne oder suchte irgendeine Körperfalte nach einer besonders lästigen Laus ab. In erster Linie saßen sie jedoch einfach nur da und starrten ins Leere.

Nach einer ziemlich langen Pause sagte Caleb: »Wisst ihr, dass ich noch nie in XXXX gewesen bin? Sonst war ich schon überall. Hab mich schon oft gefragt, wie's da wohl aussieht.«

»Bin dort mal nach einem Schiffbruch gestrandet«, sagte Vincent. »Komisches Land. Alles voller Magie. Dort gibt's Biber mit Schnäbeln und riesengroße Ratten mit langen Schwänzen, die durch die Gegend hüpfen und miteinander boxen. Überall laufen merkwürdige schwarze Kerle rum, die behaupten, sie leben in einem Traum. Aber ziemlich schlaue Burschen. Wenn man denen ein Stück Wüste mit einem abgestorbenen Baum drin zeigt, dauert es nicht lange, bis sie dort ein Drei-Gänge-Menü aufgetrieben haben, mit Obst und Nüssen zum Nachtisch. Auch das Bier schmeckt da prima.«

»Hört sich doch gut an.«

Wieder entstand eine lange Pause.

Dann: »Haben die eigentlich Barden hier? Wäre doch jammerschade, wenn wir alle umkommen, und niemand macht ein Lied draus.«

»In so einer Stadt müsste es jede Menge Barden geben.«

»Also ist das auch kein Problem.«

»Nein.«

»Nö.«

Wieder eine ziemlich lange Pause.

»Nicht dass einer von uns hier umkommt, schon klar.«

»Klar. In meinem Alter hab ich wirklich keine Lust mehr, umgebracht zu werden, haha.«

Wieder eine Pause.

»Cohen?«

»Was?«

»Bist du religiös?«

»Sagen wir mal so: Ich hab zeit meines Lebens so manchen Tempel ausgeraubt und so manchen verrückten Priester umgelegt. Ich weiß aber nicht, ob das zählt.«

»Was glauben deine Leute denn, was mit ihnen passiert, wenn man in der Schlacht stirbt?«

»Ach, dann kommen diese großen dicken Frauen mit den gehörnten Helmen und bringen einen in die Hallen des Io, wo man bis in alle Ewigkeit kämpfen und zechen und wüste Gelage feiern kann.«

Wieder eine Pause.

»Du meinst ... bis in alle Ewigkeit, *echt?*«

»Ich denke schon.«

»Weil, normalerweise hat man sogar von Truthahn irgendwann genug, meistens ungefähr am vierten Tag.«

»Kann schon sein. Woran glauben deine Leute denn?«

»Ich glaube, wir segeln zur Hölle, und zwar in einem Boot aus abgeschnittenen Zehennägeln. Oder so was in der Art.«

Wieder eine Pause.

»Aber ist ja sinnlos, sich über so was zu unterhalten, weil wir heute sowieso nicht sterben.«

»Du sagst es.«

»Ha, hat ja überhaupt keinen Sinn zu sterben, wenn einen auf der anderen Seite bloß lauter Fleischreste erwarten und eine Schiffsreise in einem Boot, das nach deinen alten Socken riecht, stimmt's?«

»Haha.«

Wieder eine Pause.

»Drunten in Klatsch glauben sie, wenn man ein gutes Leben führt, wird man als Belohnung hinterher ins Paradies geschickt, mit jeder Menge junger Frauen.«

»Das soll deine Belohnung sein?«

»Weiß auch nicht genau. Vielleicht ist es bei denen auch die Strafe. Aber ich weiß noch, dass es dort den ganzen Tag eisgekühlte Getränke gibt.«

»Hört sich jedenfalls besser an, als Zehennägel zu schlürfen, finde ich.«

Wieder eine Pause.

»Habt ihr jemals an die Geschichte geglaubt, dass jeder Feind, den ihr getötet habt, in der nächsten Welt euer Sklave ist?«

»Keine Ahnung.«

»Wie viele hast du denn getötet?«

»Was? Ach… vielleicht zwei- oder dreitausend. Zwerge und Trolle natürlich nicht mitgezählt.«

»Da hast du jedenfalls genug Leute, die dich kämmen und dir die Tür aufhalten, wenn du erst mal tot bist.«

Pause.

»Wir gehen aber heute eindeutig nicht drauf, oder?«

»Ach was.«

»Ich meine, hunderttausend zu eins… ha! Der einzige Unterschied sind ein paar Nullen.«

»Genau.«

»Mal ehrlich… ein paar zu allem entschlossene Kameraden an der Seite und ein kräftiger rechter Arm – was braucht man mehr?«

Pause.

»Ein Vulkan wäre nicht schlecht.«

Pause.

»Wir werden sterben, stimmt's?«

»Genau.«

Die Hordenmitglieder sahen einander an.

»Die Sache hat aber auch ihre guten Seiten«, sagte der Junge Willie, »denn ich schulde Fafa dem Zwerg noch fünfzig Dollar für dieses Schwert. Sieht ganz so aus, als könnte ich mich da geschickt aus der Affäre ziehen.«

Herr Zervelat schlug die Hände vors Gesicht.

»Tut mir wirklich leid«, sagte er.

»Mach dir deshalb keine Sorgen«, sagte Cohen.

Das erste Licht des Morgens zeichnete sich in den hohen Fenstern ab.

»Hört mal zu«, sagte Herr Zervelat, »ihr müsst nicht sterben. Wir können ... also, wir können uns einfach aus dem Staub machen. Vielleicht wieder durch das Leitungsrohr. Hämisch tragen wir einfach. Hier herrscht ohnehin ein ständiges Kommen und Gehen. Ich bin mir sicher, dass wir ... unbehelligt ... aus der ... Stadt ... rauskommen ... ohne große ...«

Seine Stimme verebbte. Unter solchen Blicken konnte keine Stimme bestehen. Sogar Hämisch, dessen Blick normalerweise auf irgendeinen Punkt vor achtzig Jahren gerichtet war, starrte ihn an.

»Ich lauf nicht weg«, sagte Hämisch.

»Es ist ja kein Davonlaufen«, versuchte es Herr Zervelat noch einmal. »Eher ein wohlüberlegter Rückzug. Reine Taktik. Bei den Göttern, es ist einfach gesunder Menschenverstand!«

»Ich lauf nicht weg.«

»Hört doch mal zu. Sogar Barbaren können zählen! Außerdem habt ihr selbst bereits zugegeben, dass ihr dabei sterben werdet!«

»Ich lauf nicht weg.«

Cohen beugte sich vor und tätschelte Herrn Zervelat die Hand.

»Es geht ums Heldentum, verstehst du?«, sagte er. »Wer hat schon mal von einem Helden gehört, der einfach davonläuft? Die vielen Kinder, von denen du uns erzählt hast... du weißt schon, die alle glauben, wir sind bloß Legenden... meinst du, die würden glauben, dass wir weggelaufen sind? Na also. Nein, Davonlaufen kommt einfach nicht in die Tüte. Weglaufen kann von mir aus jemand anders.«

»Abgesehen davon«, sagte Kriecher, »wo kriegen wir noch mal so eine Chance? Zu sechst gegen fünf Armeen? Das ist verd-... Das ist fantastisch! Von wegen Legenden! Ich könnte mir vorstellen, dass wir damit gute Aussichten auf eine waschechte Sage haben!«

»Aber... ihr geht... in den Tod.«

»Ach, das gehört zum Geschäft, glaub mir, das gehört einfach dazu. Aber was für ein grandioser Abgang, hä?«

Herr Zervelat sah einen nach dem anderen an und musste sich eingestehen, dass sie eine andere Sprache in einer anderen Welt sprachen. Eine Welt, für die er keinen Schlüssel und keine Landkarte hatte. Man konnte ihnen beibringen, schicke Hosen zu tragen und mit Geld umzugehen, aber auf dem Grunde ihrer Seelen blieb immer ein unveränderbarer Rest.

»Gibt es eigentlich einen besonderen Ort für Lehrer? Nach dem Tod, meine ich?«, erkundigte sich Cohen.

»Ich glaube nicht«, antwortete Herr Zervelat bedrückt. Einen Augenblick lang fragte er sich sogar, ob es wirklich so etwas wie eine große Freistunde im Himmel gab. Es kam ihm eher unwahrscheinlich vor. Bestimmt musste man auch da zwischendurch ein paar Arbeiten korrigieren.

»Egal, was auch passiert, wenn du mal tot bist und Lust

auf ein zünftiges Gelage hast, darfst du jederzeit bei uns reinschauen«, sagte Cohen. »Es hat viel Spaß gemacht mit dir, und darauf kommt es schließlich an. Und es war eine richtig tolle Erfahrung, hab ich recht, Jungs?«

Ringsum ertönte zustimmendes Gemurmel.

»Schon erstaunlich, diese vielen langen Wörter.«

»Und dass wir gelernt haben, Sachen zu kaufen.«

»Und den Umgang mit dem anderen Geschlecht … har, har, har … 'tschuldigung.«

»Hä?«

»Schade, dass es nicht geklappt hat, aber ich hab noch nie viel von Plänen und so weiter gehalten«, sagte Cohen.

Herr Zervelat erhob sich.

»Ich gehe mit euch«, sagte er grimmig.

»Was? In den Kampf?«

»Ja.«

»Kannst du mit einem Schwert umgehen?«, wollte Kriecher wissen.

»Äh. Nein.«

»Dann hast du dein ganzes Leben vergeudet.«

Herr Zervelat schien diese Bemerkung ein wenig zu kränken.

»Ich denke mal, dass ich den Bogen ziemlich schnell raushabe«, sagte er.

»Den Bogen raushaben? Wir reden hier von einem Schwert!«

»Schon, aber … als Lehrer muss man sich alles schnell aneignen.« Herr Zervelat lächelte nervös. »Ich habe mal ein ganzes Schulhalbjahr praktische Alchimie unterrichtet, als Herr Schisma verhindert war, weil er sich selbst in die Luft gesprengt hat, dabei hatte ich vorher in meinem ganzen Leben noch keine Schmelztiegel gesehen.«

»Hier.« Der Junge Willie gab dem Lehrer ein Ersatzschwert. Der wiegte es in der Hand.

»Dafür gibt es doch sicher eine Gebrauchsanleitung oder so was?«

»Eine Gebrauchsanleitung? Nein. Man hält es am stumpfen Ende fest, und das andere Ende sticht man in jemanden rein.«

»Ach? Im Ernst? Na, das hört sich doch ziemlich unkompliziert an. Ich dachte, da steckt mehr dahinter.«

»Willst du wirklich mitkommen?«, fragte Cohen.

Herr Zervelat machte ein entschlossenes Gesicht. »Auf jeden Fall. Ich glaube nämlich nicht, dass ich durchkomme, wenn ihr überlebt, und … tja, wie es aussieht, bekommt ihr Helden einen wesentlich besseren Platz im Himmel. Vermutlich habt ihr auch ein wesentlich besseres Leben geführt. Außerdem habe ich wirklich keine Ahnung, wo man als Lehrer hinkommt, wenn man tot ist, aber ich habe den grässlichen Verdacht, dass dort lauter Sportlehrer herumturnen.«

»Ich bin mir nur nicht sicher, ob du auch so richtig ausrasten kannst«, sagte Cohen. »Ist schon mal roter Nebel auf dich niedergerieselt, und als du aufgewacht bist, musstest du feststellen, dass du zwanzig Leute totgebissen hast?«

»Wenn es in der Klasse zu laut wurde, konnte ich ziemlich fies werden«, antwortete Herr Zervelat. »Und als Kreidewerfer war ich absolut treffsicher.«

»Wie sieht es mit dir aus, Steuerfritze?«

Sechs Wohltätige Winde wich hastig einen Schritt zurück. »Ich … ich glaube, ich bin eher dafür geschaffen, das System von innen auszuhöhlen«, stammelte er.

»Auch gut.« Cohen musterte die anderen. »In so einem richtig offiziellen Krieg habe ich noch nie gekämpft«, sagte er. »Wie geht das eigentlich?«

»Ich glaube, man stellt sich in einer langen Reihe einander gegenüber auf, und dann greift man an«, antwortete Herr Zervelat.

»Scheint ja nicht allzu kompliziert zu sein. Also los, auf geht's.«

Sie schritten beziehungsweise rollten beziehungsweise trotteten in Herrn Zervelats dezentem Trott durch den Korridor. Der Steuereintreiber folgte ihnen mit einigem Abstand.

»Herr Zervelat!«, rief er. »Sie wissen doch, was Ihnen bevorsteht! Sind Sie jetzt von allen guten Geistern verlassen?«

»Ganz recht«, antwortete der Lehrer, »aber vielleicht habe ich ja ein paar noch bessere gefunden.«

Er grinste in sich hinein. Bis jetzt hatte er ein recht kompliziertes Leben geführt. Immer nur Stundenpläne und Listen und ein ganzer Haufen Dinge, die er tun musste, und Dinge, die er nicht tun sollte. Herrn Zervelats Leben war ein kleines, zappelndes Etwas gewesen, das in dem ganzen Durcheinander zu überleben versuchte. Jetzt war alles plötzlich ganz einfach geworden. Man hielt ein Ende fest und bohrte das andere in andere Leute. Mit diesem Motto konnte man ein ganzes Leben bestreiten. Und hinterher bekam man obendrein ein höchst interessantes Jenseits geboten ...

»Hier, das brauchst du garantiert auch«, sagte Caleb, als sie hinaus in das graue Licht traten, und stieß etwas Rundes in Herrn Zervelats Richtung. »Das ist ein Schild.«

»Aha. Der soll mich schützen, stimmt's?«

»Wenn es nicht mehr anders geht, beißt du in den Rand.«

»Ach, das kenne ich«, sagte Herr Zervelat. »Das macht man, wenn man so richtig ausrastet, oder?«

»Kann sein, kann sein«, antwortete Caleb. »Sehr viele

Kämpfer machen es deswegen. Ich persönlich beiße da rein, weil er aus Schokolade ist.«

»Aus Schokolade?«

»Bei diesen Schlachten kriegt man doch nie was Richtiges zu essen.«

Ha, nicht zu glauben, dachte Herr Zervelat, da marschiere ich gemeinsam mit diesen *Helden* durch die Straßen. Sie sind die großen …

»Und im Zweifelsfall ziehst du einfach alle Klamotten aus«, sagte Caleb.

»Warum das denn?«

»Das ist immer ein sicheres Anzeichen für richtig verrücktes Ausrasten, wenn man seine Klamotten auszieht. Damit jagt man dem Feind eine Heidenangst ein. Und wenn einer lacht, verpass ihm eins mit dem Schwert.«

Zwischen den Decken im Rollstuhl bewegte sich etwas.

»Hä?«

»Ich sagte: VERPASS IHM EINS MIT DEM SCHWERT, Hämisch.«

Hämisch winkte mit einem Arm, der wie ein Stück Knochen mit Haut dran aussah, jedenfalls viel zu dünn, um die Axt zu halten, die er da schwenkte.

»Ganz genau! Voll in die Nüsse!«

Herr Zervelat stieß Caleb an.

»Das muss ich mir aufschreiben«, sagte er. »Wo genau sind die Nüsse?«

»Das ist ein kleiner Gebirgszug in der Nähe der Nabe.«

»Faszinierend.«

Die Bürger von Hunghung standen auf und vor den Stadtmauern. So eine Schlacht bekam man schließlich nicht jeden Tag zu sehen.

Rincewind bahnte sich mit Ellbogen und Tritten einen Weg durch die Menge, bis er den Kader erreicht hatte, dem es gelungen war, einen sehr guten Platz über dem Haupttor zu ergattern.

»Wieso seid ihr immer noch hier?«, erkundigte er sich. »Ihr könntet schon über alle Berge sein!«

»Wir wollen natürlich sehen, wie das hier ausgeht«, antwortete ihm Zweiblum. Seine Brillengläser blitzten.

»Ich weiß genau, was hier passiert! Die Horde wird ruckzuck abgemurkst!«, rief Rincewind. »Was glaubt *ihr* denn?«

»Hast du die unsichtbaren Vampirgeister vergessen?«

»Stimmt. Überall streiten die Leute lautstark ab, dass es sie gibt«, sagte Lotosblüte. »Deshalb muss ein Körnchen Wahrheit darin stecken.«

»Aber ich habe sie mir selbst ausgedacht!«

»Kann schon sein, dass du glaubst, du hättest sie dir ausgedacht«, widersprach ihm Zweiblum. »Vielleicht bist du ja bloß eine Spielfigur von Schicksal.«

»Hört mal, es gibt keine ...«

»Der gute alte Rincewind! Ganz wie ich ihn kenne!«, sagte Zweiblum gutgelaunt. »Du warst schon immer so pessimistisch eingestellt, aber am Ende ist noch immer alles gut ausgegangen.«

»Es gibt keine Geister, und es gibt keine Zauberarmeen«, sagte Rincewind. »Das ist alles bloß ...«

»Wenn sieben Männer sich einem hunderttausendmal stärkeren Gegner stellen, gibt es nur einen möglichen Ausgang«, sagte Zweiblum.

»Stimmt. Ich bin froh, dass du es einsiehst.«

»Sie werden gewinnen«, grinste Zweiblum. »Sie müssen einfach gewinnen. Ansonsten funktioniert die Welt nicht richtig.«

»Du machst einen ganz intelligenten Eindruck«, wandte sich Rincewind an Schmetterling. »Erkläre ihm bitte, warum er sich täuscht. Es hat etwas mit dem zu tun, was wir in unserem Land Mathematik nennen, ein sehr patentes Spielzeug. Ich weiß nicht, ob ihr hier schon davon gehört habt – Mathematik?«

Das Mädchen lächelte ihn an.

»Du glaubst mir nicht, oder?«, stammelte Rincewind. »Du bist genau wie er. Was meinst du wohl, was hier gleich passiert? Homöopathische Kriegsführung? Je kleiner deine Streitmacht, desto größer die Wahrscheinlichkeit, dass du gewinnst? Ich kann dir verraten, dass es ganz anders läuft. Ich wäre froh, es würde so laufen, aber leider läuft es *nicht* so. Nichts läuft so. Es gibt keine unglaublichen Glückssträhnen, keine magischen Lösungen, und die Guten gewinnen nicht einfach deshalb, weil sie viel zu wenige, aber dafür sehr tapfer sind!« Er schlug gereizt mit der Hand nach etwas.

»Du bist bis jetzt immer durchgekommen«, sagte Zweiblum. »Wir haben die erstaunlichsten Abenteuer erlebt, und du bist immer davongekommen.«

»Das war reiner Zufall.«

»Du hast immer weiter überlebt.«

»Und du hast uns aus dem Gefängnis befreit«, sagte Lotosblüte.

»Das waren bloß ein Haufen Zu-… Verflixt noch mal, jetzt hau aber endlich ab!«

Ein Schmetterling wich seiner wild umherschlagenden Hand aus.

»Elende Viecher«, murmelte er. Dann fügte er hinzu: »Also, das wär's dann. Ich bin weg. Ich kann da nicht zusehen. Ich habe Besseres zu tun. Außerdem bin ich mir ziemlich sicher, dass hinterher fiese und gemeine Menschen nach mir suchen.«

Erst jetzt fiel ihm auf, dass Lotosblüte Tränen in den Augen standen.

»Wir … wir dachten, du würdest etwas tun«, sagte sie.

»Ich? Ich kann überhaupt nichts tun! Und zaubern schon gar nicht! Dafür bin ich berühmt! Wenn du glaubst, Große Zauberer könnten sämtliche Probleme lösen, hast du dich geschnitten, denn es gibt keine Großen Zauberer, und wenn, dann können sie keine Probleme lösen, und das weiß ich ganz genau, denn ich bin keiner!«

Er ging ein paar Schritte zurück. »So was passiert mir ständig! Ich kümmere mich nur um meine eigenen Angelegenheiten, dann geht auf einmal alles schief, und plötzlich verlassen sich alle auf mich und sagen: ›Ach, Rincewind, was hast du jetzt vor?‹ Also, ich kann euch sagen, was Frau Rincewinds Sohnemann jetzt vorhat, falls sie überhaupt Frau Rincewind hieß: überhaupt nichts, kapiert? Ihr müsst das alles selber in die Hand nehmen! Keine geheimnisvollen Zauberarmeen werden euch … Warum guckt ihr mich alle so komisch an? Ich sehe überhaupt nicht ein, dass alles *meine* Schuld ist! Ich muss mich um andere Dinge kümmern! Das hier geht mich alles überhaupt nichts an!«

Dann drehte er sich um und rannte davon.

Die Menge nahm nicht viel Notiz von ihm.

Für Hunghungs Verhältnisse waren die Straßen leer, was bedeutete, dass man das Pflaster ziemlich oft sehen konnte. Rincewind schob und drängelte sich durch die Gassen in der Nähe der Stadtmauer und suchte nach einem anderen Tor, an dem die Wachen zu beschäftigt waren, um dumme Fragen zu stellen.

Er vernahm Schritte hinter sich.

»Hört mal«, sagte er und wirbelte herum. »Ich hab doch gesagt, ihr könnt euch alle …«

Es war Truhe. Sie brachte es fertig, tatsächlich ein bisschen beschämt auszusehen.

»Ach, da bist du ja wieder!«, rief Rincewind wütend. »Was ist denn aus dem Ich-folge-dem-Meister-überallhin geworden?«

Truhe trippelte verlegen von einem Fuß auf irgendeinen anderen. Aus einer Seitengasse kam eine etwas größere und deutlich verziertere Version ihrer selbst. Ihr Deckel war kunstvoll eingelegt, und ihre Füße waren, so kam es Rincewind jedenfalls vor, entschieden niedlicher als die von Truhe mit ihren krummen Nägeln und dicken Schwielen. Außerdem waren die Fußnägel bemalt.

»Oha«, sagte er. »Na denn. Meine Güte. Aber warum nicht? Im Ernst? Ich meine … na ja. Gut. Dann kommt mit.«

Am anderen Ende der Gasse drehte er sich um. Truhe stieß sanft gegen die größere Kiste, forderte sie auf, ihr zu folgen.

Rincewinds eigene Erfahrungen auf sexuellem Gebiet waren nicht besonders erschöpfend, obwohl er schon das eine oder andere Schaubild gesehen hatte. Wie sich das alles auf Reiseutensilien anwenden ließ, davon hatte er keinen blassen Schimmer. Sagten sie so was wie: »Was für ein Koffer!« oder: »Mann, hast du ihre Scharniere gesehen?«

Genau genommen hatte er nicht einmal stichhaltige Hinweise, dass Truhe männlich war. Zugegeben, sie verfügte über eine recht mörderische Natur, aber das traf auch auf viele Frauen zu, denen Rincewind begegnet war. In den meisten Fällen waren sie sogar noch mörderischer geworden, nachdem sie ihm begegnet waren. Die Befähigung zur Gewalt, das hatte Rincewind schon mal irgendwo gehört, war geschlechtsunabhängig. Er wusste zwar nicht genau, was geschlechtsunabhängig bedeutete, vermutete aber, dass es das war, was er normalerweise erlebte.

Weiter vorn befand sich ein kleines Tor. Es sah unbewacht aus.

Trotz seiner Angst ging er hindurch und unterdrückte den Impuls, sofort loszurennen. Jemand, der rannte, machte sich bei den Behörden immer verdächtig. Die Zeit des Davonrennens kam spätestens beim »e« in »He, du da!«

Niemand beachtete ihn. Die Leute richteten ihre gesamte Aufmerksamkeit auf die Armeen vor der Stadt.

»Seht sie euch an«, sagte Rincewind verbittert zum Universum im Allgemeinen, »wie dumm sie sind. Ginge es um sieben gegen siebzig, wäre es allen klar, wer verliert. Nur weil es sieben gegen siebenhunderttausend steht, sind sie sich nicht mehr ganz sicher. Als spielten Zahlen auf einmal keine Rolle mehr. Widerlich! Warum soll ich dazu irgendetwas beitragen? Wo ich den Kerl eigentlich gar nicht richtig kenne. Ja, zugegeben, er hat mir mehrmals das Leben gerettet, aber das ist noch lange kein Grund, einen grässlichen Tod zu sterben, bloß weil er nicht zählen kann. Deswegen kannst du ruhig aufhören, mich so komisch anzusehen!«

Truhe wich ein Stück zurück. Die *andere* Truhe …

… Rincewind fand, dass sie weiblich aussah. Frauen hatten doch größere Gepäcktruhen als Männer, oder? Und zwar wegen – hier bewegte er sich auf unbekanntem Terrain – der ganzen Rüschen und dem Kram. Es gehörte zu den vielen unerklärlichen Dingen, wie zum Beispiel die Tatsache, dass sie kleinere Taschentücher als Männer hatten, obwohl ihre Nasen im Allgemeinen genauso groß waren. *Truhe* war immer nur Truhe gewesen. Rincewind war geistig nicht darauf vorbereitet, dass es mehr als eine gab. Jetzt gab es Truhe und … die andere Truhe.

»Jetzt kommt schon, ihr beiden«, sagte er. »Wir verziehen uns. Ich habe getan, was ich konnte. Jetzt ist mir das hier alles egal. Es hat nichts mehr mit mir zu tun. Ich verstehe nicht, warum sich alle auf mich verlassen. Ich bin niemand, auf den man sich verlässt. Nicht mal *ich* verlasse mich auf mich, und ich bin immerhin ich selbst.«

Cohen blickte zum Horizont, über dem sich graublaue Wolken ballten.

»Ein Unwetter zieht auf«, sagte er.

»Ein Glück, dass wir dann nicht mehr leben. Da werden wir wenigstens nicht mehr nass«, erwiderte der Junge Willie fröhlich.

»Sieht irgendwie seltsam aus. Als würde es aus allen Richtungen zugleich aufziehen.«

»Widerliches ausländisches Wetter. Nicht mal dem kann man trauen.«

Cohens Aufmerksamkeit richtete sich auf die Heere der fünf Kriegsherren.

Sie schienen sich irgendwie einig geworden zu sein.

Sämtliche Truppen hatten rings um Cohen und seine Horde Aufstellung bezogen. Ihre Taktik war klar: Einfach vorrücken. Die Horde konnte sehen, wie die Kommandeure vor ihren Truppen auf und ab ritten.

»Wie geht's jetzt eigentlich los?«, fragte Cohen, dem der aufkommende Wind die verbliebenen Haare zerzauste. »Pfeift jemand an oder was? Oder rennen wir einfach los und greifen laut schreiend an?«

»Die Eröffnung der Kampfhandlungen ist normalerweise abgesprochen«, antwortete Herr Zervelat.

»Aha.«

Cohen schaute zu dem Wald aus Lanzen und Wimpeln hinüber. So aus der Nähe sahen Hunderttausende von Männern nach ziemlich viel aus.

»Ich gehe mal davon aus«, sagte er langsam, »dass keiner von euch einen erstaunlichen Plan bereithält, von dem er bis jetzt noch nichts gesagt hat?«

»Wir dachten, du hättest einen«, erwiderte Kriecher.

Jetzt lösten sich mehrere Reiter von jedem Heer und näherten sich der Horde als Gruppe. Etwas weiter als einen Speerwurf entfernt hielten sie an und sahen herüber.

»Na schön«, sagte Cohen. »Ich sage es nicht gerne, aber vielleicht sollten wir mit ihnen über Kapitulation verhandeln.«

»Nein!«, rief Herr Zervelat und erschrak selbst über die Lautstärke seiner Stimme. »Nein«, wiederholte er etwas leiser. »Wenn ihr euch ergebt, lassen sie euch nicht am Leben. Ihr sterbt nur nicht sofort.«

Cohen kratzte sich an der Nase. »Was ist das gleich noch mal für eine Fahne … du weißt schon … wenn man mit ihnen reden will, ohne dass sie einen gleich umbringen?«

»Die müsste dann rot sein«, antwortete Herr Zervelat. »Aber es bringt wirklich nichts, wenn ihr …«

»Ich weiß auch nicht, rot für Kapitulationen, weiß für Beerdigungen …«, murmelte Cohen. »Aber von mir aus. Hat jemand was Rotes?«

»Ich habe ein Taschentuch«, sagte Herr Zervelat, »aber es ist weiß, außerdem …«

»Gib her.«

Der barbarische Lehrer händigte es ihm widerwillig aus.

Cohen zog ein kleines, schartiges Messer vom Gürtel.

»Das glaube ich jetzt nicht!«, jammerte Herr Zervelat. Er

hätte fast geweint. »Cohen der Barbar will mit solchen Leuten über Kapitulation verhandeln!«

»Der Einfluss der Zivilisation«, brummte Cohen. »Kann gut sein, dass ich davon ein bisschen weich in der Birne geworden bin.« Er zog sich die Messerklinge über den Arm und drückte dann das Taschentuch auf den Schnitt. »Na also«, sagte er. »Gleich haben wir eine schöne rote Fahne.«

Die Horde nickte anerkennend. Es war eine erstaunlich symbolische, dramatische und vor allem dämliche Handlung in der Tradition allerfeinsten barbarischen Heldentums. Auch auf einige der nicht allzu weit entfernt stehenden Soldaten schien sie Eindruck zu machen.

»So«, fuhr Cohen fort, »ich denke mal, du, Pauker, und du, Kriecher … ihr zwei kommt mit mir. Wir reiten rüber und reden mal mit ihnen.«

»Die schleppen euch in ihre Folterkammern!«, sagte Herr Zervelat. »Die haben Spezialisten, die können einen jahrelang am Leben erhalten!«

»Hä? Washattergesagt?«

»Er hat gesagt DIE KÖNNEN EINEN JAHRELANG AM LEBEN ERHALTEN, Hämisch.«

»Prima! Find ich gut!«

»Lieber Himmel«, sagte Herr Zervelat und trottete hinter den beiden anderen auf die Kriegsherren zu.

Lord Hong klappte sein Visier auf und sah ihnen voller Verachtung entgegen.

»Rote Fahne, seht ihr?«, rief Cohen und winkte mit dem feuchten Tuch auf seiner Schwertspitze hin und her.

»Ja«, sagte Lord Hong. »Wir haben die kleine Aufführung mitbekommen. Sie mag vielleicht den gemeinen Soldaten beeindrucken, mich beeindruckt sie nicht, Barbar.«

»Wie du willst«, erwiderte Cohen. »Wir wollten mit euch über Kapitulation reden.«

Herr Zervelat bemerkte, wie sich einige der anderen Heerführer ein wenig entspannten. Dann dachte er: Wahre Soldaten finden so etwas bestimmt grässlich. Wer will schon in den Soldatenhimmel oder was auch immer kommen und dort erzählen: Ich habe mal eine Armee gegen sieben alte Männer geführt. Damit konnte man keinen Blumentopf gewinnen.

»Ah. Natürlich. So viel zum Thema Angeberei«, sagte Lord Hong. »Dann legt eure Waffen nieder, anschließend bringen wir euch in den Palast.«

Cohen und Kriecher sahen einander an.

»Wie bitte?«, sagte Cohen.

»Legt eure Waffen nieder.« Lord Hong schnaubte verächtlich. »Das bedeutet: Waffen weg und ergeben.«

Cohen warf ihm einen verdutzten Blick zu. »Warum sollten wir unsere Waffen niederlegen?«

»Reden wir hier nicht über eure Kapitulation?«

»*Unsere* Kapitulation?«

Herr Zervelat verzog den Mund zu einem langsamen, irren Grinsen.

Lord Hong starrte Cohen an.

»Ha! Soll ich etwa glauben, ihr seid gekommen, um *uns* zu fragen, ob *wir* ...«

Er beugte sich im Sattel vor und funkelte sie an.

»Oder doch? Doch!«, sagte er. »Ihr hirnlosen kleinen Barbaren. Stimmt es, dass ihr bloß bis fünf zählen könnt?«

»Wir dachten nur, damit könnte man unnötiges Blutvergießen verhindern«, erwiderte Cohen.

»Ihr dachtet, dass euer Blut dann nicht vergossen wird«, sagte der Kriegsherr.

»Ich würde sagen, ein paar von euch kriegen bestimmt auch was ab.«

»Das sind Bauern«, erwiderte der Kriegsherr.

»Ach ja, hätte ich fast vergessen«, sagte Cohen. »Und du bist ihr Anführer, stimmt's? Wie bei deinem Schachspiel, stimmt's?«

»Ich bin ihr Herr«, sagte Lord Hong. »Sie sterben, falls nötig, auf mein Geheiß.«

Cohen grinste ihn breit und gefährlich an.

»Wann fangen wir an?«, fragte er.

»Kehrt zu eurer ... Bande zurück«, sagte Lord Hong. »Dann können wir ... schon bald anfangen.«

Er funkelte Kriecher böse an, der ein Stück Papier entfaltete. Die Lippen des Barbaren bewegten sich unbeholfen, während er mit einem schwieligen Finger über die Seite fuhr.

»Elender ... Halunke, der du bist«, sagte er.

»Meine Worte«, sagte Herr Zervelat, der die Nachschlagetabelle zusammengestellt hatte.

Auf dem Rückweg zur Horde drang ein mahlendes Geräusch an Herrn Zervelats Ohren. Cohen rieb mehrere Karat von seinen Zähnen ab.

»›Sie sterben auf mein Geheiß‹«, sagte er. »Der Drecksack weiß nicht mal, was einen richtigen Anführer ausmacht, Saukerl, elender! Zur Hölle mit ihm und seinem Pferd!«

Herr Zervelat schaute nach hinten. Die Kriegsherren schienen sich über irgendetwas zu streiten.

»Wisst ihr was?«, sagte er. »Wahrscheinlich haben sie vor, uns gefangen zu nehmen. Ich hatte früher mal einen ganz ähnlichen Schuldirektor. Der hat auch immer allen Leuten das Leben schwergemacht.«

»Du meinst, die versuchen, uns nicht umzubringen?«, fragte Kriecher.

»Ja.«

»Heißt das, dass wir auch versuchen müssen, keinen von denen umzubringen?«

»Nein, ich glaube nicht.«

»Hört sich doch gut an.«

»Was machen wir jetzt?«, fragte Herr Zervelat. »Stimmen wir einen Schlachtgesang an oder so was?«

»Wir warten ab«, sagte Cohen.

»Beim Kriegführen wird immer viel abgewartet«, sagte der Junge Willie.

»Ach so, ja«, meinte Herr Zervelat. »Das habe ich schon mal gehört. Angeblich gibt es lange Perioden der Langeweile, auf die kurze Perioden der Aufregung folgen.«

»Nicht ganz«, erwiderte Cohen. »Es sind eher kurze Perioden des Wartens, gefolgt von langen Perioden des Totseins.«

»Verdammt noch eins!«

Die Felder waren von Entwässerungsgräben durchzogen. Nirgendwo ein gerader Weg. Und die Gräben waren zu breit zum Drüberspringen. Zum Durchwaten sahen sie flach genug aus, aber nur, weil achtzehn Zoll Wasser eine dicke, schmatzende Schlammschicht überdeckten. Herr Zervelat hatte gesagt, das Achatene Reich verdanke seinen Reichtum dem Schlamm der Ebenen. So gesehen kam sich Rincewind gerade unermesslich reich vor.

Er war auch nicht mehr weit von dem großen Hügel entfernt, der über der Stadt aufragte. Er war tatsächlich erstaunlich abgerundet, und zwar mit einer Präzision, die viel zu präzise aussah, um natürlichen Ursprungs zu sein. Zervelat hatte gesagt, dass man solche Hügel Drumlins nannte, große, von Gletschern zurückgelassene Erdaufschüttungen. Auf den unteren Hängen dieses Hügels wuchsen Bäume, und auf der Kuppe stand ein kleines Gebäude.

Unterschlupf. Was für ein schönes Wort! Die Ebene erstreckte sich endlos, und die feindlichen Truppen waren viel zu nahe. Der Hügel machte einen eigenartig friedlichen Eindruck, als gehörte er zu einer anderen Welt. Merkwürdig, dass die Achatener, die normalerweise überall, wo man einen Wasserbüffel hinstellen konnte, Landwirtschaft betrieben, ihn unbehelligt gelassen hatten.

Jemand beobachtete ihn.

Es war ein Wasserbüffel.

Man konnte nicht direkt behaupten, dass das Tier ihn mit Interesse beobachtete. Der Büffel beobachtete ihn einfach nur, weil seine Augen offen waren und er nun mal irgendwohin sehen musste, und er hatte zufälligerweise die Richtung gewählt, in der auch Rincewind stand.

Das Gesicht des Büffels drückte die vollkommene Gelassenheit eines Lebewesen aus, das schon vor langer Zeit erkannt hatte, dass es nicht mehr als eine Röhre auf Beinen war und nur deshalb einen Platz im Universum einnahm, weil es, vereinfacht gesagt, Durchlauf zu produzieren hatte.

Am anderen Ende des Stricks stand ein Mann knöcheltief im Schlamm. Wie jeder Wasserbüffelhalter trug er einen breiten Strohhut und die einfache, schlafanzugartige Kombination der einfachen achatenen Landbevölkerung. Sein Gesichtsausdruck zeugte weniger von Idiotie als von Gedankenverlorenheit. Er sah Rincewind an, aber so wie bei dem Büffel hatte es eher damit zu tun, dass sein Blick schließlich irgendwohin gerichtet sein musste.

Trotz der drängenden Gefahren verspürte Rincewind eine plötzliche Neugier.

»Äh. Guten Morgen«, sagte er.

Der Mann nickte kurz. Der Wasserbüffel gab das Geräusch wiedergekäuten Futters von sich.

»Äh … Entschuldigung, falls die Frage zu persönlich ist«, sagte Rincewind, »aber ich … ich frage mich, wieso du den ganzen Tag da mit dem Wasserbüffel auf dem Feld herumstehst.«

Der Mann überlegte.

»Ist gut für den Boden«, sagte er schließlich.

»Aber ist das nicht eine grässliche Zeitvergeudung?«, wollte Rincewind wissen.

Der Mann ließ sich auch für diese Antwort geraume Zeit.

»Was ist Zeit für eine Kuh?«, lautete sie.

Rincewind kehrte wieder auf die Landstraße der Realität zurück.

»Siehst du die Heerscharen dort drüben?«, fragte er den Mann.

Der Wasserbüffelhalter schaute konzentriert in die angezeigte Richtung.

»Ja.«

»Sie kämpfen für dich.«

Die Nachricht schien den Mann nicht groß zu bewegen. Der Wasserbüffel stieß leise auf.

»Es gibt Leute, die wollen, dass ihr weiterhin Sklaven bleibt, und andere, die wollen, dass ihr selbst entscheiden könnt, was mit diesem Land geschieht, besser gesagt, sie wollen entscheiden und euch weismachen, dass ihr die Entscheidungen trefft«, sagte Rincewind. »Gleich findet dort eine schreckliche Schlacht statt. Deshalb frage ich mich … Was willst *du* eigentlich?«

Der Wasserbüffelhalter widmete sich auch diesen Neuigkeiten. Rincewind kam es vor, als wäre die Langsamkeit des Gedankenflusses nicht der einheimischen Beschränktheit geschuldet, sondern eher dem schieren Ausmaß der Frage. Er spürte, wie sie sich immer weiter ausbreitete, bis sie den gesamten Erdboden und das Gras und die Sonne einnahm und sich dann hinaus ins Universum aufmachte.

Schließlich sagte der Mann: »Ein längerer Strick wäre nicht schlecht.«

»Ach. Im Ernst? Das ist ja 'n Ding«, brummte Rincewind. »Vielen Dank. Dieses Gespräch war wirklich sehr aufschlussreich. Auf Wiedersehen.«

Der Mann sah ihm nach. Der Büffel neben ihm entspannte einige Muskeln und zog ein paar andere zusammen, hob den Schwanz und machte die Welt, wenn auch nur in sehr bescheidenem Maße, ein kleines bisschen besser.

Rincewind hielt weiter auf den Hügel zu. Die wenigen Tierspuren und die Bohlenbrücken hier und da schienen alle darauf zuzuführen. Wenn Rincewind auch nur fünf Minuten klar und deutlich nachgedacht hätte – was ihm zuletzt, wenn er sich richtig erinnerte, im Alter von zwölf Jahren widerfahren war –, hätte er sich womöglich darüber gewundert.

Nicht einmal die Tatsache, dass an den unteren Hängen intelligente Birnbäume wuchsen, machte ihn stutzig. Ihre Blätter sahen ihm neugierig nach, als er unter ihnen immer weiter nach oben stieg. Eine Höhle wäre jetzt genau das Richtige für ihn, oder ein passendes …

Er blieb stehen.

»Bitte nicht«, sagte er. »Bitte, bitte nicht. So einfach kriegst du mich nicht dran. Ich verstecke mich in einer hübschen kleinen Höhle und finde dort eine kleine Tür oder einen weisen alten Mann oder so was in der Art, und schon bin ich in irgendwelche neuen Abenteuer verwickelt. Von wegen. Schön im Freien bleiben, so lautet die Parole.«

Halb kletterte er, halb wanderte er zu der abgerundeten Hügelkuppe hinauf, die wie eine Kuppel aus den Bäumen ragte. Jetzt, aus der Nähe, stellte er fest, dass sie keineswegs so glatt war, wie es von unten aussah. Die Witterung hatte kleine Rinnen und Spalten in den Boden gegraben, an jedem halbwegs geschützten Hang wuchsen kleine Büsche.

Das Gebäude auf der Kuppe war, zu Rincewinds Überraschung, ziemlich verrostet. Es war aus Eisen gefertigt – ein spitzes Eisendach, eiserne Wände und eine Eisentür. Ein paar alte Vogelnester und etwas Schutt lagen auf dem Boden, ansonsten war es leer. Und es war kein gutes Versteck. Wenn man jemanden suchte, schaute man hier garantiert zuerst nach.

Rings um die Welt türmte sich inzwischen eine Wolkenwand, in der Blitze knisterten und krachten. Auch grollender Donner war zu hören, und zwar nicht das sanfte Grollen eines Sommergewitters, sondern das Krackackack eines berstenden Himmels.

Trotzdem lag die Hitze wie eine dicke Decke über der Ebene.

Die Luft wurde immer schwüler und fühlte sich dick an, es würde nicht mehr lange dauern, bis es wie aus Kübeln oder gleich ganze Kübel regnen würde.

»Ich brauche einen Ort, wo mich niemand bemerkt«, murmelte er. »Und immer schön den Kopf einziehen. So macht man das. Was geht mich das alles an? Die Probleme anderer Leute!«

Er keuchte in der auf dem Land lastenden Hitze und wanderte weiter.

Lord Hong war außer sich. Wer ihn kannte, nahm eindeutig wahr, dass er plötzlich viel langsamer redete und pausenlos lächelte.

»Und woher wollen die Männer wissen, dass die Blitzdrachen des Himmels zornig sind?«, fragte er. »Vielleicht sind sie einfach nur ausgelassen.«

»Nicht, wenn der Himmel so eine Farbe annimmt«, erwiderte Lord Tang. »Das ist keine glücksverheißende Himmelsfärbung. Er sieht aus wie ein Bluterguss. So ein Himmel kündet von Unheil.«

»Und von welchem Unheil kündet er, bitte schön?«

»Er ist nur im Großen und Ganzen … unheilverkündend.«

»Ich weiß, was hinter alledem steckt«, fauchte Lord Hong. »Ihr fürchtet Euch, gegen sieben alte Männer anzutreten, hab ich recht?«

»Die Männer sagen, es sind die sagenumwobenen Sieben Unbesiegbaren Weisen«, antwortete Lord Fang und versuchte dabei zu lächeln. »Ihr wisst doch, wie abergläubisch sie sind …«

»Was für Sieben Weise?«, wollte Lord Hong wissen. »Ich kenne mich in der Geschichte der Welt außerordentlich gut aus, und von irgendwelchen sagenumwobenen Unbesiegbaren Sieben Weisen habe ich noch nie gehört.«

»Äh … noch nicht!«, erwiderte Lord Fang. »Aber … an einem Tag wie heute … Irgendwo müssen Legenden schließlich ihren Anfang nehmen …«

»Es sind barbarische Barbaren! Bei den Göttern! Sieben Männer! Soll ich wirklich glauben, dass wir uns vor sieben Männern fürchten?«

»Es kommt einem … nicht richtig vor«, sagte Lord McSweeney und fügte rasch hinzu: »Behaupten die Männer.«

»Habt Ihr unsere Proklamation hinsichtlich unserer himmlischen Geisterarmee verkünden lassen? Ein jeder von Euch?«

Die Kriegsherren wichen seinem strengen Blick aus.

»Äh … ja«, antwortete Lord Fang.

»Das muss die Moral doch gestärkt haben.«

»Hm. Nicht … restlos …«

»Was soll das heißen?«

»Hm. Viele Männer sind desertiert. Sie haben gesagt, das mit den ausländischen Geistern sei schon schlimm genug, aber …«

»Aber was?«

»Es handelt sich um einfache Soldaten, Lord Hong«, sagte Lord Tang scharf. »Jeder von ihnen hat so einige Leute, die er nicht gerne wiedersehen möchte. Ihr nicht?«

Eine Sekunde lang sah es so aus, als zuckte etwas auf Lord Hongs Wange. Es dauerte nur eine Sekunde, aber diejenigen, die es sahen, nahmen es durchaus wahr. Lord Hongs berühmte Glasur hatte einen Sprung bekommen.

»Was würdet Ihr tun, Lord Tang? Diese unverschämten Barbaren einfach ziehen lassen?«

»Natürlich nicht. Aber … Ihr braucht keine Armee gegen sieben Männer. Sieben altersschwache Männer. Die Bauern sagen … sie sagen …«

Lord Hongs Stimmlage war kaum merklich höher.

»Aber ich bitte Euch, Der-mit-den-Bauern-spricht! Ich bin sicher, dass Ihr uns gleich verratet, was sie über diese verrückten, törichten alten Männer sagen.«

»Nun ja, das ist genau der Punkt, versteht Ihr? Sie sagen, wenn diese Barbaren so verrückt und töricht sind … wie ist es ihnen dann gelungen, so alt zu werden?«

»Glück!«

Falsche Antwort. Sogar Lord Hong fiel auf, dass er das falsche Wort gewählt hatte. Er hatte noch nie an das Glück geglaubt. Um Gewissheit ins Leben zu bringen, hatte er sich immer auf Schmerzen verlassen, vorzugsweise die Schmerzen anderer. Aber er wusste, dass die anderen an das Glück glaubten. Diese Schwäche hatte er sich seit jeher gerne zunutze gemacht. Jetzt wandte sie sich gegen ihn und biss ihm in die Hand.

»Die Kunst des Krieges weiß nichts darüber zu sagen, wie fünf Armeen sieben alte Männer angreifen sollen«, erläuterte Lord Tang. »Ob mit Geistern oder ohne. Und das kommt daher, Lord Hong, weil niemand eine solche Situation für möglich gehalten hätte.«

»Wenn Ihr so viel Angst habt, dann reite ich mit meinen zweihundertfünfzigtausend Mann alleine gegen sie«, sagte er.

»Ich habe keine Angst«, sagte Lord Tang. »Ich schäme mich.«

»Jeder Mann ist mit zwei Schwertern bewaffnet«, fuhr Lord Hong unbeirrt fort. »Dann werden wir ja sehen, wie lange das Glück diesen … Weisen … beisteht. Denn, meine hohen Herren, ich muss nur einmal Glück haben. Sie hingegen eine Viertelmillion Mal.«

Er klappte sein Visier herunter.

»Na, jetzt fragt Euch doch mal, ob Ihr Glückskinder seid. Na, meine hohe Herren?«

Die anderen vier Kriegsherren vermieden es, einander anzusehen.

Lord Hong nahm ihr resigniertes Schweigen durchaus wahr.

»Na schön«, sagte er. »Schlagt die Gongs und zündet die Knallfrösche – natürlich nur, um uns das Glück gewogen zu machen.«

Es gab sehr viele Dienstgrade in den Armeen des Kaiserreiches, und viele davon waren unübersetzbar. Drei Rosiges Schwein und Fünf Weißer Giftzahn waren so etwas wie Gefreite oder Grenadiere, und das nicht nur, weil sie blass, schutzlos und stets darauf aus waren, sich irgendwo in Sicherheit zu bringen, wenn Gefahr drohte.

Ihr Rang innerhalb der großen Armee war so gering, dass man ihn als so gut wie nicht vorhanden bezeichnen konnte. Sogar die Maultiere der Armee bekleideten einen höheren Rang, weil gute Maultiere nur schwer zu finden waren. Männer wie Rosiges Schwein und Weißer Giftzahn hingegen fand man in jedem Heer, meistens dort, wo dringend eine Latrine geputzt werden musste.

Sie waren so unbedeutend, dass sie insgeheim zu dem Schluss gekommen waren, es wäre für einen unsichtbaren, blutsaugenden ausländischen Geist die reinste Zeitverschwendung, sie beide anzugreifen. Deshalb hielten sie es für nicht mehr als angemessen, ihm, wenn er schon von so weit her kam, die Gelegenheit zu geben, jemanden von deutlich höherem Rang auf teuflische Weise niederzumetzeln.

Deshalb hatten sie sich rücksichtsvollerweise kurz vor Sonnenaufgang von der Truppe entfernt, um sich irgendwo zu verstecken.

Im Falle eines drohenden Sieges konnten sie sich der Truppe selbstverständlich jederzeit wieder anschließen. Bei der ganzen Aufregung würde sie ohnehin niemand vermissen, und beide Männer waren gewissermaßen Experten darin, auf Schlachtfeldern immer rechtzeitig zu den Siegesfeierlichkeiten wieder aufzutauchen. Jetzt lagen sie im langen Gras und schauten den Heeresteilen bei ihren Manövern zu.

Von hier oben aus sah das Ganze wie ein richtig eindrucksvoller Krieg aus. Die Armee auf der einen Seite war so klein, dass man sie fast nicht sehen konnte. Zog man die heftigen Dementi des vergangenen Abends in Betracht, war sie natürlich auch so unsichtbar, dass man sie nicht sehen konnte.

Der hoch gelegene Aussichtspunkt ermöglichte den beiden außerdem, den Ring um den Himmel als Erste wahrzunehmen.

Er erhob sich direkt über der gewaltigen Mauer am Horizont. Ab und zu ließen ihn schräge Sonnenstrahlen goldfarben aufglühen. An den anderen Stellen war er einfach nur gelb. Aber er war lückenlos und dünn wie ein Faden.

»Sieht komisch aus, diese Wolke«, sagte Weißer Giftzahn.

»Stimmt«, sagte Rosiges Schwein. »Aber ist ja auch egal.«

Mit derartigen Betrachtungen und dem Leeren einer kleinen Flasche Reiswein beschäftigt, die Rosiges Schwein am vergangenen Abend bei einem arglosen Kameraden abgestaubt hatte, hörten sie auf einmal jemanden stöhnen.

»Ooooohhhh ...«

Beinahe hätten sie sich am Reiswein verschluckt.

»Hast du das gehört?«, fragte Rosiges Schwein.

»Meinst du dieses ...«

»Oooohhh ...«

»Genau das!«

Sie drehten sich ganz langsam um.

Aus einer Senke hinter ihnen hatte sich etwas herausgezogen, das mehr oder weniger menschenähnlich aussah. Es stieß merkwürdige Geräusche aus.

»Ooooohhhh Scheiße!«

Rosiges Schwein packte Weißen Giftzahn am Arm.

»Das ist ein unsichtbarer blutsaugerischer Geist!«

»Aber ich kann ihn doch sehen!«

Rosiges Schwein kniff die Augen zusammen.

»Das ist die Rote Armee! Sie kommt aus dem Erdboden hervor, so wie es alle immer gesagt haben!«

Weißer Giftzahn, der Rosiges Schwein etliche Gehirnzellen voraushatte und, in diesem Falle entscheidender, erst bei seinem zweiten Becher Wein war, schaute genauer hin.

»Könnte auch bloß ein stinknormaler, mit Dreck verschmierter Mann sein«, überlegte er. Dann rief er mit lauter Stimme: »He, du!«

Die Gestalt drehte sich um und wollte wegrennen.

Rosiges Schwein stieß seinen Freund an.

»Ist das einer von unseren?«

»So wie der aussieht?«

»Schnappen wir ihn uns!«

»Warum?«

»Weil er wegrennen will!«

»Lass ihn laufen.«

»Vielleicht hat er Geld dabei. Aber wovor rennt er eigentlich weg?«

Rincewind rutschte in eine andere Senke. Das war ja mal wieder typisch! Soldaten sollten sich gefälligst dort aufhalten, wo man mit ihnen rechnete. Gab es denn nirgendwo mehr Pflichtgefühl und Ehre und dergleichen?

Rincewind landete auf dem Boden der Senke in Gras und Moos. Er rührte sich nicht und lauschte auf die Stimmen der beiden Männer.

Die Atmosphäre war unerträglich stickig. Es hatte den Anschein, als würde das aufziehende Unwetter die gesamte heiße Luft vor sich herschieben und die Ebene in einen Schnellkochtopf verwandeln.

Da knarrte der Boden und gab plötzlich nach.

Die Gesichter der beiden Fahnenflüchtigen tauchten am Rand der Mulde auf.

Wieder knarrte es, und der Boden senkte sich noch ein

kleines Stück. Rincewind wagte nicht einzuatmen, um nicht noch schwerer zu werden. Außerdem war klar, dass selbst die allerkleinste Bewegung, beispielsweise ein beherzter Sprung, alles nur noch schlimmer machen würde …

Vorsichtig, sehr vorsichtig richtete er den Blick nach unten.

Das abgestorbene Moos hatte nachgegeben, und er schien auf einem im Boden vergrabenen Holzbalken zu stehen. Aber das rings um den Balken hinabrieselnde Erdreich deutete darauf hin, dass sich darunter ein Loch befand.

Der Balken musste jeden Augenblick nachge-

Rincewind warf sich nach vorne. Der Boden unter ihm sackte so schnell weg, dass er mit einem Mal nicht mehr auf einem langsam durchbrechenden Stück Holz stand, sondern an den Armen über etwas hing, was sich wie ein weiterer vergrabener Balken anfühlte. Ein Balken, der, wenn der Schein nicht trog, nicht weniger von Fäulnis zerfressen war als der erste.

Womöglich aus dem Wunsch, es dem anderen gleichzutun, machte sich auch dieser daran, langsam nach unten wegzusacken.

Und hielt dann mit einem Ruck inne.

Die Gesichter der Soldaten verschwanden wieder, als die Seitenwände der Senke ins Rutschen gerieten. Trockene Erde und kleine Steine glitten an Rincewind vorüber. Er spürte ihr Prasseln auf den Stiefeln, dann fielen sie in die Tiefe.

Als Experte in derlei Dingen spürte er auch, dass er über einem Abgrund hing. Von seiner Warte aus betrachtet, befand er sich in großer Höhe.

Der Balken rutschte noch ein Stück nach unten.

Damit ergaben sich aus Rincewinds Blickwinkel zwei Möglichkeiten. Er konnte loslassen und in die Dunkelheit stürzen, einem ungewissen Schicksal entgegen. Oder er hielt sich so lange fest, bis der Balken endgültig nachgab und er in die Dunkelheit stürzte, einem ungewissen Schicksal entgegen.

Doch dann ergab sich zu seiner großen Freude noch eine dritte Möglichkeit. Mit einer seiner Stiefelspitzen stieß er gegen etwas, eine Wurzel oder einen vorstehenden Stein. Völlig egal, was es war. Jedenfalls übernahm es einen Teil seines Gewichts. Zumindest so viel, um ihn in einem heiklen Gleichgewicht zu halten – nicht unbedingt sicher, aber er stürzte auch nicht ab. Dabei handelte es sich natürlich nur um eine Zwischenlösung, aber für Rincewind war das Leben seit jeher nicht mehr als eine lose miteinander verbundene Abfolge von Zwischenlösungen gewesen.

Ein hellgelber Schmetterling mit einem interessanten Muster auf den Flügeln flatterte durch die Senke und ließ sich auf dem einzigen Farbfleck weit und breit nieder, der, wie sich herausstellte, Rincewinds Hut war.

Der Balken sackte ein Stück weiter ab.

»Hau ab!«, sagte Rincewind und bemühte sich, keine groben Ausdrücke zu verwenden. »Verzieh dich!«

Der Schmetterling breitete die Flügel aus und sonnte sich.

Rincewind spitzte die Lippen und versuchte, an seinen Nasenflügeln vorbei nach oben zu pusten.

Erschrocken erhob sich das kleine Wesen in die Luft…

»Ha!«, sagte Rincewind.

…und seine Instinkte reagierten angesichts der Bedrohung mit einem ganz bestimmten Flattern der Flügel, erst *so* und dann *so*.

Die Büsche erbebten. Ringsum am Himmel verformten sich die hochaufgetürmten Wolken zu ungewöhnlichen Mustern.

Eine weitere Wolke bildete sich, ungefähr so groß wie ein

wütender grauer Ballon. Dann fing es an zu regnen. Nicht im Allgemeinen, sondern im Besonderen. Ganz besonders auf die Fläche von ungefähr einem Quadratfuß, auf der sich Rincewind befand, und insbesondere sein Hut.

Ein sehr kleiner Blitzstrahl stach Rincewind in die Nase.

»Aha! Wir hätten hier also« – Rosiges Schwein tauchte wieder am Rande der Mulde auf, zögerte kurz, ehe er ein wenig nachdenklicher fortfuhr – »einen Kopf in einem Loch … mit einem sehr kleinen Gewitter darüber.«

Erst dann dämmerte ihm, dass ihn, Gewitter hin oder her, nichts daran hinderte, dem Wesen wichtige Teile abzuschneiden. Das einzige wichtige Teil, das sich ihm darbot, war ein Kopf, aber damit hatte er kein Problem.

Doch in diesem Augenblick gab das uralte Holz unter dem zusätzlichen Gewicht von Rincewinds nassem Hut endgültig nach und ließ den Zauberer in die Dunkelheit stürzen, einem ungewissen Schicksal entgegen.

Es war stockfinster.

Rincewind erinnerte sich an ein schmerzhaftes Durcheinander aus Tunneln und rutschender Erde. Das Wenige an ihm, das nicht vor Angst in sich hineinschluchzte, vermutete, dass der Boden unter ihm nachgegeben hatte und eingebrochen war. Und jetzt einen Hohlraum bildete. Genau, Hohlraum war das richtige Wort, denn er befand sich in einer Höhle. Er streckte die Hand aus, um etwas zu ertasten, aber nur ganz vorsichtig, falls er womöglich etwas berührte.

Seine Finger fanden eine gerade Linie. Sie führte zu drei weiteren geraden Linien, die alle im rechten Winkel davon abgingen. Es handelte sich also um … eine Bodenplatte.

Die Finsternis war immer noch so erstickend dicht wie ein samtenes Leichentuch.

Eine Bodenplatte. Das bedeutete, dass es noch einen anderen Eingang geben musste, einen richtigen Eingang. Rincewind vermutete, dass sich schon irgendwo Wächter in Bewegung gesetzt hatten, um ihn zu schnappen.

Vielleicht auch, weil Truhe *hinter* ihnen her war. In letzter Zeit hatte sie sich ziemlich eigenartig aufgeführt, so viel war sicher. Wahrscheinlich war er ohne sie besser dran. Wahrscheinlich.

Er klopfte seine Taschen ab und griff dabei auf ein Mantra zurück, das sogar Nichtzauberer anwenden, um ihre Streichhölzer zu finden, indem sie ungeduldig »Streichhölzer, Streichhölzer, Streichhölzer« vor sich hinmurmeln.

Er fand welche und strich verzweifelt ein Hölzchen mit dem Daumennagel an.

»Autsch!«

Die qualmende gelbe Flamme erhellte nicht viel mehr als Rincewinds Hand und ein Stück von seinem Ärmel.

Er wagte sich ein paar Schritte weiter, bis er sich die Finger verbrannte. Die erloschene Flamme hinterließ ein blaues Nachglühen in seinem dunklen Gesichtsfeld.

Nirgendwo waren die Schritte von Verfolgern zu hören. Es war überhaupt nichts zu hören. Eigentlich hätte irgendwo Wasser tropfen müssen, aber die Luft machte einen ziemlich trockenen Eindruck.

Er riss ein zweites Streichholz an und hielt es diesmal hoch über sich. Er sah sich um.

Ein sieben Fuß großer Krieger lächelte ihn an.

Cohen hob abermals den Blick.

»Es fängt gleich an zu schiffen«, sagte er. »Habt ihr euch mal den Himmel angeschaut?«

In der Masse über ihnen waren rote und violette Schlieren

zu sehen, und irgendwo in den Wolken leuchtete ab und zu ein greller Blitz.

»Pauker?«

»Ja?«

»Du weißt doch alles. Warum sieht diese Wolke so aus?«

Herrn Zervelats Blick folgte Cohens ausgestrecktem Zeigefinger. Dicht über dem Horizont hing eine gelbliche Wolke, und zwar rundherum, am gesamten Horizont – ein schmaler Ring, der aussah, als suchte die Sonne irgendwo eine Stelle, um durchzubrechen.

»Könnte der Streif sein«, sagte der Junge Willie.

»Was für ein Streif?«

»Angeblich gibt es doch bei jedem Unwetter einen Silberstreif am Horizont.«

»Schon, aber das sieht eher nach Gold aus.«

»Gold ist hier ja auch billiger.«

»Bilde ich es mir bloß ein«, sagte Herr Zervelat, »oder wird der Streifen breiter?«

Caleb blickte angestrengt zu den feindlichen Linien hinüber.

»Ein paar von den Typen galoppieren schon eine ganze Weile auf ihren kleinen Pferden hin und her«, sagte er. »Hoffentlich kommen die bald mal zu Potte. Wir haben schließlich nicht den ganzen Tag Zeit.«

»Ich bin dafür, dass wir über sie herfallen, solange sie nicht damit rechnen«, sagte Hämisch.

»Langsam … langsam …«, erwiderte Kriecher. Das Gongen vieler geschlagener Gongs ertönte, dazu das Knattern von Feuerwerkskörpern. »Klingt ganz so, als wären diese Drecks- … diese Kinder der Liebe endlich so weit.«

»Na, den Göttern sei Dank!«, sagte Cohen, erhob sich und drückte seine Zigarette aus.

Herr Zervelat zitterte vor Aufregung. »Stimmen wir vor der Schlacht noch ein Lied für die Götter an?«, fragte er.

»Kannst du gerne machen«, antwortete Cohen.

»Oder sagen wir irgendwelche heidnischen Beschwörungen oder Gebete auf?«

»Wüsste nicht, welche«, brummte Cohen. Er sah wieder zu dem goldenen Band, das den Horizont umschloss. Es war inzwischen breiter geworden, aber auch ein bisschen heller. Einen Moment lang wünschte er sich, dass es irgendwo einen Gott oder eine Göttin gäbe, deren Tempel er noch nicht geschändet, ausgeraubt oder niedergebrannt hatte.

»Schlagen wir nicht mit den Schwertern auf unsere Schilde und schleudern ihnen unseren Trotz entgegen?«, fragte der Lehrer hoffnungsfroh.

»Dafür ist es jetzt echt zu spät«, erwiderte Cohen.

Das Fehlen jeglicher heidnischen Pracht und Herrlichkeit enttäuschte Herrn Zervelat so sehr, dass der alte Barbar zu seiner eigenen Verwunderung noch etwas hinzufügte: »Aber nur zu, wenn dir der Sinn danach steht.«

Die Horde zog ihre Waffen, hauptsächlich Schwerter. In Hämischs Fall wurde noch eine Axt unter der Decke hervorgezogen.

»Wir sehen uns im Himmel!«, rief Herr Zervelat aufgeregt.

»Ja, genau«, sagte Caleb und fasste die Front der herannahenden Soldaten ins Auge.

»Wo es prächtige Gelage und junge Frauen und dergleichen gibt!«

»Ganz recht«, sagte der Junge Willie und fuhr prüfend mit dem Daumen über seine Schwertklinge.

»Und Zechen und Prassen im Überfluss, glaube ich!«

»Kann gut sein«, sagte Vincent, der versuchte, die entzündeten Sehnen an seinem Schwertarm zu lockern.

»Und dann spielen wir dieses Spiel, ihr wisst schon, wo man mit Äxten wirft und den Damen die Zöpfe abschneidet!«

»Ja, wenn du willst.«

»Aber ...«

»Hä?«

»Bei diesen Gelagen ... gibt es da auch was Vegetarisches?«

In diesem Augenblick fingen die heranrückenden Heerscharen laut zu brüllen an und gingen zum Angriff über.

Sie kamen fast so schnell auf die Horde zugerannt wie die Wolken, die aus allen Richtungen heranbrodelten.

In der Dunkelheit und Stille des Hügels kam Rincewinds Verstand allmählich wieder zu sich.

Es ist bloß eine Statue, sagte er sich. Mehr nicht. Kein Problem. Nicht mal eine besonders gute. Bloß das große Abbild eines Mannes in voller Rüstung. Und da drüben stehen noch mehr davon, man kann sie im fahlen Lichtschein gerade noch erkennen ...

»Aua!«

Er ließ das Streichholz fallen und lutschte an den Fingern.

Jetzt brauchte er vor allem eine Wand. In Wänden waren Ausgänge. Es stimmte zwar, dass diese Ausgänge auch Eingänge sein konnten, aber momentan schien die Gefahr hereinstürmender Wachen nicht allzu groß zu sein. Die Luft roch alt und abgestanden, mit einem leisen Hauch von Fuchs und einer Spur Gewitter, aber in erster Linie roch sie unverbraucht.

Rincewind schob vorsichtig einen Fuß vor den anderen.

Dann plötzlich Licht. Ein kleiner blauer Funke sprang von seinem Finger.

Cohen berührte seinen Bart. Er schien sich von seinem Gesicht lösen zu wollen.

Auch Herrn Zervelats Haarkranz stand vom Kopf ab und sprühte Funken an den Enden.

»Statische Entladungen!«, rief er durch das Knacken und Knistern.

Vor ihnen leuchteten die Speerspitzen der Feinde. Der Angriff fiel in sich zusammen. Überall dort, wo ein Funke von einem Mann zum anderen sprang, war entsetztes Kreischen zu hören.

Cohen schaute nach oben.

»Mein lieber Herr Gesangsverein«, sagte er. »Seht euch das mal an!«

Winzige Funken umzuckten Rincewind, der sich vorsichtig über den unsichtbaren Boden schob.

Das Wort *Grab* war ihm in den Sinn gekommen, und von Gräbern wusste Rincewind zumindest eines: nämlich dass ihre Erbauer oft sehr erfinderisch waren, was Fallen und spitze Gegenstände anging. Meistens legten sie auch Gemälde und Statuen hinein, vermutlich, damit die Toten sich etwas anschauen konnten, wenn es ihnen zu langweilig wurde.

Seine Hand berührte Stein, und er schob sich vorsichtig seitwärts. Ab und zu stießen seine Füße gegen etwas Weiches, das sofort nachgab. Er hoffte sehr, dass es sich bloß um Schlamm handelte.

Dann prallte er, direkt auf Handhöhe, gegen einen Hebel, der volle zwei Fuß aus der Wand herausragte.

Selbstverständlich konnte es sich dabei um eine Falle handeln. Eine von der Sorte, die man erst bemerkte, wenn der eigene Kopf ein paar Schritte weiter über den Fußboden rollte. Andererseits machten diese Fallenbauer normalerweise keine Umschweife und töteten ohne viel Schnickschnack. Sie verlangten nur selten von ihren Opfern, dass sie sich aktiv an ihrer eigenen Hinrichtung beteiligten.

Rincewind zog an dem Hebel.

Die gelbe Wolke segelte in ihrer millionenfachen Vielfalt über sie hinweg. Auf dem von ihr erschaffenen Wind bewegten sie sich schneller, als es der langsame Schlag der Flügel hätte vermuten lassen. Hinter ihnen brauste der Sturm heran.

Herr Zervelat blinzelte verdutzt.

»Schmetterlinge?«

Beide Seiten hielten inne, als die kleinen Wesen vorübergraupelten. Man konnte sogar das Rascheln ihrer Flügel hören.

»Na schön, Pauker«, sagte Cohen. »Jetzt erklär mal, was *das* nun wieder soll!«

»Es, es ... es könnte sich um ein natürliches Phänomen handeln«, setzte Herr Zervelat an. »Äh ... Monarchfalter beispielsweise sind dafür bekannt, dass ... äh ... Also, um ehrlich zu sein, ich habe keine Ahnung ...«

Die Wolke schwärmte in Richtung des Hügels davon.

»Könnte es vielleicht ein Zeichen sein?«, überlegte Cohen. »Es müsste doch wenigstens *einen* Tempel geben, den ich nicht geplündert habe.«

»Bei Zeichen und Omen weiß man einfach nie genau, wofür sie eigentlich stehen«, sagte der Junge Willie. »Vielleicht ist es ja sogar ein gutes Zeichen für Hong und seine Kumpane.«

»Dann klau ich es mir eben«, sagte Cohen.

»Man kann eine göttliche Nachricht nicht einfach stehlen!«, sagte Herr Zervelat.

»Ist sie hier vielleicht irgendwo festgenagelt? Nicht? Ganz sicher? Na also. Dann gehört sie jetzt mir.«

Als die letzten Nachzügler über sie hinwegflatterten, hob er sein Schwert.

»Die Götter sind uns wohlgesonnen!«, brüllte er. »Hahaha!«

»Hahaha?«, flüsterte Herr Zervelat.

»Damit will ich ihnen Angst einjagen«, erklärte Cohen.

Er sah seine Kampfgenossen an. Jeder von ihnen nickte kaum merklich.

»Also gut, Jungs«, sagte Cohen leise. »Dann mal los.«

»Äh … und was soll ich machen?«, fragte Herr Zervelat.

»Denk an etwas, was dich so richtig wütend macht. So bringt man das Blut in Wallung. Stell dir vor, der Feind ist alles, was du verabscheust.«

»Schulleiter!«, sagte Herr Zervelat.

»Gut.«

»Sportlehrer!«, rief Herr Zervelat.

»Weiter so.«

»Kaugummikauende Schüler!«, schrie Herr Zervelat.

»Seht euch den an, bei dem kommt ja jetzt schon der Dampf aus den Ohren«, sagte Cohen. »Der Erste, der im Jenseits ankommt, hält den anderen einen Platz frei. Angriff!«

Die gelbe Wolke waberte die Hänge des Hügels hinauf und hob sich dann im aufsteigenden Wind.

Über ihr schwoll auch das Unwetter an, es ballte sich immer mehr zusammen und nahm die Gestalt eines Hammers an …

Dann schlug es zu.

Ein Blitz traf die eiserne Pagode dermaßen heftig, dass sie in lauter weißglühenden Fragmenten explodierte.

Wenn eine ganze Armee von sieben alten Männern angegriffen wird, wirkt das sehr verwirrend auf diese Armee. Für solche Situationen findet man in keinem Buch über Taktik einen brauchbaren Hinweis. Im Allgemeinen macht sich eine Tendenz zur Ratlosigkeit bemerkbar.

Die Masse der Soldaten öffnete sich vor den Angreifern und schloss sich, getrieben von vielen unterschiedlichen Strömungen in der gewaltigen Menschenmenge, wieder hinter ihnen.

Die Horde war von einem dichten Kreis aus Schilden umgeben, die unter dem Druck der Männer dahinter wankten und schwankten, aber auch unter den Hieben, die von Herrn Zervelats Schwert auf sie einprasselten.

»Kommt schon, kämpft!«, brüllte er. »Zigaretten aus! Und bei mir abgeben! He du! Ja, der Junge dort! Antworte gefälligst, los! Dann eben so!«

Cohen warf Caleb einen Blick zu, aber der zuckte bloß die Achseln. Er hatte schon so manchen Berserker wüten sehen, aber keinen auch nur annähernd so wütenden wie Herrn Zervelat.

Der Kreis brach auf, als ein paar Männer zu fliehen versuchten, dabei gegen die Reihe hinter ihnen stießen und von dort wieder vor die Schwerter der Horde zurückprallten. Hämisch knallte einem Soldaten mit einem seiner Räder ganz übel gegen das Knie, und als der Mann zusammenklappte, begegnete er einer von Hämischs Äxten, die ihm von unten entgegenkam.

Ausschlaggebend war nicht die Geschwindigkeit, denn die Horde konnte sich nicht besonders schnell bewegen. Es war eher eine Frage der Ökonomie. Oder wie Herr Zervelat es einmal ausgedrückt hatte: Sie waren einfach immer dort, wo sie sein wollten, und das war nie dort, wo sich ein Schwert ihres Gegners befand. Das Herumgerenne überließen sie ausschließlich anderen. Ein Soldat konnte einen Stoß gegen Kriecher ausführen, nur um zu sehen, wie sich plötzlich Cohen vor ihm erhob und breit grinsend zum Schlag ausholte. Wahlweise auch der Junge Willie, der ihm erst anerkennend zunickte und dann zustieß. Gelegentlich nahm sich einer aus der Horde die Zeit, einen Schlag zu parieren, der Herrn Zervelat galt, denn der war viel zu aufgeregt, um sich ordentlich zu verteidigen.

»Zurück, ihr verdammten Narren!«

Lord Hong war am Rande des Gedränges erschienen, sein Pferd bäumte sich auf, und das Visier an seinem Helm war hochgeklappt.

Die Soldaten bemühten sich, ihm zu gehorchen. Schließlich ließ der Druck von hinten ein bisschen nach, und die Menge öffnete sich. Die Horde stand in einem sich weitenden Ring aus Schilden. Etwas Ähnliches wie Stille trat ein, unterbrochen nur vom pausenlosen Donnern und dem Knistern der Blitze auf dem Hügel.

Dann tauchten plötzlich ganz andere Krieger auf dem Schlachtfeld auf. Die Soldaten, die sich zornig durch die Menge bahnten, waren größer, schwerer bewaffnet und hatten prächtige Helme und Schnauzbärte, die allein schon wie eine Kriegserklärung aussahen.

Einer von ihnen funkelte Cohen an.

»Oarrrr! Ibind deinschu! Dubind mainschu!!«

»Wie beliebt?«, fragte Cohen.

»Das ist ein Samurai«, antwortete Herr Zervelat und wischte sich die Stirn. »Einer aus der Kriegerkaste. Ich glaube, es handelt sich um ihre traditionelle Aufforderung zum Kampf. Äh. Soll ich gegen ihn antreten?«

Ein Samurai starrte Cohen an. Er zog ein Stück Seide aus seiner Rüstung und schleuderte es in die Luft. Die andere

Hand legte sich auf den Griff seines langen, dünnen Schwertes …

Man hörte kaum mehr als ein leises Zischen, dann schwebten drei Streifen Seide sanft zu Boden.

»Zurück, Pauker«, sagte Cohen langsam. »Ich glaube, der hier gehört mir. Hast du noch ein Taschentuch? Vielen Dank.«

Der Samurai musterte Cohens Schwert. Es war lang, schwer und mit so vielen Scharten versehen, dass man es auch als Säge benutzen konnte.

»Das schaffst du nie«, sagte er. »Mit diesem Schwert? Nie im Leben.«

Cohen schnaubte verächtlich.

»Meinst du?«, sagte er. »Dann schau mal genau hin.«

Das Taschentuch flog in die Luft. Cohen ergriff sein Schwert …

Ehe das Taschentuch wieder zur Erde zurückgefallen war, hatte er drei der nach oben blickenden Samurai geköpft. Andere Mitglieder der Horde, die ganz ähnlich dachten wie ihr Anführer, hatten sich um ein weiteres halbes Dutzend gekümmert.

»Die Idee habe ich von Caleb«, sagte Cohen. »Und die Botschaft lautet: Entweder kämpfen oder rumdödeln, ganz wie ihr wollt.«

»Hast du keine Ehre im Leib?«, schrie Lord Hong. »Bist du so ein Grobian?«

»Ich bin ein Barbar«, rief Cohen zurück. »Und meine Ehre gehört mir allein. Ich habe sie niemandem weggenommen.«

»Ich wollte euch lebend gefangen nehmen«, sagte Lord Hong. »Aber wie ich sehe, gibt es keinen Grund, sich an diesen Vorsatz zu halten.«

Er zog sein Schwert.

»Zurück, Abschaum!«, kreischte er. »Alle zurück! Schickt die Artillerie nach vorne!« Er drehte sich wieder zu Cohen um. Die Brille hing schief in seinem rot angelaufenen Gesicht. Lord Hong hatte die Beherrschung verloren. Und wie immer, wenn ein Damm erst mal bricht, verschlingt das Wasser ganze Länder.

Die Soldaten zogen sich zurück.

Die Horde befand sich wieder einmal in einem größer werdenden Kreis.

»Was ist Artillerie?«, wollte der Junge Willie wissen.

»Äh, ich glaube, das sind Leute, die irgendwelche Projektile abschießen«, antwortete Herr Zervelat. »Das Wort leitet sich ab von ...«

»Ach so, Bogenschützen«, sagte der Junge Willie und spuckte aus.

»Hä?«

»Er hat gesagt: DANN SIND DAS WOHL BOGENSCHÜTZEN, Hämisch!«

»Hehehe, diese Bogenschützen haben uns auch in der Schlacht von Koomtal nicht aufhalten können!«, kicherte der museumsreife Barbar.

Der Junge Willie stieß einen Seufzer aus.

»Die war doch zwischen Zwergen und Trollen, Hämisch«, sagte er. »Und du bist weder noch. Also, auf welcher Seite hast du da gekämpft?«

»Hä?«

»Ich sagte: AUF WELCHER SEITE HAST DU DA GEKÄMPFT?«

»Ich war auf der Seite, die fürs Kämpfen bezahlt wurde«, antwortete Hämisch.

»Das ist immer die beste Seite.«

Rincewind lag auf dem Bauch und hielt sich die Ohren zu.

In der unterirdischen Kammer dröhnte lauter Donner. Blaue und purpurrote Lichter blitzten so grell auf, dass er sie durch die geschlossenen Augenlider sehen konnte.

Schließlich schwoll die Kakophonie ab. Das Unwetter draußen war immer noch zu hören, aber die Lichter verblassten zu einem blauweißen Schimmer und die Geräusche zu einem gleichmäßigen Summen.

Rincewind wagte es, sich auf den Rücken zu drehen und die Augen zu öffnen.

Unter der Decke hingen riesige Glaskugeln an rostigen Ketten. In jeder der ungefähr mannshohen Kugeln knisterten und knackten Blitze, die sich gegen das Glas warfen und einen Weg nach draußen suchten.

Es mussten einmal viel mehr Kugeln gewesen sein. Aber im Laufe der Jahre waren Dutzende von ihnen herabgefallen und lagen jetzt in Scherben auf dem Boden. Trotzdem hingen immer noch jede Menge dort oben und schaukelten sanft an ihren Ketten, während die darin gefangenen Gewitter um ihre Freiheit kämpften.

Die Luft fühlte sich geradezu fettig an. Über den Boden krochen Funken, die sich in jeder Ecke knisternd entluden.

Rincewind erhob sich. Sein Bart flatterte vor ihm her, jedes einzelne Haar schien sich davonmachen zu wollen.

Die Blitzkugeln warfen ihr Licht auf einen runden See, der, den trägen kleinen Wellen nach zu schließen, aus purem Quecksilber bestand. In der Mitte des Sees lag eine flache fünfeckige Insel. Während Rincewind sie noch ungläubig anstarrte, glitt langsam ein Boot von der Insel zu ihm herüber. Die Wellen schlürften träge an seinem Bug entlang.

Es war nicht viel größer als ein Ruderboot. Darin lag eine Gestalt in voller Rüstung. Vielleicht war es auch nur eine

Rüstung. Falls es bloß eine leere Rüstung war, dann sah sie mit ihren übereinandergelegten Armen aus wie eine Rüstung, die gestorben war.

Rincewind ging vorsichtig um den silbernen See herum, bis er eine Tafel erreichte, die wie reines Gold aussah und direkt vor einer Statue in den Boden eingelassen war.

Er wusste, dass es in Gräbern immer irgendwelche Inschriften gab, obwohl er nie so ganz verstanden hatte, wer die eigentlich lesen sollte. Vermutlich die Götter, aber wussten die nicht sowieso längst alles? Er konnte sich einfach nicht so recht vorstellen, dass sie sich um einen solchen Stein versammelten und »Wer hätte das gedacht?« sagten, oder: »›Von allen geliebt‹, im Ernst? Ist mir neu.«

Diese Inschrift, natürlich in Piktogrammen, besagte schlicht und einfach: Eins Sonnenspiegel.

Keine Rede von glorreichen Eroberungen, keine Auflistung seiner gewaltigen Errungenschaften. Auch nichts zum Thema Weisheit oder dass er dem Volk ein guter Vater gewesen war. Keinerlei *Erklärung.* Stattdessen schienen Stein und Inschrift davon auszugehen, dass man, wenn man diesen Namen kannte, auch alles andere wusste. Die Möglichkeit, dass jemand, der so weit vorgedrungen war, den Namen Eins Sonnenspiegel nicht kannte, wurde nicht einmal in Betracht gezogen.

Die Statue selbst sah aus wie aus Porzellan und war ziemlich realistisch bemalt. Eins Sonnenspiegel war wohl ein recht einfacher Mensch gewesen, jemand, der in einer Menschenmenge nicht sofort als »kaisertaugliches Material« aufgefallen wäre. Und doch hatte dieser Mann mit dem kleinen runden Hut und dem kleinen runden Schild und seinen kleinen runden Männern auf kleinen runden Ponys tausend sich heftig bekriegende Parteien zu einem großen Reich zusammengeschweißt. Oft genug mit ihrem eigenen Blut.

Rincewind sah genauer hin. Vielleicht kam es ihm nur so vor, aber um seinen Mund und in seinen Augen lag ein Ausdruck, den er zuletzt im Gesicht von Dschingis Cohen gesehen hatte.

Es war der Ausdruck von jemandem, der sich vor nichts und niemandem fürchtete.

Das kleine Boot hielt auf die gegenüberliegende Seite des Sees zu.

Eine der Kugeln flackerte kurz, ihr Licht nahm einen stumpfen Rotton an, dann ging es aus. Die anderen Kugeln taten es ihr gleich.

Er musste hier raus.

Aber da war noch etwas. Am Fuß der Statue lagen, als hätte man sie eben erst dort abgelegt, ein Helm, ein Paar Handschuhe und zwei sehr schwer aussehende Stiefel.

Rincewind hob den Helm auf. Er schien nicht sehr widerstandsfähig zu sein, dafür war er ziemlich leicht. Normalerweise machte er sich nichts aus Schutzkleidung, da seiner Meinung nach der beste Schutz gegen drohende Gefahr darin bestand, sich auf einem anderen Kontinent aufzuhalten, aber hier und jetzt kam ihm das Konzept Rüstung durchaus verlockend vor.

Er nahm seinen Hut ab, setzte den Helm auf, klappte das Visier herunter und setzte den Hut auf den Helm.

Etwas flackerte vor seinen Augen, dann starrte Rincewind auf seinen eigenen Hinterkopf. Es war ein sehr grobkörniges Bild, eher Grüntöne als richtige Farben, aber es war eindeutig sein eigener Hinterkopf, den er da vor sich erblickte. Man hatte ihm schon gelegentlich gesagt, wie er aussah.

Er klappte das Visier auf und blinzelte.

Vor ihm lag immer noch der Teich.

Er klappte das Visier herunter.

Da stand wieder seine eigene Gestalt, ungefähr fünfzig Fuß entfernt, mit diesem Helm auf dem Kopf.

Er bewegte eine Hand auf und ab.

Die Gestalt im Visier bewegte eine Hand auf und ab. Er drehte sich um und sah sich selbst ins Gesicht. Genau. Das war er.

Auch gut, dachte er. Ein Zauberhelm. Man kann sich damit aus der Entfernung sehen. Toll. Man kann sich dabei zusehen, wie man in Löcher fällt, die man nicht gesehen hat, weil sie viel zu nahe sind.

Er drehte sich wieder um, klappte das Visier auf und sah sich die Handschuhe an. Sie schienen ebenso leicht zu sein wie der Helm, wenn auch etwas klobig. Man konnte ein Schwert damit halten, aber nicht viel mehr.

Er probierte einen an. Sofort leuchteten auf der breiten Stulpe mit einem leisen Knistern mehrere kleine Bilder auf. Sie zeigten Soldaten. Grabende Soldaten, kämpfende Soldaten, kletternde Soldaten …

Aha. Eine Zauberrüstung also. Eine ganz normale Zauberrüstung. In Ankh-Morpork war dergleichen nie besonders beliebt gewesen. Natürlich war sie ganz leicht, man konnte sie so dünn machen wie gewöhnlichen Stoff. Aber es kam vor, dass sie ihren Zauber ohne jede Vorwarnung verlor. Deshalb hatte sich früher so mancher Edelmann mit den Worten verabschiedet: »Du kannst mich nicht töten, weil ich eine Zauber- … Aaargh!«

Rincewind betrachtete die Stiefel und erinnerte sich mit Grausen an den Ärger, den der Prototyp der Siebenmeilenstiefel in der Universität verursacht hatte. Schuhwerk, das einen dazu veranlasst, Schritte von einundzwanzig Meilen zu machen, verursacht unangenehme Schmerzen im Leistenbereich. Obwohl sie dem Studenten die Dinger gerade noch rechtzeitig ausziehen konnten, musste er noch mehrere Monate ein spezielles Korsett tragen und im Stehen essen.

Wie auch immer, momentan konnte wohl sogar eine alte Zauberrüstung eher hilfreich sein. Schließlich wog sie nicht viel, und der Unrat von Hunghung hatte dem, was von Rincewinds eigenen Stiefeln noch übrig war, nicht besonders gutgetan. Er schob die Füße in die Stiefel.

Dann dachte er: Aha. Und was passiert jetzt?

Er richtete sich auf.

Hinter ihm nahm, mit lautem Scheppern und Poltern, als würde man siebentausend Blumentöpfe gegeneinanderschmettern, und mit wild darüber hinwegzuckenden Blitzen, die Rote Armee Haltung an.

Hex war über Nacht ein Stück gewachsen. Adrian Rübensaat, der für das Füttern der Mäuse, das Aufziehen der Uhren und die Entsorgung der toten Ameisen verantwortlich gewesen war, schwor Stein und Bein, dass er nichts anderes getan habe und dass auch niemand außer ihm da gewesen sei.

Doch befand sich dort, wo man die Ergebnisse bislang an einer klobigen Anordnung von Holzklötzen hatte ablesen können, ein Federkiel inmitten eines ganzen Netzwerks an Flaschenzügen und Hebeln.

»Pass mal auf«, sagte Adrian und tippte ein ganz einfaches Problem ein. »Das hier ist herausgekommen, nachdem Hex während des Abendessens die vielen Zaubersprüche bearbeitet hat…«

Die Ameisen krabbelten. Die Zahnräder drehten sich. Die Federn und Hebel ruckelten so heftig, dass Ponder einen Schritt zurückwich.

Zitternd bewegte sich der Federkiel zu einem Tintenfass, tauchte ein, kehrte wieder zu dem Blatt Papier zurück, das

Adrian unter die Hebel gelegt hatte, und fing an zu schreiben.

»Er kleckst ein bisschen«, sagte er ein wenig hilflos. »Was geschieht da?«

Ponder hatte schon weitergedacht, und seine letzten Erkenntnisse waren nicht sehr ermutigend ausgefallen.

»Tja, also ... wir wissen, dass Bücher mit magischem Inhalt mit der Zeit ... klug werden ...«, fing er an. »Und wir haben hier eine Maschine gebaut, die ...«

»Du meinst, sie ist lebendig?«

»Jetzt aber genug, Leute! Wir wollen doch jetzt nicht okkult werden, oder?«, unterbrach ihn Ponder mit gespielter Fröhlichkeit. »Schließlich sind wir doch alle Zauberer!«

»Hör mal, du hast mir doch dieses ellenlange Problem mit den thaumischen Feldern dagelassen, damit ich es eingebe?«

»Ja. Und?«

»Die Antwort war um Mitternacht da«, sagte Adrian mit bleichem Gesicht.

»Gut.«

»Ja, schon, nur dass ich ihm das Problem erst um halb zwei eingegeben habe, Ponder.«

»Willst du damit sagen, du hast die Antwort erhalten, ehe du die Frage gestellt hast?«

»Ja!«

»Warum hast du die Frage dann überhaupt noch gestellt?«

»Ich habe darüber nachgedacht und mir überlegt, dass es wahrscheinlich so sein muss. Ich meine, Hex hätte die Antwort ja schlecht liefern können, wenn ich ihm das Problem nicht eingegeben hätte, oder?«

»So gesehen. Äh, aber du hast neunzig Minuten damit gewartet.«

Adrian starrte auf seine spitzen Schuhe.

»Ich … ich hatte mich auf dem Klo versteckt. Naja, System Neustart konnte doch …«

»Schon gut, schon gut. Jetzt geh und hol dir was zu essen.«

»Pfuschen wir hier an Dingen herum, von denen wir nichts verstehen, Ponder?«

Ponder betrachtete die rätselhafte Maschine. Sie kam ihm nicht bedrohlich vor, sondern einfach nur … *anders.*

Erst mal herumpfuschen, die Erkenntnis kommt später, dachte er. Man musste immer erst ein bisschen herumpfuschen, ehe man etwas hatte, das man dann zu verstehen versuchte. Und ganz wichtig dabei war, dass man sich nie, nie auf der Toilette der Unvernunft versteckte. Man musste das Universum erst in seine Gedanken einspinnen, ehe man ihm einen neuen Dreh verpassen konnte.

Vielleicht hätten wir dir keinen Namen geben sollen. Daran haben wir nicht gedacht. Es war nur ein Scherz. Aber wir hätten wissen müssen, dass Namen wichtig sind. Etwas, das einen Namen hat, ist kein lebloses Ding mehr.

»Jetzt troll dich, Adrian«, sagte er nachdrücklich.

Dann setzte er sich hin und tippte ganz vorsichtig:

Hallo.

Irgendwo surrte etwas.

Der Federkiel schrieb:

+++ ?????? +++ Hallo +++ System Neustart +++

Weit oben flatterte ein Schmetterling mit unauffällig gelbschwarzen Flügeln durch ein offenes Fenster herein.

Ponder machte sich an die Berechnungen für den Transfer zwischen Hunghung und Ankh-Morpork.

Der Schmetterling ließ sich einen Moment auf den verschlungenen Glasröhren nieder. Als er sich wieder erhob, ließ er einen winzigen Nektartropfen zurück.

Viel weiter unten tippte Ponder sorgfältig weiter.

Eine kleine, aber bedeutende Ameise, eine aus der Menge der Abertausend in Hex herumkrabbelnden Ameisen, zwängte sich durch einen Riss in einer Röhre und saugte ein paar Sekunden an der süßen Flüssigkeit, ehe sie sich wieder an die Arbeit machte.

Kurz darauf hatte Hex eine Antwort parat. Abgesehen von einem kleinen, aber entscheidenden Komma war sie absolut korrekt.

Rincewind drehte sich um.

Einheitlich knirschend und quietschend drehte sich die Rote Armee ebenfalls um.

Sie war wirklich rot. Rincewind stellte fest, dass sie dieselbe Farbe wie die Erde hatte.

In der Dunkelheit war er gegen mehrere Statuen gestoßen. Dass es so viele waren, hatte er nicht bemerkt. Jetzt sah er, dass sie sich eine Reihe nach der anderen bis in die schwarze Finsternis erstreckten.

Rincewind drehte sich probeweise wieder um. Und wieder ertönte hinter ihm der Gleichklang stampfender Füße.

Nach mehreren Fehlversuchen kam er darauf, dass er den Kriegern nur dann von Angesicht zu Angesicht gegenüberstehen konnte, wenn er die Stiefel auszog, sich umdrehte und die Stiefel dann wieder anzog.

Er ließ das Visier einen Moment herunter und sah sich selbst, wie er das Visier einen Moment herunterließ.

Er streckte einen Arm aus. Die Krieger streckten ihre Arme aus. Er hüpfte auf und ab. Sie hüpften auf und ab, allerdings mit einem lauten Scheppern, bei dem die Glaskugeln zu schaukeln anfingen. Blitze knisterten rings um ihre Stiefel.

Rincewind verspürte den hysterischen Drang, laut loszulachen.

Er berührte seine Nase. Sie berührten alle ihre Nasen. Er vollführte mit boshafter Freude die traditionelle Geste zur Entlassung von Dämonen. Siebentausend Mittelfinger aus Terrakotta reckten sich in Richtung Decke.

Er versuchte sich zu beruhigen.

Endlich fiel ihm das Wort ein, nach dem er schon eine Weile gesucht hatte. Es lautete *Golem.*

Sogar in Ankh-Morpork gab es ein oder zwei davon. In einem Umfeld, in dem Zauberer oder Priester einen gewissen Sinn für Experimentelles entwickelten, mussten sie früher oder später irgendwo auftauchen. Normalerweise waren sie nichts anderes als aus Lehm geformte Gestalten, die mithilfe eines passenden Zauberspruchs oder Gebets zum Leben erweckt wurden. Dann taperten sie durch die Gegend, um irgendwelche Aufträge zu erledigen. In letzter Zeit waren sie allerdings ein wenig aus der Mode geraten. Das Problem bestand nämlich weniger darin, sie in Gang zu setzen, als sie hinterher wieder abzustellen. Wenn man einen Golem dazu gebracht hatte, den Garten umzugraben, und ihn dann vergaß, hatte man, wenn man wieder nach Hause kam, ein Bohnenbeet von 1500 Meilen Länge.

Rincewind sah sich einen der Handschuhe genauer an.

Vorsichtig berührte er das kleine Bild eines kämpfenden Soldaten.

Das Klirren siebentausend gleichzeitig gezückter Schwerter hörte sich an, als würde jemand eine dicke Stahlplatte zerreißen. Siebentausend Schwertspitzen zeigten auf Rincewind.

Er machte einen Schritt zurück. Die Armee tat es ihm gleich.

Er befand sich in der Gesellschaft von mehreren Tausend künstlichen, mit Schwertern bewaffneten Soldaten. Die Tatsache, dass er allem Anschein nach die Kontrolle über sie besaß, beruhigte ihn nicht besonders. So gesehen hatte er schon zeit seines Lebens die Kontrolle über Rincewind – und was war ihm nicht alles zugestoßen?

Er betrachtete erneut die kleinen Bilder. Auf einem war ein Soldat mit zwei Köpfen zu sehen. Als er es berührte, drehte sich die Armee recht elegant um. Aha.

Jetzt musste er hier nur noch hinausfinden …

Die Horde beobachtete das geschäftige Treiben in den Reihen von Lord Hongs Männern. Irgendwelche Gegenstände wurden in die erste Reihe gezogen.

»Das sieht mir nicht nach Bogenschützen aus«, sagte der Junge Willie.

»Diese Dinger werden Bellende Hunde genannt«, sagte Cohen. »Das weiß ich deshalb, weil ich sie schon mal gesehen habe. Ist so 'ne Art Rohr mit lauter Feuerwerk drin, und wenn man das Feuerwerk anzündet, kommt am anderen Ende des Rohrs ein großer Stein rausgeflogen.«

»Wieso das denn?«

»Überleg mal. Würdest du an Ort und Stelle bleiben, wenn dir jemand gerade einen Haufen Knallfrösche unterm Arsch angezündet hat?«

»He, Pauker, er hat gerade ›Arsch‹ gesagt«, beschwerte sich Kriecher. »Dabei steht auf meinem Zettel hier, dass man ›Arsch‹ auf keinen Fall sagen …«

»Wir haben doch Schilde, oder?«, fragte Herr Zervelat. »Wenn wir dicht nebeneinander bleiben und die Schilde über unsere Köpfe halten, kriegen wir bestimmt nicht mal einen Kratzer ab.«

»Der Stein hat einen Durchmesser von ungefähr einem Fuß, fliegt sehr schnell und ist glühend heiß.«

»Dann also keine Schilde?«

»Nein«, antwortete Cohen. »Kriecher, du schiebst Hämisch …«

»Wir kommen keine fünfzig Schritt weit, Dschingis«, sagte Caleb.

»Besser fünfzig Schritt jetzt gleich als schon bald sechs Fuß unter der Erde, oder?«, sagte Cohen.

»Bravo!«, rief Herr Zervelat.

»Hä?«

Lord Hong beobachtete sie. Er sah, dass die Horde ihre Schilde an den Rollstuhl hängte, sodass sie eine eigenartige fahrende Wand bildeten, dann setzten sich die Räder in Bewegung.

Er hob das Schwert.

»Feuer!«

»Wir sind noch dabei, die Ladung zu stopfen, hoher Herr!«

»Ich sagte *Feuer!*«

»Wir müssen noch den Zünder scharfmachen, hoher Herr!«

Die Kanoniere arbeiteten fieberhaft, wobei sie weniger die Angst vor Lord Hong als die vor der herannahenden Horde anspornte.

Herrn Zervelats Haare flatterten im Wind. Er rannte durch den Staub, wedelte wie wild mit seinem Schwert und schrie.

Noch nie in seinem Leben war er so glücklich gewesen.

Darin also bestand das ganze Geheimnis: dem Tod direkt ins Auge sehen und angreifen … Alles war auf einmal absolut einfach.

Lord Hong schleuderte seinen Helm auf den Boden. »Feuer, ihr elenden Bauern! Ihr Abschaum der Erde! Warum muss ich alles zweimal sagen! Gebt mir die Fackel!«

Er stieß einen Kanonier beiseite, ging neben einem der Hunde in die Knie, ruckelte an dem Rohr herum, bis es auf den näher kommenden Cohen gerichtet war, hob die Fackel und…

Die Erde erbebte. Der Hund bäumte sich auf und rollte zur Seite.

Ein runder roter Kopf mit einem verhaltenen Lächeln im Gesicht erhob sich aus dem Erdboden.

Aus den Reihen der Soldaten wurden einzelne Schreie laut. Entsetzt starrten die Krieger auf den ins Schwanken geratenen Boden zu ihren Füßen, dann versuchten sie auf der nachgebenden Oberfläche davonzurennen und verschwanden in der aufsteigenden Staubwolke.

Der Boden brach ein.

Dann beulte er sich wieder aus, als die verzweifelten Soldaten einer auf den anderen kletterten, um zu entkommen, denn aus dem ganzen Durcheinander erhob sich die Erde jetzt in menschlicher Gestalt.

Die Horde blieb abrupt stehen.

»Was ist das denn? Trolle?«, fragte Cohen. Inzwischen waren zehn dieser Gestalten zu sehen, die ziellos in der Luft herumfuchtelten.

Dann hörten sie damit auf. Einer von ihnen drehte den freundlich lächelnden Kopf hin und her.

Ein Feldwebel musste eine Handvoll Bogenschützen zusammengebrüllt haben, denn sie stellten sich in einer Reihe auf, und schon gingen mehrere Pfeile auf die Terrakotta-Rüstungen nieder, allerdings ohne irgendeine Wirkung zu erzielen.

Hinter den ersten Kriegern, die sich aus dem Boden gearbeitet hatten, drangen weitere Gestalten an die Erdoberfläche und stießen scheppernd wie Tongeschirr gegeneinander. Dann zogen sie alle wie ein Mann – oder auch wie ein Troll oder Dämon – ihre Schwerter, drehten sich um und stapften auf Lord Hongs Armee los.

Einige Soldaten versuchten, gegen sie zu kämpfen, allein schon deshalb, weil hinter ihnen zu viele andere standen, die sie am Weglaufen hinderten. Sie starben.

Dabei waren die roten Krieger keine besonders guten Kämpfer. Sie gingen sehr mechanisch vor und führten stets dieselben Stöße, Paraden und Hiebe durch wie ihre Kameraden, unabhängig davon, was ihre Gegner gerade machten. Aber sie waren unaufhaltsam. Wenn ihr Gegner einem der Hiebe entging, sich aber nicht sofort davonmachte, wurde er einfach niedergetrampelt – und so wie es aussah, waren die Krieger extrem schwer.

Dass sie dabei die ganze Zeit lächelten, machte das Entsetzen umso größer.

»Na, das ist ja 'n Ding«, sagte Cohen und tastete nach seinem Tabaksbeutel.

»Hab noch nie gesehen, dass Trolle so kämpfen«, sagte Kriecher. Eine Reihe nach der anderen kam aus der Grube herausmarschiert und fuchtelte fröhlich mit den Schwertern in der Luft herum.

Die erste Reihe stapfte in einer Wolke aus Staub und Schreien voran. Schnelle Manöver sind für eine große Armee schwer umzusetzen, deshalb standen jetzt Truppenteile, die nach vorne drängten, um zu sehen, was da los war, denen im Weg, die auf der Flucht waren und ein Loch suchten, in dem sie sich verkriechen konnten. Und vielleicht einen dauerhaften Status als Zivilisten. Gongs wurden geschlagen, Offiziere brüllten Befehle, aber niemand wusste, was die Gongschläge bedeuteten oder wie die Befehle ausgeführt werden sollten, weil dafür einfach nicht genug Zeit war.

Cohen rollte seine Zigarette zu Ende und rieb ein Streichholz an seinem Kinn an.

»Na schön«, sagte er zur Welt im Allgemeinen. »Schnappen wir uns diesen elenden Hong.«

Die Blitze über ihnen hatten nachgelassen. Die Wolken sahen nicht mehr ganz so bedrohlich aus, aber sie waren immer noch sehr zahlreich, grünlich-schwarz und regenschwer.

»Das … das ist ja unglaublich!«, rief Herr Zervelat.

Ein paar Tropfen fielen auf den Boden, wo sie große Krater im Staub hinterließen.

»Allerdings«, pflichtete Cohen ihm bei.

»Was für ein unerhörtes Phänomen! Krieger, die aus der Erde emporsteigen!«

Die Krater verbanden sich miteinander. Auch die Regentropfen schienen sich miteinander zu verbinden. Es goss wie aus Kübeln.

»Keine Ahnung«, sagte Cohen und sah einer fliehenden Kampfeinheit nach. »In dieser Gegend war ich noch nie. Vielleicht kommt so was hier ständig vor.«

»Irgendwie ist es genau wie in dieser Sage von dem Mann, der Drachenzähne sät, und dann wachsen grässliche kämpfende Skelette daraus hervor!«

»Also das glaube ich jetzt aber nicht«, brummte Caleb, während sie hinter Cohen hertrabten.

»Warum nicht?«

»Wenn man Drachenzähne sät, sollten hinterher auch Drachen rauskommen und keine kämpfenden Skelette. Was stand denn auf der Packung?«

»Weiß ich nicht. In der Sage ist nicht die Rede davon, dass sie in einer Packung waren!«

»Es hätte ›Da kommen Drachen raus‹ draufstehen müssen.«

»Diesen Legenden darf man einfach nicht trauen«, sagte Cohen. »Ich muss es schließlich wissen. Aha … da ist er ja …«, fügte er hinzu und zeigte auf einen Reiter in der Ferne.

Auf der gesamten Ebene herrschte jetzt ein heilloses Durcheinander. Die roten Krieger waren nur der Auslöser gewesen. Die Allianz der fünf Kriegsherren hatte ohnehin auf tönernen Füßen gestanden, da ließ sich jede panische Flucht leicht als hinterhältiger Angriff auslegen. Niemand kümmerte sich mehr um die Horde, denn die hatte schließlich weder bunte Fähnchen noch Gongs und war von daher kein traditioneller Feind. Außerdem war der Boden inzwischen völlig aufgeweicht, und überall spritzte der Schlamm, bis alle von der Hüfte abwärts dieselbe Farbe hatten. Mit aufsteigender Tendenz.

»Was jetzt, Dschingis?«, fragte Herr Zervelat.

»Wir gehen in den Palast zurück.«

»Warum?«

»Weil Hong auch dorthin geritten ist.«

»Aber hier geschehen erstaunliche Dinge, die …«

»Hör mal, Pauker, ich habe schon laufende Bäume und Spinnengötter und große grüne Dinger mit Zähnen gesehen«, sagte Cohen. »Es bringt überhaupt nichts, wenn man herumsteht und immer wieder ›erstaunlich‹ ruft, stimmt doch, Kriecher, oder?«

»Genau. Weißt du noch, wie ich drüben in Skund hinter dieser Fünfköpfigen Vampirziege her war, von der alle gesagt haben, sie gehört zu einer vom Aussterben bedrohten Art? Und ich hab gesagt, ja, genau, und zwar wegen mir. Haben die es mir damals gedankt?«

»Ha«, sagte Caleb. »Sie hätten sich bei dir bedanken sollen, denn ohne dich hätten sie die ganzen gefährdeten Arten überhaupt nicht, um sich Sorgen drüber zu machen. He, Jungs, jetzt haut aber ab und geht schleunigst nach Hause!«

Ein Trupp Soldaten, der versuchte, den roten Kriegern zu entkommen, rutschte durch den Schlamm, starrte die Horde entsetzt an und rannte dann in eine andere Richtung davon.

Kriecher blieb stehen und schnappte nach Luft. Der Regen rann ihm in kleinen Bächen aus dem Bart.

»Ich kann nicht mehr so schnell«, sagte er. »Nicht, wenn ich dabei auch noch Hämischs Rollstuhl durch den tiefen Schlamm schieben muss. Lasst uns mal kurz verschnaufen.«

»Hä?«

»Mal kurz verschnaufen?«, wiederholte Cohen. »Bei den Göttern! Hätte nie gedacht, dass ich das mal erleben muss! Ein Held, der eine Verschnaufpause braucht? Hat Voltan der Unbesiegbare etwa eine Verschnaufpause gebracht?«

»Jedenfalls kann er jetzt ausgiebig verschnaufen. Er ist tot, Dschingis«, erwiderte Caleb.

Cohen sah ihn verdutzt an.

»Was? Der alte Voltan?«

»Hast du das nicht gewusst? Genau wie Jenkins der Unsterbliche.«

»Jenkins ist nicht tot. Hab ihn erst letztes Jahr gesehen.«

»Aber jetzt ist er tot. Alle Helden sind tot, bis auf uns. Und bei mir bin ich auch nicht mehr ganz so sicher.«

Cohen watete durch den Matsch zu Caleb und packte ihn am Hemdkragen.

»Was ist mit Hrun? Der kann nicht tot sein. Der ist nur halb so alt wie wir!«

»Das Letzte, was ich von ihm gehört habe, war, dass er irgendwo eine Stelle als Feldwebel bei der Wache angenommen hat.«

»Feldwebel bei der *Wache?*«, rief Cohen.

»Genau.«

»Wie denn … gegen *Bezahlung*?«

»Er hat mir gesagt, vielleicht ist er nächstes Jahr schon Hauptmann. Er hat gesagt … dass er … dass er bei dem Job Anspruch auf eine ordentliche Pension hat.«

Cohen lockerte den Griff.

»Es sind nicht mehr viele von uns übrig, Cohen«, sagte Kriecher.

Cohen wirbelte herum.

»Kann sein. Aber wir sind nie besonders viele gewesen! Und *ich* sterbe *nicht!* Nicht, wenn ich weiß, dass die Welt dann von elenden Saukerlen wie Hong übernommen wird, die nicht mal wissen, was ein richtiger Anführer ist. Abschaum, so hat er seine Soldaten genannt. Abschaum! Das ist wie bei diesem verdammten zivilisierten Spiel, das du uns gezeigt hast, Pauker.«

»Schach?«

»Genau. Die Bauern sind bloß da, um von der anderen Seite abgeschlachtet zu werden! Während der König sich schön im Hintergrund hält.«

»Schon, aber die andere Seite bist du, Cohen.«

»Ist ja gut, ist ja gut … ich hab gar kein Problem damit, dass ich der Feind bin. Aber ich schiebe niemanden vor mir her, der sich an meiner Stelle umbringen lassen soll. Außerdem benutze ich keine Bögen und keine von diesen Hundedingern. Wenn ich jemanden töte, dann aus nächster Nähe und höchstpersönlich. Armeen? Dieser ganze Taktikkram? Es gibt nur eine Art zu kämpfen, nämlich wenn alle auf einmal angreifen, die Schwerter schwenken und ganz laut brüllen! So, und jetzt … Auf die Beine und hinter ihm her!«

»Es war ein langer Vormittag, Dschingis«, sagte der Junge Willie.

»Will ich gar nicht hören.«

»Ich müsste mal austreten. Bei dem vielen Regen und so…«

»Erst wenn wir Hong geschnappt haben.«

»Wenn er sich im Klo versteckt, soll's mir recht sein.«

Als sie die Stadttore erreichten, waren sie verschlossen. Die Bewohner sahen zu Hunderten von den Mauern auf sie herab, sowohl Stadtwächter als Zivilisten.

Cohen drohte ihnen mit dem Finger.

»Ich sage es nicht zweimal«, rief er. »Ich komme jetzt rein, alles klar? Wir können es auf die sanfte oder auf die harte Tour erledigen.«

Ausdruckslose Gesichter blickten auf den dürren alten Mann herab und wieder hinaus in die Ebene, wo die Armeen der Kriegsherren gegeneinander und in panischer Angst gegen die Terrakotta-Krieger kämpften. Hin und her gingen die Blicke, hin und her.

»Na schön«, sagte Cohen. »Aber sagt hinterher nicht, ich hätte euch nicht gewarnt.«

Er hob sein Schwert und machte sich zum Angriff bereit.

»Warte«, sagte Herr Zervelat. »Hör mal…«

Hinter der Mauer ertönte lautes Gezeter, ein paar verwirrte Befehle wurden gebrüllt, dann wurde wieder gezetert. Dann waren mehrere Schreie zu hören.

Die Torflügel öffneten sich. Dutzende von Stadtbewohnern zogen sie auf.

Cohen senkte das Schwert.

»Aha«, sagte er. »Sie sind wohl doch noch zur Vernunft gekommen.«

Leicht keuchend und schnaufend humpelte die Horde durch das Tor. Die Menge sah ihnen schweigend zu. Mehrere Wachen lagen tot auf dem Boden. Einige andere hatten die

Helme abgenommen und sich offensichtlich für eine verheißungsvolle neue Zukunft im zivilen Leben entschieden, wo es weniger wahrscheinlich war, dass man von einem wütenden Mob zu Tode geprügelt wurde.

Sämtliche Augen waren auf Cohen gerichtet und folgten ihm, so wie Blumen der Sonne folgen.

Er beachtete sie überhaupt nicht.

»Hubert der Starke?«, sagte er zu Caleb.

»Tot.«

»Kann gar nicht sein. Als ich ihm vor ein paar Monaten begegnet bin, sah er wie das blühende Leben aus. Er wollte sich gerade zu einem neuen Abenteuer aufmachen und so weiter.«

»Tot.«

»Was ist passiert?«

»Du kennst doch das schreckliche menschenfressende Faultier von Clup?«

»Das angeblich den Riesenrubin des verrückten Schlangengottes bewacht?«

»Genau das. Also … es hat ihn wirklich bewacht.«

Die Menge teilte sich, um die Horde durchzulassen. Hier und da versuchte jemand zu jubeln, wurde jedoch von den anderen durch lautes Zischen zum Schweigen gebracht. Es war ein Schweigen, das Herr Zervelat nur aus den allerfrömmsten Tempeln kannte.*

Aber es war auch ein Flüstern zu vernehmen, das aus der Stille erwuchs wie Blasen in einem Topf mit Wasser über dem Feuer.

Es hörte sich ungefähr so an:

---

* Das Einzige, was die Horde je in Tempeln vernommen hatte, waren empörte Schreie wie: »Ungläubiger! Er hat sich das Juwelenauge von … deine Frau ist ein fettes Flusspferd!«

Die Rote Armee. Die Rote Armee.

»Was ist mit Organdy Sloggo? Ich habe gehört, dass er dort unten in Wiewunderland immer noch ganz gut in Form ist.«

»Tot. Metallvergiftung.«

»Wie das?«

»Drei Schwerter im Bauch.«

Die Rote Armee!

»Aufschlitzer Mungo?«

»In Skund für tot erklärt.«

»Für tot erklärt?«

»Naja, man hat nur seinen Kopf gefunden.«

Die Horde näherte sich den Toren der Verbotenen Stadt. Die Menge folgte ihnen in respektvollem Abstand.

Auch diese Tore waren verschlossen. Davor standen ein paar bullige Wächter mit der Miene von Männern, denen man befohlen hatte, die Tore zu bewachen, und die diese Tore auch unter allen Umständen bewachen würden. Das Militär braucht Leute, die Tore oder Brücken oder Pässe unter allen Umständen bewachen, und oft werden sogar wunderbare Heldengedichte über sie verfasst, allerdings ausschließlich posthum.

»Gosbar der Wache?«

»Im Bett gestorben, habe ich gehört.«

»Doch nicht der alte Gosbar!«

»Jeder muss ab und zu mal schlafen.«

»Ab und zu muss man aber auch mal was anderes ganz dringend«, meldete sich der Junge Willie zu Wort. »Ich müsste wirklich mal aufs Wiesagtmangleich?«

»Geh doch dort an die Wand.«

»Wo alle zugucken? Das ist nicht… zivilisiert.«

Cohen schritt auf die Wächter zu.

»Ich habe keine Zeit für Spielchen, klar?«, sagte er. »Würdet ihr lieber sterben, als euren Herrscher verraten?«

Die Wächter starrten stur geradeaus.

»Na schön, von mir aus.« Cohen zog sein Schwert. Dann schien ihm etwas eingefallen zu sein.

»Und der Schlächter?«, fragte er. »Der Große Schlächter? Ein Kerl so zäh wie alte Reitstiefel.«

»Eine Gräte«, antwortete Caleb.

»Der gute alte Schlächter? Er hat mal sechs Trolle mit einem ...«

»An einer Gräte in seinem Haferbrei erstickt. Ich dachte, das weißt du längst. Tut mir leid.«

Cohen sah ihn an. Dann fiel sein Blick auf sein Schwert. Und dann auf die Wächter. Einen Augenblick war es so still, dass man nur den fallenden Regen hörte.

»Wisst ihr was, Jungs«, sagte Cohen mit einer Stimme, die auf einmal so müde klang, dass Herr Zervelat spürte, wie sich eine Grube auftat, ausgerechnet hier und jetzt, im Augenblick des Triumphs, »eigentlich wollte ich euch die Köpfe abschlagen. Aber ... was soll das alles, hm? Wenn man richtig darüber nachdenkt, ist es das alles doch nicht wert, oder? Es spielt überhaupt keine Rolle.«

Die Wächter starrten stur geradeaus. Nur ihre Augen weiteten sich.

Herr Zervelat drehte sich um.

»Früher oder später müsst ihr sowieso sterben«, fuhr Cohen fort. »Mehr ist dazu eigentlich nicht zu sagen. Man lebt sein Leben, so gut man eben kann, und letztendlich ist alles vollkommen egal, denn hinterher ist man sowieso tot ...«

»Äh. Cohen?«, warf Herr Zervelat ein.

»Schaut mich an. Mein ganzes Leben lang habe ich Köpfe abgeschlagen, und was hat es mir gebracht?«

»Cohen …«

»Ja – was?«

»Ich glaube, du solltest dich mal umdrehen, Cohen.«

Cohen drehte sich um.

Ein halbes Dutzend roter Krieger kam die Straße heraufmarschiert. Die Menge drückte sich dicht an die Hauswände und schaute in stummem Entsetzen zu.

Dann rief eine Stimme: »Notwendiges und dauerhaftes Durchhalten der Roten Armee!«

Hier und da wurden andere Rufe in der Menge laut. Eine junge Frau reckte die Hand mit geballter Faust nach oben.

»Notwendiger Fortschritt dem Volke bei vernünftigem Erhalt der Traditionen!«

Andere folgten ihr.

»Verdiente Bestrafung den Feinden!«

»Ich habe meinen Stoffhasen verloren!«

Die roten Riesen blieben scheppernd stehen.

»Seht sie euch an!«, sagte Herr Zervelat. »Das sind keine Trolle! Sie bewegen sich wie eine Maschine! Interessiert euch das nicht?«

»Nein«, gab Cohen mit leerem Blick zurück. »Abstraktes Denken ist kein zentraler Aspekt des barbarischen Denkprozesses. Also, wo war ich stehen geblieben?« Er seufzte. »Ach ja. Ihr zwei da … ihr würdet also lieber sterben, als euren Herrscher verraten, ja?«

Die beiden Männer waren starr vor Angst.

Cohen hob sein Schwert.

Herr Zervelat holte tief Luft, fiel Cohen in den Schwertarm und rief: *»Dann macht das Tor auf und lasst ihn passieren!«*

Ein paar Sekunden herrschte atemloses Schweigen.

Herr Zervelat stieß Cohen an.

»Mach schon«, zischte er. »Handle wie ein Herrscher!«

»Wie … du meinst, ich soll in mich reinkichern, Leute foltern lassen und so weiter? Pustekuchen!«

»Nein! Du sollst so handeln, wie ein Herrscher handeln sollte!«

Cohen funkelte Zervelat wütend an. Dann wandte er sich wieder den Wächtern zu.

»Gut gemacht, Jungs«, sagte er. »Eure Ergebenheit gereicht euch zu … zum … wie heißtdasnochmalgleich? … zur Ehre. Macht weiter so, dann dürfte bald eine Beförderung für euch beide fällig sein. Aber jetzt lasst uns durch, sonst befehle ich meinen Blumentopfmännern, euch die Füße abzuschlagen. Dann steht ihr auf den Knien im Rinnstein, wenn ihr nach euren Köpfen sucht.«

Die Männer sahen einander an, ließen ihre Schwerter fallen und versuchten sich an einem Kotau.

»Ihr könnt gern wieder aufstehen«, sagte Cohen mit etwas freundlicherer Stimme. »Herr Zervelat?«

»Ja?«

»Ich bin doch jetzt der Kaiser, oder?«

»Die … Erdsoldaten scheinen auf deiner Seite zu stehen. Das Volk ist der Meinung, dass du gewonnen hast. Wir sind alle noch am Leben. Doch, ich würde sagen, wir haben gewonnen, ja.«

»Wenn ich der Kaiser bin, kann ich jedem befehlen, was er zu tun hat, stimmt's?«

»Schon.«

»Aber ganz ordnungsgemäß, mit Schriftrollen und so weiter. Und mit Lakaien in Uniform, die laut rumtrompeten und dann rufen: ›Dies und das hat er angeordnet!‹«

»Ach so. Du willst eine Proklamation erlassen.«

»Genau. Schluss mit diesem blöden Kotauen. Das macht

mich ganz fuchsig. Niemand soll je wieder vor irgendwem kotauen, verstanden? Wenn mich jemand sieht, kann er meinetwegen salutieren oder mir vielleicht ein bisschen Geld geben. Aber niemand soll mehr den Kopf auf den Boden knallen. Sonst krieg ich Zustände. Jetzt schreib das alles fein ordentlich auf.«

»Wird sofort erledigt. Und …«

»Moment, ich bin noch nicht fertig.« Cohen biss sich vor lauter ungewohnter Nachdenkerei auf die Lippe, während die roten Krieger torkelnd zum Stehen kamen. »Ja. Du kannst noch hinzufügen, dass ich alle Gefangenen freilasse, es sei denn, sie haben etwas richtig Bösartiges verbrochen. Zum Beispiel versuchter Giftmord. Und jeder Bauer bekommt ein Schwein geschenkt, so was in der Art. Den ganzen Schnörkelkram mit ›auf Anordnung von‹ und dergleichen überlasse ich dir.«

Cohens Blick richtete sich wieder nach unten auf die Wächter.

»Jetzt steht schon endlich auf, seid ihr schwerhörig? Dem nächsten Blödmann, der vor mir den Boden küsst, trete ich so was von ins Gelege, das schwöre ich hoch und heilig. Alles klar? Jetzt macht das Tor auf.«

Das Volk jubelte. Als die Horde die Verbotene Stadt wieder betrat, strömten alle in einer Mischung aus revolutionärer Erstürmung und respektvoller Begehung hinter ihnen her.

Die roten Krieger blieben draußen stehen. Einer von ihnen hob knarrend einen Terrakotta-Fuß und ging auf die Mauer zu, bis er dagegenprallte.

Der Krieger wankte eine Zeitlang wie betrunken und schaffte es dann, sich einen oder zwei Schritte von der Mauer zu entfernen, ohne wieder mit ihr zusammenzustoßen.

Er hob einen Finger und schrieb ein wenig zittrig mit rotem Staub, der sich auf dem nassen Putz in Farbe verwandelte:

HILFE HILFE Ich bins Ich bin hier auf diser Ebene HILFE Ich komm nicht mer aus dieser verflixten Rustung raus.

Die Menge strömte singend und johlend hinter Cohen her. Mit einem Surfbrett hätte er auf ihr reiten können. Der Regen trommelte heftig auf das Dach und ergoss sich in die Höfe.

»Warum sind alle so aus dem Häuschen?«, fragte er.

»Weil sie glauben, dass du den Palast plünderst«, antwortete Herr Zervelat. »Sie haben schon so einiges über die Barbaren gehört. Und sie wollen etwas davon abhaben. Jedenfalls hat ihnen die Idee mit dem Schwein schon mal sehr gut gefallen.«

»He, du!«, rief Cohen einem Jungen zu, der unter dem Gewicht einer schweren Vase an ihm vorbeitaumelte. »Lass deine dreckigen Flossen von meinen Sachen! Das Zeug ist wertvoll, Herrschaft noch mal! Das ist eine …«

»Eine Vase aus der S'ang Dynastie«, sagte Herr Zervelat.

»Ganz genau«, sagte die Vase.

»Die ist aus der S'ang Dynastie, Herrschaft noch mal! Bring sie sofort zurück! Und ihr dort drüben …« Er drehte sich um und fuchtelte mit dem Schwert. »Zieht sofort die Schuhe aus! Ihr zerkratzt mir den ganzen Boden! Kuckt euch mal an, wie der jetzt schon aussieht!«

»Gestern ist dir der Boden doch völlig egal gewesen«, grummelte Kriecher.

»Da war's auch noch nicht *mein* Boden.«

»Doch«, erwiderte Herr Zervelat.

»Aber nicht so richtig«, widersprach ihm Cohen. »Es geht um die Zeremonie der Eroberung. Blut. Blut verstehen die Menschen immer. Wenn man einfach wo reinspaziert und den Laden übernimmt, wird man von keinem ernstgenommen. Aber knöcheltief Blut … das kapiert jeder.«

»Bergeweise Schädel«, sagte Kriecher zustimmend.

»Du musst dir nur mal die Geschichte ansehen«, sagte Cohen. »Überall dort, wo man … He, du, der Mann mit dem Hut, das ist mein …«

»Ein *Shibo Yangcong-san*-Tisch«, murmelte Herr Zervelat. »Mit Einlegearbeiten aus Mahagoni.«

»… also stell ihn sofort wieder hin, hast du gehört? Überall dort, wo man auf einen König trifft, von dem alle sagen: ›Oh, der war wirklich ein guter König‹, kann man seine Sandalen verwetten, dass er ein großer bärtiger Lumpenhund war, der jede Menge Köpfe eingeschlagen und sich darüber noch amüsiert hat. He! Aber ein König, der bloß ein paar bescheidene kleine Gesetze erlassen und Bücher gelesen und versucht hat, intelligent auszusehen … ›Ach‹, heißt es dann, ›ja, der war ganz in Ordnung, aber ein Weichei. Nicht unbedingt das, was man sich unter einem richtigen König vorstellt.‹ So viel zum Thema Meinung des Volkes.«

Herr Zervelat seufzte.

Cohen grinste ihn an und klopfte ihm so fest auf den Rücken, dass er gegen zwei Frauen stolperte, die gerade versuchten, eine Bronzestatue von Ly Schwatzmaul wegzuschleppen.

»Du kapierst es einfach nicht, was, Pauker? Es will dir einfach nicht in den Kopf. Aber macht nichts. Letztendlich bist du ja kein Barbar. *Bring sofort diese Statue wieder zurück,*

Frollein, sonst kriegst du die flache Seite meines Schwertes zu spüren!«

»Aber ich dachte, wir kriegen es hin, ohne jemanden zu verletzen. Indem wir unseren Verstand benutzen.«

»Das geht nicht. So funktioniert Geschichte nicht. Erst kommt das Blut, dann der Verstand.«

»Bergeweise Schädel«, sagte Kriecher.

»Es muss doch eine bessere Möglichkeit als Mord und Totschlag geben«, sagte Herr Zervelat.

»Tja, da gibt es jede Menge. Bloß funktioniert keine davon. Caleb, nimm diese … diese …«

»… eleganten Bhong-Jadefiguren …«, murmelte Herr Zervelat.

»… nimm sie diesem Kerl ab. Er hat noch eine unter dem Hut.«

Die nächste Flügeltür wurde aufgestoßen. Der Raum dahinter war bereits ziemlich voll, aber die Leute schoben sich nach hinten, als die Tür aufging. Dabei versuchten sie, möglichst unschuldig auszusehen und Cohens Blick nach Möglichkeit nicht zu begegnen.

Nachdem sie gebührend Platz gemacht hatten, stand dort nur Sechs Wohltätige Winde, ganz allein. Derlei Manöver beherrschte der Hof aus dem Effeff.

»Bergeweise Schädel«, sagte Kriecher, der sich nicht so leicht von einem Gedanken abbringen ließ.

»Äh, wir haben gesehen, wie die Rote Armee aus der Erde hervorgekommen ist, äh, genauso, wie es die Legende vorausgesagt hat. Damit seid Ihr wahrhaftig die Präinkarnation von Eins Sonnenspiegel.«

Der kleine Steuereinnehmer besaß genügend Anstand, betreten dreinzublicken. Was seine Rede anging, so befand sie sich auf demselben theatralischen Niveau wie diejenige, die stets so anfing: »Wie du weißt, hat dein Vater, der König, zu seiner Zeit ...« Abgesehen davon hatte er bis jetzt nie an Legenden geglaubt – nicht einmal an die vom Bauern, der Jahr für Jahr peinlich genau seine Steuererklärung ausfüllte.

»Ja, ganz recht«, sagte Cohen.

Er schritt zum Thron und rammte sein Schwert in den Boden, wo es vibrierend stecken blieb.

»Einigen von euch wird der Kopf abgeschlagen, zu ihrem eigenen Besten«, sagte er. »Wem genau, das habe ich noch nicht entschieden. Außerdem sollte jemand dem Jungen Willie sofort zeigen, wo der Abort ist.«

»Zu spät«, meldete sich der Junge Willie zu Wort. »Nachdem diese großen roten Statuen so plötzlich hinter mir aufgetaucht sind, ist es nicht mehr nötig.«

»Bergeweise ...«, fing Kriecher wieder an.

»Von Bergen weiß ich nichts«, sagte Cohen.

»Und wo«, wollte Sechs Wohltätige Winde wissen, »ist der Große Zauberer?«

»Der Große Zauberer«, brummte Cohen.

»Ja, der Große Zauberer, der die Rote Armee aus dem Erdboden hervorgerufen hat«, sagte der Steuereintreiber.

»Von *dem* weiß ich schon gleich gar nichts«, antwortete Cohen.

Die Menge schob sich nach vorne, weil von hinten immer mehr Leute in den Raum drängten.

»Sie kommen!«

Ein Terrakotta-Krieger kam dröhnend hereingetrampelt. Auf dem Gesicht trug er immer noch ein sehr feines Lächeln.

Er blieb wackelnd vor dem Thron stehen. Regenwasser tropfte von seiner Rüstung.

Die Leute wichen ängstlich vor ihm zurück. Mit Ausnahme der Horde, wie Herrn Zervelat auffiel. Auf unbekannte und schreckliche Gefahren reagierte die Horde weder mit blinder Wut noch mit Kopflosigkeit.

Dann fasste er neuen Mut. Die Barbaren waren nicht besser als andere, sondern nur anders. Es macht ihnen nicht das Geringste aus, sich mit grässlichen Kreaturen herumzuschlagen, sagte er sich, aber wenn man sie losschickt, um irgendwo auf der Straße einen Beutel Reis zu kaufen, sind sie völlig aufgeschmissen …

»Was soll ich jetzt machen, Pauker?«, raunte Cohen.

»Tja, du bist der Kaiser«, antwortete Herr Zervelat. »Vielleicht fragst du ihn einfach, was er will.«

Cohen erhob sich und nickte dem Terrakotta-Riesen freundlich zu.

»Guten Morgen«, sagte er. »Gute Arbeit da draußen. Du und die anderen Jungs, ihr könnt euch den Rest des Tages freinehmen, um euch gegenseitig Geranien einzupflanzen oder was ihr sonst so vorhabt. Ähm. Habt ihr vielleicht einen Oberriesen, mit dem ich mich unterhalten sollte?«

Der Terrakotta-Krieger hob knirschend einen Finger.

Dann drückte er zwei Finger auf den anderen Unterarm und hob wieder einen Finger.

Alle Anwesenden fingen gleichzeitig zu reden an.

Der Riese zupfte mit zwei Fingern an einem verkümmerten Ohr.

»Was könnte das bedeuten?«, fragte Sechs Wohltätige Winde.

»Es fällt mir zwar ein bisschen schwer zu glauben«, sagte Herr Zervelat, »aber es kommt mir vor wie eine uralte Verständigungsmethode, wie sie im Land der blutsaugerischen Vampirgeister üblich ist.«

»Können Sie etwas verstehen?«

»Ja, ich glaube schon. Man muss das Wort oder den Begriff erraten. Er will uns sagen … äh … ein Wort, zwei Silben. Die erste Silbe klingt wie …«

Die Riese schien sein Gesicht in die Länge ziehen zu wollen und setzte die Fäuste mit zwei aufgestellten Zeigefingern auf den Kopf.

»Schnauze«, sagte Herr Zervelat. »Unterlippe? Hörner? Stier? Kuh? Rind? Rinder? Rinds …«

Der Riese tippte sich eindringlich auf die Nase und vollführte einen schwerfälligen und lautstarken Tanz, bei dem alle möglichen Teile seiner Terrakotta-Rüstung laut schepperten.

»Hört sich an wie Rinds und irgendwas«, sagte Herr Zervelat. »Die erste Silbe scheint jedenfalls Rind oder Rinder zu sein.«

»Äh …«

Eine zerlumpte Gestalt schob sich durch die Menge nach vorne. Sie trug eine Brille mit einem zersprungenen Glas auf der Nase.

»Äh«, sagte sie. »Dazu fällt mir etwas ein …«

Lord Fang und einige seiner zuverlässigsten Krieger hatten sich an der Bergflanke gesammelt. Ein guter General weiß stets, wann er das Schlachtfeld zu verlassen hat, und was Lord Fang anging, war dieser Zeitpunkt spätestens dann gekommen, wenn er den Feind auf sich zukommen sah.

Die Männer waren erschüttert. Sie hatten nicht versucht, sich der Roten Armee entgegenzustellen. Diejenigen, die es versucht hatten, waren tot.

»Wir … formieren uns neu«, keuchte Lord Fang. »Dann warten wir, bis der Abend hereinbricht und … Was ist das?«

Von weiter oben am Hang, wo die wegrutschende Erde

eine weitere mit Gestrüpp bewachsene Rinne zurückgelassen hatte, drang ein rhythmisches Geräusch aus den Büschen.

»Hört sich nach einem Zimmermann an, hoher Herr«, sagte einer der Soldaten.

»Hier oben? Mitten im Krieg? Sieh mal nach, was da los ist!«

Der Mann kraxelte los. Kurz darauf hörte das Sägen auf. Dann fing es wieder an.

Lord Fang, der gerade dabei war, einen neuen Schlachtplan gemäß der Neun Nützlichen Prinzipien auszuarbeiten, schleuderte seine Karte zornig von sich.

»Warum hört das nicht auf? Wo ist Hauptmann Nong?«

»Ist noch nicht zurück, hoher Herr.«

»Dann sieh nach, wo er bleibt!«

Lord Fang versuchte sich zu erinnern, ob der große Weise der Kriegskunst jemals etwas zum Kampf gegen riesenhafte, unverwundbare Statuen gesagt hatte. Er …

Das Sägen verstummte. Kurz darauf wurde es durch ein lautes Hämmern ersetzt.

Lord Fang sah sich um.

»Kann hier denn niemand einen einfachen Befehl ausführen?«, belferte er.

Er griff zu seinem Schwert und kletterte den matschigen Hang hinauf. Die Büsche teilten sich vor ihm. Dahinter lag eine Lichtung. Dann sauste eine Gestalt auf ihn zu, ein Etwas auf Hunderten von kleinen Bei-

Dann machte es *schnapp.*

Der Regen kübelte so heftig, dass die Tropfen Schlange stehen mussten.

An manchen Stellen war die rote Erde mehrere Hundert Fuß dick. Sie ermöglichte zwei oder drei Ernten pro Jahr. Sie war ergiebig. Sie war fruchtbar. Und wenn sie nass war, war sie extrem klebrig.

Das, was von den aufgezogenen Truppen noch übrig war, hatte sich mit schmatzenden Stiefeln vom Schlachtfeld zurückgezogen. Die Soldaten waren von Kopf bis Fuß so rot wie die Terrakotta-Krieger. Abgesehen von denjenigen, die einfach niedergetrampelt worden waren, hatte die Rote Armee im Grunde nicht sehr viele Gegner getötet. Den Großteil der Arbeit hatten Furcht und Schrecken für sie erledigt. Deutlich mehr Soldaten waren bei den kurzen Scharmützeln der Heere untereinander und auf der panischen Flucht durch die eigenen Kameraden gefallen.*

Mittlerweile hatte die Terrakotta-Armee das Schlachtfeld ganz für sich und feierte ihren Sieg auf unterschiedliche Art und Weise. Viele Krieger marschierten im Kreis herum und stapften durch den klebrigen Lehm, als handelte es sich um schmutzige Luft. Einige hoben einen Graben aus, dessen Wände vom prasselnden Regen immer wieder heruntergespült wurden. Andere versuchten, Mauern zu ersteigen, die nicht da waren. Mehrere Riesen waren, womöglich als Reaktion auf die ungewohnte Belastung nach jahrhundertelangem Wartungsstau, ohne ersichtlichen Grund in einem blauen Funkenregen spontan explodiert. Die rotglühenden Tonsplitter waren für einen Großteil der Verluste auf der gegnerischen Seite verantwortlich.

Die ganze Zeit über regnete es so stark, dass der Regen einen regelrechten Wasservorhang bildete – als hätte das Meer beschlossen, das Land durch ein Luftlandemanöver zurückzuerobern.

---

* In diesem Zusammenhang sprach das Militär gerne von »Freundlichen Hieben«.

Rincewind schloss die Augen. Seine Rüstung war lehmverschmiert, er konnte die kleinen Bilder nicht mehr erkennen. Das war allerdings eher eine Erleichterung, denn er war sich ziemlich sicher, dass er die ganze Sache grandios verbockt hatte. Eigentlich konnte man mithilfe der Bilder sehen, was jeder Krieger gerade sah – sofern man wusste, was einige der merkwürdigeren Bilder tatsächlich bewirkten und in welcher Reihenfolge man sie drücken musste. Rincewind wusste es nicht. Außerdem hatte derjenige, der sich diese Rüstung ausgedacht hatte, nicht damit gerechnet, dass man sie in knietiefem Schlamm und in einem vertikalen Fluss bedienen musste. Ab und zu spratzelte es irgendwo, und einer der Stiefel wurde allmählich heiß.

Dabei hatte alles so gut angefangen! Aber dann war das eingetreten, was er inzwischen als den Rincewind-Faktor bezeichnete. Ein anderer Zauberer hätte die Armee wahrscheinlich hinausgeführt, und auf diesen Zauberer hätte es bestimmt auch nicht unaufhörlich eingeregnet, und wahrscheinlich würde er inzwischen durch die Straßen Hunghungs paradieren, die Leute würden Blumen werfen und rufen: »Alle Wetter, wenn das kein Großer Zauberer ist, dann weiß ich auch nicht.«

Ein anderer Zauberer hätte nicht auf die falschen Bilder gedrückt und diese Krieger graben lassen.

Rincewind musste sich eingestehen, dass er knöcheltief durch Selbstmitleid watete. Außerdem watete er ganz konkret durch matschigen Lehm. Und er sank immer tiefer ein. Es brachte überhaupt nichts, einen Fuß herauszuziehen, denn dadurch sank der andere Fuß nur noch tiefer ein und wurde obendrein noch viel heißer.

Ganz in der Nähe bohrte sich ein Blitz in die Erde. Rincewind hörte es knistern, sah, wie es dampfte, spürte das Kribbeln der Elektrizität und hatte den Geschmack von brennendem Zinn auf der Zunge.

Wieder wurde ein Krieger von einem Blitzstrahl getroffen. Sein Torso explodierte, es regnete klebrigen schwarzen Teer. Die Beine stapften noch ein paar Schritte weiter und blieben dann stehen.

Rings um den Zauberer floss jetzt Wasser, schlammiges rotes Wasser, denn der Hung war über die Ufer getreten. Der Matsch saugte unablässig an seinen Füßen wie an einem hohlen Zahn.

Etwas trudelte im schlammigen Wasser an ihm vorüber. Es sah aus wie ein Fetzen Papier.

Rincewind zögerte, dann griff er unbeholfen mit der behandschuhten Hand zu und fischte es heraus.

Wie erwartet handelte es sich um einen Schmetterling.

»Vielen Dank auch«, sagte er verbittert.

Das Wasser rann ihm zwischen den Fingern hindurch.

Er wölbte die Hand ein wenig, dann seufzte er und setzte das Wesen so vorsichtig wie möglich auf einen seiner Finger. Die feuchten Flügel hingen links und rechts herab.

Rincewind schützte den Schmetterling mit der anderen Hand und blies ihm ein paarmal auf die Flügel.

»Flieg weiter, hau schon ab.«

Der Schmetterling drehte sich um. Seine Facettenaugen glitzerten einen Moment ganz grün, dann klappte er probeweise die Flügel auf und zu.

Der Regen hörte auf.

Dafür fing es an zu schneien, aber nur dort, wo sich Rincewind befand.

»Ach ja«, sagte Rincewind. »Schon gut. Und vielen, vielen Dank auch.«

Er hatte einmal gehört, das Leben sei wie ein Vogel, der

aus der Dunkelheit in einen überfüllten Saal fliegt und schon bald durch ein anderes Fenster wieder hinaus in die endlose Nacht. In Rincewinds Fall hatte er dabei etwas Inkontinentes in sein Abendessen fallen lassen.

Es hörte auf zu schneien. Die Wolken zogen sich mit erstaunlicher Geschwindigkeit vom Himmelsgewölbe zurück und ließen warmes Sonnenlicht durch, woraufhin der Matsch sofort zu dampfen anfing.

»Da bist du ja! Wir haben dich schon überall gesucht!«

Rincewind versuchte sich umzudrehen, aber der klebrige Schlamm hinderte ihn daran. Ein dumpfes Klatschen war zu hören, als hätte jemand eine Planke auf sehr nassen Morast fallen lassen.

»Schnee auf dem Kopf? Bei helllichtem Sonnenschein? Da hab ich mir gleich gedacht, das kann nur er sein.«

Eine zweite Planke klatschte in die Pampe.

Eine kleine Lawine rutschte von Rincewinds Helm in seinen Kragen.

Mit dem nächsten dumpfen *Flatsch* landete eine Planke im Matsch direkt neben ihm.

»Ich bin's, Zweiblum. Alles in Ordnung bei dir, alter Freund?«

»Ich glaube, mein Fuß wird gerade gargekocht, aber abgesehen davon bin ich recht guter Dinge.«

»Ich dachte mir gleich, dass du hinter diesem ganzen Theater steckst«, sagte Zweiblum, schob Rincewind die Hände unter die Achseln und fing an zu ziehen.

»Habt ihr die Silbe für ›Wind‹ erraten?«, fragte Rincewind. »Die war mit der Fernbedienung nicht ganz einfach.«

»Nein, darauf ist keiner von uns gekommen«, antwortete Zweiblum, »aber als es ›achduScheißeachduScheißeachduScheiße, jetzt muss ich sterben‹ machte, hat es jeder auf

Anhieb verstanden. Sehr einfallsreich. Ähm. Ich glaube, du steckst fest.«

»Das sind diese Zauberstiefel.«

»Kannst du nicht aus ihnen raus? Dieser Lehm trocknet so schnell wie ... tja, wie Terrakotta in der Sonne. Später kann ja jemand herkommen und sie ausgraben.«

Rincewind versuchte, die Füße zu bewegen. Unter dem Schlamm blubberte etwas, dann spürte er, wie seine Füße mit einem würgenden Schlurfgeräusch freikamen.

Kurz darauf, und nach einigen nicht unbeträchtlichen Anstrengungen, saß er auf der Planke.

»Das mit den Kriegern tut mir leid«, sagte er. »Am Anfang sah es ganz leicht aus, aber dann bin ich mit diesen ganzen Bildern durcheinandergekommen, und ein paar davon konnte ich einfach nicht wieder abstellen ...«

»Aber du hast einen grandiosen Sieg errungen!«, rief Zweiblum.

»Ehrlich?«

»Herr Cohen ist Kaiser geworden!«

»Echt?«

»Na ja, was heißt geworden? Niemand hat ihn dazu gemacht, er hat sich einfach auf den Thron gesetzt. Jetzt sagen alle, er sei die Präinkarnation des ersten Kaisers, und er hat gesagt, wenn du der Große Zauberer sein willst, hat er absolut nichts dagegen.«

»Moment mal, ich komme da nicht ganz mit ...«

»Du hast doch die Rote Armee angeführt, oder nicht? Du hast sie in der Stunde der Not des Kaiserreiches auferstehen lassen?«

»Also, ich würde nicht unbedingt behaupten, dass ich ...«

»Dafür möchte dich der Kaiser belohnen. Ist doch nett von ihm.«

»Was meinst du mit Belohnung?«, erkundigte sich Rincewind misstrauisch.

»Das kann ich dir auch nicht so genau sagen. Jedenfalls hat er gesagt, dass ...« Zweiblums Augen wurden glasig, während er in seinem Gedächtnis herumkramte. »Er sagte, ›Geh und suche Rincewind, und sage ihm, dass er eine ziemliche Nervensäge sein kann, aber er ist wenigstens ehrlich, deshalb kann er von mir aus Oberzauberer des Reiches sein, oder wie er es sonst nennen will, denn euch ausländischen ...‹« Zweiblum sah mit halb zugekniffenen Augen nach oben und versuchte sich an Cohens genauen Wortlaut zu erinnern. »Haus der verheißungsvollen Aussichten ... Kieferndutf ... Arschgeigen traue ich nicht.«

Die Worte krochen Rincewind ins Ohr, schlüpften weiter in sein Gehirn und fingen dort an, gegen die Wände zu trommeln.

»Oberzauberer?«, fragte er.

»Das hat er gesagt. Also ... eigentlich hat er gesagt, dass du von ihm aus ein Häufchen Schwalbenkotze sein kannst, aber das lag nur daran, dass er die tiefe traurige Tonhöhe anstelle der höheren, fragenden gewählt hat. Er meinte ganz eindeutig Zauberer.«

»Des gesamten Reiches?«

Rincewind erhob sich.

»Jetzt passiert gleich was Schlimmes«, sagte er ausdruckslos.

Der Himmel war schon wieder schön blau. Einige Bürger kamen auf das Schlachtfeld herausspaziert, um sich um die Verwundeten zu kümmern und die Toten einzusammeln. Hier und da standen Terrakotta-Krieger in eigenartigen Posen, reglos wie Felsbrocken.

»Jetzt gleich«, sagte Rincewind.

»Sollen wir nicht in die Stadt gehen?«

»Wahrscheinlich schlägt ein Meteorit ein«, sagte Rincewind.

Zweiblum schaute nach oben ins friedvolle Firmament.

»Du kennst mich«, sagte Rincewind. »Immer dann, wenn ich etwas in den Griff bekomme, schlägt – zack! – das Schicksal zu und tritt mir auf die Finger.«

»Ich sehe keine Meteoriten«, erwiderte Zweiblum. »Wie lange sollen wir noch warten?«

»Dann kommt irgendwas anderes«, sagte Rincewind. »Jemand springt aus einem Hinterhalt, oder es gibt ein Erdbeben oder sonst irgendwas.«

»Wenn du meinst«, sagte Zweiblum höflich. »Ähm. Möchtest du hier auf etwas Schreckliches warten, oder würdest du lieber mit in den Palast kommen, ein Bad nehmen, deine Kleidung wechseln und anschließend sehen, was so passiert?«

Rincewind musste ihm beipflichten, dass er sein entsetzliches Schicksal ebenso gut in einer Umgebung erwarten konnte, wo er es angenehm und gemütlich hatte.

»Es soll ein großes Festmahl gefeiert werden«, sagte Zweiblum. »Der Kaiser sagt, er will allen zeigen, wie man ordentlich zecht.«

Dann machten sie sich, immer eine Planke nach der anderen, auf den Weg zurück in die Stadt.

»Ich könnte schwören, dass du mir nie erzählt hast, dass du verheiratet bist.«

»Das habe ich dir garantiert erzählt.«

»Tut mir leid, dass deine Frau, äh, also …«

»So was kommt vor im Krieg. Aber ich habe zwei pflichtbewusste Töchter.«

Rincewind wollte gerade etwas sagen, aber als er Zweiblums heiteres, zerbrechliches Lächeln sah, blieben ihm die Worte im Halse stecken.

Sie arbeiteten sich wortlos weiter voran, nahmen die Planken hinter sich auf und verlängerten damit den Steg vor sich.

»Mal von der positiven Seite betrachtet«, sagte Zweiblum und brach damit das Schweigen: »Der Kaiser hat auch noch gesagt, dass du eine eigene Universität gründen darfst, wenn du willst.«

»Nein! Nein! Könnte mich bitte jemand mit einer Eisenstange schlagen, bitte, bitte!«

»Er hat gesagt, für eine solide Ausbildung ist er immer zu haben, vorausgesetzt, er muss sie nicht am eigenen Leibe durchmachen. Er hat schon so viele Proklamationen herausgegeben, dass die Eunuchen mit Streik drohen.«

Rincewinds Planke fiel in den Matsch.

»Was machen Eunuchen eigentlich?«, fragte er. »Ich meine, was genau machen sie eigentlich nicht, wenn sie streiken?«

»Essen und Trinken bringen, die Betten machen, so was alles.«

»Aha.«

»Ohne sie läuft nichts in der Verbotenen Stadt. Aber der Kaiser konnte sie dann doch von seiner Sicht der Dinge überzeugen.«

»Im Ernst?«

»Er hat gesagt, wenn sie nicht auf der Stelle in die Puschen kommen, schneidet er ihnen alles andere auch noch ab. Äh, ich glaube, der Boden ist jetzt fest genug.«

Eine eigene Universität. Damit wäre er … Erzkanzler. Erzkanzler Rincewind stellte sich vor, wie er der Unsichtbaren Universität einen Besuch abstattete. Er könnte einen Hut mit einer sehr, sehr spitzen Spitze tragen, er könnte gemein zu allen anderen sein … Er könnte …

Er weigerte sich, diesen Gedanken noch weiter auszumalen. Es würde ohnehin bloß alles schieflaufen.

»Es wäre doch möglich«, sagte Zweiblum, »dass dir alle grässlichen Dinge schon passiert sind. Hast du schon mal darüber nachgedacht? Vielleicht hast du dir jetzt mal was Nettes verdient?«

»Hör bloß auf mit diesem Karma-Kram«, erwiderte Rincewind. »Meinem Glücksrad fehlen einfach ein paar Speichen.«

»Trotzdem wäre es einen Gedanken wert«, meinte Zweiblum.

»Was? Dass mir in meinem Leben ab jetzt Friede, Freude, Eierkuchen vergönnt sind? Nein, tut mir leid. Wart's ab. Sobald ich mich umdrehe – zack!«

Zweiblum sah sich einigermaßen interessiert um.

»Ich weiß nicht, warum du glaubst, dass dein Leben so schlecht verlaufen ist«, sagte er. »Wir haben uns doch prächtig amüsiert, als wir noch jünger waren. He, erinnerst du dich noch daran, wie wir damals über den Rand der Welt gekippt sind?«

»Nur allzu oft«, antwortete Rincewind. »Normalerweise gegen drei Uhr morgens.«

»Und wie wir einmal auf einem Drachen saßen, der mitten im Flug verschwunden ist?«

»Weißt du«, sagte Rincewind, »manchmal vergeht eine ganze Stunde, in der ich *nicht* daran denke.«

»Und wie wir einmal von diesen Leuten angegriffen wurden, die uns umbringen wollten?«

»Auf welches der hundertneunundvierzig Vorkommnisse dieser Art spielst du gerade an?«

»So was festigt den Charakter, finde ich«, sagte Zweiblum fröhlich. »Es hat mich zu dem Mann gemacht, der ich heute bin.«

»Allerdings«, sagte Rincewind. Wenn man sich mit Zweiblum unterhielt, musste man sich nicht groß anstrengen. Das robuste Wesen des kleinen Mannes wusste nichts von Sarkasmus, er verfügte über die ausgeprägte Fähigkeit, alles zu überhören, was ihn beunruhigen könnte. »Doch, geht mir genauso. Das alles hat auch mich zu dem gemacht, was ich heute bin.«

Als sie die Stadt betraten, waren die Straßen praktisch leer. Die meisten Bewohner hatten sich auf dem großen Platz vor dem Palast versammelt. Neue Herrscher waren für ihre großzügigen Gesten bekannt. Zudem hatte es sich herumgesprochen, dass dieser hier ganz anders sei. Außerdem verschenkte er Schweine.

»Angeblich hat er davon gesprochen, Gesandte nach Ankh-Morpork zu schicken«, sagte Zweiblum, als sie tropfnass durch die Straßen schlurften. »Gut möglich, dass es deswegen noch einigen Wirbel geben wird.«

»War dieser Schlitze-mir-ehrenvoll-den-Bauch-auf zu dem Zeitpunkt gerade anwesend?«

»Ja – stimmt!«

»Bist du damals in Ankh-Morpork jemals einem Mann namens Schnapper begegnet?«

»Allerdings.«

»Wenn sich diese beiden irgendwann einmal die Hände schütteln, gibt es bestimmt eine Explosion.«

»Du könntest ebenfalls zurückgehen, da bin ich sicher«, sagte Zweiblum. »Ich meine, deine neue Universität braucht bestimmt alles Mögliche, und, tja, ich erinnere mich noch daran, dass man in Ankh-Morpork geradezu versessen auf Gold ist.«

Rincewind biss die Zähne zusammen. Das Bild wollte einfach nicht verschwinden – das Bild eines Erzkanzlers Rincewind, der gerade den Kunstturm kauft, sämtliche

Steine nummerieren und das Ganze nach Hunghung bringen lässt. Das Bild eines Erzkanzlers Rincewind, der das gesamte Kollegium als Pförtner einstellt, eines Erzkanzlers Rincewind …

»Nein!«

»Wie bitte?«

»Du sollst mich nicht zu solchen Gedanken ermutigen! Sobald ich mir vorstelle, dass es wirklich so weit kommen könnte, wird etwas Schreckliches passieren!«

Hinter ihm rührte sich etwas, dann drückte ihm plötzlich jemand ein Messer an die Kehle.

»Der große Haufen Schwalbenkotze?«, sagte eine Stimme dicht an seinem Ohr.

»Siehst du?«, stammelte Rincewind. »Glaubst du mir jetzt? Lauf weg! Bleib nicht einfach stehen, du Idiot! Lauf!«

Zweiblum starrte ihn kurz an, dann drehte er sich um und nahm die Beine in die Hand.

»Lass ihn gehen«, sagte die Stimme. »Er ist nicht weiter wichtig.«

Rincewind wurde von mehreren Händen in die Gasse gezogen. Aus den Augenwinkeln nahm er eine schlammbespritzte Rüstung wahr, mehr konnte er nicht sehen. Die Männer, die ihn überfallen hatten, wussten genau, wie man einen Gefangenen so hinter sich herzog, dass er nirgendwo Fuß fassen konnte.

Schließlich wurde er aufs Pflaster geschleudert.

»So groß sieht er gar nicht aus«, sagte eine gebieterische Stimme. »Sieh mich an, Großer Zauberer!«

Die Soldaten lachten nervös.

»Ihr Idioten!«, brüllte Lord Hong. »Er ist ein ganz normaler Mensch! Seht ihn euch an! Sieht er vielleicht mächtig aus? Ein stinknormaler Mann, der auf ein paar alte Tricks gestoßen ist! Und jetzt werden wir mal sehen, wie groß und mächtig er ohne Arme und Beine ist.«

»O je«, sagte Rincewind.

Lord Hong beugte sich zu ihm herunter. Sein Gesicht war mit Matsch bespritzt, und seine Augen funkelten wild. »Wollen wir doch mal sehen, was dein barbarischer Kaiser ohne dich anstellt!« Er zeigte auf den missmutigen Trupp schlammverkrusteter Soldaten. »Die würden glatt glauben, dass du wirklich ein großer Zauberer bist! Aber das ist bloß Aberglaube. Aberglaube ist meistens recht nützlich, gelegentlich aber auch verdammt lästig. Aber wenn wir dich auf den Platz bringen und allen zeigen, wie groß du in Wirklichkeit bist, dürfte die Zeit auf dem Thron für deinen Barbaren bald abgelaufen sein. Was ist das?«

Er riss Rincewind die Handschuhe aus der Hand.

»Spielzeug«, sagte Lord Hong. »Künstlich hergestelltes Zeug. Die Rote Armee besteht lediglich aus Maschinen, genau wie Windmühlen und Pumpen. Von Magie keine Spur.«

Er warf die Handschuhe weg und nickte einem seiner Soldaten zu. »Und jetzt«, sagte Lord Hong, »gehen wir alle gemeinsam zum Kaiserlichen Platz.«

»Wie würde es dir gefallen, Statthalter von Bhangbhangduc und den Inseln ringsum zu sein?«, fragte Cohen, der sich mit der ganzen Horde über eine Landkarte des Kaiserreiches beugte. »Hast du was übrig für Meer und Strand und so was, Hämisch?«

»Hä?«

Die Türen zum Thronsaal wurden aufgerissen. Zweiblum kam hereingerannt, dicht gefolgt von Eins Großer Fluss.

»Lord Hong hat sich Rincewind geschnappt! Er will ihn umbringen!«

Cohen hob den Blick.

»Warum zaubert er sich nicht einfach weg?«

»Das geht nicht! Er hat die Rote Armee nicht mehr! Lord Hong bringt ihn um! Ihr müsst etwas unternehmen!«

»Ach, du kennst doch diese Zauberer«, brummte Kriecher. »Von denen gibt es sowieso schon mehr als genug, außerdem ...«

»Nein.« Cohen nahm sein Schwert und seufzte.

»Kommt mit«, sagte er.

»Aber Cohen ...«

»Ich sagte: Kommt mit. Wir sind nicht wie Hong. Rincewind ist ein windiger Hund, aber er ist *unser* windiger Hund. Also kommt ihr jetzt, oder was?«

Lord Hong und seine Truppe waren schon beinahe am Fuß der Treppe vor dem Palast angekommen, als die Horde oben auftauchte. Die von den Soldaten zurückgehaltene Menge umdrängte sie.

Lord Hong hielt Rincewind immer noch vor sich und drückte ihm das Messer an den Hals.

»Ah, der Kaiser«, sagte er auf Ankh-Morporkisch. »So sehen wir uns wieder. Schachmatt, würde ich sagen.«

»Was redet er da?«, flüsterte Cohen.

»Er glaubt, er hätte dich in die Ecke getrieben«, antwortete Herr Zervelat.

»Woher will er wissen, dass ich den Zauberer nicht einfach sterben lasse?«

»Vermutlich Individualpsychologie.«

»Was soll der Unsinn?«, rief Cohen. »Wenn du ihn umbringst, bist du hinterher ebenfalls sofort tot. Dafür sorge ich höchstpersönlich.«

»Leider nein«, erwiderte Lord Hong. »Wenn dein ... Großer Zauberer … tot ist, wenn die Menschen hier sehen, wie einfach man ihn umbringen kann … wie lange bist du dann wohl noch Kaiser? Du hast dir den Titel durch faule Tricks erschlichen!«

»Wie lauten deine Bedingungen?«, wollte Herr Zervelat wissen.

»Ich habe keine. Ihr könnt mir nichts anbieten, was ich mir nicht selbst nehmen könnte.« Lord Hong schnappte sich Rincewinds Hut von einem seiner Soldaten und rammte ihn Rincewind auf den Kopf.

»Der gehört dir«, zischte er. »›Zaubberer‹, ha! Du kannst nicht mal richtig buchstabieren! Also, Herr Zaubberer? Hast du noch etwas zu sagen?«

»Ich? *Nein!*«

Lord Hong lächelte. »Ah, schon besser«, sagte er.

»O neiiiiin!«

»Sehr schön!«

»Aarrgh!«

Lord Hong blinzelte. Die Gestalt vor ihm schien sich einen Moment lang zur doppelten Länge auszudehnen und im nächsten die Füße bis unters Kinn anzuziehen.

Dann verschwand Rincewind mit einem leisen Knall.

Bis auf das Geräusch, das mehrere Tausend verdutzte Menschen machen, herrschte absolute Stille auf dem ganzen Platz.

Lord Hong tastete hilflos mit der Hand in der Luft herum.

»Lord Hong?«

Er drehte sich um. Hinter ihm stand ein kleingewachsener, mit Lehm und Ruß verschmierter Mann. Er trug eine Brille, deren eines Glas zerbrochen war.

Lord Hong sah ihn kaum an. Immer noch griff er hierhin

und dorthin in die leere Luft und weigerte sich, seinen Sinnen zu trauen.

»Entschuldigt, Lord Hong«, sagte die Erscheinung, »aber erinnert Ihr Euch vielleicht noch an Bes Pelargic? Vor ungefähr sechs Jahren? Ich glaube, Ihr habt damals gegen Lord Tang gekämpft. Damals gab es ein kleines Handgemenge. Ein paar zerstörte Straßen. Nichts Bedeutendes.«

Lord Hong sah ihn flüchtig an.

»Wie kannst du es wagen, mich anzusprechen?«, stieß er zwischen den Zähnen hervor.

»Spielt eigentlich keine Rolle«, antwortete Zweiblum. »Ich möchte nur, dass Ihr Euch daran erinnert. Ich bin deswegen … sehr wütend. Ähm. Ich will gegen Euch kämpfen.«

»*Du* willst gegen *mich* kämpfen? Weißt du überhaupt, mit wem du redest? Hast du auch nur den geringsten Schimmer?«

»Äh. Ja. Doch, allerdings.«

Jetzt besaß er Lord Hongs uneingeschränkte Aufmerksamkeit. Es war kein guter Tag für den Großwesir gewesen.

»Du dummer, vertrottelter kleiner Mann! Du hast nicht mal ein Schwert!«

»He! Vierauge!«

Beide drehten sich um. Cohen warf sein Schwert herüber. Zweiblum fing es umständlich auf und ging von dem Gewicht beinahe in die Knie.

»Warum tust du das?«, fragte Herr Zervelat.

»Der Mann will ein Held sein. Finde ich gut«, antwortete Cohen.

»Hong macht ihn doch sofort nieder!«

»Kann gut sein. Ja, gut möglich. Sogar ziemlich wahrscheinlich«, gab Cohen zu. »Aber das hat nichts mit mir zu tun.«

»Vater!«

Lotosblüte fiel Zweiblum in den Arm.

»Er bringt dich um! Komm weg hier!«

»Nein.«

Schmetterling nahm den anderen Arm ihres Vaters.

»Damit ist doch überhaupt nichts gewonnen«, sagte sie. »Komm mit. Es ergibt sich bestimmt eine bessere Gelegenheit …«

»Er hat eure Mutter umgebracht«, sagte Zweiblum tonlos.

»Seine Soldaten haben es getan.«

»Das macht es nur noch schlimmer. Er wusste es nicht mal. Geht bitte zur Seite, ihr zwei.«

»Hör doch, Vater …«

»Wenn ihr zwei nicht sofort macht, was ich euch sage, werde ich richtig wütend.«

Lord Hong zog sein langes Schwert. Die Klinge blitzte.

»Weißt du überhaupt, wie man kämpft, kleiner Mann?«

»Nein, eigentlich nicht«, antwortete Zweiblum. »Es geht eher darum, dass Euch jemand die Stirn bietet. Ganz egal, wie es ausgeht.«

Die Horde schaute interessiert zu. So abgebrüht die Kämpfer auch waren, für sinnlosen Mut hatten sie immer eine Schwäche.

»Gut so«, sagte Lord Hong und ließ den Blick über die stumme Menge wandern. »Alle sollen sehen, was gleich passiert.«

Er hob sein Schwert.

Die Luft knisterte.

Der Bellende Hund plumpste direkt vor seinen Füßen auf die steinernen Bodenfliesen.

Der Apparat war sehr heiß. Seine Schnur brannte.

Es zischte noch ganz kurz.

Dann wurde die Welt weiß.

Es dauerte eine ganze Weile, bis Zweiblum sich vorsichtig aufrappelte. Er schien der Erste zu sein, der wieder aufrecht stand. Wer sich nicht der Länge nach auf den Boden geworfen hatte, war geflohen.

Von Lord Hong war nicht viel mehr übrig als ein einzelner qualmender Schuh. Aber hinter dem Schuh zog sich eine rauchende Spur die ganze Treppe hinauf.

Zweiblum folgte der Spur leicht taumelnd.

Auf einer Stufe lag ein umgekippter Rollstuhl, dessen oberes Rad sich wie wild drehte.

Er spähte darüber hinweg.

»Alles in Ordnung, Herr Hämisch?«

»Hä?«

»Gut.«

Der Rest der Horde saß am oberen Ende der Treppe geduckt im Kreis. Rauch umwehte sie. Auf ihrem Weg durch das Gebäude hatte die Kugel einen Teil des Palasts in Brand gesetzt.

»Kannst du mich hören, Pauker?«, rief Cohen.

»Natürlich nicht! Wie soll er dich hören können, so wie er aussieht?«, sagte Kriecher.

»Er könnte noch leben«, sagte Cohen trotzig.

»Er ist tot, Cohen. Ganz ehrlich. Richtig tot. Lebendige Menschen haben mehr Körpermasse.«

»Aber ihr anderen lebt alle noch?«, erkundigte sich Zweiblum verdutzt. »Ich habe gesehen, wie der Hund euch direkt angebellt hat!«

»Wir sind ausgewichen«, sagte der Junge Willie. »Das können wir gut, ausweichen.«

»Der arme alte Pauker hatte noch nicht so viel Erfahrung im Nichtsterben wie wir«, sagte Caleb.

Cohen erhob sich.

»Wo ist Hong?«, sagte er grimmig. »Jetzt knöpfe ich mir den Kerl …«

»Er ist auch tot, Herr Cohen«, sagte Zweiblum.

Cohen nickte, als wäre das alles völlig normal.

»Wir sind dem alten Pauker was schuldig«, sagte er.

»Er war ein feiner Kerl«, brummte Kriecher. »Obwohl er echt komische Vorstellungen vom Fluchen hatte, mal ehrlich.«

»Er hatte Grips. Er hat sich Gedanken gemacht! Auch wenn er nicht wie ein richtiger Barbar gelebt hat, sollten wir ihn verdammt noch mal wie einen bestatten, einverstanden?«

»In einem brennenden Langschiff«, schlug der Junge Willie vor.

»Ganz meine Meinung«, sagte Herr Zervelat.

»In einer großen Grube, auf den Leichen seiner Feinde«, schlug Caleb vor.

»Gütiger Himmel, die ganze 4B?«, sagte Herr Zervelat.

»In einem Grabhügel«, schlug Vincent vor.

»Ach, macht euch meinetwegen doch nicht so viel Mühe«, sagte Herr Zervelat.

»*In* einem brennenden Langschiff, *auf* einem Haufen mit den Leichen seiner Feinde, *in* einem Grabhügel«, sagte Cohen ohne viel Aufhebens. »Das Beste ist für den alten Pauker gerade gut genug.«

»Nicht nötig, ich fühle mich ausgezeichnet«, sagte Herr Zervelat. »Ehrlich, ich … äh … oha …«

RONALD ZERVELAT?

Herr Zervelat drehte sich um.

»Ach so«, sagte er. »Ja. Verstehe.«

KOMMST DU BITTE MIT? HIER ENTLANG.

Der Palast und die Horde erstarrten und verblassten allmählich wie ein Traum.

»Schon komisch«, sagte Herr Zervelat, während er Tod folgte. »*So* hatte ich es mir nicht vorgestellt.«

KAUM JEMAND HAT EINE GENAUE VORSTELLUNG DAVON.

Grobkörniger schwarzer Sand knirschte unter dem, was Herr Zervelat immer noch als seine Füße bezeichnet hätte.

»Wo sind wir hier?«

DAS IST DIE WÜSTE.

Trotz des pechschwarzen Himmels war alles herrlich erleuchtet.

»Wie groß ist sie?«

FÜR MANCHE SEHR GROSS. FÜR LORD HONG BEISPIELSWEISE ENTHÄLT SIE JEDE MENGE UNGEDULDIGER GEISTER.

»Ich dachte, Lord Hong hat nicht an Geister geglaubt.«

DAS MAG SEIN. ABER SEHR VIELE GEISTER GLAUBEN AN LORD HONG.

»Ach so. Äh. Und was jetzt?«

»Jetzt komm schon, Mann. Ich hab nicht den ganzen Tag Zeit! Setz dich in Bewegung!«

Herr Zervelat drehte sich um und sah die Frau auf dem Pferd an. Es war ein großes, kräftiges Pferd, aber es war auch eine ziemlich große, kräftige Frau. Sie hatte geflochtene Zöpfe, einen Helm mit Hörnern dran und eine Brustplatte, die einen erfahrenen Spengler gut und gerne eine ganze Woche Arbeit gekostet haben musste. Sie warf ihm einen nicht unfreundlichen Blick zu, der ihre Ungeduld jedoch nicht verhehlen konnte.

»Wie bitte?«, sagte er.

»Hier steht Ronald Zervelat«, sagte sie. »Der *was?*«

»Der was?«

»Jeder, den ich mitnehme«, sagte die Frau und beugte sich

zu ihm herab, »nennt sich ›Dingsbums der Irgendwas‹. Was für ein Irgendwas bist du?«

»Ich bitte um Entschuldigung, ich …«

»Dann vermerke ich dich als Ronald der Entschuldiger. Jetzt komm, spring auf, es herrscht Krieg, wir müssen los.«

»Wohin denn?«

»Hier steht: Tafeln, Zechen, Äxte nach den Haaren junger Frauen werfen?«

»Ach, äh, ich glaube, da liegt eine Ver-«

»Hör mal, alter Knabe, kommst du jetzt mit oder nicht?«

Herr Zervelat ließ den Blick über die schwarze Wüste schweifen. Er war ganz allein. Tod war längst weg und ging wieder seinen üblichen Geschäften nach.

Herr Zervelat ließ sich von der Frau hinaufziehen und nahm hinter ihr im Sattel Platz.

»Gibt es dort auch eine Bibliothek?«, fragte er hoffnungsvoll, als sich das Pferd in den dunklen Himmel erhob.

»Keine Ahnung. Danach hat noch niemand gefragt.«

»Vielleicht Abendkurse. Ich könnte Abendkurse anbieten.«

»Für was?«

»Äh, egal, irgendwas. Vielleicht für Tischmanieren. Ist das erlaubt?«

»Denke schon. Aber ich glaube, danach hat auch noch niemand gefragt.« Die Walküre drehte sich im Sattel um. »Bist du sicher, dass du im richtigen Jenseits gelandet bist?«

Herr Zervelat bedachte die Alternativen.

»Alles in allem«, sagte er, »ist es wohl einen Versuch wert.«

Die Menge auf dem Platz kam wieder auf die Beine.

Alle bestaunten das, was von Lord Hong übrig war, dann richteten sich die Blicke auf die Horde.

Schmetterling und Lotosblüte gesellten sich zu ihrem Vater. Schmetterling strich mit der Hand über die Kanone und versuchte, dem Trick auf die Spur zu kommen.

»Seht ihr«, sagte Zweiblum ein bisschen undeutlich, weil er seine eigene Stimme noch nicht richtig hören konnte, »ich habe euch doch gesagt, dass er der Große Zauberer ist.«

Schmetterling tippte ihm auf die Schulter.

»Was ist das denn?«, fragte sie.

Quer über den Platz marschierte eine kleine Prozession. Vorneweg lief etwas, das einmal Zweiblum gehört hatte.

»Sie war ziemlich billig«, sagte er zu niemand Besonderem. »Ehrlich gesagt, habe ich schon immer vermutet, dass mit ihr irgendwas nicht stimmt.«

Eine etwas größere Truhe folgte ihr. Und dann, eine immer kleiner als die andere, vier weitere Truhen, die kleinste ungefähr so groß wie eine Damenhandtasche. Als sie an einem immer noch auf dem Bauch liegenden Einwohner Hunghungs vorüberkam, der zu verdattert war, um zu fliehen, machte sie kurz Halt, trat ihm ans Ohr und trippelte dann eilig hinter den anderen her.

Zweiblum sah seine Töchter erstaunt an.

»Können die das überhaupt?«, fragte er. »Neue machen? Ich dachte, dazu braucht man Schreiner.«

Die Truhen versammelten sich vor der Treppe. Dann drehte sich Truhe um, warf ein oder zwei traurige Blicke – oder etwas, was man als Blicke hätte bezeichnen können, wenn sie Augen gehabt hätte – hinter sich und trabte davon. Als sie die andere Seite des Platzes erreicht hatte, war sie schon ganz verschwommen.

»He, du! Vierauge!«

Zweiblum drehte sich um. Cohen kam die Treppe herab.

»Ich erinnere mich an dich«, sagte er. »Kennst du dich mit der Großwesirerei aus?«

»Kein bisschen, Herr Kaiser Cohen.«

»Gut. Du hast den Job. Also mach dich gleich an die Arbeit. Zuallererst will ich eine Tasse Tee, und zwar so dick, dass ein Hufeisen drin schwimmt. Mit drei Stück Zucker. In fünf Minuten. Alles klar?«

»Eine Tasse Tee in fünf Minuten?«, fragte Zweiblum. »Das reicht nicht mal für eine kurze Zeremonie!«

Cohen legte dem kleinen Mann freundschaftlich einen Arm um die Schulter.

»Es gibt jetzt eine neue Zeremonie«, erklärte er ihm geduldig. »Die geht so: ›Tee ist fertig, Schatz. Milch? Zucker? Donuts? Noch eine Tasse?‹ Und den Eunuchen kannst du sagen«, fügte er hinzu, »dass der Kaiser alles gerne sehr wörtlich nimmt und dass er den Satz ›Köpfe werden rollen‹ bereits ausgesprochen hat.«

Zweiblums Augen strahlten hinter der kaputten Brille. Irgendwie gefiel ihm das, was er da gerade vernahm.

Es hörte sich ganz so an, als lebte er in interessanten Zeiten …

Die Truhen saßen still da und warteten.

Schicksal lehnte sich zurück.

Die Götter entspannten sich.

»Also unentschieden«, verkündete er. »Sieht ganz so aus, als hättest du in Hunghung gewonnen, aber du hast dafür deine wertvollste Figur opfern müssen, hab ich recht?«

»Wie bitte?«, konterte die Lady erstaunt. »Ich kann dir nicht ganz folgen.«

»Soweit ich dieses … Physikzeugs … verstanden habe«, sagte Schicksal, »ist mir nicht ganz klar, wie sich etwas in der

Universität materialisieren kann, ohne dabei sofort zu sterben. In einer Schneewehe landen, von mir aus, ja, aber voll gegen eine Wand prallen!«

»Ich opfere nie einen Bauern«, sagte die Lady.

»Wie kannst du ohne ein gelegentliches Bauernopfer auf einen Sieg hoffen?«

»Ach, ich spiele nie auf Sieg.« Sie lächelte. »Aber ich spiele so, dass ich nicht verliere. Pass auf …«

Die versammelten Zauberer standen vor der Wand am anderen Ende des Großen Saals und starrten auf das, was seit gerade eben die obere Hälfte der Wand bedeckte.

»Interessanter Effekt«, sagte Ridcully schließlich. »Was meinen Sie, wie schnell ist es wohl gewesen?«

»Ungefähr fünfhundert Meilen pro Stunde«, antwortete Ponder. »Vielleicht sind wir doch ein bisschen zu enthusiastisch gewesen. Hex sagt …«

»Aus dem Stand auf fünfhundert Meilen in der Stunde?«, fragte der Dozent für neue Runen ungläubig. »Muss ein ziemlicher Schock gewesen sein.«

»Allerdings«, sagte Ridcully, »aber wahrscheinlich war es für die arme Kreatur ein Segen, dass er nur von sehr kurzer Dauer war.«

»Und natürlich müssen wir dankbar dafür sein, dass es nicht Rincewind war.«

Ein paar Zauberer hüstelten verlegen.

Der Dekan wich zurück.

»Aber … was ist es dann?«, wollte er wissen.

»War«, sagte Ponder Stibbons.

»Wir könnten mal in den Bestiarien nachsehen«, schlug Ridcully vor. »Dürfte nicht schwer zu finden sein. Grau. Hinterbeine so lang wie Clownsschuhe. Kaninchenohren.

Schwanz lang und spitz. Und natürlich haben nicht viele Wesen einen Durchmesser von zwanzig Fuß, sind nur einen Zoll dick und frittiert, das engt den Kreis schon deutlich ein.«

»Ich will ja kein Spielverderber sein«, sagte der Dekan, »aber wenn das nicht Rincewind ist – wo ist er dann?«

»Herr Stibbons hat bestimmt eine Erklärung dafür, warum seine Berechnungen falsch waren«, sagte Ridcully.

Ponders Mund klappte auf.

Nach einer kurzen Pause sagte er leicht säuerlich: »Ich habe womöglich nicht berücksichtigt, dass ein Dreieck drei rechte Winkel hat. Ich muss das noch mal alles zurückverfolgen, aber ich glaube, dass irgendwo eine laterale Komponente in etwas eingeführt wurde, was eigentlich ein bidirektionaler spökenkiekerischer Transfer hätte sein sollen. Vielleicht lag es daran, dass dies ausgerechnet am effektiven Schwerpunkt am prononciertesten zutage trat, was wiederum dazu geführt hat, dass während des Transfers ein zusätzlicher Knoten auftauchte, und zwar an einem zu den beiden anderen Punkten äquidistanten Punkt, wie in Klamms dritter Gleichung prognostiziert, und Turffes Gesetz sorgt dann dafür, dass sich die Verzerrung insofern stabilisiert, dass drei voneinander getrennte Punkte entstehen, von denen ein jeder ungefähr die gleiche Masse im Dreieck jeweils einen Sprung weiterbefördert. Ich bin mir nicht sicher, warum die dritte Masse mit einer solchen Geschwindigkeit hier angekommen ist, aber ich glaube, die übermäßige Beschleunigung könnte von der plötzlichen Entstehung des Knotens hervorgerufen worden sein. Natürlich hätte es sich so oder so mit großer Geschwindigkeit bewegen können. Aber ich bin mir ziemlich sicher, dass es in seinem natürlichen Zustand nicht frittiert ist.«

»Wissen Sie was«, sagte Ridcully, »ich glaube, ich habe sogar ein bisschen was davon verstanden. Zumindest ein paar von den kürzeren Worten.«

»Ach, eigentlich ist es gar nicht so schwer«, sagte der Quästor aufgekratzt. »Wir haben das ... Hundedings nach Hunghung geschickt. Rincewind ist an einen anderen Ort geschickt worden. Und dieses ... Wesen ist hier bei uns gelandet. So ungefähr wie beim Wichteln.«

»Sehen Sie?«, sagte Ridcully zu Stibbons. »Sie sprechen eine Sprache, die der Quästor versteht. Und *der* hat schon den ganzen Vormittag den Trockenfrosch gejagt.«

Nun kam der Bibliothekar, unter dem Gewicht eines großen Atlasses wankend, in den Saal.

»Uugh.«

»Vielleicht können Sie uns wenigstens zeigen, wo Sie unseren Mann vermuten«, sagte Ridcully.

Ponder zog ein Lineal und einen Zirkel aus seinem Hut.

»Also, wenn wir davon ausgehen, dass sich Rincewind in der Mitte des Gegengewichtkontinents befand«, sagte er, »ziehen wir einfach einen ...«

»Uugh!«

»Ja, natürlich mache ich das nur mit Bleistift ...«

»*Iiek.*«

»Wir müssen uns bloß einen ... genau, einen dritten Punkt vorstellen, abstandsgleich zu den beiden anderen ... ähm ... das sieht aus wie irgendwo mitten im Randmeer, oder vielleicht auch schon über den Rand hinaus.«

»Also ich kann mir dieses Ding nicht im Meer vorstellen«, sagte Ridcully und betrachtete kopfschüttelnd den an die Wand laminierten Kadaver.

»In diesem Fall müsste es in die andere Richtung ...«

Die Zauberer drängten näher heran.

Dort war tatsächlich etwas.

»Das ist noch nicht mal ordentlich eingezeichnet«, sagte der Dekan.

»Weil niemand genau weiß, ob es wirklich existiert«, erwiderte der Oberste Hirte.

Es trieb mitten auf dem Meer, ein nach Scheibenweltverhältnissen eher kleiner Kontinent.

»›XXXX‹«, las Ponder.

»Das haben sie nur auf die Karte geschrieben, weil niemand weiß, wie er richtig heißt«, sagte Ridcully.

»Und wir haben ihn dorthin geschickt«, sagte Ponder. »An einen Ort, von dem wir nicht mal wissen, ob es ihn gibt?«

»Na, jetzt wissen wir's«, meinte Ridcully. »Muss ja. Was sonst? Und es muss sogar ein ziemlich fruchtbares Land sein, wenn die Ratten dort so groß werden.«

»Mal sehen, ob wir dort nicht einen …«, setzte Ponder an.

»Nein, nein«, fiel ihm Ridcully grob ins Wort. »Nein, vielen Dank. Beim nächsten Mal kommt vielleicht ein Elefant über unsere Köpfe gezischt, und die machen wirklich große Flecken. Nein. Gönnen wir dem armen Burschen eine Verschnaufpause. Derweil überlegen wir uns etwas anderes …«

Dann rieb er sich die Hände und sagte: »Ich habe so ein Gefühl, als wäre es Zeit fürs Mittagessen.«

»Äh«, sagte der Oberste Hirte, »ob es wohl klug war, dieses Stück Schnur anzuzünden, bevor wir das Dingsbums zurückgeschickt haben?«

»Keine Frage«, brummte Ridcully, während sie bereits davonschlenderten. »Niemand soll sagen, wir hätten es nicht genauso zurückgegeben, wie wir es bekommen haben …«

Hex träumte sanft in seinem Zimmer vor sich hin.

Die Zauberer hatten recht. Hex konnte nicht denken.

Für das, was Hex alles konnte, gab es – noch – keine Worte.

Nicht mal Hex wusste, was er alles konnte.

Aber er würde es herausfinden.

Der Federkiel kratzte und krakeelte über ein neues Blatt Papier und zeichnete, ohne ersichtlichen Grund, einen Jahreskalender, auf dem ganz oben ein ziemlich eckiger Beagle prangte, der auf den Hinterbeinen stand.

Die Erde war rot, so wie in Hunghung. Aber während sie dort aus einer Lehmsorte bestand, die so fruchtbar war, dass man keinen Stuhl auf dem Rasen stehen lassen konnte, wenn man am Abend nicht vier kleine Bäume dort stehen haben wollte, bestand der Boden hier aus Sand, der aussah, als wäre er in einem eine Million Jahre dauernden Sommer so rot gebacken worden.

Hier und dort wuchsen ein paar vergilbte Grasbüschel und kleine Gruppen niedriger graugrüner Bäume. Und überall herrschte eine unglaubliche Hitze.

Besonders gut ließ sich das an dem Teich unter den Geisterbäumen erkennen. Der Teich dampfte.

Aus den Wolken tauchte eine Gestalt auf, die sich gedankenverloren verbrannte Reste aus dem Bart pulte.

Rincewind wartete, bis seine persönliche Welt sich nicht mehr drehte, dann konzentrierte er sich auf die vier Männer, die ihn geduldig betrachteten.

Sie waren schwarz, hatten ihre Gesichter mit Linien und Kringeln bemalt und waren mit einer Menge Stoff bekleidet, die für alle zusammen ungefähr zwei Handbreit im Quadrat ausmachte.

Rincewind war aus drei Gründen kein Rassist. Es hatte ihn schon viel zu oft und viel zu plötzlich an viel zu viele Orte verschlagen, um sich eine solche Geisteshaltung zuzulegen. Abgesehen davon waren ihm, wenn er genauer darüber nachdachte, die meisten richtig grässlichen Dinge eher von ziemlich hellhäutigen Menschen mit riesigen Kleiderschränken angetan worden. Das waren die beiden ersten Gründe.

Der dritte Grund war der, dass diese Männer, die sich gerade aus einer Art Hocke erhoben, Speere in den Händen hielten, die auf Rincewind gerichtet waren. Vier Speerspitzen, die auf die eigene Kehle gerichtet sind, sorgen sehr schnell dafür, dass man ganz spontan eine respektvolle Haltung einnimmt und höfliche Umgangsformen an den Tag legt.

Einer der Männer zuckte die Achseln und ließ den Speer sinken.

»Tach, Kumpel«, sagte er.

Jetzt waren es nur noch drei Speere, immerhin eine Verbesserung.

»Äh … wir sind hier nicht in der Unsichtbaren Universität, oder?«, erkundigte sich Rincewind.

Jetzt zeigten die anderen Speere auch nicht mehr auf ihn. Die Männer grinsten. Sie hatten sehr weiße Zähne.

»Klatsch? Wiewunderland? Sieht mir eher nach Wiewunderland aus«, sagte Rincewind hoffnungsvoll.

»Nee, die Kumpel kenn ich nicht, Kumpel«, sagte einer der Männer.

Die anderen drei drängten sich dichter um ihn.

»Wie sollen wir ihn nennen?«

»Er ist Känguru-Kumpel. Kein Problem damit. Eben noch ein Känguru, im nächsten Moment ein Kumpel. Die alten Kumpel sagen, so was ist früher ständig passiert, damals im Traum.«

»Aber dann müsste er eigentlich besser aussehen, oder?«

»Stimmt.«

»Da gibt's nur eine Möglichkeit, das herauszufinden.«

Derjenige, der allem Anschein nach der Anführer der Gruppe war, kam mit diesem Grinsen auf Rincewind zu, das man für Schwachsinnige und Leute mit Schusswaffen in den Händen bereithielt. Er reichte Rincewind einen Stock.

Der Stock war flach und in der Mitte gebogen. Jemand hatte viel Zeit darauf verwendet, lauter hübsche Muster aus kleinen bunten Punkten darauf zu malen. Rincewind wunderte sich nicht sonderlich darüber, dass er unter den vielen Mustern auch einen Schmetterling erkannte.

Die Jäger musterten ihn erwartungsvoll.

»Äh, ja«, sagte er. »Sehr schön. Hervorragendes Handwerk, muss ich schon sagen. Und dieser interessante pointillistische Effekt. Schade, dass Sie kein geraderes Stück Holz gefunden haben.«

Einer der Männer legte seinen Speer auf den Boden, hockte sich im Schneidersitz daneben und nahm ein langes Holzrohr in die Hand, das mit demselben Muster verziert war. Dann blies er in das hohle Stück Holz hinein. Die Wirkung war nicht unangenehm. Es hörte sich an wie ein Bienenschwarm, der für sein Gesumme volltönende Orchesterfassungen erfunden hatte.

»Äh«, sagte Rincewind. »Sehr schön.«

Es handelte sich offensichtlich um einen Test. Sie hatten ihm dieses krumme Holzstück gegeben. Jetzt musste er etwas damit machen. Es war ganz eindeutig sehr wichtig. Er würde…

Nein, bitte nicht. Wenn er jetzt etwas sagte oder tat, sagten sie bestimmt: »He, du bist der Große Kumpel« oder so, und dann schleppten sie ihn irgendwohin, und ein neues Abenteuer nahm unweigerlich seinen Lauf, mit anderen Worten: eine neue Abfolge von Gräueln und Unannehmlichkeiten. Das Leben hatte ständig solche Tricks auf Lager.

Diesmal würde Rincewind nicht darauf reinfallen.

»Ich will nach Hause«, sagte er. »Ich will wieder in die Bibliothek, wo alles schön ruhig ist. Außerdem weiß ich überhaupt nicht, wo ich bin. Und es ist mir auch egal, was ihr mir antun wollt, klar? Ich habe keine Lust auf irgendwelche Abenteuer, ich will die Welt nicht retten, und ich lasse mich auch nicht von irgendwelchen geheimnisvollen Holzstücken dazu verleiten.«

Er nahm den Stock und warf ihn mit aller Kraft, die er aufbringen konnte, weit von sich.

Sie sahen ihn an, und er verschränkte die Arme.

»Ich meine es ernst«, sagte er. »Ich mache nicht mit, basta.«

Sie sahen ihn immer noch an. Dann fingen sie an zu grinsen und schauten auf etwas hinter ihm.

Allmählich ging ihm das alles ganz schön auf die Nerven.

»Habt ihr verstanden? Hört ihr mir überhaupt zu?«, fragte er. »Das war das allerletzte Mal, dass das Universum mit seinen fiesen Tricks Rincewi-«

ENDE

Terry Pratchett

Toller Dampf voraus

432 Seiten
ISBN 978-3-442-54751-7
auch als E-Book und
Hörbuch erhältlich

Dank des Erfindungsreichtums eines jungen Ingenieurs hält die Dampflokomotive Einzug auf der Scheibe. Lord Vetinari ist erst skeptisch, beschließt jedoch schnell, sich das eiserne Ungetüm lieber Untertan zu machen. Er beauftragt Feucht von Lipwig – Herr der Post, der Königlichen Münze und der Königlichen Bank – nun auch das Verkehrswesen ins Rollen zu bringen. Bald wird überall fleißig am Schienennetz gebaut. Doch nicht jedermann weiß den rollenden Fortschritt zu schätzen. Und so nutzt eine radikal konservative Splittergruppe von Zwergen, die sowieso unzufrieden mit der Gesamtsituation ist, das Feuerross, um der herrschenden Schicht mächtig Dampf zu machen …

Überall, wo es Bücher gibt, und MANHATTAN unter www.manhattan-verlag.de